Duncan Sprott

Die irische Mätresse

Aus dem Englischen von Charlotte Breuer

Duncan Sprott

Die irische Mätresse

Roman

Europa Verlag München · Wien

Die Deutsche Bibliothek – CIP-Einheitsaufnahme

Sprott, Duncan:
Die irische Mätresse : Roman / Duncan Sprott.
Aus dem Engl. von Charlotte Breuer. –
München ; Wien : Europa-Verl., 1998
ISBN 3-203-82050-1

Originalausgabe
Our Lady of the Potatoes
Faber and Faber Limited, London 1995

Lektorat: Afra Margaretha

Umschlaggestaltung: Wustmann und Ziegenfeuter, Dortmund

2. Auflage 1998

Herstellung: Friedrich Pustet, Regensburg
Printed in Germany
ISBN 3-203-82050-1

I

Die Geschichte der Murphys begann nicht mit einem Anfang, sondern gleich in der Mitte, auf einem Boot im Ärmelkanal, im Chaos. Es war ein irisches Boot, beladen mit irischen Nonnen und irischen Soldaten, die alle in der Dunkelheit fluchten und beteten und kotzten, Heiliges und Profanes durcheinander.

Die Nonnen schrien ihre Gegrüßet-seist-du-Marias so laut heraus, daß sie im Himmel droben über den tobenden Elementen zu hören waren, aber der Wind und die Wellen peitschten ihnen dennoch ins Gesicht. Ihre schwarzweißen Gewänder flatterten im Sturm wie Möwen, die verzweifelt abzuheben versuchten.

Die Soldaten fluchten und sangen, um sich Mut zu machen, um nicht an Tod und Vergeltung denken zu müssen, doch die See und der Regen durchnäßten ihre scharlachroten Uniformen nichtsdestotrotz, und sie sahen aus wie zerzauste Vögel mit Federn so rot wie Feuer, so rot wie Blut.

Die Nonnen und die Soldaten beteten und fluchten so gut sie konnten, doch der Wind riß ihnen die Worte aus dem Mund, machte sie sprachlos, während sie auf das Ende der Welt oder den Beginn einer neuen Welt zutrieben; Himmel oder Hölle oder die Küste Frankreichs.

Das irische Boot war ein neuer Anfang. Alles, was vorher geschehen war, war so gräßlich, daß die Murphys sich an nichts davon erinnern wollten. Die Überfahrt war schrecklich. Auf dem Boot befand sich ein junger Mann, hing mit dem Kopf über Bord und kotzte sich die Seele aus dem Leib, ein junger Ire mit Haar wie Stroh und grünem Gesicht, der Großvater des berühmtesten Sprosses der Familie Murphy.

Die grüne See schwappte ihm über den Kopf und seine Kotze gleich mit. Sein Magen drehte sich um wie ein Regenschirm, spie bittere, gelbe Säfte aus, nahm ihm die Luft zum Atmen und trocknete ihn aus.

Als es dämmerte, konnte er im Nebel vage die Küstenlinie ausmachen. Er hörte die Wellen gegen die Küste krachen und wütende Stimmen in einer Sprache fluchen, die nicht die seine war. Es klang so, als sei alles schiefgegangen, was hatte schiefgehen können; als könne nichts jemals wieder ins Lot kommen. Er kotzte den Rest seines irischen Vokabulars über Bord, überzeugt, daß er es nicht mehr brauchen würde.

Der Kapitän des irischen Postboots schubste den sanften, wilden Denis Ogue O'Murphy – dessen Initialen *doom*, Verderben, bedeuteten, und so fühlte er sich auch – über Bord und verhalf der Wildgans zu einem kurzen Flug.

Als er abhob, flog sein ganzes altes Leben mit ihm – die strohgedeckte, fensterlose Hütte, in der sich das stinkende Vieh drängte, das runde, speckige Gesicht seiner Mutter, der Dauerregen, der Schlamm und der Kot. Ganz Irland, grün und feucht und schrecklich, begleitete ihn, saß fest unter seiner Haut, und er würde es nie wieder loswerden. Irland ließ sich nicht abschütteln.

Er landete mit seinem bleichen Kartoffelgesicht auf französischem Boden. Er biß sich auf die Zunge. Er schlug sich die Hände und die Knie auf, verdreckte sich die Hose mit Schlamm. In der linken Hosentasche befand sich eine verschrumpelte Kartoffel, die im Dunkeln vor sich hin keimte, ein Zaubermittel gegen Rheuma. Er fluchte über seine blutigen Knie, und das erste französische Wort, das er von den Soldaten gelernt hatte, kam ihm über die blutigen Lippen.

»Merde«, sagte er. *»Merde.«*

Und so wurde der sechzehnjährige Paddy, vor der Zeit erwachsen, auf den Kopf gestellt und umgestülpt und wurde zum Franzosen. Und dort am Strand, mit französischem Schlamm und französischem Kot besudelt, bereit, ein neues Leben zu beginnen, das kaum anders zu werden versprach als das alte, tat er einen Schwur: »Ich werde niemals zurückkehren«, sagte er.

Jahre später würde er zu seinem Sohn sagen: »Laß die Vergangenheit hinter dir. Vergiß so schnell du kannst. Das Gestern bringt dir keinen Nutzen. Laß die Geschichte ruhen …«

Denis Ogue O'Murphy wollte sich nicht erinnern. Es war das Hier und Jetzt, was zählte. *Aujourd'hui,* wie er zu sagen lernte. Nur Le Havre merkte er sich: das war der Ort, von wo aus das Schiff zurück nach Irland ging. Womöglich war Le Havre sowohl das Ende als auch der Anfang.

Von der Küste aus wanderte Denis O'Murphy in eine Gegend, die er nicht kannte, in einer Sprache, derer er nie ganz mächtig werden sollte. Er bot einen auffälligen Anblick in seiner roten Uniform mit den gelben Besätzen, die immer schmutziger und blutbeschmierter wurde, die er zehn Jahre lang immer wieder flickte, ohne jemals seine Arme und Beine in eine neue zu stecken. Er wuchs in seine Uniform, und er wuchs wieder aus ihr hinaus – benutzte sie je nach Bedarf als Handtuch, Wundverband, Taschentuch und Decke – als Soldat des Irischen Regiments im Dienst des französischen Königs Ludwig XIV.

Doch obwohl er zugleich eine Wildgans und ein Franzmann und ein Paddy war (»Drei in einem«, scherzte er, »wie die Dreifaltigkeit«), war er in erster Linie stolz darauf, ein Paddy zu sein, aber noch stolzer war er darauf, ein Murphy aus Ballymollymore zu sein.

Die Iren kämpften wild, sie kämpften grimmig, fochten blindwütig, fürchteten sich vor nichts, töteten alles, was sich ihnen in den Weg stellte. Die Armee lehrte Denis O'Murphy sich durchzusetzen, mit einem Gewehr umzugehen, sich zusammenzureißen, dem Tod ins Auge zu blicken – denn der Tod war stets präsent. Er lief mit dem Tod um die Wette. Der Krieg machte Denis O'Murphy zum Mann.

Zehn Jahre lang erlebte er blutiges Gemetzel, zehn Jahre des Abschlachtens und befohlenen Mordens. Zehn Jahre lang lag er jede Nacht zitternd vor Kälte in den Armen einer anderen Frau, bis er Margaret O'Connor begegnete, die dem Dillon-Regiment von Dublin aus durch ganz Europa gefolgt war und Hinterlassenschaften der Schlachten und alles an sich raffte, was sie nur finden konnte.

»Es gibt kein wilderes Mädchen diesseits von Connemara«, lachte Denis O'Murphy. »Peggy O'Connor ist die wildeste von allen.«

Sie heirateten, zwei wilde Kreaturen, die zahm sein wollten. Im Winter 1699, mit Frostbeulen an Zehen und Fingern, ein Grinsen im Gesicht und Peggy O'Murphy im Schlepptau kam er in Rouen an, und die irische Ehefrau wurde Mutter. Die Wildgans stutzte sich die Flügel, und die Wanderjahre waren vorbei.

Denis O'Murphy versuchte, die Erinnerungen an den Krieg aus seinem Gedächtnis zu schneiden wie die faulen Stellen einer Kartoffel, doch es gab Tage, da kam der Tod und setzte sich neben ihn und wollte nicht mehr fortgehen. Er versuchte, die grauenhaften Erlebnisse seiner Vergangenheit auszulöschen, doch er wachte nachts immer wieder schreiend auf, und weder Gebete noch Whiskey konnten ihn von seinen Alpträumen befreien. Und dann entriß der Tod ihm seine Frau.

Denis O'Murphy fand eine andere Irin, an der er sich nachts wärmen konnte, doch der Tod lungerte weiterhin zitternd in seiner Nähe herum. Der Tod kletterte zu ihm ins Bett, hielt Denis O'Murphys kalte Hände, flüsterte ihm ins Ohr und tanzte mit ihm davon.

Er starb zu früh, wurde in seiner roten Uniform begraben, der Großvater, den sie nie kennenlernen sollte.

Es war das Jahr 1713.

»Dreizehn, die Unglückszahl«, jammerte die Witwe O' Murphy.

II

Daniel Murphy, sein Sohn, wiederholte die Geschichte des Vaters. Mit seiner lilienweißen Haut trat er in das Irische Regiment ein, kämpfte, fror, hungerte. Er entfernte sich von Rouen, mal nach Norden, mal nach Süden, sprach halb Englisch, halb Französisch, eine Halbsprache, deren zusammengewürfelte Bruchstücke nie richtig zusammenpaßten.

Als die Kälte ihm immer mehr zusetzte, gab er das Todeshandwerk auf und erlernte das Schusterhandwerk, um seinen Lebensunterhalt zu verdienen.

»Damit die Murphys nie wieder barfuß gehen müssen«, sagte er.

Und er suchte sich eine irische Frau, um das irische Blut der Murphys reinzuhalten.

»Peggy O'Hickey«, sagte er lachend, »das wildeste Mädchen von allen, und das schönste.«

Nach ihrer Hochzeit hängte Peggy Murphy ihren Beruf an den Nagel, hörte auf, der Armee in die Schlacht zu folgen und ein Gewerbe zu betreiben, das jedem vertraut war und jeder zu erwähnen vermied, und begann statt dessen, mit Lumpen zu handeln.

Sie ließen sich in Rouen nieder, dachten französisch, tranken wie die Franzosen, sprachen mehr oder weniger Französisch und behielten alles, was irisch und beweglich war.

Nichts würde Daniel Murphy jemals dazu bringen, sich von dem Amulett mit einem vertrockneten Kleeblatt darin zu trennen, seinem Glücksbringer.

Nichts konnte ihn dazu bringen, die verschrumpelte Kartoffel aus seiner Hosentasche zu entfernen.

Niemals würden die Auswanderer die Banshee, die Todesfee, und den Leprechaun, den Kobold, vergessen, oder den Tag, an dem sie in Montpellier ein paar Elfen gesehen hatten, die an einer Häuserwand hochliefen.

Es gab Landstriche in Frankreich, wo weit und breit niemand etwas anderes sprach als den sanften Singsang von Cork und Waterford. Es gab Gegenden, wo die Iren nichts als Schnecken und Froschschenkel aßen, doch die Murphys ernährten sich von in der Schale gebackenen Kartoffeln, so wie sie es immer getan hatten und immer tun würden; *pommes de terre dans leur robe de chambre,* wie sie sie nun nannten.

»Nichts auf dem Speisezettel«, lachte Peggy Murphy, »außer Whiskey und Kartoffeln.«

Tagsüber trug der ehrliche, freundliche Daniel Murphy eine schwarze Jacke und schwarze *pantalons,* schlug Nägel ein und schnitt Leder zu und legte seinen ganzen Ehrgeiz darein, die besten Schuhe in ganz Rouen anzufertigen.

Nachts legte sich Daniel Murphys blutige Vergangenheit über ihn wie eine schwarze Wolke. Er zuckte und schrie im Schlaf. Er stürzte, von Alpträumen verfolgt, aus dem Bett, schlug mit dem Kopf gegen den *armoire* und schrie wie ein Schwein, dem man die Kehle durchschneidet. Er ging mit dem Bajonett auf Peggy Murphy los und prügelte sie grün und blau in der Überzeugung, es sei der Feind, der neben ihm im Bett lag.

Mrs. Murphy schrie Zeter und Mordio, betete, ihr Mann möge sich nicht aus dem Fenster stürzen, hielt ihn fest umklammert, während er wie wild um sich schlug und trat, schlug ihm ins Gesicht und jaulte wie die Banshee, bis er aufwachte.

Dann war Daniel Murphy plötzlich ruhig, fragte sich, wo

er war, bekreuzigte sich, sprach seine Gebete und schlief friedlich wieder ein.

Schließlich band Mrs. Murphy ihn mit Seilen am Bett fest. Sie wußte nur zu gut, was es bedeutete, eine Schlacht mitzuerleben. Sie hatte ihre eigenen blutigen Alpträume.

Peggy Murphy hatte ihre Sachkenntnis im Handel mit Lumpen auf den Schlachtfeldern Europas erworben. Sie hatte ihre Jugend damit verbracht, bunte, blutverschmierte Uniformen von steifen Leichen zu zerren und sich an goldenen Medaillons mit Miniaturbildern von Ehefrauen und lächelnden Kindern zu vergreifen. Sie hatte prallvolle Geldbörsen geleert. Sie hatte die blutigen Hosentaschen der Toten durchsucht.

Selbst fünfzig Jahre später drehte ihr die Erinnerung daran den Magen um. Die Alpträume verfolgten sie bis ans Ende ihres Lebens, und nichts konnte sie verscheuchen.

Sie träumte, sie sei eine Elster, die alles stahl, was glitzerte; ein Raubvogel, ein Aasgeier, der sich von den Toten ernährte. Sie träumte von kalten Leichen im Schnee, bloßen Skeletten, bekleidet mit verblaßten roten Uniformen; im Traum war sie eine Krähe, die die Lippen aus schöngeschnittenen Gesichtern hackte; sie träumte von Gras, das durch verwitterte Stiefel wuchs; sie träumte, sie sei eine Schnecke, die aus totenstarren Augen kroch.

Blutiger Regen tropfte auf ihre Wangen, blutige Tränen rannen ihr aus den Augen wie bei einer wundertätigen Madonnenfigur. Sie wußte nicht, ob ihre Träume von der Vergangenheit oder von der Zukunft handelten.

Mrs. Murphy kämpfte weiter wie ein Soldat. Sie gebar ein Kind nach dem anderen und gab jedem einen französischen Namen. Und wie es der irische Brauch vorschrieb, spuckte Daniel Murphy auf jedes neugeborene Baby.

»Das bringt Glück!« sagte er, und seine Spucke landete

platsch auf dem Bäckchen des Babys und verhieß ihm ein glückliches Leben. Die Murphys lachten und sangen und versuchten, ihre Vergangenheit zu vergessen. Es gab gute Zeiten, oder zumindest hielten sie sie dafür, aber mit den guten Zeiten kamen die schlechten.

Brigitte Murphy, das erste Kind, starb 1716 im Alter von einem Jahr und fünf Monaten an den Blattern.

Denis-Michel-Dominique Murphy starb 1717 im Alter von einem Jahr und elf Monaten an den Blattern.

Marie-Marguerite Murphy starb 1720 im Alter von drei Jahren und zwei Monaten an den Blattern.

Jeanne-Marguerite Murphy starb 1721 im Alter von drei Jahren und zwei Monaten an den Blattern.

Jean-François Murphy starb 1722 im Alter von drei Jahren und sechs Monaten an den Blattern.

Marguerite-Modeste Murphy starb 1723, kaum neun Monate alt, an den Blattern.

Und Michel-Augustin Murphy starb am Tag seiner Geburt, noch bevor er dazu kam, auch nur ein einziges Mal zu lächeln.

Die Murphys hatten einen neuen Anfang machen wollen, hatten geglaubt, den Tod vergessen und ihm entrinnen zu können, doch jedesmal, wenn sich die Hoffnung auf ein neues Leben ankündigte, kam der Tod wieder angeschlichen, klopfte an die Tür, trat sie ein. Der Tod stieg die knarrende Treppe hinauf und stahl Mrs. Murphy alle ihre Babys.

Die Blattern waren überall, und den Murphys blieb nichts anderes übrig, als um ein Wunder zu beten. Sie bemühten sich, ihre Kinder nicht zu lieben, versuchten, nicht zu trauern, und dennoch wurden ihre Herzen so schwer wie Steine. Sie wehrten sich gegen das Gefühl, daß ihr Kummer eine Strafe für das Leben sein sollte, das sie geführt hatten, und doch wurden sie es nicht los.

Peggy Murphy gewöhnte sich daran, daß ihre Kinder alle starben. Manchmal, wenn sie sie anschaute, fragte sie sich, ob es die Mühe lohnte, sie zu ernähren, fragte sich, ob sie den nächsten Winter überleben würden.

Erst 1724 gebar sie ein Kind, das seinen fünften Geburtstag überlebte. Mit der Geburt von Marguerite-Louise-Geneviève brach eine bessere Zeit an, und das siebte Kind wurde das älteste.

»Die Sieben ist eine Glückszahl«, sagte Daniel Murphy lachend, als er auf das Baby spuckte.

Mrs. Murphy führte es auf die Macht der Gebete und der Zauberei zurück. Sie hatte zur Jungfrau Maria gebetet, hatte um wenigstens ein Kind gefleht, das überlebte, und versprochen, wenn ihr Flehen erhört würde, jedes weitere Kind Marie zu nennen: zum Dank und als vorbeugende Maßnahme.

Wie zum Beiweis dafür, daß ihr Gebet erhört worden war, überlebten auch die nächsten drei Kinder: Marie-Brigitte, Marie-Madeleine und Marie-Victoire, und alle drei hatten goldblondes Haar, helle Haut und ein vollkommenes Lächeln.

Als gute Katholiken eilten die Murphys mit jedem Baby schnurstracks zum *curé* von Saint-Éloi, um es taufen zu lassen; für den Fall, daß es starb, damit es als ungetauftes Baby nicht auf direktem Weg ins Fegefeuer anstatt zu den Engeln ins Paradies gelangte.

Beim Tischgebet vor jeder Mahlzeit sagte Daniel Murphy mit Tränen in den Augen die Namen der toten Kinder auf.

»Brigitte ... Denis-Michel-Dominique ... Marie-Marguerite ... Jeanne-Marguerite ... Jean-François ... Marguerite-Modeste ... Michel-Augustin ...«, sagte er. »Sie sind hingegangen in eine bessere Welt ...«

»Und wir bitten dich, o Gott«, betete Mrs. Murphy, »laß

die Liste nicht noch länger werden. Bitte, lieber Gott, verschone uns vor dem Tod.« Und dann bekreuzigten sie sich und fielen wie die Wilden über ihr Essen her.

Nach jeder Taufe pusteten und träufelten die glücklichen Eltern Rotwein in den Mund des Babys, um es für den Rest seines Lebens gegen Epilepsie und Trunksucht gefeit zu machen.

Daniel Murphy massierte die winzigen Lippen seiner Töchter mit einem Louisdor, damit sie für immer rot blieben.

Er drückte Erbsen in die Pausbäckchen, damit sich Grübchen bildeten – zu jener Zeit hoch in Mode.

Hin und wieder nahm Mrs. Murphy kleine Korrekturen an der Natur vor, vervollkommnete Gottes Werk, wohl wissend, wieviel Geld eine makellos schöne Tochter auf dem freien Markt einbringen konnte.

Vor jeder Mahlzeit klopfte sie Madeleines Kopf dreimal mit ihren dicken Fingern zurecht, um ihn in eine ästhetischere Form zu bringen.

Sie umwickelte Genevièves Kopf mit Stoffstreifen, damit er lang und schmal wurde, wie es damals in Paris Mode war.

Victoires Nase, die ihr nicht ganz *comme il faut* erschien, wurde bandagiert und gedrückt und gekniffen, bis sie den annehmbareren Exemplaren ähnelte.

Derweil legte sie großen Wert darauf, ihren üppigen Busen, ihr wertvollstes Attribut, zu bewahren.

»Wir brauchen eine Amme, wie es sich gehört«, erklärte sie und gab ihre Töchter unter strengsten Anweisungen in die Obhut von Fremden.

»Man weiß ja, was passiert, wenn die Sau sich auf ihre Ferkel legt …«, warnte sie.

Zweimal am Tag machte Mrs. Murphy ihre Übungen, hielt ihre Brüste in Form und trank ihre Muttermilch selbst.

Als wäre sie durch den Tod von sieben Kleinkindern noch nicht genug gestraft, wurde Mrs. Murphy 1729 wegen wiederholten unsittlichen Verhaltens verhaftet.

Sie begann zu toben, trat um sich, kratzte und schrie, sie hätte nichts Unrechtes getan. Sie brach in Tränen aus und kreischte vor Empörung über die in ihren Augen falsche Beschuldigung. Sie stritt alles ab, was man ihr vorwarf. Sie schwor, sie hätte sich niemals für unmoralische Zwecke verkauft.

Die Richter von Rouen sprachen eine Verwarnung aus und ließen sie laufen, erinnerten sie jedoch daran, daß man Prostituierte in früheren Zeiten zusammengetrieben und ihnen die Ohren und Nasen abgeschnitten hatte.

Später, als die Gesetzeshüter außer Hörweite waren, brachen Mr. und Mrs. Murphy in schallendes Gelächter aus, bis ihnen die Tränen über die Wangen liefen, und Mrs. Murphy verdiente weiterhin ihren Lebensunterhalt wie gehabt.

Es sollte noch schlimmer kommen. Am Abend des 4. Februar 1735 wurde Daniel Murphys Tür eingeschlagen, von Männern, die sich einer ausgesuchten Höflichkeit befleißigten, Männern, die ganz in Schwarz gekleidet waren und ihn ohne weitere Erklärung mitnahmen.

Peggy Murphy, umringt von quengelnden Kleinkindern, blieb verwirrt und fassungslos zurück, wußte nicht, was ihr Mann verbrochen hatte und wohin man ihn brachte.

Auch Daniel Murphy führte ein Doppelleben und hatte noch andere Einnahmequellen. Er arbeitete als Agent für Daniel O'Brien, den späteren Grafen von Lismore, der seinerseits in den Diensten des Chevaliers de Saint George stand – des Thronprätendenten, der als James III. den Thron von England besteigen sollte und sich, während er auf seine Chance wartete, die Zeit am Hof von Rom vertrieb.

Murphys Kunden kamen nicht nur in seine Werkstatt, um sich Schuhe anmessen zu lassen, sondern auch um Botschaften und Anweisungen zu überbringen. Das Haus der Murphys hatte sich zur Nachrichtenbörse zwischen Versailles und den im Exil lebenden Stuarts entwickelt.

Nun war beim Lieutenant-Général de Police eine Beschwerde des Comte de Lismore eingegangen: Daniel Murphy hatte sich einen Dietrich besorgt und Papiere aus Lismores Schreibtisch gestohlen – Papiere, die Informationen über die Pläne des Thronprätendenten enthielten und den Feinden des Chevalier de Saint-George viel Geld wert waren.

Daniel Murphy hatte sich des Diebstahls schuldig gemacht.

Die Herren in Schwarz nahmen Murphy mit nach Paris, sperrten ihn in die Bastille und beraubten Mrs. Murphy, deren Gesundheit nicht die beste war, ihres Ernährers.

Die Benediktinerinnen der Abbaye d'Arcis in Nogent-le-Rotrou nahmen sie auf, kümmerten sich um ihre vier Töchter, pflegten Peggy Murphy gesund, beteten von früh bis spät mit ihr und für sie und gaben sich alle Mühe, sie von ihrem unmoralischen Lebenswandel abzubringen.

Peggy Murphy erholte sich und nahm zu. Ihre feuchte Wäsche hing an kreuz und quer durch das Kloster gespannten Leinen und flatterte im Wind, als versuche sie zu entfliehen.

Während der Sommermonate raffte Peggy Murphy ihre Röcke und arbeitete im Garten, zusammen mit den schwarzweiß gekleideten Nonnen, die alle einen Strohhut trugen, um sich gegen die Sonne zu schützen. Und sie brachte ihnen bei, *pommes de terre* anzupflanzen.

Sie betete das tägliche Brevier mit ihnen, während ihre Kinder barfuß herumtollten. Die Kinder lernten, den Rosenkranz zu beten und die französischen Heiligen zu verehren, und vervollkommneten ihr Französisch zu Füßen der Mère Supérieure.

Nachdem er acht Monate lang bei Brot und Wasser gelebt und, mit Fußschellen an seine Zellenwand gefesselt, zwischen Ratten und Mäusen auf Stroh geschlafen hatte, wurde Daniel Murphy entlassen. Sein Haar war schlohweiß, sein Rücken gekrümmt und seine Augen geschwächt, aber er war frei.

Man hatte ihn entlassen mit der Auflage, sich von Paris fernzuhalten, wo man ihn – nach Ansicht des Comte de Lismore – nicht frei herumlaufen lassen konnte, da die Gefahr bestand, daß Agenten der englischen Regierung ihm Geld dafür bieten würden, daß er seine Geheimnisse preisgab.

Daniel Murphy humpelte zurück nach Rouen und schwieg. Seine Frau und seine Töchter fuhren singend mit dem Fuhrmann nach Hause und kehrten in ihr normales Leben zurück.

Zwei Jahre später, am 21. oder 22. Oktober 1737, wurde Peggy Murphy in Rouen von ihrem zwölften und letzten Kind entbunden, ihrer fünften Tochter, die das Kindesalter überlebte.

Sie wurde lachend geboren. Mrs. Murphy trug sie sofort die Treppe hinauf, um sicherzustellen, daß sie Erfolg im Leben haben würde. Um ganz besonders sicher zu gehen, stieg sie mit ihr auf einen wackeligen Stuhl, hob sie immer wieder hoch und sang irische Schlaflieder dazu.

Noch in der Stunde seiner Geburt brachten sie das Neugeborene zum *curé* von Saint Éloi, um es taufen zu lassen. Anschließend träufelten sie ihm vom besten Rotwein auf seine roten Lippen, und Daniel Murphy spuckte ihm auf das lächelnde Gesicht.

»Das bringt Glück«, sagte er. »Das Glück der Murphys!«

Sie nannten sie Marie-Louise.

III

Die jüngste Tochter der Murphys sollte weder einen Buckel noch krumme Beine, noch einen künstlich verlängerten Kopf bekommen. Mrs. Murphy war zu dem Schluß gekommen, daß Marie-Louise keinerlei kosmetische Korrekturen brauchte. Sie konnte nicht riskieren, daß bei ihren Experimenten womöglich einmal etwas schiefging.

»Marie-Louise ist bereits vollkommen«, erklärte sie.

Marie-Louises ältere Schwestern waren mit einer Mischung aus Kuhmilch und Mehl ernährt worden, die manche Babys so gründlich ruhigstellte, daß sie in einer zugenagelten Kiste von der Amme nach Hause kamen.

Marie-Louise blieb von all dem verschont und überlebte.

»Zum Teufel mit meinem Busen«, rief ihre Mutter und stillte Marie-Louise selbst.

Unterdessen nahm Mrs. Murphy ihren Handel mit Lumpen wieder auf. Sie tat alles Erdenkliche, um zu Geld zu kommen. Wenn Lügen und Stehlen die einzigen Möglichkeiten waren, ihre Familie durch den Winter zu bringen, dann verlegte sich Mrs. Murphy aufs Lügen und Stehlen.

Sie sorgte stets für einen Vorrat an Zähnen von Toten, die sie an verschiedene Ärzte verkaufte. Bei allen Leichentransporten versuchte sie ihr Glück und feilschte nachher mit den Ärzten um einen angemessenen Preis.

Wenn die Not es erforderte, verkaufte sie sich selbst.

Es reichte nicht, arm und ehrlich zu sein. Selbst die Heiligen, zumindest einige von ihnen, hatten, wenn es ihnen an anderen Einnahmequellen mangelte, ihre Körper verkauft, um zu überleben. Daran nahm sie sich ein Beispiel.

Sie tröstete sich mit dem Gedanken an Sainte-Marie l'Égyptienne, die sich auf ihrer Schiffsreise nach Ägypten den Matrosen verkauft hatte, um für ihre Überfahrt zu bezahlen. Sainte-Marie hatte ihren Körper verkauft, und dennoch war sie im Himmel unter den Heiligen aufgenommen worden.

»Gott gibt den Seinen«, erklärte Mrs. Murphy ihrem Mann. Das war es, was Père la Chose gepredigt hatte: »Gott zeigt uns, welche Talente in uns schlummern.«

»Eine Familie muß überleben …«, murmelte Daniel Murphy.

»Es gibt mehr als einen Weg ins Paradies«, sagte seine Frau.

Mrs. Murphy achtete darauf, daß ihre Töchter niemals in einem Raum allein gelassen wurden, es sei denn, die heilige Bibel lag offen auf dem Tisch neben ihnen.

Sie schliefen in derselben Richtung, wie die Bodendielen verlegt waren, damit der Teufel keine Macht über ihre Träume erlangen konnte.

Mrs. Murphy badete die entzündeten Augen ihrer Kinder mit Weihwasser, das sie vom *curé* von Saint-Sauveur erbettelte.

Wenn die Tröstungen der Religion nicht mehr ausreichten, griffen die Murphys auf traditionelle irische Überlieferungen zurück, die sie aus Irland mitgebracht hatten und die seit Urzeiten von der Mutter an die Tochter und vom Vater an den Sohn weitergegeben wurden.

Mrs. Murphy hatte stets eine Flasche mit dem Blut einer schwarzen Katze zur Hand, als Heilmittel gegen jede Art von Krankheit außer den Blattern.

Als Marie-Louise Mundfäule bekam, steckte ihre Mutter ihr einen lebenden Frosch in den Mund. Marie-Louise verdrehte die Augen und wimmerte aus Furcht, der Frosch würde ihr schnurstracks die Kehle hinunter springen.

Als es Winter wurde und es keine Frösche mehr gab, hielt Mrs. Murphy Marie-Louise den offenen Schnabel einer Gans in den Mund, damit sie deren kalten Atem einatmete. Das Krankenzimmer war erfüllt von Gänsegeschrei und stank nach Gänsekot, doch Marie-Louise wurde gesund. Die Zauber ihrer Mutter wirkten immer.

An Sankt Michaeli schlachtete Daniel Murphy die Gans und versprengte ihr Blut überall im Haus – obwohl er vergessen hatte, warum man das tat.

Marie-Louise wuchs unter dem Schutz sämtlicher Zauber auf, an die ihre Eltern sich erinnern konnten.

Eine Halskette aus blauen Perlen schützte sie vor Erkältung, Mandelentzündung und Bronchitis. Ein getrockneter Kaninchenlauf, den sie an einer Schnur um den Hals trug, sollte ihr alles Glück Irlands sichern.

Stets trug sie einen Pferdebackenzahn mit sich, der ihr noch mehr Glück bringen sollte. In ihrem Geldbeutel bewahrte sie eine Münze mit einem Loch in der Mitte auf, ein weiterer Talisman, der ihr endloses Glück bescheren sollte, und bei jedem Neumond spuckte sie auf die Münze, damit sie ihre glücksbringende Kraft behielt. Der Geldbeutel war aus Wieselfell gemacht, um ihr noch mehr Glück zu bringen und sicherzustellen, daß sie immer Geld haben würde.

Sie trug ihre Strümpfe links herum, um Hexen abzuwehren. Sie zertrat ihre leeren Eierschalen mit dem Absatz ihres Schuhs, damit die Elfen keine Boote daraus machen konnten. Sie achtete darauf, daß Brotlaibe immer richtig herum auf dem Tisch lagen, um zu verhindern, daß ein Boot voller irischer Verwandter auf dem Weg nach Frankreich sank.

Bis sie schließlich davon überzeugt war, daß nichts schiefgehen konnte und sie gegen jede Art von Unheil gefeit war. Sie glaubte, daß ihr Geldbeutel immer voll Geld sein würde, obwohl er fast immer leer war. Sie begann zu glauben, sie sei unverwundbar, eine Murphy zu sein bedeute, alle Zauberkraft der Welt sei zu ihrem Schutz da, und sie würde ewig leben.

Die unsichtbaren Kräfte, die die Welt der Murphys beherrschten, mußten allerdings immer wieder freundlich gestimmt werden.

Marie-Louise bekreuzigte sich jedesmal, wenn sie eine Elster sah, denn die Elster war der Teufel.

Schwarze Käfer zerdrückte sie mit ihrem rechten Daumen, damit ihr die sieben Todsünden vergeben würden. Der schwarze Käfer erschien ihr recht nützlich.

»Jetzt kann ich tun, was ich will!« rief sie lachend und gab sich der Völlerei und Faulheit hin.

»Aber sie ist doch ein gutes Mädchen«, sagte Daniel Murphy, »denn sie pfeift nie im Dunkeln.«

Auch kämmte sie ihr Haar nicht nach Sonnenuntergang. Niemals schaute sie bei Kerzenlicht in einen Spiegel, um zu vermeiden, daß ihr der Teufel über ihre Schulter luge.

Wenn sie gähnte, machte sie ein Kreuzzeichen vor ihrem offenen Mund, damit der Teufel nicht in ihren Rachen fuhr und sich in ihrem Innern einnistete.

Damit das Glück sie nicht verließ, spuckte sie jedesmal in ihren rechten Schuh, bevor sie hineinschlüpfte. Sie spuckte fast immer, bevor sie irgend etwas tat, so daß es Zeiten gab, in denen im Haus der Murphys nichts zu hören war als Marie-Louise, die auf den Boden spuckte und die Hühner von den Stühlen scheuchte.

Ihre Mutter war stets darauf bedacht, sich in religiösen Dingen korrekt zu verhalten. In jedem Zimmer der ärmlichen Wohnung stand ein Gefäß mit schalem Weihwasser. Über dem Ehebett von Mr. und Mrs. Murphy hing ein blutendes Herz Jesu. Mrs. Murphy betete unentwegt in der Überzeugung, daß sie nach allem, was sie in ihrem irdischen Leben erduldete, das ewige Leben mehr als verdient hatte.

Sie machte jedesmal eine Kniebeuge, wenn sie an der Heiligenfigur der Jungfrau Maria vorbeikam, die in ihrem Eßzimmer hoch oben über der Straße hing, so nah am Himmel, wie man in Rouen kommen konnte, außer man erklomm den Turm der Kathedrale.

Unter der Marienfigur zündete sie Kerzen an für ihre Verwandten, die in Frankreich im Exil lebten. Sie zündete Kerzen an für ihre in Irland zurückgebliebenen Familienmitglieder. Sie zündete Kerzen an für ihren Mann und ihre Töchter, bis die ganze Wohnung von Kerzen erfüllt war wie die Kirche, wo sie regelmäßig die heilige Messe besuchten. Es war ein Wald von Kerzen, und überall klebte Kerzenwachs auf dem Boden.

Sie betete für die Erlösung von Zahnschmerzen und für das Gedeihen ihrer Kartoffeln und dafür, daß diese vom Mehltau verschont blieben. Sie betete für die Gesundheit von Daniel Murphy. Jede volle Stunde betete sie für die Gesundheit ihrer fünf Töchter, betete dafür, daß sie von Unfällen und entstellenden Krankheiten verschont blieben.

Mrs. Murphy betete sehr viel. Bei jeder Gelegenheit besprenkelte sie ihre Möbel und ihre Familie mit Weihwasser.

»Es kann ja nicht schaden«, sagte sie. »Womöglich nützt es sogar.«

Als Brigitte und Marie-Louise an den Blattern erkrankten, war Mrs. Murphy verzweifelt, doch ihr Glaube war unerschütterlich, und das Weihwasser floß.

Sie schickte die anderen Mädchen nach Nogent-le-Rotrou, setzte sich ans Bett der beiden Kranken und betete Gegrüßet-seist-du-Marias wie einen endlosen Singsang, während sie ihren Töchtern mit der heiligen Bibel Luft zufächelte.

Brigittes Gesicht verschwand hinter Tausenden von Pocken. Ihr langes, blondes Haar mußte abgeschnitten werden, erzielte jedoch einen guten Preis beim Perückenmacher. Dann verlor Brigitte ihre Augenbrauen.

Marie-Louises Nase verschwand, und ihr Kopf schrumpfte auf ein Drittel seiner ursprünglichen Größe. Am neunten Tag kam der *curé,* nahm den Kindern die Beichte ab, erteilte ihnen die Letzte Ölung und empfahl sie »in die gute Hand Gottes«.

Brigittes Pusteln färbten sich schwarz und verströmten einen ekligen Gestank. Marie-Louise lag neben ihr, ganz still, ihr Gesicht schwarz wie Kohle, und die weinende Mrs. Murphy machte sich auf den Verlust von zwei weiteren Kindern gefaßt.

Doch am dreizehnten Tag siegten ihre Gebete. Das Fieber ging zurück, und die Mädchen begannen, sich zu kratzen und sich im Stroh herumzuwälzen.

»Gott sei Dank, ihr werdet gesund«, sagte Mrs. Murphy, »aber wenn ihr nicht aufhört, euch zu kratzen, werdet ihr so häßlich werden, daß kein Mann euch je lieben wird.«

Aus Angst, nicht geliebt zu werden, ballte Marie-Louise die Fäuste, biß stöhnend in ihre Decke und blieb still liegen.

»Wenn ich mich nicht kratze«, flüsterte Brigitte, »dann sterbe ich.«

Nachts lag Marie-Louise wach und lauschte dem Kratz-kratz-kratz von Brigittes Fingernägeln.

Schließlich öffneten die Mädchen die Augen, wurden ins Leben zurückgerufen, und nach einem Jahr waren die roten Flecken verschwunden. – Brigittes Gesicht blieb vernarbt und entstellt. Sie war gesund, aber häßlich und glaubte, sie müsse nach Nogent-le-Rotrou gehen und Nonne werden.

Wie durch ein Wunder war Marie-Louises Gesicht unversehrt geblieben, bis auf eine Pockennarbe auf ihrer rechten Wange, die ihre Mutter sogleich mit einem schwarzen Taftpflaster in der Form eines Sterns überdeckte.

Nachdem es ihr gelungen war, ihre jüngsten Sprößlinge am Leben zu erhalten, richtete Mrs. Murphy alle ihre Bemühungen darauf, die Keuschheit ihrer Töchter zu bewahren.

Die Mädchen trugen die ältesten, schmutzigsten Kleider. Sie bedeckten ihre Hände mit Schlamm und schmierten sich Kohlestaub ins Gesicht. Sie verbargen ihre Reize, um sich vor den Männern zu schützen.

Wenn die Tarnung ein- oder zweimal im Jahr abgewaschen wurde, waren die Mädchen hübscher denn je. Wenn sie aus ihrem Badezuber stiegen, fand Mrs. Murphy, waren sie schöner als alle anderen Mädchen in Rouen. Außer Brigitte, die inzwischen falsche Augenbrauen aus Mäusefell trug.

»Aber selbst Brigitte«, beharrte Daniel Murphy, »selbst Brigitte hat ihre Vorzüge. Ein hübsches Gesicht ist nicht alles.«

Meistens tollten die Mädchen in den Straßen von Rouen herum. Sie beobachteten die Gezeiten und die Schiffe, die in den Hafen kamen. Sie lächelten den Matrosen zu, erledigten kleine Besorgungen für sie und machten sich auf jede erdenkliche Weise nützlich. Sie streiften durch die Menschenmenge an den Kais, die kleine Schwester immer im Schlepptau.

Marie-Louise, inzwischen fünf oder sechs Jahre alt, schaute staunend zu den Türmen der schwarzen Kathedrale auf und lauschte dem Läuten der Glocken.

Auf der Place du Vieux Marché gedachte sie der armen Jeanne d'Arc und bekreuzigte sich. Sie stellte sich vor, wie Jeannes Asche von der Seine fortgetragen wurde, und sprach ihre Gebete. In besonders harten Wintern verkaufte Mrs.

Murphy Splitter des Kreuzes, das die Jungfrau von Orléans getragen hatte, und verkohlte Überreste des Pfahls, an dem sie verbrannt worden war. Mit offenen Mündern sahen die Murphys zu, wie die Reliquien die Wunder wirkten, ganz wie ihre Mutter es prophezeit hatte, und sich in klingende Münze verwandelten.

»Glaubt mir!« sagte Mrs. Murphy ihnen. »Es gibt Wunder!«

In Rouen wimmelte es von Menschen, und überall wurden emsig Geschäfte gemacht, doch die Stadt war zu klein für die Murphys. Daniel Murphys Kunden waren arme Iren, die nur sonntags Schuhe trugen. Es kamen keine Kuriere mehr, die sich feine Stiefel anfertigen ließen. Es gingen keine Aufträge mehr ein für ein Dutzend Paar Schuhe für den Comte de Lismore. Die Monate in der Bastille hatten Daniel Murphys Gesundheit ruiniert.

Es hatte sich herumgesprochen, daß Peggy Murphy eine Reihe aufgeweckter Töchter hatte. Sie kam zu dem Schluß, daß es ratsam sei, einen Ortswechsel vorzunehmen. Sie war der Meinung, es sei an der Zeit, den Werdegang ihrer Töchter in die Hand zu nehmen.

»In Rouen haben die Mädchen keine Chance«, erklärte sie ihrem Mann. »Wir sollten nach Paris ziehen.«

Die Behörden wußten nur zu gut, wer Mrs. Murphy war und welchem Gewerbe sie nachging. Sie hatten sie schon einmal verwarnt, weil sie sich nachts im Dunkeln in den Straßen herumtrieb. Es war nur eine Frage der Zeit, bis man sie erneut verhaften würde.

»Ich muß an meinen guten Ruf denken«, sagte sie zu ihrem Mann.

Sie dachte an ihr altes Gewerbe, das in Paris, wo es wohlhabendere und anspruchsvollere Kunden gab, wesentlich lukrativer sein würde.

Daniel Murphy fragte sich, ob es ihm gelingen würde, sich unbemerkt wieder in Paris einzuschmuggeln.

Auf jeden Fall war das Leben in Paris billiger als in Rouen.

Die Nachricht vom großen Frost in Irland erreichte die Murphys: von den Toten, die von streunenden Hunden gefressen wurden; von ausgestorbenen Gemeinden; von mit Leichen übersäten Straßen; von Iren, die Hungers starben, weil ihnen nicht einmal Kartoffelschalen zum Essen geblieben waren.

Daniel Murphy hörte Berichte von Verwandten jenseits des Kanals, die die Halsvenen ihrer Rinder aufschnitten, um das Blut zu trinken, da sie keine andere Nahrung fanden.

Er überlegte, ob er in sein altes Land, zu seinem früheren Leben zurückkehren sollte, doch er selbst hatte den Kanal ja nie überquert.

»In Irland gibt es keinen anständigen Wein«, erklärte Daniel Murphy.

»Keine Croissants«, sagte seine Frau, »keine Schokolade ... keine Pâtisserie ... nichts zu essen!«

Die Murphys waren inzwischen eher Franzosen als Iren. Sie dankten ihrem Glücksstern und beschlossen, in Frankreich zu bleiben. Sie begannen, sich Monsieur und Madame Murphy zu nennen.

Mitten im Winter des Jahres 1743 verschwanden die Murphys, ließen, ohne ihre Mietschulden zu begleichen, Wohnung und Werkstatt zurück, die Türen weit offen, auf dem Boden verstreut halb fertige Schuhe, zerbrochenes Geschirr, zerbrochene Flaschen und schmutziges Stroh.

Eine von Pferden gezogene Barke brachte sie über die Seine in Richtung Süden, zusammen mit ihrem heruntergekommenen Hausrat: Tische, deren Beine in die Luft ragten, ganze Stapel von durchgesessenen Stühlen, Kisten voller

Lumpen, Weidenkörbe mit mageren Hühnern und ein quietschendes schwarzes Schwein.

Obenauf saßen die fünf Töchter, in von Motten zerfressene Pelze gehüllt, und sangen die alten irischen Lieder, die ihr Vater ihnen beigebracht hatte:

Geneviève, neunzehn, das lächelnde Gesicht weiß geschminkt und Rouge auf den Wangen, mit runden, schwarzen Augen, bereit, die Flügel auszubreiten und jederzeit in die Arme irgendeines Mannes zu fliegen, wenn er sie nur haben wollte.

Brigitte, sechzehn, das lächelnde Gesicht von Kratern übersät wie der Mond, ein ernstes Geschöpf, von Beruf Wachsperlenmacherin, mit geschickten, geübten Fingern, bereit, ein neues Leben zu beginnen, wohin auch immer das Schicksal sie führen mochte.

Madeleine, elf, das lächelnde Gesicht mit Creme und Puder bedeckt von ihrem ersten Bühnenauftritt, bei dem sie im Krippenspiel von Rouen einen Engel dargestellt hatte, die goldenen Flügel immer noch auf dem Rücken.

Victoire, neun, mit einer Puppe in den Armen, das lächelnde Gesicht mit roten Flecken übersät, mit vor Aufregung pochendem Herzen, stets Ausschau haltend nach einem Mann, der ihr vielleicht einen Kuß geben würde.

Und Marie-Louise, sechs, ein kleines Mädchen, das sich an das Schwein klammerte und mit großen Augen in die Welt blickte. Ihre Haut war auf wundersame Weise makellos geblieben, ihre einzige Pockennarbe immer noch bedeckt von dem sternförmigen Taftpflaster. Zum Schutz ihrer Tugend war ihr Gesicht unter einer Maske aus Schlamm und Kohlenstaub verborgen.

Daniel Murphy band Marie-Louise und das Schwein an der Seite der Barke fest, um zu verhindern, daß seine beiden kostbarsten Besitztümer ihm abhanden kamen.

Die Murphys kamen nach Paris, um ihr Glück zu machen. Sie bahnten sich ihren Weg bis zum Palais Royal, dem Hauptumschlagplatz für gebrauchte Kleidung und dem Revier der besseren Prostituierten – ein Ort, der zum Privatbesitz des Duc d'Orléans gehörte. Hier durfte die Polizei der Hauptstadt keine Verhaftungen vornehmen.

In ihrer neuen Umgebung vertrieb Marie-Louise sich die Zeit damit, die weißen Schnecken zu sammeln, die über die Pflastersteine in den Gärten des Palais Royal krochen. Sie setzte eine Schnecke auf einen mit Mehl bedeckten Teller, tat einen Deckel darüber und ließ den Teller über Nacht stehen. Am nächsten Morgen würde ihr die Schneckenspur den Anfangsbuchstaben ihres zukünftigen Geliebten verraten.

Ihre Schnecken beschrieben jedesmal ein kunstvolles L.

»Liam ...«, überlegte sie, »Laurent, Luc, Lazare ...«

»Louis«, sagte Madame Murphy und schloß sie lächelnd in die Arme, »König Louis ...«

Marie-Louise warf ihre Schnecken in einen Topf mit kochendem Wasser, und die Familie Murphy, Monsieur, Madame und Mesdemoiselles, lauter echte Franzosen, setzten sich um den wackeligen Tisch in ihrer ärmlichen Wohnung hoch über dem Palais Royal und aßen sie auf.

Die schwarzen Schnecken rührte Marie-Louise nicht an.

»Schwarze Schnecken bedeuten Tod!« hatten ihre Schwestern ihr beigebracht. Madame Murphy, die sich von den Schnecken an ihre Träume erinnert fühlte, mußte sich überwinden, doch sie aß sie trotzdem.

Wenn Freunde und Bekannte ihrer Eltern sie fragten, was sie einmal werden wolle, wenn sie groß sei, brachte Marie-Louise sie zum Lachen, wenn sie, anstatt zu antworten: »Ich will mit alten Kleidern handeln, wie Maman«, erklärte: »Ich will wie meine Schwestern werden.«

IV

Monsieur Murphy saß an einem Tisch in einem Café in der Nähe des Palais Royal und dachte über Schuhe nach. Die Zeitung aus Dublin lag in Reichweite. Seine Jackentaschen waren vollgestopft mit irischem Schnupftabak und irischem Tabak. Seine Ohren waren erfüllt von irischen Dudelsackklängen. Paris war keine fremde Stadt; Paris war zu Hause.

Madame Murphy harrte bei jedem Wetter im Hof des Palais Royal aus, stand zitternd an ihrem Stand mit Bergen von Lumpen. Den ganzen Tag hüpfte sie auf der Stelle, um sich warm zu halten, pries ihre Ware an, hielt die zerschlissenen Kleider hoch und lächelte die Passanten an. Ihr Marktgeschrei war laut und rauh und falsch, aber es war französisch.

Ihre Töchter standen auf ihrem Marktstand, drehten und spreizten sich in ihren Kleidern, lächelten die Leute an. Sie hatten strenge Anweisung, stets und immer zu lächeln und die Aufmerksamkeit der Passanten auf sich zu lenken, so gut sie konnten.

Es gelang ihnen vor allem, die Aufmerksamkeit von Monsieur Boucher auf sich zu ziehen, dem Kunstmaler mit dem kobaltblau gesprenkelten Gesicht und der mit Grünerde beschmierten Brille. Als Madame Murphy ihren Stand im Palais Royal aufgebaut hatte, war er gleich am ersten Tag mit leuchtenden Augen an sie herangetreten, um sich zu erkundigen, ob ihre Tochter ihm wohl Modell sitzen würde.

»Welche denn?« fragte Madame Murphy. »Ich habe fünf.«

Boucher streckte seinen Finger aus. »Die mit den Händen«, sagte er.

»Die häßliche Brigitte!« rief Madame Murphy verblüfft.

Boucher beugte sich über Brigittes Hände, küßte sie, hielt sie in den seinen und betonte immer wieder, wie schön sie doch seien.

»Ich wußte gar nicht, daß Hände schön sein können«, sagte Brigitte lachend. Und kurz darauf waren ihre Hände berühmt. Plötzlich war Brigitte die reichste in der Familie, und ihre Eltern liehen sich Geld von ihr.

»Ich wußte, daß Paris uns Glück bringen würde«, erklärte ihre Mutter, und sie pries ihre Waren an, bis sie heiser war, in der Hoffnung und Überzeugung, daß noch mehr Glück auf sie wartete.

Madame Murphy verkaufte ausschließlich Frauenkleider: einen ganzen Berg alter Taftkleider, an den Säumen zerschlissen und unter den Achseln vom Schweiß vieler Jahre verfärbt. Sie verkaufte die zerrissenen, verschmutzten Kleider von Leichen, die man aus der Seine gefischt hatte: Kleider von Toten, blutbefleckt und schlammverkrustet. Sie verkaufte luxuriöse Kleider aus Versailles, Kleider mit Goldstickereien und silbernen Litzen, die fortgeworfen worden waren, weil die Marquise Fett angesetzt hatte und die Nähte aufgeplatzt waren; die Mode der vergangenen Woche, heute zu auffällig, um in der mondänen Gesellschaft getragen zu werden.

Im Winter knisterten die Kleider im Frost, im Sommer wimmelten sie vor Fliegen, und das ganze Jahr über stanken sie nach Schweiß, nach schimmelnden Essensresten und hier und dort nach Düften, die einst *à la mode* gewesen waren. In Mrs. Murphys fauligem Kleiderhaufen wühlten Hunderte von Frauen, die zu viele hungrige Mäuler zu stopfen hatten, Frauen, die zu arm waren, um sich etwas Neues zu kaufen; Frauen, die in ihrem ganzen Leben noch nie neue Kleider getragen hatten.

Jeden Abend saß Marie-Louise mit ihrer Mutter bei Kerzenlicht und geschlossenen Fensterläden und schaute zu, wie sie die Tageseinnahmen aus ihrem Lederbeutel auf den Tisch leerte und die Münzen zu wackeligen Türmen stapelte: Geld für alte Kleider, Geld für Gefälligkeiten ihrer Töchter, größere und kleinere.

»Geld dafür, daß wir uns auf den Rücken legen«, lachte sie.

Ihr Leben lang vergaß Marie-Louise nie, wie sie an einem Abend im Alter von sechs Jahren in einer Weinstube auf dem Tisch gestanden hatte, umringt von stinkenden Männern, die grölten und schlechten Tabak rauchten: betrunkene Männer, deren Atem nach Whiskey roch. Sie erinnerte sich an das Klingen der Gläser, an die rauhen Stimmen.

Sie tanzte in ihrem rosafarbenen Taftkleid auf dem Tisch, weil auf dem Boden kein Platz war. Sie erinnerte sich an den Tumult und daran, wie ihre Mutter über den Lärm hinweg rief: »Wieviel wird geboten? Welchen Preis bietet Ihr mir für meine hübsche Tochter?«

Niemand hatte Marie-Louise gesagt, daß sie zum Verkauf stand. Niemand hatte etwas davon erwähnt, daß sie fortgehen sollte. Sie erinnerte sich, wie sie in Panik geraten war, wie ihr Herz doppelt so schnell schlug wie sonst, während sie sich ängstlich im Raum umsah und sich fragte, was geschehen würde, wer sie kaufen würde.

Sie erinnerte sich daran, wie die Männer begannen, ihre Gebote zu machen, wie sie immer weiter getanzt hatte, die Arme an den Körper gepreßt, um das rosafarbene Kleid mit dem Loch im Rücken festzuhalten, das ein Stück weiße Haut entblößte, wie ihre Schuhe auf der Tischplatte geklappert hatten, während der Preis immer höher ging – bis in der Weinstube die Wände wackelten und Summen für sie geboten wurden, von denen sie noch nie in ihrem Leben gehört hatte.

Sie tanzte und tanzte, und der Rauch stieg ihr in die Nase und brachte sie zum Niesen, das Grölen dröhnte ihr in den Ohren, und die Männer starrten sie mit ihren geröteten Augen an, lachten und hoben ihre Gläser. Männer mit unrasierten Gesichtern, rauhe Männer, Iren, Männer in gebrauchten Kleidern.

Sie erinnerte sich, wie sie auf einmal alle den Atem angehalten hatten und wie ihre Mutter mit lauter, rauher Stimme in die plötzlich eintretende Stille hineingerufen hatte: »Marie-Louise ist nicht zu verkaufen, Messieurs, sie gehört mir – mein kleiner Liebling wird nicht verkauft.«

Ihre Mutter brach in schallendes Gelächter aus, zog sie vom Tisch, hob sie hoch und drückte sie an ihren riesigen Busen.

»Keiner kriegt meinen Liebling«, rief sie. »Noch nicht ... sie ist noch nicht soweit ... Wir werden sie noch ein bißchen mästen, Messieurs ... Am besten, ihr fangt schon mal an zu sparen.«

Obwohl ihre Mutter sie drückte und küßte und ihr in die Wangen kniff, um sie zum Lachen zu bringen, hatte sie sie einen Moment lang dafür gehaßt.

Bei einer anderen Gelegenheit hatte ihre Mutter ausgerufen: »Eine Tochter ist ein Mühlstein am Hals ihrer Mutter. Eine Tochter ist ein Blutegel.«

Nie ließ sie ihre Töchter vergessen, wie sehr sie sich jedesmal geschämt hatte, als sie wieder ein Mädchen zur Welt gebracht hatte.

»Ein Sohn würde seine Eltern im Alter ernähren«, stöhnte sie, »aber eine Tochter bringt überhaupt nichts ein.«

Schließlich hatte ihre Laune sich wieder gebessert. »Ein Mädchen kann ebensogut seinen Lebensunterhalt verdienen wie ein Junge«, sagte sie. »Es gibt genug Möglichkeiten für ein

Mädchen, die Brötchen für die Familie zu verdienen.« Dann holte sie tief Luft und brüllte die Mädchen an: »Also, seht zu, daß ihr am Leben bleibt, und macht keine Dummheiten.«

Die Mädchen wuchsen zu perfekten Vertreterinnen ihres Geschlechts heran, fünf kleine Wunder (außer Brigitte), und es kam der Tag, an dem Madame Murphy im Dämmerlicht vor dem Altar der Kirche Saint-Germain l'Auxerrois kniete und der Heiligen Jungfrau dafür dankte, daß sie ihr Töchter geschenkt hatte, die sie in profitversprechende Unternehmen verwandeln konnte.

Beim Beten hielt sie ihre Finger gekreuzt. »Für alle Fälle«, murmelte sie.

Eine nach der anderen machten die Murphy-Töchter Karriere in den vornehmeren Bereichen der Prostitution.

»Die Murphys sind eine Familie im Glück«, erklärte Daniel Murphy seiner Frau. »Alle unsere Mädchen sind vom Glück gesegnet.«

Außer Brigitte. In jungen Jahren hatte Brigitte einen Topf mit kochendem Wasser beaufsichtigen sollen und ihn verkochen lassen.

Ihre Schwestern hatten geschrien: »O la la! Jetzt wirst du nie einen Geliebten finden.« Brigittes Hoffnungen, einen Mann zu finden, waren auf der Stelle zunichte. Von nun an erwartete sie nichts mehr vom Leben, als eine einfache Mademoiselle Murphy zu bleiben. Im Alter von neun Jahren fand sie sich damit ab, daß sie eine alte Jungfer werden würde.

Daniel Murphy liebte Brigitte trotz allem. Jeden Abend ging er um den Tisch herum, umarmte und drückte seine fünf Töchter und küßte jede von ihnen viermal – zweimal auf jede Wange, wie die Franzosen es taten.

»*Un pour moi, un pour toi, un pour le bon Dieu*«, sagte er. »Und einen für das Glück.« Zwanzig Küsse.

»Ihr müßt euch daran gewöhnen, geküßt zu werden«, sagte er. »Alle Männer der Welt werden meine schönen Töchter küssen wollen.«

Dann ging er wieder um den Tisch und küßte sie noch einmal, vierzig Küsse, und vier für seine Frau.

»Zum Glück hab ich keine zwölf Töchter«, scherzte er, »sonst wäre ich jedesmal vom Küssen ganz erschöpft.«

Marie-Louise brauchte sehr lange, bis sie sich daran gewöhnen konnte, sich küssen zu lassen. Als die ganze Familie einmal am Neujahrstag zu einem Spaziergang in die Tuilerien gegangen war, war der Park mit Menschen überfüllt gewesen. Marie-Louise hatte sich im Spiel mit geschlossenen Augen im Kreis gedreht und sich in dem Meer aus Röcken und dem Wald aus Hosenbeinen verirrt.

Sie kam sich vor wie ein Mädchen, das zu niemandem gehörte, das nirgendwohin gehörte. Sie quetschte sich zwischen den Leuten hindurch, verletzte sich an Schwertern, stieß sich an Sonnenschirmchen. Weiche Hände langten nach ihr, um ihre Haut zu berühren. Haarige Hände schoben sich tief in ihr Kleid. Sie sagte sich, daß sie sich nur kurz verirrt hatte, daß man sie schon bald finden würde, und hielt ihre Tränen zurück.

Dann hob sie jemand auf, hob sie über die Köpfe der Menge, während sie schrie und strampelte, und dann wurde sie weitergegeben und von jedem geküßt, wurde von Mann zu Mann gereicht und geküßt und geküßt und überall befühlt.

Sie schrie und kreischte, bis sie wieder auf dem Boden und bei ihrer Familie landete, und ihre Schwestern nahmen sie fest bei den zitternden Händen und ließen sie nicht mehr los. Und sie versprach ihnen, sich nie wieder zu verirren, nein, sie würde sie nie wieder aus den Augen lassen.

»Ich mag es nicht, wenn sie mich da anfassen«, sagte sie zu ihren Schwestern. »Das hat mir überhaupt nicht gefallen.«

»Eines Tages wirst du es schon mögen«, sagte ihre Mutter. Und die Schwestern lächelten sich vielsagend zu, als wüßten sie viel mehr über das Anfassen als ihre Mutter.

Doch war es, als wäre in Marie-Louise etwas erwacht, das nicht wieder einschlafen wollte: als hätte sich alles verändert, als würde nichts wieder so sein wie zuvor. Sie sah Paris mit neuen Augen; und die Männer, die sie früher gemocht und denen sie vertraut hatte, waren ihr suspekt geworden.

Sie hatte ihre Naivität verloren. Männer würden sich von ihr nehmen, was sie bekommen konnten. Männer waren nichts weiter als *jeanchouarts* auf Beinen. Lange Zeit wollte sie nichts mit ihnen zu schaffen haben oder überhaupt an sie denken.

Kurze Zeit später kam Daniel Murphy, der treusorgende Vater, mit einer hölzernen Kiste nach Hause, die er feierlich auf den Tisch stellte. Marie-Louise hörte seine weiche, irisch-französische Stimme verkünden: *»Une surprise!«*

Die Mädchen lugten über seine Schulter und riefen *»Parbleu! Nom d'une pipe!«*, wie er es ihnen beigebracht hatte.

In der Kiste hockte reglos ein leuchtend grünes Geschöpf, acht *pouces* lang, mit einem Rautenmuster auf der schuppigen Haut, einem blauen Kopf, einem langen Schwanz und aufmerksamen Knopfaugen.

Die Mädchen lachten und fragten: *»Qu'est-ce que c'est?«*

»Un lézard«, sagte Daniel Murphy. »Ihr müßt ihn ablecken.«

Die Mädchen wichen entsetzt zurück.

»Wenn ihr ihn ableckt, wird eure Zunge die magische Kraft erhalten, den Schmerz von einer Brandwunde zu nehmen. Für immer!« erklärte er.

Die Mädchen zogen die Brauen zusammen, setzten ihre ernsteste Miene auf.

»Los, macht schon«, sagte Daniel Murphy, die Hände in den Taschen seiner froschgrünen *pantalons.* »Wer will die erste sein?«

Er schaute Geneviève an, die zwanzigjährige Schönheit in einem Kleid, das sie aus der Garderobe der Opéra-Comique gestohlen hatte.

»Die Älteste!« forderte er sie lächelnd auf.

Geneviève hob ihre fein nachgezogene Augenbraue hoch, schenkte ihm ihr sarkastischstes Lächeln und sagte: »Eher trinke ich meine eigene Pisse, als daß ich eine Echse ablecke.«

Brigitte, die Siebzehnjährige, verdrehte die Augen, preßte ihre Lippen zusammen und ballte die Fäuste, um notfalls auf ihren Vater einzuschlagen.

Madeleine, die Zwölfjährige, befingerte ihren Rosenkranz und ihre Glücksperlen, bekreuzigte sich und sagte: »Eher sterbe ich, als daß ich die Echse ablecke.«

Victoire, die Zehnjährige, in einem viel zu großen Kleid, stürzte aus dem Zimmer, den Mund voll mit Erbrochenem.

»C'est obligatoire!« erklärte Daniel Murphy. »Ihr müßt! Für Papa!«

Er schaute die siebenjährige Marie-Louise an und lächelte. Die Echse schlug mit dem Schwanz und lief auf dem Tisch herum. Marie-Louise streckte ihre Hände aus, um zu verhindern, daß sie über die Tischkante hinaus lief, und plötzlich saß die Echse in ihrer Hand, und es kitzelte.

Sie streckte die Zunge heraus, fuhr sich damit über die Lippen, um Spucke zu sammeln, überlegte es sich wieder anders und zog die Zunge wieder zurück.

Daniel Murphy grinste, so daß die schwarzen Lücken zwischen seinen Zähnen zu sehen waren, und strahlte sie mit leuchtenden Augen an. Und dann hob sie, ohne viel Aufhebens zu machen, die Hände und leckte erst den langen Schwanz und dann die gefleckten Seiten der Echse ab. Die Zunge der Echse schoß immer wieder aus ihrem Maul. Marie-Louise leckte an ihrer bleichen Unterseite.

»Sie schmeckt überhaupt nicht ekelhaft«, sagte sie. »Sie schmeckt nach gar nichts.« Sie begann von neuem, sie abzulecken.

»*Voilà!*« sagte sie. »Er schmeckt gut!« Sie schaute Victoire an, die immer noch Erbrochenes von ihren Lippen wischte, und sagte: »Los, du traust dich bestimmt nicht!«

Monsieur Murphy drückte seine Bartstoppeln an Marie-Louises Wangen, und ihre älteren Schwestern überwanden sich, die Echse ebenfalls abzulecken.

»Es gibt nichts, was ein Murphy nicht fertigbringt!« sagte Daniel Murphy. » ›Kann ich nicht‹ gibt's in unserer Familie nicht.«

Marie-Louise wuchs heran, und sie wurde immer hübscher, bis sie eines Tages, als sie über die Rue de Richelieu hinter dem Palais Royal spazierte, die Aufmerksamkeit von Monsieur Boucher erregte, der sie sogleich als Modell anheuerte. Ihre Mutter brach in Freudenschreie aus.

Marie-Louise legte ihre armseligen Kleider hinter einem Wandschirm ab und trat hervor in ihrer perlweißen Haut. Boucher war nicht nur an ihren Händen interessiert. Sie streckte sich auf dem Bauch aus, die Beine in der Luft. Sie gewöhnte sich an die Gipsbüsten und Muscheln und Urnen und Leiern, die überall im Atelier herumstanden und lagen, und sie wurde für nichts anderes bezahlt als dafür, daß sie sie selbst war.

Wenn sie drei Stunden lang reglos wie eine Statue dagelegen hatte, konnte sie sich nicht mehr rühren, und ein junger Mann wurde damit beauftragt, ihr die Glieder zu massieren und ihr Blut wieder zum Zirkulieren zu bringen, bis die Schmerzen verschwanden, die sich wie tausend Nadelstiche anfühlten.

Sie gewann Gefallen daran, sich massieren zu lassen. Es war ganz anders als die Berührungen, die sie an dem Tag in den Tuilerien hatte über sich ergehen lassen müssen. Der junge Mann schaute ihr tief in die Augen, während er sie knetete, und dabei glühten seine Augen wie Feuer.

Allmählich erwachte ein anderer Teil in ihr. Sie spürte eine Wärme in ihrem Innern, so als hätten die Funken in den Augen des jungen Mannes auch in ihr ein Feuer entfacht. Sie begann zu spüren, daß sie auch zur Welt der Anfasser und Umarmer gehörte, daß sie genauso war wie alle anderen, daß sie keineswegs ausgeschlossen war.

Zur gleichen Zeit nahm Madame Murphy Marie-Louises Bildung in die Hand. Sie nahm sie mit ins Leichenschauhaus im Châtelet und zwang sie, sich die Toten anzusehen. Sie sah die Unglücklichen, die Obdachlosen, die Ungeliebten, die sich in die Seine gestürzt hatten, die ihr Leben fortgeworfen hatten. Sie berührte das Kinn der Leichen mit Daumen und Zeigefinger, um zu verhindern, daß die Geister der Toten sie heimsuchten.

Sie stand auf der Place de Grève und schaute zu, wie gemeine Verbrecher mit dem *Fleur-de-lis*-Zeichen gebrandmarkt wurden. Sie sah, wie Diebinnen das V für *Voleuse* auf Stirn und Schulter gebrannt wurde. Sie hörte das Zischen des Brandeisens auf dem Fleisch, hörte die schrecklichen Schreie der Frauen. Sie sah die Verstümmelungen. Es war ihr nicht gegönnt, in Unwissenheit aufzuwachsen.

»Bleib am Leben«, befahl ihr Daniel Murphy. »Sieh zu, daß du lange lebst.«

Madame Murphy tat ihr Bestes. Sie sparte nicht an weisen Ratschlägen und strengen Befehlen.

»Parlez Anglais!« schrie sie ihre Töchter an. »Wer weiß, wann wir wieder zurück über den Kanal müssen …«

»Wenn ihr eure Nägel kaut, werden euch die Finger abfallen …«

»Haltet euch gerade …«

»Wenn ihr lügt, wird euch der Mund offen stehen bleiben …«

Madame Murphy sorgte dafür, daß ihre Töchter sich regelmäßig eincremten, um ihre Haut glatt und jung zu erhalten.

»Wenn ihr die Cremes benutzt«, erklärte sie ihnen, »werdet ihr immer jung bleiben.«

Unterdessen bemühte sich Brigitte, ihre schlimmsten Pockennarben mit schwarzen Schönheitspflästerchen aus Taft zu verbergen, und machte ihre Häßlichkeit wett, indem sie stets lächelte. Ihre Hände pflegte sie mit duftenden Cremes, um deren Schönheit zu erhalten. Mit ihren geschickten Fingern zauberte sie in ihrer Freizeit falsche Perlen aus Wachs.

Sie ließ niemanden vergessen, daß einer der berühmtesten Maler ihre Hände unsterblich gemacht hatte. Seitdem weigerte sie sich, ihre Hände naß zu machen. Während sie mit den Händen in der Luft vor dem Kamin in der Badewanne saß, sich von ihren Schwestern einseifen und massieren ließ und sich ihren Illusionen hingab, war Marie-Louise, die die Kohle heranschleppte und das Feuer schürte, von Kopf bis Fuß von Kohlenstaub bedeckt, die Hände schwarz von Stiefelwichse.

Manche Leute hielten die Murphys mit ihren falschen Perlen um den Hals für verarmte Adlige. Den Murphys war dieser Trugschluß nur recht, schmeichelte er ihnen doch wesentlich mehr als die Wirklichkeit ihres beengten Lebens sieben Stockwerke über der Straße mit einem Schwein als Hausgenossen.

Die Murphys waren gute Schauspieler. Schon bald war Madeleine Murphy ein bekanntes Gesicht unter den Säulen und auf der Bühne der Comédie Française, wo sie als »Madame Corbin« die Rolle der Statue in Pygmalion spielte, und auch ihre Singstimme wurde gelobt.

Wenn es ihnen ratsam erschien, waren die Murphys jedoch ebenso geschickt darin, sich still zu verhalten und sich unsichtbar zu machen. Es lag ihnen im Blut. Es reichte ihnen nie, einfach sie selbst zu sein, sie fühlten sich stets wohler, wenn sie etwas anderes darstellen konnten. Sie verschmolzen mit den Schatten, waren nie das, was sie zu sein schienen: Gauner, Herumtreiber, Diebe, Zigeuner und Edelleute in einer Person.

»Die Murphys können tun, was sie wollen«, erklärte Daniel Murphy. Wenn es ihm gefiel, konnte er ein heruntergekommenes Wrack sein und zusammen mit den Bettlern am Straßenrand die Hand aufhalten. Genausogut konnte er als eins der ältesten Familienmitglieder der Murphys aus Irland auftreten, stolz auf die Tradition und das Familienwappen der O'Murphys von Ballymollymore. Die Murphys hielten den Blick stets nach oben gerichtet, immer auf der Suche nach Möglichkeiten, ein kleines Stückchen weiter in der Gesellschaft aufzusteigen.

Victoire Murphy hatte es im Leben bereits zu etwas gebracht. Unter dem Namen »Madame Saint-Gratien« sang sie in der Opéra-Comique, wo sie viele Bewunderer hatte. Die Pockennarben in ihrem Gesicht unter einer dichten Puderschicht verborgen, saß sie Modell für einen Freund der Familie – Monsieur Boucher. Bewundert zu werden wurde zu ihrem Lebensinhalt.

Victoire hatte ihre Gönner, Männer, denen ein Anteil von ihr gehörte, als besäßen sie den Anteil an einem Rennpferd:

Männer, die für ihren Stall und ihr Futter bezahlten und dafür das Recht hatten, sie zwei- oder dreimal pro Woche zu besuchen, um ihre Flanken zu striegeln und auf ihrem Rücken zu reiten.

Doch Victoire hatte sich zu viele Beschützer zugelegt. Sie bekam eine ungewollte Tochter, und es gab keinen Vater, der für sie bezahlte.

Das Kind wurde von Victoires ältester Schwester Geneviève aufgenommen, die damals mit einem gewissen Monsieur Melon, einem Spieler, zusammenlebte. Und Geneviève zog Victoires Kind auf, als wäre es ihr eigenes, so daß Victoire weiterhin abends als Sängerin auftreten und den ganzen Tag im Bett liegen konnte – mit oder ohne ihre diversen Wohltäter, von denen einer, Monsieur Patu, ein Anwalt am Hohen Gericht, derjenige war, der den entscheidenden Anstoß zur glorreichen Karriere von Marie-Louise geben sollte.

Um das Jahr 1750, als Marie-Louise zwölf Jahre alt war, nahmen ihre Schwestern sie mit in die verrufensten Viertel von Paris, um sie auf ihren zukünftigen Beruf vorzubereiten. Sie sah schwangere Frauen, die ihren Lebensunterhalt nicht mehr verdienen konnten. Sie sah die heruntergekommensten Frauen auf der Straße ihre Dienste anbieten.

Sie sah Frauen mit Scharen hungernder Kinder, Frauen, die ihre Zähne verkauft hatten, um Lebensmittel erstehen zu können.

Sie sollte aus Victoires Fehler lernen.

Madeleine führte ihr die bessere Seite des Gewerbes vor: die vergoldeten Zimmer, den kostbaren Schmuck, die goldenen Messer und Gabeln, silberne Teller, seidene Laken; eine Welt voller livrierter Diener und gepuderter Lakaien und glitzernder Diamanten.

»Du hast die Wahl«, sagte Madeleine.

Die Schwestern begannen, Marie-Louise Unterricht im Küssen zu erteilen. Sie lernte, was den Männern gefiel. Nur Küssen war erlaubt. Unter keinen Umständen durfte sie ihre Jungfräulichkeit verlieren. Sie bereitete sich auf die Generalprobe vor.

»Wenn du dich verliebst, wird dir das Herz brechen«, warnte Madeleine. Und Marie-Louise versprach feierlich, sich nicht zu verlieben. Anfangs ekelte sie sich vor den haarigen Nasen der Männer, die sie im Gesicht kitzelten, Nasen von Männern, die ihre Großväter hätten sein können, die schnauften und keuchten, die wie Hundenasen an ihr herumschnüffelten, als sei ihr Geruch das Wichtigste.

Sie hielt ihre Augen fest geschlossen. Sie wollte die sabbernden Mäuler nicht sehen, die ihren ganzen Körper ableckten, die jede einzelne Falte in ihrer Haut erkundeten, als sei sie nichts weiter als ein Stück Fleisch.

Sie verabscheute die schmeichelnden Zungen, die gewaltsam in ihren Mund eindrangen, die sie kosteten, als sei sie ein guter Wein. Sie biß die Zähne zusammen. Keine nach Knoblauch schmeckende Zunge sollte in ihren Hals gelangen. Sie wollte keine Männerspucke im Mund haben.

Lieber hätte ich einen Frosch im Mund, dachte sie. Lieber würde ich die Echse küssen.

Doch die Männer schienen ihre Widerspenstigkeit als einen Teil dessen zu betrachten, für das sie bezahlt hatten. Weil sie für sie bezahlt hatten, glaubten sie, mit ihr umgehen zu dürfen, wie es ihnen gefiel. Sie wehrte sich. Sie hielten sie fest. Sie schrie und weinte. Sie hielten ihr den Mund zu und machten weiter, ohne sich um ihren Protest zu kümmern.

Sie zerkratzte ihnen das Gesicht. Sie biß um sich wie ein Tier und schlug mit den Fäusten auf sie ein. Gezielt setzte sie ihre zarten Knie ein. Man hatte ihr beigebracht, sich zu verteidigen.

Den Männern schien ihre Widerborstigkeit zu gefallen, sie kamen immer wieder, um sich erneut kratzen und beißen und schlagen und in die Weichteile treten zu lassen. Sie kämpfte erbittert weiter, ging auf Männer los, die sorgfältig für ihre Erziehung ausgewählt worden waren, um sie gegen den Ekel abzuhärten, um ihr beizubringen, ihre Gefühle zu beherrschen und selbst die widerlichsten Freier zu ertragen, solange diese ihr Geld herausrückten.

Sie lernte weiterzugehen als jedes anständige Mädchen. Und schließlich ertrug sie fast alles, ohne zu murren.

»Man kann sich an fast alles gewöhnen«, sagte Victoire.

Dann änderte sich ihre Kost, und Marie-Louise wurde mit Männern gefüttert, die den Göttern in Monsieur Bouchers Gemälden glichen: junge Männer mit glatter Haut, die sie mit ihren Komplimenten zum Lächeln brachten; Männer, deren Atem sie nicht abstieß; Männer, deren Zungen das Fallgitter ihrer Zähne überwanden; Männer, in die sie sich – hätte man sie nicht strengstens davor gewarnt – hätte verlieben können. Sie drückten ihr Louisdors in die Hand und küßten sie, bis sie erschöpft war.

»Sie werden mich noch zu Tode küssen«, beklagte sie sich bei Brigitte.

Doch es dauerte nicht lange, und sie genoß es fast, den warmen Atem auf ihrer Haut zu spüren. Sie begann, sich für weiche, warme Männerhaut zu interessieren. Mit der Zeit übte ihr neuer Beruf eine seltsame Faszination auf sie aus.

Hin und wieder besuchte sie Madame Fleuret, eine *lingère,* die den Mädchen alles über Spitze und feines Linnen beibrachte, über Unterröcke, Hauben und Négligés; die die Mädchen in die feinere Kunst des Beischlafs einführte und mit ihnen Positionen einübte, die sich als erstaunlich lukrativ erwiesen.

Marie-Louise saß weiterhin Modell für Monsieur Boucher und wartete darauf, daß etwas geschah, wartete auf den richtigen Mann, wartete darauf, daß endlich alles anfing.

»Alles hat einen Nutzen«, sagte Madame Murphy, während sie die Wangen ihrer jüngsten Tochter mit Schlamm einrieb. »Selbst Schmutz könnte dir eines Tages das Leben retten. Er wird dich schützen, bis deine Zeit gekommen ist ...«

»Selbst *merde* kann dir das Leben retten«, sagte Marie-Louises Mutter.

Marie-Louise rümpfte die Nase.

»Das Gold des armen Mannes«, sagte ihre Mutter. »Denk an meine Worte.«

Marie-Louise zog eine Grimasse.

»Tu das nicht!« fuhr ihre Mutter sie an. »Sonst dreht sich der Wind ...«

Marie-Louise lachte.

»Und halt dich nicht in der Sonne auf«, sagte ihre Mutter. »Wir wollen doch nicht, daß du dich in eine Bratkartoffel verwandelst.«

V

In Versailles war der hochwohlgeborene, sehr mächtige und vorzügliche Ludwig XV., von Gottes Gnaden König von Frankreich und Navarra, auf der Suche nach einer neuen Mätresse.

Im Alter von fünfzehn Jahren – viel zu früh, hieß es in Versailles – war er verheiratet worden mit der Tochter des Stanislaus Leszczynski, dem gestürzten König von Polen, der in Frankreich im Exil lebte. Marie Leszczynska war einundzwanzig, und die Ehe wurde allgemein als eine unglückliche Verbindung betrachtet. Sie waren in den Stand der Ehe getreten, ohne sich vorher je begegnet zu sein.

Zunächst ging jedoch alles gut, und es hielt sich das Gerücht, Ludwig hätte seiner Königin in der Hochzeitsnacht siebenmal beigewohnt.

Die Königin, eine charmante, unscheinbare, fromme Frau, liebte es, bei einer einzigen Mahlzeit zweihundert Austern zu verspeisen. Nachdem sie zehnmal niedergekommen war, begann sie zu klagen, sie sei nichts als eine Gebärmaschine.

Ihre Ärzte waren der Meinung, zehn Kinder seien genug, und erklärten, eine weitere Schwangerschaft sei gefährlich für sie. Marie Leszczynska unterließ es, diese Information an den König weiterzugeben. Anstatt auf medizinische berief sie sich auf religiöse Gründe und ließ ihn fortan nicht mehr in ihr Schlafzimmer.

Sie könne nicht mit ihm schlafen, erklärte sie, wegen des Feiertags von Sainte-Geneviève oder Sainte-Béatrice oder Saint-Jérôme … Der kirchliche Kalender hielt so viele Heilige parat, daß sie sich nie wieder eine andere Ausrede auszudenken brauchte; sie brauchte nie wieder mit Ludwig zu schlafen.

Es kam der Tag, an dem Ludwig aus dem ehelichen Schlafzimmer stürmte, nach seinem Kammerdiener rief und ihm befahl, ihm eine Frau zu bringen, irgendeine. Der Kammerdiener gehorchte. Es folgte eine lange Reihe von vorübergehenden Mätressen, an deren Ende Jeanne-Antoinette Poisson, Dame Le Normant d'Etioles am Hof erschien, Madame de Pompadour, die zur dauerhaften Instanz werden sollte.

Die Pompadour war die perfekte Mätresse. Sie war lebhaft, die Königin still. Sie war amüsant, die Königin langweilig. Sie wurde zum Mittelpunkt der Versailler Gesellschaft. Sie organisierte Opern, Konzerte und Laienspiele; sie führte einen Salon, und sie befreite den König von seiner Melancholie. Sie ließ ihn den Schrecken des Todes vergessen.

Doch die ehemalige Mademoiselle Poisson wurde krank, weil sie sich von nichts als Selleriesuppe, Trüffeln und heißer Schokolade ernährte: lauter Aphrodisiaka, die sie zu sich nahm in der Hoffnung, etwas anderes zu werden als ein kalter Fisch.

»Dem Namen nach ein Fisch, der Veranlagung nach ein Fisch«, amüsierte sich ganz Versailles.

Durch ihre Kost wurde die Pompadour fett. Sie verlor ihre Gesundheit. Ihre Brüste wurden schlaff. Ihre Figur wurde ruiniert, und ihr Teint färbte sich gelb. Sie entwickelte ein Doppelkinn und einen gehetzten Blick.

Um die Mitte des Jahrhunderts hatte Ludwig jedes körperliche Interesse an der Pompadour verloren. Sie lebten in gutem Einvernehmen, blieben die besten Freunde, und sämtliche Staatsangelegenheiten blieben weiterhin im eisernen Griff der Pompadour. Schließlich jedoch ließ sie ihren Freunden blütenweiße Kärtchen schicken, in denen sie die Beendigung der sexuellen Beziehung zwischen sich und dem König ankündigte. Damit gab sie innerhalb ihres intimen Freundeskreises bekannt, daß der Posten der königlichen Mätresse frei geworden war.

Ludwig wollte und konnte sich die enormen Kosten einer zweiten Pompadour nicht leisten. Ein Mätresse mit sechs eigenen Schlössern war genug. Er wollte ein billiges Mädchen, das ihm half, die Strapazen zu vergessen, die es bedeutete, König zu sein.

Natürlich steckte hinter diesem Plan die Pompadour, die es liebte, hinter jedem Plan zu stecken. Sie war entschlossen, sich ihre Macht nicht aus der Hand nehmen zu lassen. Sie heuerte und feuerte Generäle und Minister, sie mischte sich in die Politik ein, sie gewährte ihre Schirmherrschaft jedem Mann, dessen Gesicht ihr gefiel. Sie gefiel sich in ihrer Rolle. Das ganze zivilisierte Frankreich drehte sich um Madame de Pompadour.

Trotz alledem behauptete Ludwig später, er habe sie nie geliebt. Als sie starb, fragte man ihn: »Wenn Ihr sie nicht geliebt habt, warum habt Ihr sie dann nicht fortgejagt?«

»Sie hätte es nicht überlebt, wenn ich sie fortgejagt hätte«, erwiderte er.

In Versailles also war man auf der Suche nach einem Mädchen. Ludwig hatte neben der Pompadour verschiedene andere Mätressen gehabt, doch die perfekte Geliebte mußte erst noch gefunden werden.

Die Pompadour hielt ihre Augen und Ohren offen.

Ihr Bruder, der Marquis de Marigny, mischte sich unter die Leute und ließ wildfremde Frauen vorsprechen.

Dominique-Guillaume Lebel, erster Kammerdiener des Königs und oberster Kontaktvermittler, machte sich nachts in den Straßen von Paris auf die Suche nach Ludwigs Traumfrau, nach der Frau seines Lebens. Sie mußte jung sein, je jünger, umso besser, denn Ludwig wollte sich in Schwung bringen lassen, und er fürchtete sich vor Geschlechtskrankheiten. Er wollte ein quicklebendiges Mädchen, ein ganz anderes, ein besonderes Mädchen. Manchmal fragte Lebel sich, ob er sie je finden würde.

Im Jahre 1751 war das aufregendste zweibeinige Geschöpf diesseits von Killarney vierzehn Jahre alt und saß in Paris immer noch Modell für François Boucher. Marie-Louise lag auf dem Bauch, auf die Ellbogen gestützt, die Füße in der Luft. Das blaue Halsband, das ihr Glück bringen sollte, hatte sie sich in die Haare geflochten, die Enden des Bandes hielt sie in der Hand. Ihre Füße waren auf den rauhen Dielen des Ateliers ganz schmutzig geworden. Das gelbe, mit Roßhaar gepolsterte Sofa war hart und kratzig, die seidenen Laken, auf denen sie lag, klamm und feucht.

Boucher ließ seine Phantasie spielen. Was er malte, war nicht nur das, was er sah.

»Die Bouchers«, sagte er, während er gedankenverloren seinen Hosenladen rieb, »waren schon immer an jungem Fleisch interessiert.«

Marie-Louise war es nicht gewohnt, auf einem Sofa zu liegen. Sie mochte lieber die Wärme des Strohs. Doch der Luxus in Bouchers Atelier reichte nur bis zu seiner Leinwand; hinter ihm stand ein mit opulenten Stoffen behangener Wandschirm, der ein Chaos aus leeren Weinflaschen, mit Farbklecksen beschmiertes Geschirr, schmutzige Wäsche und ein kahles, gesprungenes Fenster verdeckte.

»Ich meinte natürlich frisches Fleisch«, sagte er und schob sich einen Pinsel hinters Ohr.

In den klammen Seidenlaken wimmelte es von Wanzen. Das Sofa war voller Flöhe, deren Stiche Marie-Louise juckten. Sie wollte nach den Flöhen schlagen, die sie bissen, doch sie mußte stillhalten.

»Rohes Fleisch«, sagte Boucher, den Pinsel zwischen den Zähnen.

Er glaubte, ihr glückseliges Lächeln eingefangen zu haben, ihren versunkenen Blick, ihre Schokoladenseite. Dann fragte er sich, ob das alles seiner Phantasie entsprungen war, ob er sich das alles ausgedacht hatte. Die übliche Versuchung.

»Es hat alles mit Essen zu tun«, murmelte er. »Mit Appetit.«

Marie Louise konnte nicht glauben, daß sie so perfekt war, wie er sie malte. Sein Bild von ihr war einfach zu gut, um wahr zu sein. Boucher hatte sie aus Einzelteilen zusammengesetzt, aus Fragmenten von einem Dutzend verschiedener Mädchen, wie ein Puzzle.

»Es geht um Nahrung«, sagte er, »um Hunger.«

Es hat alles mit Lust zu tun, dachte er. Er zuckte die Schultern und skizzierte ein offenes Buch in die untere linke Ecke; in die untere rechte Ecke die Umrisse zweier rosafarbener, ineinander verschlungener Rosen. Es war allgemein bekannt, daß er es vorzog, ohne Modelle auszukommen, daß er gern nach seiner Phantasie malte. Es gefiel ihm, Gott zu spielen. Ein Modell ließ Bilder in seinem Kopf entstehen. Die Modelle waren nie genau das, was er wollte; das wirkliche Leben war nie vollkommen genug.

»Die Natur ist zu grün«, murmelte er, »zu schlecht ausgeleuchtet.«

Manchmal kam es ihm so vor, als sei das ganze Bild in seinem Kopf entstanden, ein Phantasieprodukt, bis hin zu dem gelben Sofa. Sie hätte eines von hundert Mädchen sein können, irgendein Mädchen, jedes Mädchen.

»Das Wort zu Fleisch geworden, das Fleisch zu Farbe …«, sagte er, »eine Art Inkarnation …«

Marie-Louise träumte nicht von Luxus oder von Liebe oder von Männern. Sie träumte vom Essen. Sie fragte sich, woher sie ihre nächste Mahlzeit bekommen würde. Sie fürchtete sich vor dem, was Boucher mit ihr tun könnte. Sie fror.

Boucher ignorierte ihre Gänsehaut, stattete sie mit ein bißchen mehr Fleisch aus, machte sie molliger.

»Es geht um die Verwirklichung einer Idee«, sagte er, »eines Ideals … der idealen Schönheit.«

Er nahm keine Notiz von den dunklen Rändern unter ihren Augen, den abgekauten Fingernägeln. Er versuchte nicht, die Wirklichkeit zu malen. Er malte einen Traum. Er vollbrachte ein Wunder.

»Fleisch, zu Farbe geworden«, murmelte er, »wirklicher als die Wirklichkeit.«

Die echte Marie-Louise stank. Nur selten bekam sie Seife zu sehen. Unter den Bodendielen des Ateliers war eine Ratte verendet. Boucher selbst stank nach Schweiß. Er hatte faule Zähne. Marie-Louise atmete die Luft ein, die nach Farbe und nicht unangenehm nach Terpentin roch. Sie mußte würgen, fürchtete, ihre letzte Mahlzeit zu erbrechen. Sie wünschte sich an einen anderen Ort, fort von den durchdringenden Blicken des Malers. Manchmal wünschte sie, sie wäre tot.

»Ich mache dich unsterblich«, erklärte Boucher, »du wirst nie vergehen.«

Die echte Marie-Louise hatte das Gesicht voller Mückenstiche, am Körper überall rote Druckstellen, dort, wo ihre Kleider zu eng waren, Pickel auf dem Po, wie jedes andere Mädchen auch.

»Gefällt es dir?« fragte er und trat von der Leinwand zurück.

Sie stand auf, um sich das Bild anzusehen, das weiße Laken um ihren nackten Körper geschlungen.

»Fantastique!« sagte sie. Es sah ihr überhaupt nicht ähnlich, dachte sie. Ihr Haar hatte die falsche Farbe. Ihre Augen waren zu blau. Er hatte alle Leberflecken und Sommersprossen weggezaubert.

»Man sieht sich selbst nie so, wie man wirklich ist«, sagte er. »Das Spiegelbild kommt der Wirklichkeit am nächsten – und das ist seitenverkehrt!«

Boucher lachte und kniff sie scherzhaft in den Arm. Sie stand neben ihm und betrachtete das Bild. Sie zuckte die Achseln, wußte nicht recht, was sie sagen sollte.

»Hast du das Gefühl, das bist nicht du?« fragte er. »Fürchtest du, du gefällst mir nicht, wie du bist?«

Sie sah sich mit den Augen des Künstlers, und sie sah sich mit eigenen Augen. Sie erkannte sich überhaupt nicht wieder.

»Ich habe etwas Neues aus dir gemacht«, sagte er. »Ein Porträt ist voller Lügen. Ich habe dich neu erfunden. Ich habe mir dich ausgedacht!«

Sie lachte.

»Findest du, Monsieur Boucher hat dein Bild verpfuscht?«

Sie wirkte skeptisch. Das Mädchen auf dem Bild schmollte, dachte sie.

»Schau«, sagte er. Er nahm die Leinwand und hielt sie vor einen Spiegel. »Da«, sagte er, »was siehst du jetzt?«

»Das bin ich«, erwiderte sie lächelnd. *»C'est moi!«*

Boucher grinste und küßte sie schmatzend auf die Lippen.

Nichts als Mund, dachte sie.

»Rosen«, sagte er und deutete mit dem Finger in die untere rechte Ecke. »Das Symbol der Liebe.«

Nichts als *bouche,* dachte sie, nichts als *pantalons.*

Bouchers Schüler sorgten dafür, daß es keinen Mangel an Kopien des Bildes gab. Marie-Louise Murphy stand hoch im Kurs. Bereits nach wenigen Tagen trug jeder zweite Herr in

Paris sie in seiner Westentasche. Sie schmiegte sich an tausend Herzen. Ganz Paris gierte nach ihr, dem neuen Idol, dem berühmtesten Bild jener Tage.

Madame Murphy sah das ganz anders. »Das Gemälde hat nicht die geringste Ähnlichkeit mit meiner Tochter«, sagte sie. »Und was um Himmels willen hat das Buch in dem Bild zu suchen?«

Boucher lächelte. »Eines Tages wird sie so aussehen«, sagte er. »Das Buch soll die Zeit vertreiben ...«

Es entstand das Gerücht, Ludwig XV. hätte das Gemälde in Auftrag gegeben. Oder der Bruder der Pompadour, der das Bild, oder zumindest eine Kopie davon, eine Zeitlang besaß. Oder es sei nur gemalt worden, um dem König Appetit zu machen.

»Wo sonst«, fragten sich die Leute, »sollte ein solches Mädchen enden, wenn nicht im Palast dieses Lüstlings?«

Marie-Louise Murphy wurde zu »Bouchers Mädchen«. Die Leute entdeckten ihre Züge auf allen seinen Bildern, einschließlich derjenigen, die er gemalt hatte, lange bevor er Marie-Louise begegnet war, bevor sie überhaupt geboren war. Sie wurde das Mädchen auf allen Bouchers.

Später, im hohen Alter, behauptete sie, sie hätte für den Hofmaler des Königs Modell gesessen. Jeder behauptete es. Es war allgemein bekannt.

In seinem späteren Leben verzichtete Boucher gänzlich auf Modelle und malte nur noch aus dem Kopf. So war die Beleuchtung perfekt und die Mädchen waren vollkommen und zuckten mit keiner Wimper.

Es gab für ihn nur den einen Typ Frau, nur das eine Mädchen, das er immer und immer wieder malte. Marie-Louise war die Verkörperung seiner Obsession. Seine göttliche Schönheit. Seine Venus. Sein Liebling. Seine Inspiration.

Dominique-Guillaume Lebel eilte auf seinen langen Beinen kreuz und quer durch Paris. Seine Hosentaschen waren vollgestopft mit Kondomen aus blauer Seide, in die mit einem Goldfaden die *Fleur-de-lis* eingestickt war. Im Vorbeigehen deutete er abwechselnd nach rechts und links, und seine Helfer griffen zu, um die Kandidatinnen einzusammeln, die er zum Vorsprechen auserkoren hatte. Schüchterne Mädchen wurden bei der Hand genommen. Zögernde Mädchen mit Gold bestochen. Widerspenstige Mädchen wurden schreiend und strampelnd in das goldene *château* geschleppt.

Lebels Augen blitzten vor Schläue, sie waren so wachsam wie die eines Leguans, doch es gab nichts Neues für Lebel. Er hatte schon alles gesehen, und er war es leid, Mädchen zu entführen, er war die Gerüchte leid, die sich um Ludwig rankten; als ob die Leute tatsächlich glaubten, Ludwig würde den Mädchen die Kehle durchschneiden, ihr Blut trinken, in ihrem Blut baden ...

Lebel wußte genau, was Ludwig wollte, auch wenn er den Geschmack des Königs nicht immer teilte. Er befand sich auf der Höhe seiner Karriere. Er hatte alle Geheimnisse von Versailles in seinen manikürten Händen. Es gab nichts, was sich in den Betten des *château* abspielte, von dem Lebel nichts wußte. Seine Augen quollen aus seinem Gesicht hervor, als hätte er sein ganzes Leben lang zuviel gesehen, als wüßte er mehr, als gut für ihn war. Sein kahler, perückenloser Kopf glänzte in der Sonne. In seinen Augen blitzten Diamanten. Ohne Monsieur Lebel würde das Leben zum Stillstand kommen.

In grotesken roten Schuhen mit hohen Absätzen eilte er die Stufen zur Orangerie hinauf, sich nach allen Seiten umsehend, immer auf der Suche nach etwas Neuem, nach etwas Ungewöhnlichem, das den König, der vom vielen Nichtstun ganz erschöpft war, aus seiner düsteren Stimmung reißen könnte. Er war davon überzeugt, daß irgendwo im Park das richtige Mädchen zu finden war, das Traummädchen, das Mädchen, bei dem Ludwig nicht nur, wenn er sie zum erstenmal sah, sondern immer wieder weiche Knie bekommen würde. Ein Mädchen, bei dessen Anblick der König vor Verlangen in Ohnmacht fallen würde.

Später saß Lebel auf einem vergoldeten Stuhl im Trébuchet, in der Volière, einem Raum, wo Hühner, Gänse, Enten und Perlhühner darauf warteten, für die königliche Tafel geschlachtet zu werden: eine Speisekammer mit lebendem Fleischvorrat in Weidenkörben, die sich vom Boden bis zur Decke stapelten, erfüllt vom Lärm verzweifelten Flügelschlagens.

Hier versammelte Lebel seine lächelnden Mädchen. Er hatte junge Mädchen aus der Obhut ihrer Eltern gerissen, sie in einem Kloster erziehen und in allem unterweisen lassen, was den König erfreuen könnte. Jede ein weiterer Leckerbissen für ihn, den er sich einverleiben und wieder ausspucken konnte, wenn er seiner überdrüssig war. Der Mann konnte sich eben alles erlauben.

Lebel betrachtete die Mädchen und grübelte. Vielleicht sollte er ihnen eine andere Garderobe oder eine neue Frisur verpassen. Ein Bad konnte Wunder wirken. Man konnte nie wissen, was unter einer Schmutzschicht zum Vorschein kommen mochte.

Er mußte vorsichtig sein. Es hatte keinen Zweck, ein Mädchen so auszustaffieren, daß sie aussah, als sei sie 100.000 Livres wert, nur um anschließend festzustellen, daß sie Schwimmhäute hatte oder überzählige Brüste oder daß sie – schlimmste Katastrophe von allen – keine Jungfrau mehr war. Oder, noch schlimmer, wenn er das *Fleur-de-lis*-Brandzeichen auf ihrer Schulter entdeckte, eine Diebin, die bereits Ludwigs Eigentum war. Solche Dinge waren schon vorgekommen.

Der König wußte nicht, was er wollte. Es gab nichts, was er nicht bekommen konnte. Bei so vielen schönen Mädchen, die ihm vorgeführt wurden, konnte er sich nicht entscheiden, welche er als nächste haben wollte. Er wollte sie alle. Er war eine Gottheit, für die andere Regeln galten.

Es geschah nicht selten, daß er angesichts des Mädchens, das Lebel ihm präsentierte, die Nase rümpfte, sich auf dem Absatz umdrehte und den Raum verließ. Mal erinnerte ihn ein Mädchen zu sehr an die Königin, mal zu sehr an die Pompadour, mal zu sehr an die Gespielin der letzten Nacht. Er wollte stets etwas Neues.

Lebel schickte sie alle fort, er wußte, daß es zwecklos war, daß keines der Mädchen den hohen Ansprüchen des Monarchen genügen würde. Er scheuchte sie aus dem Trébuchet wie Hühner, ließ sie frei.

Claude Patu, Victoire Murphys Gönner, hatte die Bekanntschaft eines gewissen Monsieur Giacomo Casanova, Chevalier de Seingalt, gemacht, der sich sogleich in Patus Haushalt wohl fühlte.

Casanova lustwandelte mit den beiden im Jardin des Tuileries.

Er begleitete Patu in die Opéra, um Victoire singen zu hören. Nach der Vorstellung schlenderte er mit ihnen zurück nach Hause in die Rue des Deux-Portes Saint-Sauveur. Er wollte gar nicht mehr weggehen. Er hatte keine Unterkunft und fragte, ob er es sich in einem Sessel bequem machen und über Nacht bleiben dürfe.

Victoires jüngere Schwester, ein hübsches, zerlumptes, schmutziges kleines Geschöpf, erschien in der Tür und bot dem Chevalier ihr Bett an.

Für ihre Großzügigkeit verlangte sie drei Livres.

Marie-Louise führte Casanova in ihr Zimmer, in dem sich

eine muffige, mit Stroh ausgestopfte Matratze befand, von zwei oder drei Brettern getragen.

Casanova lachte. »Das nennst du ein Bett?« fragte er.

»Darauf schlafe ich«, erwiderte sie.

Casanova weigerte sich, auf der Strohmatratze zu schlafen. Er zog es vor, auf dem Fußboden zu nächtigen.

Marie-Louise schmollte und streckte ihm die Zunge heraus. Seine Augen leuchteten auf. »Zieht Ihr Euch zum Schlafen aus?« fragte sie.

»Selbstverständlich«, sagte er.

»Wir haben keine Decken«, sagte sie.

»Das heißt also, du schläfst in deinen Kleidern?« fragte er.

»Nein«, erwiderte sie empört. Die Murphys schliefen nackt, wie echte Franzosen.

»Du schläfst im Bett«, sagte Casanova, »aber ich will dir zusehen, und dafür bezahle ich die drei Livres.«

»In Ordnung«, sagte sie, »aber Ihr dürft nichts tun.«

Ihr kostbarstes Gut mußte unbedingt intakt bleiben.

»Ich werde gar nichts tun«, sagte Casanova grinsend. »Ich verspreche es.«

Er gaffte sie schamlos an, während sie sich auszog. Sie legte sich hin, bedeckte sich mit einem alten Vorhang, schloß die Augen und kicherte.

Casanova streckte eine Hand aus, um sie zu kitzeln. Sie quiekte und lachte, wehrte sich und öffnete ein Auge.

»Ihr habt versprochen, nichts zu tun«, sagte sie. Sie streckte ihm wieder die Zunge heraus und begann zu kichern.

Casanova tadelte sie, weil sie so schmutzig war. Sie erklärte ihm, der Schmutz sei zu ihrem Schutz. Casanova ließ heißes Wasser kommen, wusch sie mit den Händen, und sie gestattete ihm, alles mit ihr zu tun, was er wollte, nur ihre Jungfräulichkeit durfte er ihr nicht nehmen, die kostete 600 Livres.

Casanova besaß keine 600 Livres.

»Ich werde darüber nachdenken«, sagte er.

Jedesmal, wenn er sie besuchte, bezahlte er 12 Livres. Nachdem er sie fünfundzwanzigmal besucht hatte, war er 300 Livres losgeworden für nichts. Zweimal pro Woche öffnete Victoire die Tür für Casanova, und das Lächeln, mit dem sie ihn empfing, wurde immer breiter, denn er war die beste Geldquelle, der sie je begegnet war.

Es war Casanova, der Marie-Louise als »lilienweiß« und als »perfekte Schönheit« beschrieb. Es war Casanovas Verdienst, daß sie am Hof von Versailles eingeführt wurde. Es war Casanova, der behauptete, er habe die Miniatur von ihr in Auftrag gegeben, die sie auf dem Bauch liegend zeigte, auf die Ellbogen gestützt, den Busen auf einem Kissen.

»Casanova?« lachte Marie-Louise Murphy. »Dem kann man sowieso kein Wort glauben.«

Ob nun auf Initiative von Casanova oder von Boucher, Marie-Louise, die kaum begriff, wie ihr geschah, befand sich eines Tages auf dem Weg nach Versailles, in einer Kutsche, die durch einen mit geschminkten Huren und lauernden Dieben bevölkerten Wald rumpelte. Ihre Schwester hatte sie gewaschen, in ein aus der Opéra-Comique geborgtes Kleid gesteckt, ihr eine Kette mit falschen Perlen um den Hals gehängt und sich mit ihr aufgemacht, um sie bei Hof vorzustellen.

Als Marie-Louise die Stadt des Sonnenkönigs zum erstenmal erblickte, rieb sie sich ungläubig die Augen, als sei Versailles aus Honig gemacht oder aus goldgelbem Kuchenteig und könnte in der Hitze dahinschmelzen.

»Das muß ein Traum sein!« rief sie. »Das kann nicht wahr sein!«

»Es ist kein Traum«, sagte Victoire, »und es ist kein Märchen, es ist ein wahrgewordener Alptraum.« Sie deutete auf die graublauen Pflastersteine.

»Sieh dir das an!« sagte sie. *»Merde* überall. Nichts könnte echter sein. Es ist alles aus Scheiße gemacht, und die Leute, die hier wohnen, sind auch voller Scheiße.«

Marie-Louise rümpfte die Nase und lachte.

Monsieur de Saint-Quentin, oder Monsieur Quentin de Champlost, oder Monsieur Quentin de Champcenetz – oder wer auch immer es sein mochte, dessen Namen Casanova verwechselt oder vergessen hatte – schloß die Schwestern in einem Gartenhaus mit Mosaikfußboden ein, an dessen Decke Engelchen schwebten. Beklommen standen sie zwischen Spaten und Rechen, während dicke schwarze Fliegen vor den verstaubten Fenstern summten.

Nachdem sie eine halbe Stunde lang gewartet hatten und schon glaubten, sie seien in eine Falle gelockt oder einfach vergessen worden, kam Ludwig XV., von Gottes Gnaden König von Frankreich und Navarra, König der Schatten, König der Geheimnisse; er kam allein, inkognito, mit einem Schlüssel, mit dem er die Tür aufsperrte.

»Bonjour, Mesdemoiselles«, sagte er grinsend. Er nannte ihnen nicht seinen Namen. Er war nur »der Mann, der sich mit ihnen unterhalten wollte«. Lächelnd nahm er die Miniatur aus der Tasche seines zimtfarbenen Samtjacketts. Seine Augen leuchteten wie glühende Kohlen. Ein Grinsen huschte über sein Gesicht. Er sah Marie-Louise eindringlich an, fragte sich, ob sie ihm würde genügen können, ob er es riskieren konnte, sie in sein Bett zu lassen, fragte sich, ob sie zum Stehlen neigte. Er hörte nicht mehr auf zu lächeln.

»Ich habe noch nie eine größere Ähnlichkeit gesehen«, sagte er.

Er setzte sich auf einen Gartenstuhl. Staub und Spinnengewebe verschmutzten seine zimtfarbene Samthose. Er nahm Marie-Louise bei der Hand, zog sie zu sich auf den Schoß, streichelte ihre Arme, befühlte ihre Brüste, kniff ihr in den Po.

Victoire schaute aus dem Fenster. Sie war versucht zuzusehen, bemühte sich wegzusehen, wußte nicht, wie sie sich verhalten sollte. Die königliche Hand arbeitete sich unter Marie-Louises Röcke, um sich ihrer Jungfräulichkeit zu vergewissern.

Er küßte sie auf die Wange. Er küßte sie auf die Lippen. Er schnüffelte an ihrer Haut, sog den Duft ihrer Jugend ein. Er konnte gar nicht mehr aufhören, sie zu küssen.

Marie-Louise Murphy grinste. Sie konnte gar nicht mehr aufhören zu grinsen.

»Was amüsiert Euch so, Mademoiselle?« fragte der König.

»Ihr, Monsieur«, sagte sie, »denn ich kenne Euch. Ihr braucht Euch nicht länger zu verstellen. Euer Gesicht ist auf allen Münzen!«

Sie holte ihren Geldbeutel aus Wieselfell hervor und zeigte es ihm.

»Ihr seht genauso aus wie das Gesicht auf der Sechs-Livres-Münze«, sagte sie.

Ludwig lachte. Er fragte sie, ob es ihr gefallen würde, in Versailles zu leben, ausgestattet mit so vielen Diamanten, Rubinen, Smaragden und Saphiren, wie sie wollte, mit drei Mahlzeiten pro Tag, soviel Pâtisserie, wie sie essen konnte – ohne etwas dafür zu bezahlen.

»Da muß ich erst meine Schwester fragen«, sagte sie.

Marie-Louise, die bei Victoire in Brot und Lohn stand, war eingebleut worden nachzudenken, bevor sie ihre Zustimmung zu irgend etwas gab.

Victoire lachte. »Selbstverständlich!« sagte sie. »Nichts könnte uns ein größeres Vergnügen bereiten.« Und dann brach sie in Tränen aus.

Ludwig XV. verschwand sogleich und überließ es Monsieur de Saint-Quentin, die Mädchen hinauszubegleiten.

»Ihr werdet Nachricht von uns erhalten«, sagte er unbestimmt und ließ sie allein zurück nach Paris fahren, den Geldbeutel aus Wieselfell um tausend Louisdor schwerer.

Madame Murphy konnte es nicht glauben, sie begann zu schreien und zu kreischen, und erst nachdem sie sich an einem Glas Whiskey gestärkt hatte, gewann sie ihre Fassung wieder.

»24.000 Livres für eine halbe Stunde im Geräteschuppen«, seufzte sie. Die restlichen Familienmitglieder fächelten ihr Luft zu, gaben ihr noch mehr Whiskey zu trinken, und dann tanzten sie die ganze Nacht auf dem Dach.

Marie-Louise weigerte sich fortan, ihr Gesicht zu waschen, weil der König sie geküßt hatte. Sie wusch sich nicht mehr die Hände, weil Ludwig sie gehalten hatte. Sie zog ihr Kleid nicht mehr aus, weil Ludwig selbst es befingert hatte.

»Lui-même!« rief sie. »Er selbst!« Der Name blieb haften. Sie nannte ihn »Er selbst«, »Er«, genau wie Madame Murphy ihren Mann nannte.

Eine Woche lang war Victoire so verzweifelt, daß sie Türen zuschlug und Teller an die Wand warf und ihre Schwester abwechselnd kniff und küßte. Jede Nacht weinte sie sich in den Schlaf, weil ihr kein Mann mehr gefiel, dem sie begegnete.

Marie-Louise fragte sich, ob sie träumte. Ihre Füße schienen den Boden nicht mehr zu berühren.

VI

Die Pompadour, in grüne, mit rosafarbenen Rosen bedruckte Seide gehüllt, fragte: »Habt Ihr jemals in Milch gebadet, Mademoiselle?«

»Nein«, sagte Marie-Louise, die kaum je in irgend etwas gebadet hatte, »noch nie.«

»Auch nicht in Eselsmilch?« fragte die Pompadour, während sie mit ihrem Fächer wedelte und Marie-Louises makellos weiße Haut ungläubig betrachtete. Sie konnte sich nicht vorstellen, daß sie in etwas so Ordinärem wie Wasser gebadet haben sollte.

»Noch nie, Madame«, sagte Marie-Louise. »Meistens wurde ich mit Schmutz eingerieben …«

Die Pompadour nickte, lächelte eisig, fächelte noch energischer, starrte Marie-Louise an. Ihr gefiel, was sie sah. Sie hatte das Gefühl, daß so ein Mädchen keine Gefahr für sie darstellte. Marie-Louise erschien ihr nicht besonders klug.

Die Pompadour läutete. Sogleich erschien Madame du Hausset, ihre *femme de chambre,* und begann, an Marie-Louises Rücken herumzunesteln, zog ihr das geborgte Kleid aus rosa Seide über den Kopf, und Marie-Louise war nackt bis auf die Schuhe. Sie stand zitternd auf dem kleinen Teppich vor dem Kamin im goldenen Salon der Pompadour und wußte nicht wohin mit ihren Händen.

Die Pompadour läutete noch einmal, und es erschien ein Herr in Schwarz und Gold und schaute Marie-Louise tief in den Hals und in die Augen. Er drückte auf ihrem Bauch herum, suchte in ihren Haaren nach Läusen und tastete hinter ihren Ohren.

Dann verbeugte er sich vor der Pompadour, lächelte und verließ den Raum ohne ein Wort.

Die Pompadour setzte ein rätselhaftes Lächeln auf, wedelte hektisch mit ihrem Fächer, erhob sich dann aus ihrem vergoldeten Fauteuil und rauschte, begleitet vom Rascheln ihrer seidenen Röcke, aus dem Zimmer.

Mit einem mißbilligenden Kopfschütteln wandte Madame du Hausset sich ihrem Schützling zu und machte sich daran, Marie-Louise wieder in ihr rosafarbenes Seidenkleid zu schnüren.

Die Pompadour entschied, daß Marie-Louise für Versailles noch nicht bereit war.

»Sie ist zu jung ...«, sagte sie.

Ludwig runzelte die Stirn.

»Ihre Brüste müssen noch wachsen ...«, sagte sie.

Ludwig stopfte die Hände in die Taschen, fingerte nach etwas, was er nicht fand.

»Sie muß von Männern ferngehalten werden ...«, sagte die Pompadour.

Ludwig schlug die linke Faust in die rechte Hand.

»Ihre Jungfräulichkeit muß erhalten bleiben ... Sie darf kein gefallenes Mädchen werden ... Etwas Erziehung würde ihr guttun ...«, sagte die Pompadour.

Ludwig tat, wie ihm geheißen.

Wenn Marie-Louise die verächtlichen Blicke und die sarkastischen Bemerkungen bei Hofe ertragen sollte, mußte sie in allen Fragen der höfischen Etikette unterwiesen werden. Und so erhielten die Schwestern des Couvent de la Présentation in der Rue des Postes in Paris eine Schülerin, der in einem Blitzkurs Umgangsformen und Bildung beigebracht werden sollten.

Marie-Louise sah sich umringt von bleichen Nonnen mit dünnen Lippen, die unentwegt lächelten, Nonnen, die nie an die Sonne kamen.

Sie kleideten sie als Novizin ein und ließen sie mit den *Exercices Spirituels* des Heiligen Ignatius auf dem Kopf umhergehen, um ihre Haltung zu verbessern.

»Eine Zeitverschwendung«, flüsterte Schwester Véronique in der Kapelle ihrer Nachbarin zu, »für ein Mädchen, das sein ganzes Leben auf dem Rücken verbringen wird ...«

Mademoiselle Murphy wurde jeden Morgen um halb sechs von einem Choral geweckt und verbrachte den Tag unter einem Regiment von unerbittlicher Strenge. Jede Handlung begann mit Gebeten und wurde begleitet von Glockenläuten und dem Singen der Nonnen, das stets irgendwo im Hintergrund zu hören war.

Die Nonnen brachten ihr das Lesen bei und fütterten sie mit einer Art vorgefertigtem Wissen: sie ließen sie eine Menge Fakten auswendig lernen, ohne von ihr zu verlangen, daß sie sie begriff. Als Zugabe erteilten sie ihr an Feiertagen noch eine einstündige Lektion in Grundkenntnissen der Arithmetik.

Das alles war natürlich zweitrangig neben der Unterweisung in religiösen und moralischen Fragen, so daß ihre Grammatik fehlerhaft blieb und sie nicht selten um die richtigen Worte verlegen war. Statt dessen brachte man ihr bei, die Tugend zu lieben und das Laster zu verabscheuen, weltliche Güter zu verschmähen und den niederträchtigen Gelüsten des anderen Geschlechts mit tiefstem Mißtrauen zu begegnen.

Sie lernte, vornehm zu lächeln, ihre Zähne ein wenig, doch nicht zu sehr zu zeigen. Sie lernte, niemals in lautes Gelächter auszubrechen. Sie ging so lange vornehm lächelnd umher, bis ihr der Kiefer schmerzte.

Die Mädchen lächelten unentwegt, ob sie nun glücklich waren oder nicht. Sie tanzten zu zweit, Mädchen mit Mädchen, zu den Klängen einer unsichtbaren Kapelle, ersetzt durch Schwester Angélique, die die Melodie sang und den Rhythmus klatschte, denn die Schwestern konnten sich keine Musikinstrumente leisten.

Das Lächeln wurde so lange geübt, bis es im Gesicht der Mädchen festgewachsen schien und bis ihre Augen von alleine leuchteten.

Marie-Louise erlernte den Hofknicks, und sie knickste fortan, wo immer sie hinging. Im Schlaf knickste sie vor Phantasiekönigen.

Sie lernte, auf elegante Weise Schnupftabak zu genießen, auf höfliche Weise zu niesen und sich auf die am wenigsten anstößige Weise zu schneuzen.

Ihr wurde eingebleut, niemals mit den Füßen aufzustampfen, niemals zu schreien, zu fluchen oder sich anderen Gefühlsausbrüchen hinzugeben und sich niemals etwas so Vulgäres wie Heißhunger anmerken zu lassen.

Sie lernte, daß die Nachricht vom Tod eines Verwandten mit vollkommenem Gleichmut hinzunehmen war; daß der Tod eines Kindes sie nicht mehr aus der Fassung zu bringen hatte als ein Brief einer entfernten Kusine.

Sie lernte, daß es unter keinen Umständen erlaubt war, in Versailles über den Tod zu sprechen, daß allein die Vorstellung vom Tod undenkbar war. Es galt so zu tun, als ob alle Menschen ewig lebten und als ob auch sie, Marie-Louise, zu den Unsterblichen gehörte. Der Tod existierte nicht.

Versailles, erklärten ihr die Nonnen, war fast so etwas wie das Paradies. Man mußte dem König und dem Hofstaat huldigen, ihnen sogar Opfer darbringen. Niemand erwähnte Marie-Louise gegenüber etwas davon, daß sie selbst womöglich das Opfer sein würde.

Zum Baden wickelten die Mädchen sich in ein Laken ein, das am Hals zusammengehalten wurde, so daß nur noch der Kopf herausschaute. Sodann wurde das Laken über den Rand der Wanne gelegt, damit die Mädchen weder sich selbst noch sich gegenseitig je nackt sahen und Anstand und Schicklichkeit gewahrt blieben.

Die meisten Mädchen wurden aus den heiligen Hallen des Klosters direkt vor den Altar geführt, ohne je in die Geheimnisse der Empfängnisverhütung, der Abtreibung oder der Schwangerschaft eingeführt worden zu sein. Manche erlitten beim ersten Einsetzen der Menstruation einen Schock und glaubten, sie würden verbluten.

Über die Kunst der körperlichen Liebe zu sprechen, war streng verboten. Für die Schwestern des Couvent de la Présentation existierte Geschlechtlichkeit ebensowenig wie der Tod.

Nur äußerst selten kam es vor, daß ein Mädchen ihrer Hochzeitsnacht wenigstens mit den rudimentärsten Informationen über das Thema Fortpflanzung ausgestattet entgegensah, daß sie zumindest ahnte, was von ihr als Madame Soundso erwartet werden würde. Allein für Mademoiselle Murphy wurde eine Ausnahme gemacht, und sie erhielt spezielle Unterweisung von der achtzigjährigen Schwester Jacqueline, von der man annahm, daß sie aufgrund ihres Alters die größte Erfahrung in den unaussprechlichen profanen Dingen hatte.

Mademoiselle Murphy lernte, wie man sich einer ungewollten Leibesfrucht entledigt, wie man in einer Notsituation allein ein Kind zur Welt bringt und wie man sich vor einer unerwünschten Schwangerschaft schützt.

Schwester Jacqueline zeichnete ausführliche Diagramme und unterwies Marie-Louise in allem, was die Kunst der Geburtshilfe im achtzehnten Jahrhundert zu bieten hatte, erklärte ihr, daß man ein Neugeborenes am besten in die blutige Haut eines frisch geschlachteten Schafes wickelte und daß das Kauen frischer Petersilie die sicherste Abtreibungsmethode war.

Marie-Louise nahm alle Regeln der Versailler Etikette wißbegierig auf. Sie lernte, wie man eine Duchesse im Unterschied zu einer Vicomtesse zu grüßen hatte. Sie lernte, zwischen einem Prinzen von königlichem Geblüt und einem Prinzen von nicht königlichem Geblüt zu unterscheiden und so weiter und so fort. Sie lernte mit Messer und Gabel umzugehen, wie man sich von einer *femme de chambre* an- und ausziehen ließ, wie man ein Leben in völliger Abhängigkeit von Bediensteten führte. Sie erlernte die Kunst des Nichtstuns.

Und vor allem lernte sie, wie man sich zu bewegen hatte.

Wenn die Mädchen aus dem Couvent de la Présentation sich in der Öffentlichkeit zeigten, geschah dies einzig zu dem Zweck, das Gehen zu üben, denn jede Form der Bewegung galt ansonsten als gefährlich. Die künftigen Hofdamen verließen das Kloster nur, um zu lernen, wie man sich, entsprechend der Versailler Etikette, mit gleichmäßigen Schritten schnell fortbewegt, ohne die Füße zu heben und ohne zu laufen.

»Laufen«, erklärte Schwester Jacqueline, »ist äußerst gefährlich.«

Ein Mädchen, das in seinen üppigen Kleidern rannte, würde undamenhaft ins Schwitzen geraten und womöglich stolpern und stürzen. Unter den vielen Lagen von Unterröcken und eingeschnürt in das Korbgeflecht, das die weiten Seidenröcke stützte, zu transpirieren bedeutete, eine Erkältung und damit viel Ärger herauszufordern.

»Eine Schwangere, die rennt«, warnte Schwester Jacqueline, »läuft Gefahr, ihr Kind zu verlieren.«

Deshalb mußten die Damen die Technik der kleinen Schritte beherrschen, um von einem Ende des riesigen *château* zum anderen zu gelangen; auf diese Weise bewegten sie sich schnell genug, um für eine solche Entfernung nicht den ganzen Nachmittag zu brauchen, und langsam genug, um ihre Würde zu bewahren. Und so schienen die Mädchen aus dem Kloster stets über den Boden zu gleiten, als würden sie von lautlosen Rädern getragen und als seien sie nicht im Besitz von gewöhnlichen Füßen.

Daß Mademoiselle Murphy noch warten mußte, bevor sie nach Versailles übersiedelte, hatte noch andere, gravierendere Gründe. Sie war keine Französin. Es half nicht, daß Monsieur Murphy in der Armee der Bourbonen gedient hatte; er hatte auch eine Haftstrafe in der Bastille abgesessen.

Es war nicht auszuschließen, daß seine Tochter von einem der Feinde Frankreichs bezahlt wurde. Mit Leichtigkeit würde sie ihre Position ausnutzen können, um den König von Frankreich zu vergiften oder ihn im Dunkeln zu erdolchen. Eine Fremde mußte sorgfältig überprüft werden.

Der Polizeiinspektor Monsieur Meusnier richtete sich im siebten Stock des Hauses gegenüber den Murphys ein und beobachtete die Familie durch die Fenster ihrer Wohnung. Er hörte ihre Gespräche und ihre Streitereien mit. Er überprüfte jeden Besucher und nahm zur Kenntnis, daß bei den Murphys die ganze Nacht das Licht brannte.

Getarnt als *homme de lettres,* notierte der Inspektor sich alles, was er beobachtete. Drei-, vier-, acht-, fünfzehn-, manchmal zwanzigmal am Tag verfolgte er mit einigem Interesse, wie die Murphy-Töchter sich ihrer Kleider entledigten.

Ein halbes Jahr lang waren die Murphys die am lückenlosesten überwachte Familie in ganz Paris, und schließlich präsentierte der Inspektor der Pompadour seinen Bericht.

Das Dokument enthielt detaillierte Aufzeichnungen über das Privatleben und die persönlichen Vorlieben jedes einzelnen Mitglieds der Familie Murphy. Als der Inspektor nichts Neues mehr hatte entdecken können, war er dazu übergegangen, Einzelheiten hinzuzudichten.

Monsieur Lebel war auf das, was ihn in Paris erwartete, nicht vorbereitet. Die Zustände im Hause Murphy schockierten ihn gewissermaßen. In dem Wirrwarr von überbevölkerten Wohnungen hinter dem Palais Royal saß er mit Madame Murphy zusammen und verhandelte mit ihr über ihre Tochter.

Nein, sagte er lächelnd, er wollte kein Glas irischen Whiskey.

Auf dem Boden scharrten Hühner. Ein schwarzes Schwein schnüffelte an Lebels Beinen und schnappte nach seinen Knöcheln. Ein Irischer Wolfshund drückte seine Schnauze in Lebels Leistengegend. Auf einem Fenstersims saß ein junger weißer Hahn, der alle zehn Sekunden krähte.

Nein, sagte er lächelnd, er wollte auch kein Glas irisches Bier.

Lebel schaute an seinem samtenen, grünen Jackett hinunter, betrachtete seine makellosen *pantalons,* die mit Diamanten besetzten Schnallen an seinen Schuhen. Er zwang sich, an seinen geschäftlichen Auftrag zu denken.

Nein, sagte er, er wollte kein Glas hausgemachten Wein.

Der Gestank der vielen Tiere nahm ihm fast den Atem. Er stellte sich an ein Fenster, hielt sich ein Spitzentaschentuch an die Nase. Er hatte das Bedürfnis, sich den Kopf zu kratzen. Seine Hände fühlten sich an, als hätte er sie in Kleister getaucht.

Nein, sagte er lächelnd, keinen irischen Tee.

Er sammelte seine Gedanken, konzentrierte sich auf die dicke Madame Murphy mit ihrem enormen Busen und ihren schwarzen Zähnen; die Mutter eines wunderschönen Mädchens. Er fragte sich, wie es möglich war, daß so eine Frau eine so hübsche Tochter in die Welt gesetzt hatte.

Nein, sagte er lächelnd, auch kein Glas Wasser.

Ihr Gesicht war so rot wie geräucherter Lachs. Ihre Stimme war tief, sie klang fremd, fast männlich. Sie verscheuchte die Kaninchen, verjagte die Hühner, die gackernd aufflogen, vertrieb das Schwein, das mißbilligend grunzte.

»An welche Summe hattet Ihr denn gedacht, Monsieur?« fragte sie beiläufig, zwar mit französischem Akzent, aber doch nicht in korrektem Französisch.

Lebel nannte eine Summe, die niedrigste.

Sie reagierte nicht.

Er verdoppelte die Summe.

Die Mutter des göttlichen Geschöpfs hüllte sich in Schweigen.

Lebel begann, sich zu erklären, rechtfertigte seine Anwesenheit. Betonte, wie sehr sein Klient in der Schuld von Madame Murphy und ihres Mannes stehe, ohne den Namen seines Klienten preiszugeben.

Er sprach von der Notwendigkeit äußerster Diskretion. Er schmeichelte ihr. Er verhandelte um den Preis für ihr Schweigen.

Madame Murphy wußte genau, von wem die Rede war, sie wußte, wer Lebel war und was er war: der königliche Kuppler.

»Sie ist ein gutes, anständiges Mädchen«, sagte Madame Murphy langsam.

Lebel verdoppelte seine Livres.

»Für mein bestes Mädchen will ich nur das Allerbeste«, sagte sie.

Lebel verdoppelte noch einmal.

Sie wußte nur zu gut, daß er direkt von Versailles gekommen war, um mit ihr zu verhandeln, um die Jungfräulichkeit ihrer Tochter so billig wie möglich zu kaufen.

»Wir werden unsere Marie-Louise nicht umsonst hergeben«, sagte sie.

Noch einmal verdoppelte Lebel sein Angebot.

»Erwartet Euer Klient, daß meine Tochter ihm Kinder schenkt?« fragte sie nebenbei.

Ich kann nicht zulassen, daß man sie mir zurückschickt, dachte sie. Ich kann nicht zulassen, daß sie auf die Straße gesetzt wird, falls sie schwanger wird.

Lebel erhöhte um 10.000 Livres.

Leider war Monsieur Murphy nicht zu Hause. Er würde kaum begreifen, was sich da in seiner guten Stube abspielte, würde lächeln, zu allem nicken, was seine Frau sagte, und seinen Whiskey schlürfen. Ein freundlicher Mann, ein umgänglicher Mann, ein stiller Mann.

Dann sagte Madame Murphy plötzlich, ja, sie sei damit einverstanden, daß ihre Tochter in Versailles leben sollte – vorausgesetzt, daß für alles gesorgt würde, daß alle Unkosten übernommen würden. Sie akzeptierte die Diamanten, die Bedingungen, nahm Lebels letztes Angebot an.

Monsieur Lebel versprach feierlich, daß für ihre Tochter gesorgt werden würde bis ans Ende ihres Lebens, wie alt sie auch werden mochte, wer immer den französischen Thron besteigen und was immer geschehen würde.

Madame Murphy schenkte ihm ihr schönstes Lächeln. Gold klimperte in ihren Händen, glänzte auf dem kotverschmierten Tisch. Sie goß ihm ein Glas Whiskey ein, um den Handel zu besiegeln.

Lebel war vollauf zufrieden, er war immer noch unter dem Limit geblieben, das der König ihm gesetzt hatte. Sie stießen an. Eine Mätresse zum halben Preis, verkauft an den einzigen Bieter.

Er trank, verschluckte sich und konnte nicht mehr aufhören zu husten.

»Der Whiskey«, sagte er auf dem Weg zur Tür, während Madame Murphy drauflosplapperte, als hätte sie den Stein von Blarney geküßt. Lebel war mit den Gedanken woanders, er verstand nicht, wovon sie redete, konnte diesen Koloß von Frau nicht begreifen.

Nach Luft ringend schob er sich rückwärts durch die Tür, flüchtete vor dem Gestank der tierischen Exkremente, dem Gestank der Gemeinschaftslatrine, aus der der Urin quoll und über die Treppe rann. Hustend bahnte er sich seinen Weg nach unten, stieg über Hühner- und Hundeknochen, tote Katzen, verfaultes Obst, Fischköpfe, leere Muscheln, zerbrochene Flaschen hinweg und hinaus ins Palais Royal.

Die Hände hinter dem Rücken verschränkt, ging er durch den Park. Aus lauter Gewohnheit hielt er weiterhin Ausschau nach Mädchen. Plötzlich spürte er etwas Feuchtes an seinem Gesäß und befühlte mit der Hand seinen Hosenboden.

»Merde«, zischte er. »Hühnerkacke.« Dann lachte er laut auf.

»Murphy!« murmelte er. *»Irlandaise!«*

Oben im siebten Stock trank Madame Murphy die ganze Whiskeyflasche aus. Sie konnte ihr Glück immer noch nicht fassen.

Der Vertrag verpflichtete die Murphys, sich von Versailles fernzuhalten, ein schriftliches Gesuch einzureichen, sollte irgend etwas die Anwesenheit ihrer Tochter in Paris notwendig machen, und über den Aufenthalt ihrer Tochter in Versailles in jeder Hinsicht absolutes Stillschweigen zu wahren.

Madame Murphy hatte geschworen, zu schweigen wie ein Grab.

»Aber all das zählt nicht«, erklärte sie Monsieur Murphy. »Was zählt, ist das Geld.«

Auf Lebels Anraten verkaufte Madame Murphy gleich am nächsten Tag ihren Altkleiderstand. Dann machte sie sich daran, sich eine Kutsche, zwei Pferde und einen Kutscher zuzulegen.

Eine Woche lange ging sie jeden Nachmittag in die Rue du Faubourg Saint-Honoré, um sich neue Kleider zu kaufen, und schon vormittags trug sie ihre Diamanten zur Schau, die sie gar nicht mehr ablegte, nicht einmal zum Schlafen. Nachdem sie sich in einem angenehmeren Viertel von Paris mehrere Wohnungen angesehen hatte, verschwand sie in Richtung Bagnères, um sich dort einer Kur zu unterziehen und ihre Gesundheit, ihre Figur, ihren Teint und ihr Selbstbewußtsein wiederherzustellen.

Daniel Murphy gab seine Arbeit als Schuster auf und verbrachte seine Zeit fortan wie in einem Traum in den Cafés von Paris. Im Vertrauen darauf, daß ihre neue Geldquelle niemals versiegen würde, begannen die Murphys, auf großem Fuß zu leben.

Es ging auf Madame Murphys Geburtstag zu, und nun, da er alles Geld der Welt zur Verfügung hatte, nahm Daniel Murphy sich vor, ihr etwas zu schenken. Etwas Feines mußte es sein, dachte er, etwas, das sie ihr Leben lang zu schätzen wissen würde.

Bevor Marie-Louise nach Versailles aufbrach, nahm er sie beiseite und sagte: »Komm mit und hilf mir, ein Geschenk für Maman auszusuchen.«

Sie machten sich auf den Weg in die Rue du Faubourg Saint-Honoré und suchten den teuersten Juwelierladen von Paris auf: Daniel Murphy in meerblauem Samt mit Silberknöpfen, das Gesicht frisch geschrubbt, die Perücke korrekt aufgesetzt, mit Schuhen, die quietschten, obwohl er sie eine Woche lang in Urin eingeweicht hatte, und mit dem teuersten Biberpelz, den er hatte auftreiben können; Marie-Louise in einem scharlachroten, aus der Opéra-Comique geborgten Seidenkleid und mit dem elegantesten Lächeln auf den Lippen.

Noch bevor sie außerhalb des Palais Royal angekommen waren, hatte Daniel Murphy fünfzigmal den Hut gelüpft und einen guten Tag gewünscht.

Mehrere Stunden verbrachten sie damit, Diamanten, Goldringe und Edelsteine, deren Namen sie noch nie gehört hatten, zu befingern, während devote Verkäufer eifrig um sie herumscharwenzelten. Sie konnten sich nicht entscheiden, was sie kaufen sollten.

»Sie hat einmal gesagt«, bemerkte Marie-Louise, »sie würde gern mal echte Perlen tragen, anstatt all die falschen Perlen von Brigitte …«

»Dann sollen es Perlen sein«, sagte Monsieur Murphy.

»Aber echte«, sagte sie.

Sie kehrten nach Hause zurück mit einer wunderschönen Halskette aus sechs Schnüren echter Perlen, die Brigittes Wachsperlen regelrecht schäbig aussehen ließen, und mit einem um eine beträchtliche Summe leichteren Geldbeutel.

Stolz lächelnd schritt Daniel Murphy durch die Rue du Faubourg Saint-Honoré, zog den Hut vor Madame Doolan, Madame Flannan, Madame O'Rooney und vor hundert irischen Männern, die alle zurücklächelten, als hofften sie, das Glück der Murphys würde auf sie abfärben.

Als sie in den Jardin du Palais-Royal einbogen, klammerte Marie-Louise sich plötzlich an den Ärmel ihres Vaters. »Perlen bringen Unglück!« sagte sie.

»Unsinn!« sagte Daniel Murphy. »Nicht bei den Murphys. Nicht jetzt, wo wir alles Glück der Welt haben.«

Doch das konnte sie nicht von ihrer Überzeugung abbringen. Und es hielt sie auch nicht davon ab, sich zu fragen, warum sie überhaupt vorgeschlagen hatte, Perlen zu kaufen.

Tatsächlich glaubte sie, Perlen seien die schlimmsten Unglücksbringer überhaupt.

Im Jahre 1752 malte François Boucher noch einmal das Bild von dem jungen Mädchen auf dem gelb-grünen Sofa. Er malte das blaue Halsband um ihren Hals, flocht es in ihr Haar, ließ sie ihre Beine leicht spreizen. In Marie-Louises blauen Augen lag ein Lächeln. Das seidene Tuch, auf dem sie lag, malte er in Rosa, ihrer Lieblingsfarbe. Das offene Buch in der linken unteren Ecke ersetzte er durch ein rosafarbenes Kissen und eine Duftlampe, die die Gerüche vertreiben sollte, von denen ihr übel wurde. Die rosafarbenen Rosen verschob er auf die linke Seite, und aus den zwei Rosen wurde eine einzelne. Das ganze Bild war weniger gelb. Ihre Haut war nicht mehr ganz so weiß. Sie wirkte lebendiger. Ihre Augen leuchteten. Sie schmollte nicht. Sie war rundlicher geworden, hatte zugenommen.

Marie-Louise gefiel das neue Bild besser. Vor allem ohne das Buch in der Ecke. Sie wollte wissen, für wen das Bild sei, doch Boucher sagte es ihr nicht.

»Das ist ein Geheimnis«, sagte er. »Aber wir haben noch Zeit für ein weiteres Bild, bevor *Sa Majesté* von seiner Reise zurückkehrt.«

Sie begann, ihr Kleid aufzuschnüren, bereit, sich in der üblichen Pose wieder auf das Sofa zu legen.

»Nicht«, sagte Boucher. »Heute male ich dich als Heilige Jungfrau, mit deinen Kleidern an!« Sie schnürte ihr Kleid wieder fest, und im nächsten Augenblick war sie das Abbild überirdischer Keuschheit. Gestern eine Hure, heute eine Heilige.

Sie richtete ihren Blick in die Ferne und träumte von Versailles. Ganz still saß sie da. Ein Lächeln huschte über ihr Gesicht.

Boucher sah den Heiligenschein über ihrem goldenen Haar schimmern und malte ihn schnell hin, bevor er für immer verschwand.

Sie hatte das Gefühl, daß er sie diesmal anders behandelte, mit einer gewissen Ehrfurcht. Er verlangte keine Küsse, das lüsterne Grinsen, der geile Blick waren verschwunden, er versuchte nicht, sie zu befummeln. Sie war nicht länger sein Modell. Sie war zu einer potentiellen Gönnerin geworden.

Mit einer Puppe in den Armen, umgeben von einer heiligen Aura, wirkte sie rein, unbefleckt, ein Bild der Unschuld.

Noch bevor die Farbe trocken war, wurde das Heiligenbild in Stroh verpackt, mit dicken Leintüchern umwickelt und nach Versailles verschickt, wo es künftig Wunder bewirken sollte.

Bouchers Heilige Familie war für die Kapelle der Königin bestimmt, ein wunderlicher Einfall der Pompadour, die erklärt hatte, Marie-Louise würde eine gute Jungfrau abgeben.

Jede Stunde sprach Marie Leszczynska ihr Gebet vor der heiligen Murphy und beugte jedesmal ein Knie, wenn sie an dem Gemälde vorüberging.

In einem anderen Teil des Schlosses huldigte der König der profanen Murphy: seiner Venus, seiner Juno, seiner Göttin aller Göttinnen, seinem auserkorenen Mädchen.

Das Heiligenbild ließ die Königin in religiöser Ekstase erschauern, so daß sie sich im Paradies wähnte und den Flügelschlag der Engel zu hören glaubte.

Das Wunder, das das profane Abbild der Murphy jeden Tag von neuem wirkte, bestand darin, den königlichen *jeanchouart* im Dunkel der königlichen *pantalons* wie eine Kartoffel wachsen zu lassen.

Magie, dachte der König, *Abracadabrantesque* …

Als Marie-Louise Murphy endlich nach Versailles beordert wurde, war sie überrascht. Sie hatte sich hin und wieder gefragt, ob »Er selbst« wirklich gemeint hatte, was er gesagt hatte, oder ob er nicht irgendein Spiel mit ihr trieb.

Wir sind ihm zu gewöhnlich, dachte sie, sicherlich will er vornehmere Mädchen haben als uns.

Sie konnte es einfach nicht glauben, bis es geschah. Dann, eines Morgens, stand der königliche Kurier in einem roten, mit Goldlitze bestickten Rock vor der Tür, einen Brief mit dem Siegel des Königs in der einen Hand und einen riesigen Strauß Lilien in der anderen.

Bis ans Ende ihres Lebens mußte sie jedesmal automatisch an Ihn denken, wenn sie eine Lilie erblickte. Überall war sie von Lilien umgeben, bis sie sich in ihr vollkommenes Weiß verliebte. Bis die Lilien ihr schließlich zum Halse heraus hingen und sie wünschte, nie wieder eine Lilie sehen zu müssen.

Aber am 25. März 1752 ließ der Anblick von Lilien ihr Herz höher schlagen.

»Bonjour«, sagte der Kurier grinsend und entblößte seine Zähne, die genauso weiß waren wie die Lilien. So einen Mann würde sie gerne heiraten, dachte sie, wenn sie die Freiheit besäße, einen Mann zu heiraten, der aussah wie ein Engel.

»Bonjour, Mademoiselle«, sagte er, »heute ist Euer Glückstag …«

VII

Am Ende der Rue de Richelieu wartete eine einfache Kutsche ohne jegliches *Fleur-de-lis*-Emblem, an dem man hätte erkennen können, daß sie aus Versailles kam.

Marie-Louise Murphy stieg ein mitsamt dem Wenigen, was sie besaß: einem Rosenkranz, einem elfenbeinernen Kruzifix, einer Kette aus blauen Perlen, ihrem Geldbeutel aus Wieselfell und dem blauen Band um den Hals – die Dinge, an denen das Kind in ihr hing.

»Du wirst alles Glück brauchen, das du kriegen kannst«, sagte ihr Vater, als er ihr einen Abschiedskuß gab.

Sie trug rosafarbene Seide, die ihren frischerblühten Busen zur Geltung brachte, eine Kette mit Brigittes Wachsperlen um den Hals, das Beste, was an gebrauchter Kleidung zu bekommen war.

»Na, für deine neue Anstellung wirst du keine neuen Kleider brauchen«, sagte ihre Mutter, als sie ihr einen Kuß auf die Wange drückte. Sie mußten alle lachen.

Sie trug neue Schuhe, das letzte Paar, das ihr Vater angefertigt hatte, denn die Tochter eines Schusters konnte in nichts anderem zu ihrem großen Abenteuer aufbrechen, und sie quietschten, obwohl sie zwei Wochen lang in Urin eingeweicht worden waren.

Es war, als würde sie wieder ins Kloster fahren, und doch wußten sie alle, daß sie diesmal nicht zurückkehren würde. Falls sie doch zurückkehrte, wenn sie jemals zurückkehrte, würde sie ein anderer Mensch sein. Sie würde eine elegante Dame sein, würde alles Billige verachten und nur noch das Allerbeste für sich beanspruchen. Alles an ihrem alten Leben würde sie abstoßen. Sie brach in eine Welt auf, in der man sie verwöhnen würde, in der sie in etwas verwandelt würde, was sie nicht war: man würde aus ihr eine Prinzessin machen, und doch würde sie keine Prinzessin sein.

Die Murphys verabschiedeten sich von ihr, küßten sie, vergossen Tränen, drückten sie an sich und gaben ihr gute Ratschläge mit auf den Weg.

»Schau ihm in die Augen …«

»Laß deine Schuhe an …«

»Verlieb dich nicht …«

»Sieh zu, daß du nicht schwanger wirst …«

Die Tür der Kutsche wurde zugeschlagen, die rotgeränderten Räder rollten knirschend über das Kopfsteinpflaster, die Pferde schnaubten, stampften auf, und die Kutsche verschwand im Nebel am Ende der Rue de Richelieu. Madame Murphy fühlte sich, als sei ihr ein Loch ins Herz gerissen worden.

Marie-Louise Murphy war auf dem Weg nach Versailles, in eine Kutsche verfrachtet wie ein Paket, wie ein Mädchen, das man mit der Zustimmung und dem Segen der Eltern entführt hatte, um es gegen seinen Willen in die Höhle des Ungeheuers zu verschleppen, als sei es etwas Schreckliches, dem Monarchen ein vierzehnjähriges Mädchen zu seinem privaten Vergnügen zuzuführen.

»Das ist deine große Chance«, hatte ihre Mutter ihr erklärt, »die Chance deines Lebens, die einzige, die du je bekommen wirst, und wenn du sie nicht ergreifst, wirst du es ein Leben lang bereuen.«

Marie-Louise Murphy wurde nicht ins Schloß gebracht, um dort bis an ihr Lebensende glücklich und zufrieden mit dem Prinzen ihrer Träume zu leben. Ludwig XV., König von Frankreich und Navarra, mochte einmal ein gutaussehender

Mann gewesen sein, aber man konnte ihn nicht mehr als jung bezeichnen. Er war zweiundvierzig Jahre alt, und er war es gewohnt, daß man ihm wegen seines Aussehens und seiner Figur schmeichelte. Er war fast alt genug, um ihr Großvater zu sein, und er hatte vor, sie im Dachgeschoß unterzubringen.

An jenem Morgen wäre die neue Mätresse am liebsten nirgendwohin gefahren. Sie hatte das Gefühl, immer noch zu träumen. Ihre Füße reichten nicht bis auf den Boden der Kutsche, sondern baumelten in der Luft.

Während der ganzen Fahrt machte sie sich Sorgen darum, was aus ihr werden würde. Trotz allem, was man ihr über die Welt beigebracht hatte, war sie immer noch ein Kind mit den Ängsten eines Kindes: sie fürchtete sich vor der Dunkelheit, vor dem Unbekannten, fürchtete, ihm nicht zu gefallen, fürchtete, abgelehnt zu werden.

Sie hielt ihren Rosenkranz fest umklammert, sagte alle Gebete auf, die sie kannte, dachte an das viele Geld und bemühte sich, sich selbst aufzumuntern. Sie dachte an das Federbett, in dem sie schlafen würde, anstatt auf Stroh. Sie versuchte, an gar nichts zu denken.

Dann tauchte Versailles in der Ferne auf, glänzte honigfarben in der Sonne, und sie staunte über seine Üppigkeit, bekam Herzklopfen vor Aufregung.

Der Kutscher setzte sie ab, verabschiedete sich mit einem Kopfnicken, und dann stand sie da und wartete.

Innerhalb von zehn Minuten traten ein halbes Dutzend Herren auf sie zu, faßten sie am Ellbogen, musterten sie mit gierigen Blicken, versuchten, sie mit sich zu locken, indem sie so taten, als hielten sie sie für eine lange vermißte Kusine oder ein Mädchen, das sie aus Nantes oder Périgueux kannten.

»Ihr müßt Mademoiselle Truc sein …«

»Ah, Mademoiselle … endlich sehen wir uns wieder …«
»Welch eine Überraschung, Euch hier anzutreffen …«
»Mademoiselle, kommt doch mit in mein …«

Aber sie kannte keinen von ihnen. Sie würde mit keinem Fremden mitgehen, mochte er noch so reich, gutaussehend, charmant sein, nicht hier, nicht heute, nicht jetzt. Sie war vom König persönlich auserkoren worden. Sie war niemandes Kusine, niemandes Freundin, nur Seine Freundin, und sie hatte nicht vor, mit irgend jemandem außer ihm zu sprechen.

Kurz darauf glitt sie in korrekter Haltung hinter Monsieur Lebel her. In quietschenden Schuhen bewegte er sich wie ein Vogel mit schnellen, staksigen Schritten, und er war schon vorausgeeilt, bevor sie sich überhaupt in Bewegung gesetzt hatte.

Alle wandten sich nach ihr um, als sei ganz Versailles darüber in Kenntnis gesetzt worden, daß heute die neue Mätresse gebracht würde; als hätten sie sich alle verabredet, zu kommen und sie anzustarren und sich ein Urteil über diese neue Mätresse zu bilden.

Sie wurde von feinen Damen angestarrt, die sich lautstark über den altmodischen Stil ihrer Kleidung ausließen. Marie-Louise fiel sofort auf, noch nie hatte man so etwas wie sie gesehen. Die Herren reckten neugierig die Hälse, betrachteten sie durch ihre Lorgnetten und murmelten anerkennende Bemerkungen vor sich hin, als sie an ihnen vorbeiglitt.

Im Vorübergehen sah sie glänzende Salons, vergoldete Zimmer, in endlos langen Korridoren aufgereihte Sänften, ein Wirrwarr von zu vielen Menschen, die sich in den Räumen zusammendrängten. Sie sah Prinzessinnen in ihrem Alter, die auf dicken Teppichen mit Kegeln spielten. In einem Raum saß eine Comtesse, die sich porträtieren ließ, umringt von einer Schar neugieriger Höflinge, die nichts Besseres zu tun hatten – und sich die Köpfe verrenkten, um die neue Mätresse zu begaffen, die so schnell durch die Korridore glitt, daß sie jedermanns Aufmerksamkeit erregte: ein neues Mädchen, das sich auf korrekte Weise zu bewegen wußte, das niemand jemals zuvor gesehen hatte, das niemand kannte.

Sie kam an vergoldeten Hundezwingern vorbei, und die Hunde hoben ihre Schnauzen aus vergoldeten Näpfen, um nach ihrem Duft zu schnüffeln. Sie sah goldene Galerien voller Höflinge in Goldbrokat und voll von übelriechendem gemeinen Volk. Das *château* kam ihr vor wie ein riesiger Markt, auf dem alles feilgeboten wurde: Mädchen, Frauen, Küsse, Obst, Blumen, Vögel. Sie sah Hühner auf den Köpfen von vergoldeten Statuen hocken, Hühner, die zum Verkauf angeboten wurden, die Eier für die Tafeln des Adels legen sollten, als wäre ganz Versailles ein riesiger Bauernhof, nur für diesen einzigen Zweck geschaffen. Und in den Augen von Versailles war Marie-Louise das neue Huhn des Königs, für die königliche Tafel bestimmt, ein Mädchen, das gekauft wurde, um die besonderen Gelüste des Königs zu befriedigen.

Wie üblich, herrschte in dem mit Menschen überfüllten Schloß vollkommenes Chaos. Versailles vibrierte, Versailles, das Kraftwerk Frankreichs, lächerlich und glorreich zugleich. Marie-Louise mochte Versailles vom ersten Augenblick an. Sie war begeistert.

Sie sah, wie Lebel beim Durchqueren des königlichen Schlafzimmers eine Kniebeuge vor dem Bett des Königs machte, ganz so wie ein Priester vor dem Altar: als würde in Versailles das königliche Bett einschließlich allem, was darin stattfand, als etwas Anbetungswürdiges betrachtet. In der Annahme, es gehöre zur Etikette, tat sie es Lebel nach.

Im obersten Stockwerk des Schlosses, hoch unter dem Dach, führte Lebel sie in ein kleines Zimmer mit blaßgrüner, handbestickter Seidentapete; an den Fenstern hingen blaßgrüne Vorhänge, mit goldenen Lilien bestickt; die vergoldeten Stühle waren mit blaßgrünem Damast bezogen. Von einem Fenster aus, das von zwei riesigen Statuen flankiert wurde, hatte man einen Ausblick auf den Park, der blaßgrün im Nebel schimmerte. Marie-Louise schaute auf den Schloßgarten hinunter, auf das makellose Grün der Rasenflächen und den Grand Canal, der den Park wie ein blaues Band durchzog.

Sie starrte hinunter auf die allgegenwärtige Menge. Ein dumpfes Geraune drang durch das Fenster, begleitet von der schrillen, lauten Musik der königlichen Kapelle, die ohne Unterlaß das gleiche Stück zu spielen schien.

Sie hörte das leise, regelmäßige Knirschen von Soldatenstiefeln, die über die Kieswege marschierten. In der Abenddämmerung lauschte sie dem Geschnatter der Wasservögel, dem Plätschern von Rudern, fernen Stimmen, fernem Gelächter, dem ausgelassenen Lachen von Mädchen, die sich dort draußen zwischen den Büschen amüsierten.

Am frühen Abend wurde die Tür zu ihrem Zimmer aufgerissen, und ein Herr kam herein, unter dem Arm eine abgenutzte Ledertasche, als hätte er vor, die Uhren aufzuziehen.

Er war ziemlich korpulent, und er sah sie durch seine Brille so durchdringend an, als wüßte er, wer sie war und warum sie sich in diesem Zimmer befand. Er trug einen scharlachroten Rock mit Goldknöpfen, und er war außer Atem, als sei er die Treppen heraufgelaufen.

»Tretet näher, Mademoiselle«, sagte er in einem Ton, der darauf schließen ließ, daß er es gewohnt war, daß man seinen Anordnungen Folge leistete. Sie trat ans Fenster.

»Aufmachen, *s'il vous plaît*«, sagte er, den Blick auf ihren Mund gerichtet.

»Sagt AAH, Mademoiselle«, befahl er. Marie-Louise begriff, wer er war, und tat, wie ihr geheißen.

»Hmmm«, sagte er, und seine Stimme klang leicht besorgt. Er fuhr ihr mit seinen kalten Fingern hinter die Ohren und betastete ihren Hals. Sie spürte seinen Atem im Gesicht.

»Hmmm«, sagte er, und seine Stimme klang zutiefst beunruhigt. Er schaute ihr in die Augen und fühlte ihren Puls. Er inspizierte ihre Fingernägel, als suche er nach einem Beweis dafür, daß sie sie geschärft hatte. Er befühlte ihre Zähne, als hoffte er, Anzeichen dafür zu finden, daß sie sie spitz gefeilt hatte.

»Legt Euer Kleid ab, Mademoiselle, *s'il vous plaît*«, sagte er. Sie stieg aus ihrem Kleid aus Seidentaft, ließ es fallen, so daß es mit einem Rascheln zu Boden glitt, und dann stand sie nackt bis auf die Schuhe vor ihm.

Der Arzt betrachtete sie eingehend, sagte »Hmmm«, wirkte interessiert.

»Legt Euch hin, Mademoiselle«, sagte er. Sie legte sich hin.

»Öffnen, *s'il vous plaît*«, sagte er. Sie spreizte ihre Beine für den Arzt, so daß er mit Hilfe einer brennenden Kerze nachschauen konnte. Heißes Wachs tropfte auf ihre Beine und ließ sie vor Schmerz aufschreien. Er schob seine Finger in sie hinein und tastete in ihrem Innern herum, als suchte er nach etwas, das sie dort verborgen hielt.

Sie spürte seinen heißen Atem auf ihrem Bauch.

»Hmmm«, sagte er, und seine Stimme klang verwundert. Dann stocherte er noch ein wenig mit den Fingern in ihr herum.

Laut Befund des Arztes war sie frei von diversen Krankheiten:

La gonorrhée …

La syphilis …

La diphtérie …

Le choléra …

Laut Befund des Arztes war sie tauglich für Versailles, tauglich für die Zukunft, tauglich für körperliche Anstrengungen und tauglich, den königlichen *zizi* zu empfangen.

Der Arzt lächelte breit. »*Enchanté,* Mademoiselle«, sagte er, »*enchanté …*« Er tätschtelte ihren Hintern, gestattete ihr, ihr Kleid wieder anzuziehen, und im nächsten Augenblick eilte er aus dem Zimmer und schlug die Tür hinter sich zu.

Später an jenem Abend wurde ihre Tür erneut aufgerissen, so daß die Kerzen flackerten, und ein zweiter Besucher riß sie aus ihren Gedanken. Bevor sie dazu kam, sich vom Fenster umzuwenden, war er schon in ihrem Zimmer. Die Hände in den Hosentaschen, lehnte er an der Tür und schaute sie an. Es war Er selbst, außer Atem, als hätte es ihn große Anstrengung gekostet, sich von seinen Geschäften als König von Frankreich und Navarra loszureißen.

»*Bonsoir,* Mademoiselle«, sagte er und warf seine Perücke auf das Bett. Dann schwieg er.

Er ist schüchtern, dachte sie, er ist ein ganz normaler Mann.

Sie hatte sich ihn in prächtigeren Kleidern vorgestellt. Aber er sah genauso aus wie die Männer, die sie aus dem Palais Royal kannte. Er sah aus wie jeder andere Mann auch. Er trug pfauenblauen Samt. Seine Schuhe glänzten wie Spiegel.

Sie machte einen vollendeten Hofknicks und küßte seine Hand, wie man es ihr beigebracht hatte.

»*Bonsoir*«, sagte sie. Sie wußte nicht, wie sie ihn anreden sollte. Sie hatte vergessen, wie er aussah. Sie hatte seine Stimme vergessen und war überrascht, daß sie so rauh klang, daß seine Stimme sie erregte.

Seine großen, schwarzen, leuchtenden Augen erinnerten sie an schwarze Johannisbeeren.

Er sagte immer noch nichts, und sie fand, daß er wirklich sehr schüchtern war, sie dachte, daß er sie ja gar nicht kannte und daß er nicht wußte, was er zu ihr sagen sollte.

Sie riß sich aus ihrem Traum, fürchtete, sie habe ihn die ganze Zeit angestarrt. Sie schenkte ihm ihr vollkommenes Klosterlächeln, stellte ihm hundert Fragen, während seine Hand über ihre Schulter fuhr, ihre durchschimmernde Haut streichelte. Und dann schlüpfte seine Hand in ihr Kleid und seine Zunge in ihren Mund, und dann lagen überall Kleidungsstücke auf dem Boden.

In jener Nacht schlief sie unruhig. Sie hatte das Gefühl, als schwebte sie in einem Wasserbecken, überall um sie herum stiegen Luftbläschen auf, und alles in Versailles schien aufwärts zu streben: kegelförmige Sträucher, silberne Fauteuils, goldene Quasten, goldene Messer und Gabeln, alles umkreiste sie wie in einem Wasserstrudel.

In den frühen Morgenstunden rannte sie im Traum durch den Park, ein Geweih am Kopf befestigt, flüchtete zwischen goldenen Bäumen hindurch, verfolgt von einem leichtfüßigen Ludwig, der kaum den Boden berührte, und sie lief immer langsamer, so als wollte sie eingeholt werden, doch der Abstand zwischen ihnen blieb immer gleich. Es schien, als würde er sie ewig verfolgen, sie nie einholen.

Im Morgengrauen, als sie endlich in Tiefschlaf fiel, setzte sich ein weißer Hahn mit blutrotem Kamm auf ihr Fenstersims und krähte alle zehn Sekunden, und als sie erwachte, wähnte sie sich zu Hause in Paris.

Ludwig. Sein blaues Kinn bei Tagesanbruch, sein zerzaustes Haar, seine Bartstoppeln, die über die Laken kratzten, die an ihren zarten Wangen scheuerten wie Sandpapier. Sein beginnendes Doppelkinn, sein *embonpoint,* Folge lebenslangen, übermäßigen Genusses von Pâtisserie; seine schwarzen Augenbrauen, wie in immerwährendem Erstaunen hochgezogen, obwohl er sich über nichts mehr wunderte. Seine weichen, roten Lippen; die schwarz verfärbten Zähne, Folge lebenslangen Bonbonlutschens; seine in regelmäßigen Abständen wiederkehrenden, alptraumhaften Zahnschmerzen, seine ständigen Verdauungsstörungen. Marie-Louise lernte ihn immer besser kennen, gewöhnte sich an ihn. Sie schaute ihm in die feuchten Augen, küßte ihn inbrünstig, bis ihr die Luft ausging. Sie atmete den Duft seines Parfüms ein, streichelte die Hände, die nie erfahren hatten, was es bedeutete, mit Schlamm verkrustet zu sein oder ein Huhn auszunehmen; Hände, die nie zerkratzt und geschunden worden waren, die nichts anderes taten, als die geheimnisvollen Stellen unter den Röcken von Frauen zu erkunden. Zehn Finger, die sich alle zugleich bewegten, zehn Finger, die, nachdem sie den ganzen Tag gelangweilt auf dem königlichen Schreibtisch herumgetrommelt hatten, endlich etwas zu tun hatten.

»Ich führe ein leeres, nutzloses Leben, Mademoiselle«, erklärte er ihr. »Mein Leben ist die reine Zeitverschwendung.«

Er zeigte ihr die Geheimtreppe, die seine Privatgemächer mit ihrem Zimmer verband. Er brachte ihr bei, wie sie ihm Nachrichten übermitteln konnte, ohne daß diese von irgend jemandem abgefangen wurden. Er erklärte ihr, wohin sie gehen durfte und wohin nicht, was sie tun durfte und was nicht.

Diener brachten ihr Köstlichkeiten von der königlichen Tafel, von denen sie nicht einmal geahnt hatte, daß sie existierten. Sie wurde von früh bis spät bedient, wurde wie die Dame behandelt, zu der man sie erzogen hatte. Mit der Zeit wurde ihr das Leben im Schloß immer weniger fremd, und sie gewöhnte sich an ihren Tagesablauf.

Der Tochter des Schusters, die sich glücklich geschätzt hatte, wenn sie einmal im Monat ihr Kleid wechseln und zweimal im Jahr baden durfte, wurden fortan zwei Bäder pro Tag verordnet, unter strikter Anweisung, dem Wasser beim ersten Frösteln zu entsteigen, und den größten Teil ihrer Zeit verbrachte sie unbekleidet.

Während Marie-Louise Murphy in Versailles im Luxus schwelgte, besuchten die Iren in Paris ihren Vater, der sich nun Monsieur Murphy de Boisfailly nannte, um ihm zu gratulieren.

Lange vergessene Vettern aus Cork und Killarney klopften an seine Tür und fragten: »Wie steht's mit einem Glas Whiskey?«

Männer, die den Stein von Blarney geküßt hatten, küßten Daniel Murphys Wangen auf die französische Art, als wäre er ein enger Verwandter. Iren, die er noch nie in seinem Leben gesehen hatte, erzählten ihm Geschichten von den Heldentaten seines Vaters und Großvaters und tranken all seinen Whiskey.

Den ganzen Nachmittag lang schenkte Monsieur Murphy den goldenen Trank aus und füllte die Flasche am Abend immer wieder auf, bis seine Besucher, die gar nicht mehr gehen wollten, auf ihren Stühlen einschliefen.

Madame Murphys Salon war den ganzen Tag lang mit Besucherinnen überfüllt, die Luft schwer von den Ausdünstungen ungewaschener Menschen und dem Rauch aus den Pfeifen ihrer weiblichen Verwandten. Nach wenigen Schlucken von Madame Murphys irischem Likör begannen sie, irische Lieder zu singen und irische Geschichten zu erzählen, und konnten sich gar nicht überschwenglich genug auslassen über die glückliche Nachricht, die sie von Madame Murphys Tochter gehört hatten.

Obwohl das stolze Leuchten nie aus seinen Augen verschwand, schüttelte Monsieur Murphy traurig den Kopf und murmelte: »*Hélas*, nicht eine von ihnen ist eine ehrbare Frau.«

Später vergaß er, daß ihm je etwas daran mißfallen hatte, und verbrachte seine Tage in stillem Rausch.

»Trinkt«, sagte er und hob sein Glas, »und ihr werdet ewig leben.«

In Versailles lernte Marie-Louise, sich im Schloß zurechtzufinden und die Menschen, die es bevölkerten, einzuschätzen.

»Hütet Euch vor Madame d'Estrées«, sagte ihre *femme de chambre,* »sie ist gefährlich.«

Doch als sie Madame d'Estrées schließlich kennenlernte, erschien sie ihr recht harmlos, und sie freundete sich sogleich mit ihr an.

»Hütet Euch vor Madame d'Estrades«, sagte Madame d'Estrées.

So sehr sie sich auch bemühte, Marie-Louise verwechselte die d'Estrades mit den d'Estrées, die Bourbon-Condés mit den Bourbon-Contys. Sie verwechselte den Duc de Choiseul mit dem Baron de Choiseul und letzteren mit dessen Frau, der Baronne.

Doch sie begegnete nur wenigen Höflingen, mischte sich nicht unter die höfische Gesellschaft, sondern führte ein abgeschiedenes Leben unter dem Dach und verbrachte ihre Zeit damit, auf Ihn zu warten.

Mit der Zeit gingen die Diener und Dienerinnen, die den König mit Sire anredeten, dazu über, die neue Mätresse mit Sirette anzusprechen. Autoren von Memoiren und Zeitungsartikeln, denen Marie-Louise Murphy kaum jemals unter die Augen gekommen war, betitelten sie als *La petite Morphise* oder Morfil oder Morfi, nannten sie »die neue Sultanin« und berichteten getreulich über jedes noch so vage Gerücht.

Die Kämmerer grüßten sie höflich und verneigten sich, wenn sie ihr in der Öffentlichkeit begegneten. Die Kammerdiener – unter ihnen Lebel, der auf einem Klappbett im Schlafgemach des Königs schlief, durch ein seidenes Band mit dem königlichen Handgelenk verbunden, für den Fall, daß der König während der Nacht irgendwelche Wünsche hatte – überbrachten Morfis Botschaften und bekämpften die Motten und Mücken in ihrem Zimmer.

Der Erste Maître d'Hôtel, verantwortlich für die Speisen und Getränke des Königs und Gebieter über einen Stab von Vorkostern, Bedienten, Küchenhilfen, Dienern, die für die Vorratskammern, die Spülküche und die Waschküche zuständig waren, Pförtnern und Unterpförtnern, Lakaien und Weinkellnern, Stallmeistern und Chefköchen, Hilfsköchen, Bäckern, Botenjungen, Spucknapfleerern, Flaschenentkorkern, Bratenbegießern – sorgte dafür, daß Morfis Speisen regelmäßig unter einer silbernen Haube die Stufen zu ihrem Dachzimmer hinaufgebracht wurden.

Die Parkettpolierer verwandelten ihren Fußboden in einen Spiegel, in dem sie ihr Gesicht betrachten konnte. Die Chefgärtner beehrten sie mit Lilien und rosafarbenen Rosen. Und sie schenkte allen ihr schönstes Lächeln – den Dienern, die die Spinnennetze entfernten, die Kerzenleuchter reparierten, die Kerzen anzündeten und auslöschten, den Fledermausfängern und den Ratten- und Mäusefängern und den Fensterputzern, allen, die sich um ihr tägliches Wohlergehen kümmerten.

Der Grand Maître der königlichen Garderobe behandelte ihre Kleider mit derselben Sorgfalt, die er auf die Kleider des Königs verwendete.

Der königliche Leibarzt und seine siebzehn Berater versorgten Morfi mit Schlafmitteln, Lippensalben, Augentropfen, Abführpillen und guten Ratschlägen.

Auf den Korridoren grüßten sie die Tischmädchen, die Stiefeljungen, die Pagen und niederen Diener mit tiefen Verbeugungen. Im Park verbeugten sich die Bootsführer, die Kutscher, die Maulwurffänger und Heckenbeschneider, wo immer sie auftauchte.

Die Männer der 1300 Mann starken Leibgarde, die unablässig über den König wachten und ihn nie aus den Augen ließen (obwohl er ihnen hin und wieder entwischte), salutierten und präsentierten ihre Waffen, wann immer Morfi sich in der Öffentlichkeit zeigte.

In der Grande Écurie, den königlichen Ställen, rackerten der Stallmeister, achtundvierzig grinsende Pagen und zweiundvierzig lüsterne Kammerdiener sich ab, um Kutschen und Pferde für Marie-Louises Ausflüge bereitzuhalten. Stallknechte, Hufschmiede, Sattler, Sporenmacher, Mistentsorger und Strohverwalter wetteiferten um ihre Gunst, wenn sie aus ihrer Kutsche stieg.

Es gab so viele Diener, daß niemand genau wußte, wie groß ihre Anzahl tatsächlich war. Manche wurden einfach vergessen, lebten immer noch in ihren Behausungen, ohne jedoch irgendeine Funktion zu erfüllen, waren alt oder krank. Es gab so viele Diener, daß es manchmal nicht genug Schlafplätze für sie gab. Es waren ihrer so viele, und sie zu unterhalten war so teuer, daß der königliche Haushalt irgendwann aufhörte, sie zu bezahlen, und die *valets de chambre* schließlich gezwungen waren, beim *curé* von Saint-Louis um Almosen zu bitten. Sie waren seit zwei Jahren nicht mehr bezahlt worden und hatten kein Geld, um sich etwas zu essen zu kaufen.

Hin und wieder drangen Vagabunden in das Schloßgelände ein und bettelten Marie-Louise um Münzen an.

Doch sie erhielt alles in Naturalien. Sie war zu einem Mitglied des Königshauses geworden: Sie besaß kein Geld, da sie keine Gelegenheit hatte, es auszugeben.

Die Diener mußten sich um 10.000 Höflinge kümmern, um Prinzen von königlichem Geblüt und Prinzen, die nicht von königlichem Geblüt waren, um Herzöge und Herzoginnen, um Grafen und Gräfinnen, um Marquis, Barone, Chevaliers und Messieurs und deren Gattinnen, die alle in samtenen Röcken und seidenen Kleidern schwitzten, die alle stets ungewaschen waren und versuchten, ihren Gestank mit Parfüms oder mit weiteren Lagen von Kleidung zu überdecken – oder sich des Gestanks zu erwehren, indem sie sich in Parfüm getränkte Taschentücher unter die Nase hielten, die alle versuchten, so zu tun, als existiere der Gestank von Versailles nicht.

Im Sommer 1753 gewöhnte Monsieur Murphy sich an, mit gutem Wein auf die Heiligen des Kirchenkalenders zu trinken.

Am 2. Juni hob er sein Glas auf das Gedenken des heiligen Pothin.

Am 3. Juni trank er auf die Gesundheit der heiligen Clothilde.

Am 4. Juni feierte er die Heiligsprechung des Quirinius.

Am 8. Juni trank er in Erinnerung an den heiligen Medardus, ein wichtiger Heiliger, der von den Gläubigen angerufen wurde, wenn sie Zahnschmerzen hatten.

Mitte Juni zog er sich in sein Bett zurück und nahm die Flasche mit.

Der *curé* von Les Saints-Innocents fragte Madame Murphy: »Warum haltet Ihr ihn nicht vom Trinken ab?«

»Er ist ein freier Mann«, sagte sie. »Er kann tun, was ihm gefällt.«

In der Nacht zum 16. Juni weckte Daniel Murphy seine Frau, um ihr zu sagen, daß er das Heulen der Banshee hören konnte.

»Geh gefälligst wieder schlafen, Mann!« sagte sie. »Glaubst du vielleicht, die Banshee würde die Irische See bei diesem Wetter überqueren, bloß um dich heimzusuchen?«

»Ja, das glaube ich ganz bestimmt«, sagte Daniel Murphy.

Am 17. Juni trug der *curé* von Les Saints-Innocents das Viatikum unter einem roten Baldachin mit flatternden goldenen Fransen durch den Park des Palais Royal, begleitet von Meßdienern in rotweißen Roben, und Daniel Murphys Nachbarn fielen zwischen Apfelsinenschalen und verrottenden Äpfeln und in stinkendem, schwarzem Morast auf die Knie und bekreuzigten sich demütig beim Anblick des *saint sacrement.*

In der Nacht zum 18. Juni wachte Madame Murphy zusammen mit ihren Töchtern am Bett des Kranken. Vergeblich versuchte sie, seine Temperatur zu senken, indem sie mit der heiligen Bibel vor seinem naßgeschwitzten Gesicht wedelte.

Am 18. Juni war Daniel Murphy de Boisfailly tot.

»Seine armen Hände, sie sind kalt wie Kartoffeln«, lamentierte seine Frau.

In der Stille der Morgendämmerung war hoch über dem Park des Palais Royal die Totenklage der Irinnen zu hören, schrill und unwirklich wie das Jaulen von Katzen.

Die Töchter hielten abwechselnd Totenwache. Sie verhüllten die Spiegel mit weißen Laken, drehten die Kupferstiche von Cork und Dublin zur Wand. Sie öffneten alle Schlösser in der Wohnung, damit Daniel Murphys Seele ungehindert entweichen und ihre ewige Ruhe finden konnte.

Das Ululu der Klageweiber hörte nicht mehr auf, es war ein Geräusch, das jeden, der es hörte, innerlich aufwühlte, obwohl unter den Franzosen im Viertel kaum jemand wußte, was es war und was es zu bedeuten hatte.

Marie-Louise Murphy kam in ihrem vornehmen Kleid aus schwarzem Seidentaft. Sie sah aus, als sei sie 100.000 Livres wert, eine perfekte Dame. Neben ihr wirkte der Rest der Familie schäbig. Die Wohnung, in der sie früher gewohnt hatte, kam ihr klein, schmuddelig und ärmlich vor. Sie war eine Fremde geworden. Sie gab sich die Schuld am Tod ihres Vaters.

»Es waren diese Perlen«, sagte sie.

Zusammen mit ihrer Familie folgte sie dem Sarg zum Friedhof von Les Saints-Innocents. Sie sah zu, wie der Leichnam ihres Vaters in ein Grab geworfen wurde, in dem die Schädel und Gebeine anderer Toter zu sehen waren. Niemand beschwerte sich über den Gestank, alle hielten sich Duftkugeln vors Gesicht und atmeten so wenig wie möglich.

»Das ganze Glück der Murphys …« schluchzte Marie-Louise, während sie sich an Brigittes Arm klammerte.

Madame Murphy bestritt, daß das Ableben ihres Gatten etwas mit Alkohol zu tun gehabt hatte.

»Er war ein lieber, gottesfürchtiger Mann«, sagte sie, »und er hat in seinem ganzen Leben kaum je einen Tropfen Alkohol angerührt.« Seine Töchter nickten, schnieften und trockneten sich die Augen mit ihren Taschentüchern.

»Ein ehrlicher, anständiger Mann«, weinte Madame Murphy, »der in den Armen der heiligen Kirche und am Busen seiner Familie gestorben ist, und alles andere sind gemeine Gerüchte, die von den Feinden Irlands in die Welt gesetzt werden.«

Marie-Louise glaubte, die Perlen seien schuld gewesen. »Diese Perlen«, sagte sie. »Wenn wir die Perlen nicht gekauft hätten, wäre er heute noch am Leben.«

Madame Murphy saß in einem vergoldeten Sessel und jammerte und biß sich in die Fäuste.

»Ich kann keine Perlen tragen, die mir ein Toter geschenkt hat«, sagte sie. »Ich will diese Perlen keinen Moment länger im Haus haben«, rief sie.

Sie schrie Marie-Louise an: *»Malheureuse!* Wieso mußtest du diese Perlen kaufen?«

Marie-Louise ging langsam durch das Palais Royal, begleitet von den mitfühlenden Blicken von Madame Sheehy de Dunlaoghaire, Madame Ryan de Kinsale und Monsieur O'Rourke de Fermanagh und anderer irischer Nachbarn. Sie brachte die Perlen zurück in den Laden in der Rue du Faubourg Saint-Honoré.

Ihre Augen füllten sich mit Tränen, als sie dem Juwelier ihre Geschichte erzählte: ihr Vater sei gestorben und ihre Mutter weigere sich, die Perlen länger im Haus zu behalten; sie, Marie-Louise, könne die Perlen auch nicht tragen.

Der Juwelier lächelte und versicherte ihr, er könne sie vollkommen verstehen. Er begutachtete die Kette mit seiner Lupe, um sich zu vergewissern, daß es sich um die echten Perlen handelte, und erstattete ihr den Kaufpreis.

Kopfschüttelnd schaute er ihr nach, als sie die Rue du Faubourg Saint-Honoré hinunterging.

»Irlandaise!« rief er und lachte laut auf.

In Versailles wurde Morfis Geduld belohnt. Sie wurde mit Diamanten, Saphiren, Smaragden, goldenen Ringen und anderen Schätzen überschüttet.

Er selbst besuchte sie in ihrem Zimmer, um sie mit Küssen zu überhäufen und mit ihr zu reden. Er fragte sie nach dem Tod ihres Vaters aus, wollte wissen, was seine letzten Worte gewesen waren; ob sie den Leichnam geküßt hatte. Er ließ sich alles über die Totenklage erzählen, über den Geist ihres

Vaters, über die *pompes funèbres*, das Viatikum, ließ sich die irischen Totenbräuche erklären, wollte wissen, was der Tote in seinem Sarg angehabt hatte, wie tief das Grab gewesen war, ließ sich den Geruch des Todes beschreiben. Er wollte alles ganz genau wissen.

Ludwig XV. war vom Tod fasziniert.

Sie hatte ihn noch selten so aufgekratzt erlebt. Der Tod schien ihn lebendiger zu machen. Seine schwarzen Augen leuchteten wie Kohle, und er küßte sie leidenschaftlicher denn je, drückte ihr noch mehr Juwelen in die Hand und schlich sich drei-, vier-, fünfmal am Tag über die Geheimtreppe in ihr Dachzimmer.

Er bat sie, zu ganz bestimmten Zeiten am Oeil de Boeuf zu stehen, damit er sie im Vorbeigehen sehen konnte: auf seinem Weg zur Messe und zurück oder wenn er zur Jagd aufbrach. Und dann zwinkerte er ihr zu oder hob eine Augenbraue oder einen Finger, um ihr zu zeigen, daß er sie gesehen hatte. Wenn er nah genug an ihr vorbeikam, drückte er ihr einen Zettel in die Hand, auf dem er ein Treffen mit ihr festsetzte.

Eines Morgens wurde sie gerufen, um das Schauspiel des Grand Couvert mitanzusehen: Er selbst an seiner Tafel, wo er das Wunder der gekochten Eier vollführte.

Er tat so, als sehe er sie nicht, schien nicht der zu sein, den sie aus ihrem Dachzimmer kannte. Er spielte eine Rolle, steif, priesterhaft: er war nur da, um begafft zu werden. Er stopfte sich eine weiße Serviette in seinen Spitzenkragen, um zu verhindern, daß er sich seinen schwarzen Samtrock mit Ei bekleckerte. Dann lächelte er ölig in die Menge. Auch wenn er nicht wußte, was sie dazu trieb, war er es gewohnt, daß Hunderte von Fremden kamen, um ihm zuzusehen, wie er seine Eier verspeiste.

Sie konnte sehen, daß ihn die Vorstellung langweilte, noch bevor sie begonnen hatte. Sie wußte, daß er eigentlich keine Eier mochte.

Livrierte Lakaien, Automaten mit gepuderten Perücken, setzten ihm ein halbes Dutzend der größten Eier Frankreichs vor. Wie ein verwöhntes Kind mußte er von allem das Größte, das Beste, das Schönste und das Teuerste haben.

Er wünschte, die Zuschauer würden verschwinden und ihn in Ruhe lassen. Er wollte allein sein mit Morfi, mit seinem Geheimnis, von dem angeblich niemand etwas wußte. Morfi, die ebenso wie er in einem Käfig gefangengehalten wurde.

Doch vorerst konzentrierte er sich auf die Vorstellung. Er nahm die goldene Gabel in die Hand, hob den Kopf, schlug nach dem ersten Ei und köpfte es mit einem Schlag. Die perfekte Enthauptung.

Einen Augenblick lang hielt die Menge den Atem an, und dann applaudierten alle, als hätte er etwas gänzlich Ungewöhnliches vollbracht.

Eigelb lief ihm übers Kinn wie goldener Rotz.

Er vollführte fünf weitere Enthauptungen. Die Zuschauer applaudierten jedesmal mit mehr Begeisterung, gafften, bis sie genug Wunder gesehen hatten, und wandten sich schließlich ab, um sich nach neuen Zerstreuungen umzusehen.

Im Dachgeschoß des Schlosses hielt Ludwig die königlichen Hühner und den königlichen Hahn, der Morfi jeden Morgen weckte. Die Hühner waren, ebenso wie Morfi, sein ganzer Stolz. Ludwig liebte seine Vögel, und es schmerzte ihn, wenn sie für seine Tafel geschlachtet wurden. Nun wurde der Hahn altersschwach, und sein Lebensende nahte.

Der rote Kamm färbte sich schwarz, und als sein Ende immer näher rückte, saß Ludwig XV. in seinem königsblauen

Samtrock mit den goldenen Knöpfen, auf der Brust den Orden des Heiligen Geistes, in seinem vergoldeten Sessel und hielt den Hahn auf den Knien. Tränen rannen ihm über die Wangen. Zusammen mit Morfi wachte er bei Kerzenlicht die ganze Nacht hindurch und begleitete des Sterben des Hahns. Er sprach mit ihm, sang ihm Schlaflieder, streichelte ihm die steifen Federn, fütterte ihm eigenhändig Würmer und Insekten.

Der königliche Leibarzt unterstützte ihn mit seinem Rat. Vierzehn weitere Ärzte fühlten den Puls des Hahns, horchten sein sterbendes Herz ab, untersuchten seine dürre Zunge.

Es gab keine Rettung mehr für den Hahn. Er lag auf einem gelbgrünen Sofa, und sein Atem wurde immer schwächer. Seine Augen trübten sich. Sein Kamm wurde immer schwärzer. Der Schnabel stand offen, immer noch versuchte der Hahn, alle zehn Sekunden zu krähen, bis er seinen letzten Atemzug tat.

Ein letztes Mal horchte der Leibarzt das Herz ab, das zu schlagen aufgehört hatte. »Die Hühner haben ihn zu Tode erschöpft«, sagte er kopfschüttelnd.

Ludwig bestellte Morfi zu einem Rendez-vous in der Rue de l'Orangerie 26, im Hôtel d'Humière, trug ihr auf, an die Eingangstür zu klopfen. Als sie das Haus betrat, war sie überwältigt von dem ohrenbetäubenden Geräusch, das sie empfing: wildes Flügelschlagen, Kreischen exotischer Vögel, dämonische Schreie von Jagdvögeln, seinen Jagdvögeln – Falken, Milane, Adler, Bussarde. Überall Vögel mit schwarzen Augen, die sie ebenso durchdringend anstarrten wie seine Augen.

Er genoß die Zeit dort mit Morfi, hinter geschlossenen Türen, er klopfte an die Käfige, setzte sich Falken auf die Hand. Er warf ihnen Fleischstücke vor und lebende Mäuse, um Morfi ihr Geschick vorzuführen.

Obwohl sie begeistert über das Klingeln der Glöckchen an den Füßen der Falken lachte, kam sie sich ebenfalls wie seine Gefangene vor, wie ein Vogel in einem Käfig.

Er traf sich mit ihr in der Avenue de Saint-Cloud Nummer 89, im königlichen Hundezwinger, um ihr zu zeigen, wie die Hunde für die Jagd abgerichtet wurden. Mitten im Gekläff von Welpen und dem Gebell von Tausenden von Jagdhunden zog er sie hinter einen der Kastanienbäume, die den Hunden Schatten spenden sollten, und küßte sie gierig.

Sie war sein Fleischbrocken, dachte sie, sein Schoßhündchen.

Er bestellte sie in die königliche Menagerie am Ende des Parks und zeigte ihr die Elefanten, die Dromedare, die zwei prächtigen Löwen, die Wölfe, die kreischenden Pfauen: all die Geschöpfe, die er in Käfigen hielt, genau wie sie. Er hatte allen die Freiheit geraubt, ebenso wie er ihr die Freiheit geraubt hatte.

Am liebsten hätte sie die Käfigtüren aufgesperrt und alle Tiere in die Freiheit entlassen, doch das sagte sie nicht. Sie hatte den Eindruck, daß Ludwig durch die Gitterstäbe schaute, als sei auch er ein Gefangener, als würde er dasselbe empfinden wie die Tiere: als ob er sich mehr als alles in der Welt wünschte zu entfliehen, von Versailles frei zu sein, das er so sehr verabscheute.

Hin und wieder floh er aus Versailles auf eins seiner anderen Schlösser. Manchmal flohen sie gemeinsam, etwa nach Fontainebleau, wo Morfi für die Dauer ihres Aufenthaltes eine eigene Suite bewohnte, sechs Wochen lang, jedes Jahr im Herbst.

In Fontainebleau hatte Morfi ihren fünfzehnten Geburtstag gefeiert: in einem Boot auf dem See, beim Spazierengehen im Park, bei einer Kutschfahrt durch den Wald. Er hatte ihr kostbare Geschenke überreicht: Diamanten, eine goldene Uhr, eine goldene Tabakdose mit seinem Porträt auf dem Deckel und einem mit Lapislazuli besetzten mechanischen Vogel aus Smaragden darin, der sie so in Begeisterung versetzte, daß sie ihre goldbestickten Schuhe abstreifte und vor Freude auf allen Stühlen tanzte.

In Versailles führte Ludwig sie, wenn die Königin abwesend war, in seine Privatgemächer – das »Rattennest« unter dem Dach, wo er sich eine kleine Bibliothek eingerichtet hatte, eine Werkstatt mit einer Drehbank, auf der er Elfenbein drechselte, eine Destillationskammer und eine Bäckerei, wo er Schokolade, Bonbons und Pâtisserien herstellte. Hier konnte er die Etikette vergessen und der Menge entfliehen und einfach Louis Bourbon sein anstatt der König von Frankreich.

An manchen Abenden saß Morfi an der privaten Tafel des Königs und aß vom König eigenhändig zubereitete Fasaneneieromelettes; dann war er ungezwungen, erzählte lächelnd von seinen Jagderlebnissen, und sie tranken von ihm eigenhändig aufgebrühten Kaffee aus den königlichen Gewächshäusern in Versailles.

Gegen Mitternacht nahm er Morfi bei der Hand, nahm sie zu einem Verdauungsspaziergang mit auf die Dächer des Schlosses, ging mit ihr an der Brüstung entlang; gemeinsam genossen sie den Ausblick auf den Park und die Gewächshäuser, atmeten den Duft des Flieders, lauschten dem fernen Geschrei der Wasservögel, betrachteten den blaß leuchtenden Wasserspiegel der Pièce d'Eau des Suisses, den Grand Canal, der in der Ferne im Mondlicht schimmerte. Sie schauten in die Höfe hinunter, in denen immer noch munteres Treiben herrschte, in die von Kerzenlicht erleuchteten Fenster des schlafenden Schlosses.

Manchmal nahm Ludwig eines seiner Hühner auf den

Arm, um ihm etwas zuzuflüstern, oder er sammelte ein paar Eier aus den Nestern. Und dann lauschten sie auf das Krähen des neuen Hahns und auf die nächtlichen Geräusche von Versailles: das Glockenläuten der kartoffelfarbenen Kirche mit den Zwiebeltürmen, das Quaken der Frösche, das Schnauben der Pferde in den königlichen Stallungen, das Zirpen der Grillen, das Plätschern der Springbrunnen, das ferne Gelächter der 250 königlichen Pagen – die immer noch auf waren und sich die Zeit mit Spielen vertrieben – und atmeten den betörenden Duft der königlichen Blumen ein.

Morfi bemühte sich, nicht allzu tief Luft zu holen. Daß die Luft um das Schloß voller Blumenduft war, hatte seinen guten Grund. Einerseits blühten eine Viertelmillion Pflanzen in den königlichen Gärten, standen 9000 Orangenbäume in Kübeln auf den Plätzen und Wegen, andererseits gab es im Schloß weder Kanalisation noch fließendes Wasser. Das Wasserklosett war ein Luxus, der nur dem König und den ganz Reichen vorbehalten war; die 10.000 Höflinge und 5000 Diener teilten sich 250 Waschräume und viel zu wenige Plumpsklos.

Wenn die Herzoginnen, Marquisen, Lakaien und das allgemeine Fußvolk den Drang der Natur spürten und es ihnen widerstrebte, sich vor den Aborten in den abgelegenen Höfen – wo es zum Himmel stank und von Fliegen wimmelte – in die Warteschlange zu reihen, erleichterten sie sich in die nächstbeste Blumenvase oder hinter einem Damastvorhang oder aus dem Fenster hinaus.

Überall lag der Gestank von Urin und Kot in der Luft. Wenn Morfi am frühen Morgen hinausschaute, sah sie nicht selten den Kotwagen unter ihrem Fenster stehen und überall Lakaien, die sich mit den Exkrementen von 15.000 Menschen abmühten.

Versailles stank, und weder die Viertelmillion Blumen, noch die 9000 Orangenbäume, noch alles Parfüm Frankreichs konnten den Gestank überdecken.

Nicht weit vom Schloß entfernt befand sich der königliche Schlachthof, von wo aus das Quieken der Schweine und das Brüllen der Rinder, denen die Kehle durchgeschnitten wurde, bis an die königliche Tafel drang. Nicht umsonst spielte die königliche Kapelle zu jeder Mahlzeit auf.

Im Sommer war der Gestank noch schlimmer. Unrat und Küchenabfälle wurden auf den königlichen Misthaufen am Rand des Parks geworfen und dort vergessen. An heißen Tagen, wenn der Wind ungünstig stand, wehte der Gestank durch die offenen Fenster in den großen Spiegelsaal und stieg den Herzögen und Prinzessinnen in die Nase, die in vergoldeten Salons Tric-Trac spielten.

Die Frauen wedelten unablässig mit ihren Fächern, um sich des Gestanks zu erwehren.

Hin und wieder flüchtete Morfi aus Versailles, um frische Luft zu schnappen. Nach einer Weile kannte sie die Zeiten, zu denen Er sich mit seinen Ministern zurückzog und sich seinen Regierungsgeschäften widmete – gewöhnlich eine Stunde pro Tag, die er weitgehend schweigend verbrachte. Sie kannte die Termine, an denen er öffentlich speiste, wußte, an welchen Tagen er zur Jagd ging und wann er ohne sie nach Marly oder Saint-Germain verschwand. Das waren die Gelegenheiten, an denen sie nicht auf seinen Besuch wartete, sondern ihren goldenen Käfig verließ.

»Ich kann es nicht ertragen, den ganzen Tag lang wie eine Gefangene im Schloß eingesperrt zu sein«, erklärte sie ihm.

Und dann begab sie sich in die Straßen von Versailles und sah den gewöhnlichen Menschen dabei zu, wie sie all die Dinge taten, die sie nicht länger tun konnte.

Sie spazierte unter den Bäumen der Avenue de Saint-Cloud und schaute in die Fenster, hinter denen Familien bei gemeinsamen Mahlzeiten saßen, miteinander lachten, stritten und sangen, und wünschte sich, sie könnte auch ein gewöhnliches Leben führen.

Sie ging um die Pièce d'Eau des Suisses mit ihrem blaßgrünen, verschmutzten Wasser herum und sah den Frauen von Versailles beim Wäschewaschen zu, hörte sie miteinander schwatzen und ausgelassen lachen, während sie ihre Wäschestücke zum Trocknen über die Büsche hängten und ihre grauen Laken in das schmutzige Wasser tauchten – ein verbotenes Treiben, denn der See war den Wäscherinnen der Königin vorbehalten –, und sehnte sich danach, Teil dieses einfachen Lebens zu sein.

Sie schlenderte über die Place Dauphine, wo freie Männer und Frauen in Kutschen stiegen, die sie von Versailles weg nach Paris brachten.

Auf der Place du Marché Notre-Dame betrachtete sie die an den Füßen aufgehängten Hühner, die hilflos mit den Flügeln flatterten und darauf warteten, verkauft zu werden, und hatte das Gefühl, auf die gleiche Art gefesselt zu sein und mit den Flügeln zu schlagen wie sie.

Sie dachte an das normale Leben, das sie verloren hatte. Das Leben, das sie jetzt führte, war kein echtes Leben, es war das Leben einer Gefangenen. Ihr Leben hatte keinen Sinn.

Es gab Zeiten, da wachte sie mitten in der Nacht auf, allein, und wünschte, sie hätte Versailles nie erblickt. Sie wünschte sich zurück nach Paris an den Stand mit den gebrauchten Kleidern, wünschte sich einen Geliebten in ihrem Alter, eigene Kinder und die Freiheit, selbst über ihr Leben zu entscheiden.

Und gleichzeitig liebte sie Versailles und wünschte sich, daß ihr Leben dort niemals enden würde.

Morfi wurde, wohin sie auch gehen mochte, von Gerüchten verfolgt. Jeder wußte, wer und was sie war. Überall, wo sie auftauchte, ging ein Raunen durch die Menge. Sie spürte, wie die Augen der Männer an ihren Brüsten hingen, wie Männer sie von hinten anstarrten. In Höfen und Korridoren klatschten die Leute Beifall, wenn sie vorüberging. Doch sie machte sich nichts daraus, sondern lächelte ohne Unterlaß, so wie man es ihr beigebracht hatte.

Sie gefiel sich in ihrer Rolle.

Sie zog mehr Aufmerksamkeit auf sich als Madame de Pompadour, selbst die der Wachmänner und Lakaien, was man von der Pompadour kaum behaupten konnte. Das Pfeifkonzert, mit dem die Arbeiter sie beehrten, störte den Gottesdienst in der Kapelle und die Andacht der Königin. Höflinge sprangen vom Kartenspiel auf und liefen ans Fenster, um sie vorbeigehen zu sehen.

Morfi plauderte mit ihresgleichen und mit Untergebenen, mit jedem, der sich Zeit für ein Schwätzchen nahm. Sie war Irin, es machte ihr Spaß zu plaudern. Sie freundete sich mit Herzögen an, die mit kleinen Geschenken versuchten, ihre Gunst zu gewinnen. Morfi war jedermanns Freundin.

An Sommerabenden, wenn in Versailles ein großes Fest ausgerichtet wurde und 300.000 Gäste den weiten Park füllten, wenn die Bäume mit Lichtern geschmückt waren und die Springbrunnen tanzten, wenn buntes Feuerwerk über dem Schloß knatterte und bunte Funken vom Himmel regneten, wenn die königliche Kapelle Weisen von Monsieur Rameau spielte – dann teilte Morfi die Menge wie durch Zauberkraft, wo immer sie sich hinwandte. Lächelnd bewegte sie sich unter den Reichen und Schönen, und sie wurde von ihnen behandelt, als sei sie selbst eine königliche Hoheit.

In Versailles begann man zu munkeln, daß Morfis Aufstieg nicht mehr aufzuhalten war; bestimmt würde sie die nächste

Pompadour werden, würde in den Rang einer Herzogin erhoben, sechs eigene Schlösser haben und die Zügel der Regierung in die Hand nehmen. Die Königin protestierte. Madame de Pompadour, eifersüchtig auf ihren eigenen Schützling, protestierte. Sie mußten etwas unternehmen.

»Sie erregt zuviel Aufsehen«, sagte die Pompadour.

Der König verzog das Gesicht und fuchtelte verlegen mit den Händen.

»Sie muß in größerer Abgeschiedenheit leben«, sagte die Pompadour.

Ludwig zog die Brauen zusammen und kratzte sich am Kopf.

»Sie muß sich im verborgenen aufhalten«, sagte die Pompadour.

Ludwig wandte ihr den Rücken zu und hob ratlos die Hände.

»Sie darf nicht so sehr auffallen«, sagte die Pompadour.

Ludwig ging auf und ab und stampfte mit den Füßen auf.

Er schlug mit der Faust auf die Bücher, die auf seinem vergoldeten *écritoire* lagen.

»Sie darf nicht länger im Schloß leben«, schrie die Pompadour. »Es ist zu gefährlich für sie, in den Straßen spazierenzugehen … Man muß sie beaufsichtigen …«

Ludwig mußte nachgeben.

Man brachte Morfi fort, quartierte sie in der nahegelegenen Stadt ein, in einem Viertel mit Namen Parc-aux-Cerfs, Hirschpark, wo die Könige Frankreichs in der Vergangenheit Rotwild für die Jagd gezüchtet hatten. Früher war die Gegend mit Wald bedeckt gewesen, doch inzwischen war das Viertel dicht bebaut und dicht bevölkert und seit elf Jahren erfüllt vom Staub und Lärm der Baustelle, wo an der Errichtung der großen, blaßgelben Kirche von Saint-Louis gearbeitet wurde.

Hier, unter einfachen Leuten, war Morfi leichter zu beaufsichtigen, hier konnte man sie vor neugierigen Blicken schützen. Hier konnte der König sie inkognito besuchen, von hier aus konnte man sie unbemerkt ins Schloß schmuggeln. Niemand sollte wissen, was vor sich ging.

Gerüchte kamen auf; man munkelte, Morfi sei tot; oder es hieß, sie sei in Ungnade gefallen, der König habe sie verstoßen und zurück zu ihrer Familie geschickt; man erzählte sich sogar, Ludwig habe sich der Königin wieder zugewandt.

Marie-Louise Murphy war verschwunden.

VIII

Irgendwo im Straßenlabyrinth des Parc-aux-Cerfs stand ein kleines Haus, das Ludwig XV. gehörte. Dort wohnte fortan seine irische Mätresse.

Eine gewisse Madame Bertrand, eine beleibte, ausgiebig mit Schmuck behängte Frau, deren Mann als Schreiber im Kriegsministerium arbeitete, wurde ihr als Haushälterin zugeteilt und gab sie, wenn es sich als nötig erwies, als ihre Nichte aus.

In ihrem in Weiß und Gold gehaltenen Zimmer wartete Morfi auf den König. Sie badete regelmäßig in einer kupfernen Wanne mit vergoldeten Wasserhähnen, und sie wurde von zwei livrierten Lakaien bedient, die unter dem Dach wohnten. Außer »Madame« waren in dem Haus noch eine Köchin und eine *femme de chambre* untergebracht.

Gerüchten zufolge jedoch war der Parc-aux-Cerfs ein weitläufiger, luxuriöser Komplex voller nackter Frauen, das Serail des Königs von Frankreich – Ludwigs Version eines türkischen Harems, ein Ort, wo alles erlaubt und alles möglich war; ein Miniaturschloß mit blühenden Gärten, in denen ein nackter, geiler Monarch mit vor Vergnügen quietschenden, leichtbekleideten jungen Mädchen Fangen spielte; eine Einrichtung, die die Nation Millionen Livres kostete, ein Ort der Exzesse und skandalösen Ausschweifungen.

In Wahrheit wurden nur eine Handvoll Mädchen gleichzeitig hier untergebracht, die häufig durch neue ersetzt und immer wieder umquartiert wurden. Das ganze Haus war überaus einfach eingerichtet, und es wurde auf äußerste Diskretion geachtet. Ludwig tauchte stets inkognito auf, verkleidet als polnischer Graf, und oft kannten nicht einmal die Mädchen seine wahre Identität.

Kaum jemand in Versailles kannte Morfis Aufenthaltsort. Manche glaubten, sie wohne hinter dem Haus Nummer 78, an der Ecke der Rue du Hazard in einem kleinen Haus mit zwei Dachgauben. Andere vermuteten sie im Haus Nummer 14 in der Rue Saint-Louis, einem dreistöckigen Gebäude mit einem niedrigen Seitenflügel in einer stillen Nebenstraße in der Nähe des Potager du Roi.

Jedenfalls sprach es sich in Versailles herum, daß Morfi nicht fortgejagt worden war. Gerüchte kamen auf. Man erzählte sich, daß sie zu heimlichen Besuchen ins Schloß kam, daß sie ihren Aufenthaltsort regelmäßig wechselte, ja sogar, daß Ludwig nie einen Fuß in eins der Häuser im Parc-aux-Cerfs gesetzt hätte.

Jeden Morgen wurde Morfi von dem Quietschen und Klappern aus dem Schlaf gerissen, wenn Madame Bertrand ihre Fensterläden öffnete. Jeden Morgen hörte sie Madame Bertrand hüsteln, als koste sie das Öffnen der Läden immer wieder eine große Anstrengung. Sie lauschte dem Läuten der Glocken in der neuen Kirche und wappnete sich für einen weiteren Tag, an dem sie nichts weiter zu tun haben würde, als im Bett zu liegen und zu warten.

In Paris war sie den ganzen Tag beschäftigt gewesen, hatte kleine Botengänge erledigt, Schuhe geputzt, Fußböden geschrubbt und Wäsche gewaschen. Im Parc-aux-Cerfs sehnte sie sich nach dem Lärm der Schusterwerkstatt ihres Vaters, vermißte die Streitereien ihrer Schwestern. Sie verzehrte sich nach dem Trubel von Versailles. Sie war in eine fast geräuschlose Welt verbannt worden, fühlte sich wie in Watte gepackt, zu einem Leben verdammt, in dem sich nichts ereignete. Ihr ganzes Leben war leer und ereignislos.

Sie sprach mit niemandem außer Madame Bertrand und dem Musiklehrer, der sie im Singen und Harfespielen unterrichtete. Die beiden Lakaien, die sie auf Schritt und Tritt begleiteten, wenn sie das Haus verließ, waren nur mit sich selbst beschäftigt. Sie hatte kaum je Gelegenheit, sich mit einem der anderen Mädchen auszutauschen, und so blieb ihr nichts anderes übrig, als ihre Tage mit Sticken und Teppichknüpfen zu verbringen und damit, auf Ihn zu warten.

Jedesmal, wenn sie ein Knarren auf der Treppe hörte, begann ihr Herz zu klopfen, weil sie meinte, Er sei es.

Jedesmal, wenn eine Kutsche auf der Straße vorbei rumpelte, glaubte sie, es sei Seine, und rannte zum Fenster.

Jedesmal, wenn sie Schritte auf dem Kopfsteinpflaster vernahm, hoffte sie, es sei Ludwig XV., König von Frankreich und Navarra, der kam, um sie zu besuchen.

Nicht selten ließ er sie eine Woche lang auf seinen nächsten Besuch warten.

Sie lenkte sich ab, indem sie grünblättrige Pflanzen mit weißen und gelben Blüten in Blumentöpfen auf ihrer Fensterbank zog. Am Karfreitag setzte sie bei Mondlicht die Samen ein, besprenkelte sie mit Weihwasser, das der *curé* von Saint-Louis ihr besorgt hatte, gab der Blumenerde eine Prise Salz und eine Prise Kot bei und steckte einen Zypressenzweig in jeden Topf.

Als die Zeit reif war, zog sie die Pflanzen aus der Erde und bestaunte ihr kleines Wunder: grüne Stiele, an denen braune Erdklumpen und goldene Kartoffeln baumelten.

»Mademoiselle«, sagte Madame Bertrand, »die Blumen sehen aus wie tödlich giftige Nachtschattengewächse.«

»Die Knollen«, warnte Lebel, »sehen aus wie verkrüppelte Hände und Füße.«

»Die *pommes de terre* sind gefährlich«, erklärte Madame

Bertrand. »Ihr dürft sie nicht essen, Mademoiselle – sie werden Euch krank machen.«

»Das ist Tierfutter«, schimpfte Lebel, »das ist Bauernfraß.«

Sie versicherten ihr, der Genuß von Kartoffeln würde ihr Rachitis, Tuberkulose und Lepra bescheren, doch Morfi hörte nicht auf sie, sondern starrte in die goldenen Flammen ihres Kaminfeuers und sah zu, wie ihre Kartoffeln sich schwarz färbten.

Madame Bertrand ließ den Leibarzt des Königs kommen, der milde lächelnd erklärte, *pommes de terre* hätten noch niemandem geschadet.

Als Morfi ihnen anbot, eine Kartoffel zu kosten, schüttelten Lebel und Madame Bertrand nur den Kopf. Morfi lachte. Es war allgemein bekannt, daß man Kartoffeln ohne Bedenken essen konnte; daß sich in Irland zehn- und mehrköpfige Familien von nichts anderem ernährten.

»Aber die Schale kann man doch wohl nicht mitessen?« fragte Lebel angewidert.

Morfi mußte wieder lachen. »Die Schale ist das beste, Monsieur!« sagte sie.

Morfi bekamen die Kartoffeln gut. Sie kleidete sich in rosafarbene Seide, ließ sich von morgens bis abends bedienen und wurde immer molliger.

Sie machte sich nicht länger die Mühe, sich ihre Schuhe eigenhändig auszuziehen oder sich das Haar zu bürsten, und gönnte sich hin und wieder den Luxus, in Eselsmilch zu baden, die Madame de Pompadour ihr zukommen ließ.

So wie Ludwig selbst öffentlich an- und ausgekleidet wurde, wurde Morfi von ihrer *femme de chambre* aus- und angezogen wie eine Puppe, als sei sie unfähig, irgend etwas selbst zu tun.

Jeden Morgen wurde Morfis Zimmer auf wundersame Weise von den beiden livrierten Lakaien in Ordnung gebracht. Sie glitten lautlos in den Raum, zogen die seidenen Laken vom Bett, warfen sie in einen großen, mit grünem Taft ausgeschlagenen Korb, wuchteten die Matratze – die mit ihrem grünen Lederbezug und den aufgedruckten goldenen Lilien aussah wie ein riesiges Buch – so hoch, daß sie an die Zimmerdecke stieß, und drehten sie um. Ihr Bett wurde frisch bezogen, ihre *chaise percée* wie von Zauberhand entfernt und blitzblank und duftend wieder an ihren Platz gestellt. Das alles geschah innerhalb von fünf Minuten, dann waren die Lakaien auch schon wieder verschwunden, und nur der Geruch von Schweiß – sie nannten ihn *eau de l'homme* – lag noch eine Weile in der Luft.

Täglich wurden rote Rosen und rosafarbene Nelken geliefert, die beim ersten Anzeichen des Welkens wieder fortgeräumt wurden: selbst der Tod von Blumen war in Versailles undenkbar.

Aus der Ferne wurde der Klang von Trommeln und Trompeten zu ihr herübergetragen: Rameau, immer wieder Rameau. Nachts beobachtete sie die Sterne am Himmel und hin und wieder Funken eines Feuerwerks. Manchmal nahm sie an den Festen im Schloß teil, maskiert, unerkannt von allen, außer dem König.

Doch oft klapperten ihre Fensterläden abends im Wind, während der Regen an ihr Fenster trommelte wie Beifall klatschende Hände, die sich über sie lustig machten. Sie starrte gegen eine mit Taubenkot beschmutzte Wand gegenüber ihrem Fenster und wartete. Sie lebte umgeben von Düften, verbrachte ihr luxuriöses Leben begleitet vom Ticken ihrer goldenen Kaminuhr und der Angst, daß er nie wieder zu ihr kommen könnte.

Und dann plötzlich kam wieder Leben in ihren tristen Alltag, wenn Monsieur Lebel unverhofft in der Tür stand, die Augen glasig wie kandierte Früchte, die Taschenuhr in der Hand, ein hämisches Grinsen im Gesicht, und den Lakaien seine Befehle erteilte. Dann füllte sich Morfis Zimmer mit Lilien, die Lakaien ergriffen sie wortlos, rissen ihr die Kleider vom Leib, seiften sie ein, besprühten sie mit Duftwässern, richteten ihr Haar und warfen sie aufs Bett. Manchmal schrie sie vor Ärger und Empörung über die Art und Weise, wie sie sie behandelten. Manchmal kitzelten sie sie und brachten sie angesichts der absurden Prozedur zum Lachen.

Und dann erschien Er, trommelte ungeduldig mit den Fingern auf den Türrahmen, wartete darauf, von Lebel entkleidet zu werden wie ein erwachsenes Kind, das die Kunst des Ausziehens noch nicht erlernt hat.

Und schließlich waren sie ungestört, und nur das leise Quietschen der Bettfedern war in der Stille des Zimmers zu hören. Draußen vor dem Fenster flatterten die Tauben mit den Flügeln, vollführten gurrend und wie zum Spott ihre eigenen Balztänze.

Wenn er das Zimmer wieder verließ, drehte er sich jedesmal zu ihr um, lächelte und murmelte: »*Après nous le déluge …*«

Und dann erschien der Arzt, mit einem Lächeln im Gesicht und einer riesigen Spritze in einem mit rotem Leder bezogenen Kasten in der Hand, gefolgt von den grinsenden Lakaien, die Schüsseln mit kaltem Wasser und Schüsseln mit heißem Wasser, noch mehr Lilien und die weichsten Handtücher brachten, die Morfi je berührt hatte.

Und wieder herrschte Stille, bis auf das Flattern der davonfliegenden Tauben, das Plätschern des Wassers und die Stimme des Arztes, der sich mit den Worten verabschiedete: »*Au revoir*, Mademoiselle … *à la prochaine!*« Und dann hörte Morfi ihn die Treppe hinunterpoltern, hörte die Tür der Kutsche zuschlagen und das Getrappel der Pferdehufe auf dem

Pflaster. Stille. Das Kichern der Lakaien hinter der verschlossenen Tür. Ein paar Takte von Rameau in der Ferne, immer wieder Rameau, denn die Pompadour hatte angeordnet, daß kein anderer Komponist gespielt werden durfte. Das Gurren der Tauben.

Morfi fand zu ihrem inneren Gleichgewicht zurück. Jede Nacht betete sie darum, daß Er sie für immer lieben würde, daß Er sie niemals fortjagen möge, daß Er nicht sterben, daß sie Ihn nie verlieren würde. Sie betete darum, daß man Ihn nicht ermorden möge, nicht heute nacht, nicht heute, nicht morgen. Noch nicht.

Jeden Morgen wurde im Auftrag von Madame de Pompadour, die sich mit solchen Dingen auskannte, eine Kiste Sellerie in den Parc-aux-Cerfs geliefert.

Jeden Morgen stieg Morfi die Treppe hinunter, um sich zusammen mit den anderen Mädchen an einen Tisch zu setzen, auf dem eine Tischdecke aus blauem Damast lag, bestickt mit goldenen Lilien. Auf dem Tisch stand eine Vase, in der ein Bund Selleriekraut wie ein Blumenstrauß arrangiert war.

Eisiges Schweigen erfüllte den Raum, während die Tauben draußen vor dem Fenster lauter denn je zu gurren schienen, um sich über das, was im Haus vor sich ging, lustig zu machen. Und dann begann ein rhythmisches Knirschen, als die zarten Kiefer der Mädchen die Selleriestengel und die zarten Blättchen der Sellerieherzen kauten. Und die Tauben gurrten und flatterten mit den Flügeln.

Nach dem Sellerie kamen die schwarzen Trüffeln, die die königlichen Trüffelhunde in den Wäldern des Périgord erschnüffelt hatten.

Nach den Trüffeln kam Schokolade in silbernen Schalen, Schokolade, besprenkelt mit Vanille und Ambra.

Und so ging es Tag für Tag, Mahlzeit für Mahlzeit: roher Sellerie, Selleriesuppe, gedünsteter Sellerie, gebackener Sellerie, Selleriepastete, gekochter Sellerie, Selleriepüree ... bis Morfi sich schließlich kategorisch weigerte, noch ein einziges Mal Sellerie zu essen.

Und immer weiter: heiße Schokolade, kalte Schokolade, gefrorene Schokolade. Doch gegen Schokolade hatte sie nichts einzuwenden.

Nachts träumte sie von Schokoladenhasen, die sich im Park paarten, von Schokoladengeld, Schokoladenschuhen, Schokoladenhühnern, Schokoladenuhren und Schokoladenkönigen und -königinnen in einem Schokoladenschloß, das in der Sonne dahinschmolz.

Während man tagsüber auf diese Weise darum bemüht war, die Begierde der Mädchen zu wecken, ließ man sie abends – häufig vergeblich – darauf warten, daß sie zur Erfüllung ihrer Pflicht gerufen wurden. Mit unterdrückter Leidenschaft nahmen sie ihre Stickarbeiten in Angriff, hämmerten wie wild auf das Cembalo ein und stiegen, weil sie nichts Besseres zu tun hatten, immer wieder die Treppen hinauf und wieder hinunter. Sie alle stickten dasselbe Motiv: das strahlende Gesicht von Ludwig XV. nach einem Porträt von Hyacinthe Rigaud. Manchmal konnten sie den Anblick dieses Gesichts nicht mehr ertragen, und manchmal empfanden sie Genugtuung dabei, ihm mit ihren Nadeln die schwarzen Augen auszustechen.

Jeden Sonntag vormittag ging Morfi durch die verlassenen Straßen zur Kirche von Saint-Louis, um sich die endlosen Predigten von Père Rancé anzuhören. Dann saßen die beiden Lakaien rechts und links neben ihr in der Kirchenbank, damit keiner der lüsternen Herren aus der Stadt sich neben sie setzen konnte.

An Sonntagnachmittagen saß sie in ihrem Zimmer, eine Schreibfeder in der Hand, und malte lauter Lilien auf das Papier, die sich unmerklich in den königlichen *jeanchouart* verwandelten. Gedankenverloren schmückte sie ihn aus, ließ ihn immer größer werden, bis er wieder zur Lilie wurde, verziert mit Schnörkeln und gewundenen Arabesken, und wenn das ganze Blatt schließlich mit Lilien übersät war, erwachte sie aus ihren Tagträumen und ließ sich heiße Schokolade servieren, trank eine Schokolade nach der anderen, um die Zeit des Wartens zu verkürzen.

An Sonntagabenden konnte man manchmal im Parc-aux-Cerfs das Klappern von Würfelbechern hören, oder Madame Bertrand holte ihr elfenbeinernes Tric-Trac-Spiel oder ihre Spielkarten aus dem Schrank und setzte sich zusammen mit Morfi und den Lakaien an den Tisch, um Morfi ein wenig aufzuheitern, wenn der König nicht kam.

Morfi fürchtete sich vor den Spielkarten. »Es ist wie Wahrsagerei!« sagte sie. Doch Madame Bertrand überredete sie, mitzuspielen und dabei etwas über ihre Zukunft zu lernen.

Hielt sie die Herz-Vier in der Hand, rief sie: »Das bedeutet Unglück!«

Bestand ihr Blatt aus schwarzen Karten, sagte sie: »Kreuz und Pik bedeuten Tod!«

Wenn sie die Kreuz-Vier erwischte, seufzte sie: »Das sind die vier Bettpfosten des Teufels.«

Madame Bertrand lächelte und schüttelte den Kopf.

Am Ende des Spiels hielt Morfi jedesmal eine einzige Karte in der Hand: die Pik-Königin.

»Das bedeutet Unglück!« stöhnte sie.

Oder das Pik-As.

»Das bedeutet Tod!« jammerte sie. »Tod, Tod, Tod, überall Tod.«

»Schsch!« zischten die Lakaien. »Es gibt keinen Tod.«

Und dann mußte sie sich damit begnügen, ihren Stuhl dreimal umzudrehen, ein verzweifelter Versuch, das Unheil von sich abzuwenden. Doch alles schien vergeblich.

So oft er konnte, begab Ludwig XV. sich in den Parc-aux-Cerfs. Mit Hilfe von Lebel schlich er sich im Dunkeln aus dem Schloß, verkleidet als Kaplan, der zu einem Sterbenden eilte, um ihm die Letzte Ölung zu erteilen, oder maskiert als Nachtschwärmer auf dem Weg zu einem Ball.

Er ging über die Rue du Vieux Versailles, überquerte die Rue de l'Orangerie, glitt in den Potager du Roi und an den Erdbeerbeeten vorbei. Er schlüpfte durch das Tor zur Rue Satory und eilte dann die Straße entlang, eine Erdbeere im Mund und ein pfauenblaues Kondom in jeder Hosentasche, bis zu dem Haus, in dem Marie-Louise ihn in ihrem Bett erwartete. Mit angehaltenem Atem lauschte sie auf das Quietschen des Gartentors, auf die Schritte des Königs auf der Holztreppe, auf das plötzliche Knarzen des Bettes, wenn er neben ihr unter die Decke kroch, und schnappte nach Luft, wenn seine kalten Hände sie umfaßten und er ihr mit heißem Atem Zärtlichkeiten ins Ohr hauchte.

Anfangs war Morfi schockiert gewesen, als sie feststellen mußte, daß sie nicht das einzige Mädchen im Parc-aux-Cerfs war. Es geschah aus Sparsamkeitsgründen, erklärte er ihr. Es war billiger, sie alle zusammen unterzubringen.

Nicht alle konnten sich irgendwelchen Hoffnungen hingeben. Sie kamen an, gewöhnten sich ein und verschwanden wieder, je nachdem, ob sie ihm gefielen oder nicht. Die Mädchen, die ihm nicht zusagten, wurden von ihm aussortiert, unauffällig entfernt und in die Provinz zurückgeschickt.

Hin und wieder konnte man Madame Bertrand dabei beobachten, wie sie ein Zimmer desinfizierte und leerräumte, die Laken entlauste und die Kissen verbrannte. Kleider aus Seide und Satin wurden an die Mädchen verteilt, denen sie am besten paßten. Und die Mädchen zankten sich um Rouge-Tiegel, diamantene Broschen, goldene Ohrringe und bestickte Seide.

Es kam vor, daß ein Mädchen, weil es vorausahnte, daß es in Ungnade gefallen war, am hellichten Tag schluchzend mitsamt seinen Diamanten und einer Kutsche voller Kleider abreiste, doch im allgemeinen war man darum bemüht, mißliebige Mätressen im Schutze der Nacht zu entfernen.

In aller Heimlichkeit, so wie Ludwig es wünschte.

Anderen Mädchen kam die Verbannung aus dem Parc-aux-Cerfs vor wie die Entlassung aus einem Gefängnis. Dann erfüllten Wolken von Gesichtspuder das Zimmer, Briefe des Königs wurden zerrissen und wie Konfetti in die Luft geworfen, Feuerwerkskörper explodierten unter Madame Bertrands Bett, und Lebel wurde mit bunten Luftschlangen umwickelt. Die Mädchen hüpften kichernd umher, schlugen Purzelbäume auf ihren Betten, und es herrschte muntere Ausgelassenheit, bis die verstoßene Mätresse die Treppe hinuntergestiegen war.

Und dann kehrte wieder Stille ein, die nur unterbrochen wurde von den fernen Klängen der königlichen Kapelle, vom Gurren und Flügelschlagen der Tauben, und das zurückgebliebene Mädchen – Morfi – stellte sich wieder auf das endlose Warten ein.

Immer wieder stapfte er durch die dunklen Straßen, ohne Begleitung, drückte sich, in graue oder schwarze Gewänder gehüllt, an den Häuserwänden entlang. Kutschen fuhren an ihm vorbei, verlangsamten ihre Fahrt, wenn ein Kutscher ihn einen Moment lang an seiner Körperhaltung zu erkennen glaubte, rumpelten mit ihren riesigen, mit Eisen beschlagenen

Rädern weiter über das Kopfsteinpflaster. Und er schlich weiter, drückte sich in Hauseingänge, wenn ihm eine Wache entgegenkam, und tat so, als uriniere er in eine Ecke, damit niemand sein Gesicht zu sehen bekam. Kleine Abenteuer.

Und dann ging er weiter. Er war frei. Wenigstens nachts konnte er tun und lassen, was er wollte.

Den ganzen Tag lang wurde ihm jeder Handgriff abgenommen. Der erste Kammerdiener zog ihm seine Hosen an, der zweite stopfte ihm das Hemd in den Hosenbund, während ein affektiert lächelnder Page ihm in die Schuhe half. Den ganzen Tag lang hatte er nichts getan, als in einem vergoldeten Sessel zu sitzen und mit den Fingern auf die Armlehnen zu trommeln. Er wurde immer dicker. Er war gelangweilt auf die Welt gekommen, und er langweilte sich zu Tode. Er träumte davon, einmal einen Tag als normaler Bürger zu verbringen, irgendeine Arbeit zu verrichten und sich seine eigenen Mahlzeiten zuzubereiten.

Diesmal hatte er sich mitten in der Nacht auf die Pirsch begeben. Er lachte in sich hinein vor Freude darüber, daß seine Bewacher ihn aus den Augen verloren hatten. Einen Moment lang spielte er mit dem Gedanken zurückzugehen, stellte sich vor, wie sie nach ihm suchten, im Grand Canal nach einer Leiche fischten, auf der Suche nach einem Mörder die *étangs* mit Netzen durchkämmten und sämtliche Gärten von Versailles umgruben.

Er malte sich aus, was sie für Gesichter machen würden, wenn sie am Morgen keinen König vorfanden, den sie wecken und anziehen konnten, wenn kein König da war, der öffentlich gekochte Eier verspeiste. In dieser Nacht war er kein König, sondern der Bürger Louis Bourbon, er hatte sich aus der Zwangsjacke der Monarchie befreit. Zum Teufel mit der königlichen Lilie, mit ganz Frankreich, mit Versailles, mit der Etikette, mit allem, mit allem.

Von Lüsternheit getrieben schlich er über die Place Saint-Louis, vorbei an der im Mondlicht kartoffelfarben schimmernden Kirche und am Café de l'Espérance, das er nie würde betreten können, durch das Gartentor an der Ecke Rue d'Anjou, die Treppe hinauf und in Morfis Arme.

Wie eine aus der Hölle entkommene Seele achtete er immer nervös auf die Zeit, eingedenk dessen, daß er vor dem Wecken zurück in seinem Bett sein, daß er zurückkehren mußte, bevor seine Zeit ablief ... doch solange konnte er sich seinen Träumen hingeben.

Eines Nachts kam er unverhofft und traf Morfi unvorbereitet an, mit offenem Haar, umringt von ihren irischen Verwandten. Sie hatte gerade den Mund voll Pâtisserie und war dabei, ihn zu parodieren.

Sie waren alle da: Madame Murphy, Victoire, Geneviève, Madeleine und Brigitte. Alle hatten sie den Mund voll Trüffeln und Erdbeeren, tanzten, sangen und hüpften im Zimmer herum, ohne zu bemerken, wer da die Treppe heraufstieg.

Die vorauseilenden Lakaien erstarrten, als sie die Tür öffneten. Auch die Murphys waren einen Augenblick lang starr vor Schreck, und dann liefen sie herum wie aufgescheuchte Hühner, versuchten panikartig aus dem Zimmer zu fliehen, klopften sich Krümel von den Kleidern, wischten sich den Mund ab, ordneten ihr Haar und gaben sich alle Mühe, so anständig und demütig zu wirken wie Huren bei einer Taufe.

Ludwig, bekleidet mit einem schwarzen Samtrock und einer Weste aus Goldbrokat, ein amüsiertes Leuchten in den Augen, blieb an der Tür stehen, während die Murphys verlegen lächelnd das Zimmer verließen und vor ihm knicksten, als sie an ihm vorbeigingen.

Als letzte ging Madame Murphy, einen schweren Korb unter dem Arm.

»Sie ist ein gutes Mädchen, Majestät«, sagte sie, »wirklich ein gutes Mädchen …«

»Enchanté, Madame …«, murmelte der König.

Die frischgeölte Tür wurde geräuschlos geschlossen.

»Bon anniversaire!« sagte er, als das Bett unter seinem Gewicht ächzte.

Frische Mädchen kamen und gingen, doch Morfi blieb. Kein anderes Mädchen war je so lange geblieben wie sie. Sie konnte so schön lächeln, und sie besaß das Talent, ihn zu unterhalten. Mit der Zeit lernte sie ihn zu mögen, und es gefiel ihr, sich verwöhnen zu lassen.

Anfang des Jahres 1753 sah Madame Bertrand Morfi scheinbar grundlos weinen.

Einige Tage später beschwerte Morfi sich lautstark bei Madame Bertrand, ihr Badewasser sei zu heiß und ihr Essen zu kalt.

Am Tag der heiligen Felicitas hörte Madame Bertrand merkwürdige Geräusche aus Morfis Zimmer.

»Mademoiselle«, sagte sie, »es hört sich so an, als ob jemand sich übergibt. Seid Ihr das?«

»Nein, Madame«, antwortete Morfi durch die verschlossene Tür.

Am Tag der heiligen Justine waren die gleichen Geräusche aus Morfis Zimmer zu hören.

»Es klingt, als ob jemand sich erbricht«, rief Madame Bertrand. »Seid Ihr krank?«

»Nein«, rief Morfi. »Es geht mir gut, Madame.«

Doch Morfi hatte einen seltsam metallischen Geschmack im Mund, als hätte sie an einer Gabel gekaut.

Sie entwickelte einen Widerwillen gegen Fleisch und gegen das Parfüm, das sie benutzte. Selbst auf Schokolade hatte sie keinen Appetit mehr.

Für ein Mädchen, das so sorgfältig in allen Frauendingen unterrichtet worden war, konnten die Symptome nur eins bedeuten.

Aus Furcht, Ludwig (der sich gerade nicht in Versailles aufhielt) könnte sich von ihr abwenden, versuchte sie anfangs, ihre Schwangerschaft zu verheimlichen. Sie wollte nicht aus Versailles verbannt werden, und sie fürchtete sich vor den Vorwürfen ihrer Mutter und ihrer Schwestern, weil sie ihren wichtigsten Rat nicht befolgt hatte. Sie war entschlossen, sich nicht zurück nach Paris schicken zu lassen. In Gedanken hörte sie immer wieder die Stimmen ihrer Schwestern, die sie ermahnten: »Paß auf, daß du nicht schwanger wirst!«

Aber sie war schwanger. Sie hatte alle, die es gut mit ihr meinten, enttäuscht, und sie war sich sicher, daß er sie fortschicken würde.

Sie aß bergeweise Petersilie, die sie im Garten des Parc-aux-Cerfs gepflückt hatte. Sie zerquetschte Petersilienblätter mit dem Absatz ihres goldenen Schuhs. Sie preßte den Saft aus den Blättern und Stengeln von Petersilie, führte ihn so gut sie konnte in ihren Schoß ein und legte sich auf ihr Bett in der Erwartung, damit einen Abort auszulösen. Doch nichts geschah.

Sie aß so viel Petersilie, daß ihr den ganzen Tag übel war. Sie betete Rosenkränze, sprach alle Gebete, die sie kannte, und hielt ihre Finger stets gekreuzt.

Zwei Wochen lang behandelte sie sich mit Petersiliensaft, doch es geschah nichts, außer daß ihr Bauch immer mehr anschwoll.

Sie beobachtete, wie ihr Körper runder wurde, stellte mit Entsetzen fest, daß selbst ihr Gesicht sich veränderte. Sie erbrach sich heimlich in die Blumentöpfe mit ihren Kartoffelpflanzen und ließ ihre *femme de chambre* schwören, ihr Geheimnis nicht zu verraten.

Jeden Morgen stellte sie sich, nackt bis auf die Schuhe, vor ihren großen Spiegel, um ihre Rundungen zu begutachten, lachte über ihren grotesk hervortretenden Bauch. Bis Madame Bertrand sie eines Tages vor dem Spiegel erwischte und entsetzt aufschrie, als sie ihre schlimmsten Befürchtungen bestätigt sah.

Die vierzehn Leibärzte des Königs erschienen im Parc-aux-Cerfs und standen auf der Treppe Schlange, um Morfi zu untersuchen. Nacheinander, in strenger Rangfolge, schoben sie ihre kalten Finger in Morfis Vagina, erklärten feierlich, sie sei in der Tat schwanger, verordneten ihr einfache Kost und absolute Bettruhe und untersagten ihr zu baden, aus Furcht, ihr Muttermund könne sich öffnen.

Als der König nach Versailles zurückkehrte, zeigte er sich erfreut über die Nachricht und schickte ihr Diamanten. Morfi hörte auf, Petersilie zu essen, und befolgte die Anweisungen der Ärzte, doch Ludwig stellte seine Besuche bei ihr ein. Sie fühlte sich vernachlässigt und ungeliebt, und sie wollte das Baby nicht. Sie fand, sie sei mit fünfzehn zu jung, um Mutter zu werden.

Sie begann, herumzuhüpfen und sich möglichst im Laufschritt zu bewegen, weigerte sich, das Bett zu hüten, und hastete durch die Straßen von Versailles. In der Hoffnung, doch noch einen Abort auszulösen, begann sie wieder, Petersilie zu essen.

Obwohl der König es nicht gern sah, wenn sie sich in der Öffentlichkeit zeigte, mischte sie sich am Tag des heiligen Clemens unter die Menge im Spiegelsaal des Schlosses. Ungeduldig wartete sie auf des Erscheinen des Monarchen, wollte seinen Blick erhaschen, ihn dazu bringen, daß er sich an sie erinnerte. Inzwischen hatte sich herumgesprochen, daß draußen im Park irgend etwas vor sich ging.

Die trägen, gelangweilten Höflinge von Versailles polterten mit ihren schweren Schuhen über das Parkett auf die großen Fenster zu. Ohne daran zu denken, daß man sie dazu erzogen hatte, niemals zu rennen, lief Morfi mit ihnen.

Das Parkett war am Vormittag frisch gebohnert worden und erstrahlte in vollem Glanz. Doch die Höflinge hatten sich, wie üblich, sogar im großen Spiegelsaal erleichtert, und wie überall im Schloß stank es im ganzen Raum nach Kot und Urin. Morfi rutschte auf dem Unrat aus, verlor das Gleichgewicht und stolperte über ihre rosafarbenen Taftröcke. Sie stürzte, landete hart auf dem Flechtwerk ihrer Reifröcke, das quietschte und knackte, als sie zu Boden ging. Vor Schmerz stöhnend und vor Wut weinend lag sie auf ihrem dicken Bauch, umringt von neugierigen Höflingen. Vergeblich versuchte sie aufzustehen.

Einige Grafen und Herzöge halfen ihr mit starken Händen auf, trugen sie zu einer Sänfte und wiesen die Sänftenträger an, sie in den Parc-aux-Cerfs zu bringen. Für eine Schwangere, die gerade gestürzt war, war eine Sänfte nicht gerade das ideale Transportmittel. Morfi, die immer noch leichten Schwindel empfand, wurde kräftig durchgeschüttelt, ihr wurde abwechselnd heiß und kalt, und sie machte sich mehr Sorgen um ihren verstauchten Knöchel als um ihr Baby.

Als sie schließlich in ihrem weißgoldenen Zimmer im Bett lag, bewacht von Madame Bertrand und dem ernst dreinblickenden Lebel, und auf die Ärzte wartete, begann sie zu bluten.

Zuerst kam rosafarbenes Blut, dann hellrotes und dann dunkelrotes. Schließlich kam dunkelbraunes Blut, begleitet von heftigen Leibkrämpfen.

Morfi wagte nicht zu fragen, was mit ihr geschah, sondern ertrug stöhnend ihre Schmerzen und hoffte, daß es das war, was sie sich die ganze Zeit herbeigewünscht hatte.

Nach etwa einer Stunde wurde Morfi von einem roten Fleischklumpen entbunden.

Sie stieß einen Seufzer der Erleichterung aus, froh, das Kind los zu sein.

Am nächsten Morgen schleppten die Lakaien mehrere Rollen Aubusson-Teppich ins Haus im Parc-aux-Cerfs, die ausgelegt wurden, um zukünftige Stürze abzumildern.

Derweil lag Morfi mit einem Verband um ihren verstauchten Knöchel weinend im Bett. Sie verging vor Selbstmitleid, sehnte sich nach Ihm, wünschte, sie hätte ihr Kind nicht verloren.

Doch Er kam nicht. Er ließ ihr eine Botschaft überbringen, in der er sein Mitgefühl wegen des Unfalls zum Ausdruck brachte, ihr erklärte, er sei zur Zeit sehr beschäftigt und werde sie so bald wie möglich besuchen.

Morfi konnte sich des Eindrucks nicht erwehren, daß es die Vorbereitungen für ihre Entfernung vom Hof waren, die ihn beschäftigten.

Am 14. Mai verbreitete sich die Nachricht im Schloß, Mademoiselle Murphy sei fortgeschickt worden.

Im Juli erzählte man sich im Vertrauen, Mademoiselle Murphy – die doch nicht fortgeschickt worden war – erwarte ein Kind.

Morfi hatte sich gut erholt, sie hatte keinen metallischen Geschmack im Mund, mußte sich weder morgens noch zu irgendeiner anderen Tageszeit erbrechen.

Gegen Ende Juli schenkte Ludwig ihr ein Paar neue Schuhe aus rosafarbenem Satin, mit Goldlitze bestickt. Doch ihr strahlendes Lächeln wich plötzlich blankem Entsetzen.

»Nicht!« schrie sie.

Er sah sie verständnislos an.

»Man darf Schuhe nicht auf den Tisch stellen!« rief sie. »Das bringt Unglück!«

Ludwig grinste und schüttelte den Kopf, als wolle er sagen, sie sei verrückt.

Sie erwiderte sein Lächeln nicht. Er hatte ihr bereits zu Weihnachten ein Paar Schuhe geschenkt, und Weihnachten Schuhe zu verschenken brachte auch Unglück.

Selbst in Versailles, selbst in Gegenwart des Königs vergaß Morfi nicht, in ihren rechten Schuh zu spucken, bevor sie ihn anzog.

Er lachte sie aus. Morfi mit Spucke im Schuh! Doch nach einer Weile gewöhnte Ludwig sich ebenfalls an, in seinen rechten Schuh zu spucken.

»Man kann nie wissen«, sagte sie. »Vielleicht bringt es wirklich Glück.«

Ludwig nickte. »Man weiß nie«, sagte er, »wann das Glück sich von einem abwendet.«

Im August verbreitete sich erneut das Gerücht, Mademoiselle Murphy sei schwanger. Doch obwohl der erste Leibarzt und seine dreizehn Assistenten in ihrem Leib herumstocherten, blieb sie schlank.

Im Oktober, als Ludwig mit seinem Hofstaat in Fontainebleau weilte, entwickelte Morfi einen Widerwillen gegen Lebels Tabakrauch.

Sie hatte keinen Appetit mehr auf Rotwein.

Ihre Haut begann auszutrocknen, und sie bekam häßliche Pickel am Kinn.

Ihre Fingernägel wurden spröde und brachen ab, und sie verspürte ein seltsames Ziehen in den Brüsten.

Sie verspürte eine leichtes Kribbeln im Bauch, als hätte sie ein Dutzend der weißen Schmetterlinge verschluckt, die im Sommer über den Rosen unter ihrem Fenster herumflatterten.

Sie hatte häufig Nasenbluten, ihr Gesicht wurde runder, und an heißen Tagen schwollen ihre Unterschenkel an.

Ludwig hatte ihr verboten, Ringe zu tragen. Ringe waren kalt, hatte er erklärt, sie waren lästig, kratzten ihn an der Haut. Sie mußte sie jedesmal ablegen, wenn er zu Besuch kam. Nun waren ihre Finger so geschwollen, daß sie ihre Ringe nicht mehr abziehen konnte. Vergeblich zerrte sie an ihnen herum.

Während der Wochen, in denen sie auf Ludwigs Rückkehr wartete, beobachtete sie erneut, wie sich ihr Bauch zusehends wölbte. Sie bemerkte, daß ihre Wangen sich rosig färbten, und schloß daraus, daß sie einen Sohn bekommen würde.

Sie hörte ihr Blut in eine silberne Schale plätschern, während der Arzt, der davon überzeugt war, daß häufige Aderlasse eine leichte Geburt garantierten, ihr von einer Herzogin erzählte, die achtundneunzig Aderlässe überlebt hatte.

Wenn sie ihr Bett verließ, band man ihr ein Kissen vor den Bauch und ein Kissen auf den Rücken, für den Fall, daß sie noch einmal stürzen sollte. Doch die meiste Zeit lag sie dösend im Bett, lauschte auf das Gurren der Tauben und das Klirren der Säbel und das Knirschen von Stiefeln auf dem Pflaster, wenn die Armée Royale am Ende der Avenue de Sceaux exerzierte. Als sie Ludwig später darauf aufmerksam machte, daß winzige Füße gegen ihre Bauchdecke traten, legte er ein Ohr an ein umgedrehtes Weinglas, das er auf ihren Bauch drückte, um den Geräuschen des Kindes zu lauschen.

Am Hof kursierten Gerüchte über Morfis Herkunft, ihren Aufstieg zur königlichen Mätresse, ihre Schwangerschaft. Einmal hieß es, sie stamme aus einem irischen Adelsgeschlecht, dann wieder, sie sei die Tochter eines einfachen Schusters und ihre Mutter habe ihren Lebensunterhalt mit dem Verkauf von gebrauchten Kleidern bestritten.

Und man erzählte sich, die Pompadour würde vom Hof verbannt, sobald Morfis Sohn seinen ersten Atemzug tat.

Am 1. Januar 1754 schickte Ludwig Morfi eine goldene Kaminuhr, die eine Orpheus-Figur zierte, und ganz Versailles erwartete aufgeregt die bevorstehende Niederkunft und Morfis Ernennung zur *maîtresse en titre.*

Bis Ostern, nachdem Morfi seit Monaten nicht mehr am Hof gesehen worden war, war man des Wartens auf Neuigkeiten überdrüssig geworden. Erneut kam das Gerücht auf, Morfi sei tot, woraufhin Madame Murphy, ganz in Schwarz gekleidet, nach Versailles geeilt kam und in ihrer Verzweiflung mit den Fäusten an die Pforten des königlichen Bordells trommelte.

Als der Geburtstermin näherrückte, begann Morfi, die inzwischen wegen der heftigen Tritte der kleinen Füße gegen ihre Bauchdecke kaum noch schlafen konnte, sich um die Ausstattung für ihr Kind zu sorgen.

»Wir müssen eine Wiege kaufen ...«, sagte sie zu Madame Bertrand.

»Selbstverständlich«, erwiderte Madame Bertrand, während sie geschäftig aus dem Zimmer eilte.

Als Morfi das Thema eine Woche später noch einmal ansprach, hatte Madame Bertrand es wieder eilig, das Zimmer zu verlassen.

Nach einer weiteren Woche sagte Morfi: »Ich werde einen Weidenkorb kaufen und ihn dort hineinlegen ...« Sie zweifelte nicht daran, daß sie einen Jungen zur Welt bringen würde, und begann, sich Namen für ihren Sohn auszudenken: Seamus, Fergus, Paddy Bourbon ...

»Selbstverständlich!« rief Madame Bertrand. »Macht Euch keine Sorgen, es wird für alles gesorgt werden, Mademoiselle.«

Morfi, inzwischen zunehmend kurzatmiger, beruhigte sich und vertraute ihrer Haushälterin, die sich mit solchen Dingen auskannte und die Situation offenbar im Griff hatte.

Madame Bertrand wußte sehr wohl, was geplant war. Im Parc-aux-Cerfs würde keine Wiege gebraucht werden, denn das Kind würde an einem anderen Ort zur Welt kommen. Es ging nicht an, daß die Kinder des Königs in einer *maison de tolérance* das Licht der Welt erblickten. Das Neugeborene würde keine fünf Minuten bei Morfi bleiben. Man würde ihm einen Lappen in den Mund stopfen und es auf der Stelle fortbringen. Man würde ihr erklären, das Kind sei tot geboren. Man würde es zu einer Amme bringen, die bereits dabei war, Kindersachen zu stricken, und in sicherer Entfernung von Versailles auf die Ankunft des Säuglings wartete.

Im Mai drohte die Gerüchteküche überzukochen. Am 21. Mai hieß es, Morfi sei von einem Sohn entbunden worden und die Pompadour habe sich bereit erklärt, den Jungen großzuziehen.

»Ein seltsames Anerbieten von einer Frau, die bereits eine eigene Tochter hat«, sagte Morfi zu Madame Bertrand.

Madame klimperte mit ihren goldenen Armreifen und eilte aus dem Zimmer.

»Ich würde sagen«, erklärte Morfi ihr am nächsten Tag, »ich bin durchaus in der Lage, meinen Sohn selbst großzuziehen.«

Madame Bertrand lächelte, summte eine Melodie vor sich hin und machte sich daran, die Fensterläden zu öffnen.

Im Juni wurde die werdende Mutter in die Avenue de Saint-Cloud gebracht, eine schattige, laute Straße, wo Pfützen abgestandenen Wassers und tote Katzen die Luft verpesteten, aber weit weg vom Parc-aux-Cerfs, wo die Schreie einer Gebärenden die Neugier der Nachbarn hätte wecken können.

In einem mit Lilien gefüllten Raum mit Wandteppichen, auf denen die sieben Weltwunder dargestellt waren, legte Morfi sich in ein riesiges, mit grünem Damast bezogenes Bett und wartete.

Madame du Hausset traf ein, um sich wie eine gute Fee um die Entbindung zu kümmern.

Am 19. Juni starb im Alter von zehn Jahren Alexandrine Le Normand d'Etioles, die Tochter von Madame de Pompadour, und stürzte ihre Mutter in tiefe Trauer.

Am 20. Juni setzten bei Marie Murphy die Wehen ein. Um die Schmerzen der Geburt zu lindern, band sie sich die karminroten samtenen *pantalons* des Kindsvaters um den Hals, und unter ihrer Nackenrolle hatte sie ein Schwert versteckt, das die bösen Feen bis zur Taufe fernhalten sollte.

Madame du Hausset duldete die abergläubischen Vorkehrungen ihrer Patientin, doch als Morfi sie bat, ihr den Dreispitz des Königs auf den Bauch zu legen, um die Wehen zu beschleunigen, wurde es ihr zuviel.

Tatsächlich hatte Morfi eine sehr leichte Geburt, und bevor sie recht wußte, daß es schon vorbei war, erblickte sie ein violettes, nasses, glitschiges Etwas mit fest geschlossenen Augen. Das war alles, was sie von dem Kind zu sehen bekam, denn die Ärzte durchtrennten augenblicklich die Nabelschnur und brachten das Kind ins Nebenzimmer.

Sie hörte ihr Kind nicht schreien, und man legte es ihr nicht in den Arm.

Schweigend machte Madame du Hausset sich zusammen mit Madame Bertrand daran, die Mutter zu waschen.

Als Madame du Hausset eine Schüssel mit warmem Wasser brachte, fragte Morfi: »Wieso hat mir niemand gesagt, was geschehen würde?«

Madame du Hausset gab ihr keine Antwort.

»Wann darf ich mein Kind stillen?« fragte Morfi.

Madame du Hausset biß sich auf die Lippen.

»Wann darf ich meinen Sohn sehen?« fragte Morfi. »Ist mein Kind tot, Madame?«

Madame du Hausset beantwortete keine von Morfis Fragen, sondern sagte nur: »Es ist besser so«, während sie das Blut von Morfis Körper wusch und die Tränen auf ihren Wangen trocknete.

»Ich möchte wissen, was vor sich geht«, sagte Morfi. »*S'il vous plaît.*«

Die *accoucheuses* sahen sich schweigend an und runzelten die Stirn.

»Habt Ihr wirklich geglaubt«, sagte Madame du Hausset schließlich seufzend, »man würde Euch gestatten, das Kind im Parc-aux-Cerfs zu behalten?«

Morfi sagte nichts. Sie hatte es zumindest gehofft.

»Meint Ihr«, fuhr Madame du Hausset fort, »dieses Haus sei der geeignete Ort, um die Kinder von Ludwig XV. aufzuziehen?«

Morfi schwieg. Sie konnte nicht einsehen, warum das Haus ungeeignet sein sollte.

»Habt Ihr wirklich angenommen«, sagte Madame du Hausset, während sie Morfi mit dem Schwamm bearbeitete, »Seine Majestät würde es zulassen, daß seine Tochter in einem Bordell aufwächst?«

Ich habe eine Tochter, dachte Morfi.

Wenige Tage später verließ Madame du Hausset das Haus in der Avenue de Saint-Cloud mit einem breiten Lächeln auf dem Gesicht und einer goldenen, mit Diamanten besetzten Tabaksdose unter dem Arm, ihrem Lohn für die tadellose Bewältigung einer schwierigen Aufgabe.

Als Ludwig die junge Mutter besuchte, die inzwischen wieder in ihrem Bett im Parc-aux-Cerfs lag, leuchteten seine dunklen Augen, und er strahlte über das ganze Gesicht. Er brachte Morfi ein mit Diamanten besetztes Diadem mit, die Art Geschenk, die er allen Müttern seiner Bastarde zu überreichen pflegte. Es war nicht zu teuer und nicht zu billig: ein Zeichen seiner Anerkennung, etwas, das dazu dienen sollte, ihr eine Freude zu machen und sie zu beruhigen.

Als ob dieses unwillkommene Geschenk, dieser altmodische Plunder, wieder gutmachen könnte, was er ihr angetan hatte, dachte Morfi.

Sie weigerte sich, das Diadem anzuschauen, weigerte sich, Ludwig in die Augen zu sehen.

Allmählich verschwand das Lächeln von seinem Gesicht.

»Wir lieben Euch, Mademoiselle«, sagte er, doch sie wußte, daß er log.

Sie weigerte sich, mit ihm zu reden, lag da mit abgewandtem Gesicht, wußte, daß er seine Worte nicht ernst meinte.

Es entstand ein langes Schweigen.

»Was hattet Ihr denn erwartet?« fragte er. »Wir konnten nicht zulassen, daß Ihr sie behaltet. Es ist das Beste für Euch, sie nie gesehen zu haben.«

»Wie heißt sie?« fragte Morfi.

Er zögerte, als wollte er ihr den Namen nicht preisgeben.

»Sie heißt Agathe-Louise«, sagte er.

»Agathe-Louise – und weiter?« fragte sie. Sie wagte kaum zu hoffen, daß ihre Tochter eine Murphy sein würde, und fragte sich gleichzeitig, ob sie eine Bourbon zur Welt gebracht haben mochte.

»Agathe-Louise de Saint-Antoine de Saint-André«, sagte er.

Sie sah ihn an, als könnte sie nicht glauben, was sie gehört hatte, als hätte er etwas vollkommen Absurdes gesagt.

Die Pompadour hatte sich den Namen ausgedacht und sich dabei köstlich amüsiert.

Morfi starrte an die Wand, und ihre Augen füllten sich mit

Tränen. Er war zu feige, seiner Tochter seinen eigenen Namen zu geben, dachte sie.

»Es wird gut für sie gesorgt werden«, sagte er. »Sie ist gesund und munter. Die Schwestern im Kloster werden sich um sie kümmern …«

Sie schaute ihn an, als wollte sie sofort aufbrechen, um ihre Tochter zu retten, als wäre sie am liebsten zusammen mit dem Kind für immer aus Versailles geflüchtet. Als glaubte sie, sie würde ihr Kind endlich sehen dürfen.

Ludwig sah sie lange an. »Wir halten es für besser, wenn Ihr nicht wißt, wo sie untergebracht ist«, sagte er schließlich.

Tränen liefen über Morfis Wangen.

»Lächelt!« sagte er. »Lächelt! Ihr habt Eure Sache gut gemacht.«

Morfi konnte und wollte nicht lächeln. Sie hatte keinen Grund zu lächeln.

»*Au revoir,* Mademoiselle«, sagte er.

Morfi sagte nichts. Sie wandte ihr Gesicht wieder ab und starrte an die Wand.

Leise schloß sich die Tür hinter ihm, und die Tauben begannen wieder, sie mit ihrem Gurren zu verspotten.

IX

Tagelang drückte Morfi nutzlose, ungewollte Milch aus ihren Brüsten. Im Oktober reiste Er wie jedes Jahr nach Fontainebleau, und Morfi mußte ihren Geburtstag allein feiern. Die ganze Nacht lag sie wach und stellte sich vor, wie er in den Armen einer anderen Frau lag.

Am 24. Oktober flüsterte man sich in Versailles zu, der König sei Morfis überdrüssig geworden, und sie sei im August gestorben. Doch niemand in Versailles wußte etwas Genaues über ihren Tod oder wo sie begraben lag.

Und wieder eilte Madame Murphy ganz in Schwarz gekleidet nach Versailles, um am Begräbnis ihrer Tochter teilzunehmen, und wieder schlug ihr Weinen in Gelächter um, als sie ihre Tochter gesund und munter antraf.

Marie-Louise fand, sie sei so gut wie tot; Versailles kam ihr vor wie ihr Grab; Versailles war nicht der Himmel, sondern die Hölle auf Erden.

Ludwig besuchte sie gelegentlich, doch er wirkte gedankenverloren und abwesend. Morfi war nur ein Schatten ihrer selbst: sie war still und in sich gekehrt, und sie fragte sich, was er mit ihr vorhaben mochte. Er würde sie nicht für immer hier behalten können, sagte sie sich. Sie würde im Parc-aux-Cerfs nicht überleben können, wenn sie seine Erwartungen nicht länger erfüllte.

Dann erinnerte sie sich an die Worte ihres Vaters, als er zu ihr gesagt hatte: »Kann ich nicht gibt's nicht«, und erwachte aus ihrer Lethargie.

Seine Besuche wurden wieder regelmäßiger. Es konnte keine Rede davon sein, daß Mademoiselle Murphy die Pompadour entthronen würde, denn diese hatte längst eigene Vorstellungen davon, wie sie sich der *petite maîtresse* zu entledigen gedachte.

Es war die Pompadour, die alle Zeiten überdauern würde, die Pompadour, die einen bleibenden Platz im Leben des Königs erobert hatte.

Ludwig und die Pompadour kamen überein, daß sie irgendwann aus Morfi eine ehrbare Frau machen mußten. Morfi mochte sich damit schmeicheln, das Herz des Königs zu besitzen und seine Lieblingsmätresse zu sein, doch sie würde nie in der königlichen Kutsche fahren, nie mit ihm in der Öffentlichkeit dinieren dürfen. Es war ihr nicht gestattet, offen Besuch von Höflingen zu empfangen. Wäre sie bei Hof eingeführt worden, wäre sie in den Genuß all dieser Privilegien gekommen, doch sie bei Hof einzuführen war unmöglich.

Wenn sie verheiratet gewesen wäre – wie die Pompadour –, hätte man es einrichten können, doch für eine unverheiratete Mutter, ein Mädchen, das man von der Straße aufgelesen hatte, war eine Einführung bei Hof undenkbar.

Vorerst schoben sie das Problem, was sie mit ihr tun sollten, beiseite, und alles ging weiter seinen gewohnten Gang.

Im Parc-aux-Cerfs quietschten um Mitternacht die Scharniere des Gartentors, knarzten die Treppenstufen unter den königlichen Schritten, und die Federn in Morfis Bett schnarrten rhythmisch im Dunkeln, so daß Madame Bertrand annahm, alles sei in Ordnung.

Agathe-Louise de Sainte-Antoine de Saint-André wurde in die Obhut der Schwestern des Klosters Sainte-Périne in Chaillot gegeben, eine halbstündige Kutschfahrt von Paris entfernt. Sie wurde vom König mit einer Leibrente von jährlich 8.000 Livres ausgestattet, woraus die Nonnen schlossen, daß ihr Vater ein hochwohlgeborener Herr aus Paris war, dessen Name geheim bleiben sollte.

Agathe-Louise war das Abbild ihres Vaters. Ihre babyblauen Augen nahmen allmählich die gleiche schwarzbraune Farbe an wie die von Louis Bourbon. Sie hatte sein glänzendes, kastanienfarbenes Haar, das gleiche runde, freundliche Gesicht mit dem wachen Blick, das auf den französischen Münzen prangte und auf Porträts aus Ludwigs früher Regierungszeit. Es fiel den Schwestern nicht schwer zu erraten, wer Agathe-Louise in Wirklichkeit war.

Ihre Angelegenheiten wurden ebenso wie die zahlreicher weiterer königlicher Bastarde von Monsieur Louis Yon geregelt, der ihr ihre ganze Kindheit über lange, unleserliche Briefe schickte.

Hin und wieder stattete Monsieur Yon ihr einen Besuch ab, doch wenn die anderen Mädchen in den Ferien nach Hause fuhren, blieb Agathe-Louise bei den Schwestern in Chaillot, wo sie täglich um halb sechs aufstehen mußte, wo jede Handlung von Gebeten begleitet wurde und dem strengen Reglement des Klosters unterworfen war.

Die Nonnen waren ihre Familie. Chaillot war ihr Zuhause.

Mademoiselle Murphy zwang sich zu vergessen, daß sie je eine Tochter geboren hatte. Nur wenn sie mitten in der Nacht aufwachte, fragte sie sich, ob Agathe-Louise noch am Leben war und was aus ihr werden sollte. Auf all ihre Fragen an Madame Bertrand, an Lebel und an Ludwig erhielt sie keine Antworten. Jedesmal, wenn sie auf ihre Tochter zu sprechen kam, wandte Ludwig sich ab und begann, über die Jagd zu reden. Schließlich gab sie es auf, Agathe-Louise zu erwähnen.

Am Neujahrstag 1755 gab es Geschenke von Ludwig: unter anderem eine mit Diamanten besetzte Uhr mit einem Porträt des Monarchen auf der Rückseite, die Morfi, wo immer sie hinging, an einer Kette um den Hals trug. Nach wie vor stand sie im Zentrum der Aufmerksamkeit, war sie Ursache für Klatsch und Tratsch. Immer noch hielt sich das Gerücht, sie könnte schon bald die Pompadour entthronen und glorreich ins Schloß zurückkehren.

In Versailles, so hieß es, konnte man nie voraussehen, was geschehen würde. Es geschahen täglich Wunder. Menschen lernten fliegen, Maschinen sprechen: selbst die Tochter einer Lumpenhändlerin konnte die Rolle der »Königin zur Linken« von Frankreich einnehmen.

Morfi gewann die Zuneigung der Höflinge, mit denen die Pompadour sich überworfen hatte: Leute, die sich nicht länger ihrer Gunst erfreuten, die nicht mehr von ihrem wachsenden Einfluß profitierten.

Ein paar Herzöge, eine Handvoll Barone, ein halbes Dutzend Marquis sorgten dafür, daß Morfi wußte, wer sie waren. Sie nahmen sie zur Kenntnis, grüßten sie in der Öffentlichkeit und ließen ihr den Respekt angedeihen, der einer inoffiziellen königlichen Mätresse gebührte.

Höflinge, die sich vom Sturz der Pompadour Vorteile versprachen, schickten Morfi Blumen. Opportunisten und Speichellecker, die nichts zu verlieren, aber von einem lawinenartigen Umbruch innerhalb der Günstlingshierarchie bei Hof alles zu gewinnen hatten, schmeichelten ihr und lächelten ihr freundlich zu.

Zu diesen Hofschranzen gehörte auch die schöne und einfältige Madame d'Estrées, die gefährliche Gattin des Kommandeurs der Rheinarmee, des Maréchal d'Estrées.

Die raffinierte, mondäne Madame d'Estrées stand Morfi mit weisen Ratschlägen und guten Absichten zur Seite und lehrte sie, bei Hof ihre Fäden zu spinnen und den Marquis zu schmeicheln. Und für all das verlangte die liebe, gute

Madame d'Estrées, die nicht die Spur von Verstand besaß, nur eine einzige Gegenleistung: daß ihr Mann anstelle des Prinzen von Soubise als Kommandeur der Armee Frankreichs eingesetzt werden sollte.

Madame d'Estrées führte einen erbitterten Privatkrieg gegen ihre Erzfeindin, die Pompadour, die nicht den Maréchal d'Estrées, sondern den Prinzen von Soubise protegierte. Gemäß den ehrgeizigen Plänen von Madame d'Estrées sollte Morfi, nachdem sie die Pompadour entthront hatte, ihren Mann auf den ruhmreichsten Posten Frankreichs und damit auf den Höhepunkt seiner Karriere befördern.

Madame d'Estrées unterwies Morfi im Umgang mit dem König. Sie wußte, womit seine Aufmerksamkeit zu gewinnen war, wußte, wie man ihn günstig stimmte. Sie kannte den privaten Ludwig viel besser als Morfi.

Der irischen Mätresse gingen langsam die Gesprächsthemen aus. Sie fürchtete, daß sie ihn langweilte, daß sie in Ungnade fallen könnte.

»Ich habe nie den Stein von Blarney geküßt«, vertraute sie ihrer Freundin an.

Die unermüdliche Gattin des Maréchal besuchte Morfi zweimal wöchentlich, stets voller neuer Ideen und amüsanter Geschichten. Sie begann, Morfi Worte in den Mund zu legen. Ohne daß Morfi sich dessen bewußt gewesen wäre, ließ sie es zu, daß Madame d'Estrées die Kontrolle übernahm. Es war so viel leichter, ihr das Denken zu überlassen.

»Fragt ihn«, sagte Madame d'Estrées, »wie viele Kinder er hat ...«

»Fragt ihn«, sagte sie, »wie oft seine Diener bezahlt werden ...«

»Fragt ihn«, riet sie, »wie er mit seiner Alten zurechtkommt. Das wird ihn zum Lachen bringen.«

In der folgenden Nacht stellte Marie-Louise Murphy Ludwig XV. genau diese Fragen.

»En quels termes en êtes-vous avec la vieille coquette?« fragte sie.

Wie kommt Ihr mit Eurer Alten zurecht?

Wie steht es zwischen Euch und der alten Kokotte?

Aber Ludwig lachte nicht. Er war sprachlos. Er fragte sich, was das zu bedeuten haben mochte. Wie er mit seiner alten Königin zurechtkäme? Die Königin von Frankreich, die kein Wort mit ihm wechselte, wenn sie ihm statt dessen einen Brief schreiben konnte? Die Königin, die unter demselben Dach mit ihm wohnte, die Mutter seiner Kinder, der gegenüber er sich immer noch loyal verhielt.

Oder konnte sie die Pompadour gemeint haben? Die alte Kokotte. Seine alte Hure. Die Pompadour, zu der er längst keine sexuelle Beziehung mehr unterhielt?

Später erzählte man sich, Ludwig, der dafür bekannt war, sich auf dem Absatz umzudrehen und zu verschwinden, anstatt eine Antwort zu geben, habe einen Wutanfall bekommen. Es hieß, er hätte Morfi angeschrien und Porzellan zu Boden geworfen; er hätte verlangt zu erfahren, wer Morfi geraten hatte, ihm diese Frage zu stellen; er sei sich sicher gewesen, daß sie nicht von allein auf solch eine Frage hätte kommen können.

Es hieß, Morfi habe laut geweint und unter Tränen gebeichtet, daß die Idee von Madame d'Estrées stammte; daraufhin sei Ludwig aus dem Zimmer gestürmt und Morfi habe ihn nie wieder gesehen.

Die Geschichtsschreibung berichtet, daß Ludwig XV. den Maréchal d'Estrées von seinem Posten abberief und durch den Duc de Richelieu ersetzte und daß Madame d'Estrées vom Hof verbannt wurde.

Madame de Pompadour zog sich einen Nachmittag lang mit dem Prinzen von Soubise in ihren goldenen Salon zurück, um zu beratschlagen, was mit Marie-Louise Murphy geschehen sollte. Eine königliche Hure sollte möglichst ohne Aufsehen aus dem königlichen Harem entfernt werden.

»Wir dürfen sie nicht vergrätzen«, sagte sie, »sie weiß zuviel. Wir dürfen sie uns nicht zur Feindin machen … Sie muß angemessen belohnt werden … Sie muß an einen möglichst weit von Versailles entfernt liegenden Ort geschafft werden …«

Es war zu gefährlich zuzulassen, daß Morfi sich im Schloß frei bewegen konnte, ohne Aufpasser, ohne Ehemann: sie würde womöglich auf die Idee kommen, auf Rache zu sinnen.

Der Prinz versprach, einen Mann für Morfi zu besorgen, und machte sich sofort auf die Suche.

Marie-Louise saß allein in ihrem Zimmer und dachte: Wenn es Madame d'Estrées war, die mir die Worte in den Mund gelegt hat, dann wird sie vom Hof verbannt werden, nicht ich … Es ist nicht meine Schuld …

Sie fragte sich, was sie falsch gemacht hatte, was Ludwig so in Rage versetzt hatte. Sie konnte das alles nicht verstehen.

Es gab noch andere Gründe für ihre Entfernung vom Hof. Ludwig war ihrer langsam überdrüssig geworden. Sie war nicht so gebildet wie die Pompadour. Es waren genug junge Mädchen da. Außerdem würde sie mit achtzehn ihre Blüte überschritten haben, und wenn man sie nicht bald unter die Haube brachte, würden man sie am Ende nie mehr los werden.

Morfi dachte: Wieso konnte er ihr diesen einen Fehler nicht verzeihen? Konnten sie nicht einfach vergessen, was gewesen war?

Das konnten sie nicht, denn es kam immer schlimmer. Neuerdings lehnte Ludwig es ab, sich sonntags rasieren zu lassen, weil er glaubte, dadurch Zahnschmerzen vorzubeugen. Es war ein irischer Aberglaube, den er von seiner irischen Mätresse übernommen hatte.

Er hatte sich angewöhnt, seinen Mund zu bekreuzigen, wenn er gähnte. »Damit der Teufel mir nicht in den Mund springt«, erklärte er.

Er trug ein blaues Band um den Hals, um Krankheiten abzuwehren. »Das bringt Glück!« sagte er.

Er spuckte in seinen rechten Schuh, bevor er ihn sich von den Pagen anziehen ließ, so daß die Pagen kicherten und das feierliche Ritual des morgendlichen Ankeidens störten.

Er hatte sich Morfis Sprache angewöhnt, ihren Pariser Tonfall, den Wortschatz der Straße.

Sie hatte dem König beigebracht, auf zwei Fingern zu pfeifen.

Beim Grand Couvert zerdrückte er jetzt seine Eierschalen und murmelte dabei: »Damit die Elfen sich keine Boote daraus machen können.«

Andere, wichtigere Dinge mußten berücksichtigt werden. Morfi konnte nicht für immer seine Gefangene bleiben, sie war schon lange genug eingesperrt. Dann war da noch Agathe-Louise. Sie würden Morfi nicht ein zweites Kind wegnehmen können. Die Sache mit Madame d'Estrées war der Vorwand, auf den sie gewartet hatten. Es war an der Zeit, Morfi ihre Freiheit zurückzugeben, ob sie sie wollte oder nicht.

In der Morgendämmerung streichelte Ludwig ihr die zarten Ohren.

»Wir wollen, daß Ihr glücklich seid«, sagte er.

»Ich bin glücklich«, erwiderte sie.

»Nichts kann ewig andauern, Mademoiselle«, sagte er.

»Was meint Ihr damit?« fragte sie.

»Wir meinen«, seufzte er, »daß auch Versailles einmal zu Ende geht ... eines Tages werdet Ihr uns verlassen ...«

Ihr blieb fast das Herz stehen, als sie spürte, daß ihre schlimmsten Befürchtungen sich zu bewahrheiten drohten: die Verbannung vom Hof.

Sie starrte an die vergoldete Zimmerdecke mit den umherflatternden Engelchen. Sie betrachtete die Lilien in den Vasen aus Sèvres-Porzellan, Ludwigs goldbestickte Kleider, die er über den Fauteuil geworfen hatte, die roten Vorhänge an ihrem kostbaren Bett, ihre rotgefärbten Fingernägel. Und dann schaute sie ihn an: sein unrasiertes Kinn, seine dunkle Haut auf den weißen Laken, die Stoppeln auf seinem Kopf. Er hätte irgendein Mann sein können, er sah aus wie ein Sträfling, der gerade von der Galeere kam. Seine schwarzen Augen wirkten glasig, wie polierte Knöpfe. Sie betrachtete die Hände, die noch nie gearbeitet hatten, die großen Hände, die ihre Haut streichelten, sie gleichzeitig beruhigten und erregten; die Hände, die für nichts in der Welt von Nutzen waren, außer um seine Unterschrift auf ein Stück Pergament zu setzen und ihren, Morfis, Körper zu erkunden. Sie sah ihn an und fragte: »Wann?«

Und dann fügte sie schnell hinzu: »Wenn Ihr lügt, wird Euer Gesicht sich schwarz färben und zerfallen.«

Er ließ seinen schläfrigen Blick langsam über ihren Körper wandern, schaute ihre perfekte Nase an, ihre glänzenden Augen, ihre zarten Hände, ihre unter den Laken sich abzeichnenden Rundungen, ihr goldblondes Haar auf dem Kissen. Schließlich wandte er sich ab, betrachtete das Gemälde mit dem Wolf, der gerade ein Schaf riß, das Stilleben mit den toten Vögeln, die goldenen Knöpfe an seinem Rock, die im Dämmerlicht glänzten, die absurden rot und gold gemusterten Schuhe, die ihm stets die Zehen quetschten, seine roten, samtenen *pantalons.* Er ließ seine Gedanken treiben.

Er war noch nicht einmal in der Lage, sich selbst anzuziehen. Nie war es ihm gestattet, allein zu sein, stets war er von Menschenmengen umgeben. Er hatte nicht das Bedürfnis, Befehle zu erteilen, keine Lust zu regieren. Er besaß alles, was ein Mann sich wünschen konnte, doch ohne seine Freiheit konnte er nicht glücklich sein. Er war in Ketten gelegt, an Händen und Füßen an Frankreich gefesselt. Er war ein Gefangener.

Er schaute Morfi wieder an, versuchte, sich seine Antwort zurechtzulegen. Heute nacht. Morgen. Wartet ab...

Er wußte nicht, was er ihr sagen sollte, er kannte die Antwort nicht, wußte nur, daß es vorbei war. Unwillkürlich wurden seine Augen feucht, und er wischte sich eine Träne aus dem Augenwinkel. Er war stets darauf bedacht, das Unangenehme zu vermeiden, die Unannehmlichkeiten anderen zu überlassen.

»Lebel wird Euch informieren, Mademoiselle«, sagte er. »Wir haben uns noch nicht entschieden.«

Er hätte das Thema nicht ansprechen sollen, denn er konnte die hysterischen Anfälle nicht ertragen, die solchen Ankündigungen unweigerlich folgten. Es war besser, bis zum letzten Moment zu warten.

Er sprang schneller aus dem Bett, als sie ihn je hatte sich bewegen sehen, stolperte bei dem Versuch, sich in seine *pantalons* zu zwängen, mit seinen fünfundvierzig Jahren immer noch unfähig, sich anzuziehen.

Und dann war er weg. Morfi hörte die Tür ins Schloß fallen, lauschte auf seine schweren Schritte auf der Treppe, das Knirschen seiner Schuhe auf dem Kopfsteinpflaster, als er davoneilte, und dann fiel ihr auf, daß er nicht *au revoir* gesagt hatte.

Die Sonne ging auf, und wieder stimmten die Tauben ihr Gurren an.

Stundenlang studierte der Prinz von Soubise seine Liste der in Frage kommenden Junggesellen. Er schickte Späher aus, die angewiesen waren, eine Belohnung von 50.000 Livres sowie eine Mitgift von 200.000 Livres anzubieten, eine phantastische Summe.

»Man sollte meinen«, sagte der Prinz zu Madame de Pompadour, »daß sich Hunderte junger Männer melden würden.« Doch er hatte Schwierigkeiten, auch nur einen einzigen jungen Mann aufzutreiben, der seinen Vorstellungen entsprach: der jung genug war, um auf eine Siebzehnjährige attraktiv zu wirken, von nicht zu niedriger Geburt, um seiner Braut einen gewissen Stil bieten zu können, und arm genug, um sich nicht um ihre zweifelhafte Herkunft oder ihr bisher ausgeübtes Gewerbe zu scheren.

Der Prinz, ein persönlicher Freund Ludwigs XV. und Madame de Pompadours, war, obwohl er keine besonderen Talente besaß, zum General, zum Staatsminister und Berater der königlichen Familie aufgestiegen. Dank der Protektion durch seine Gönnerin, Madame de Pompadour, führte er inzwischen das Kommando über eine Division von 24.000 Soldaten. Er war seinen Freunden etwas schuldig.

Es war der Marquis de Lugeac, der den großen, dunkelhaarigen, unglaublich gut aussehenden jungen Mann entdeckte, einen Mann mit braungebrannter Haut und leuchtenden Augen, der sich vor nichts fürchtete und keinen Makel aufwies und der nichts besaß außer seinem Regiment und seinem Stammbaum.

Der Marquis, vorgesetzter Colonel des Ehegatten in spe, nahm den jungen Mann noch einmal unter die Lupe. Er war mit zwölfeinhalb Jahren Unterleutnant gewesen, mit fünfzehn Hauptmann, mit sechzehn Major-Adjutant. Er hatte sich im Österreichischen Erbfolgekrieg ausgezeichnet, er war intelligent und tapfer und stammte aus einem Geschlecht, das Kreuzzügler, *abbés* und Soldaten der königlichen Garde hervorgebracht hatte. Das einzige, was ihm fehlte, war Geld.

Der Marquis ließ den Major in sein Zelt kommen und fragte ihn nach seinem Privatleben aus. Um festzustellen, ob der junge Mann den Ansprüchen des Prinzen genügte, kam es jedoch, so meinte der Marquis, nur auf eins an.

Der Marquis befahl dem Major, seine *pantalons* herunterzulassen.

Der Major zögerte, runzelte die Stirn, dachte an das viele Geld und führte den Befehl aus.

Der Marquis zog eine Braue hoch, grinste, klopfte dem Major auf die Schulter und schickte ihn nach Paris in die Rue des Francs-Bourgeois.

Der Prinz von Soubise saß in einem in Weiß und Gold gehaltenen Raum, ganz in mausgrauen Samt gekleidet, und gab sich blasiert und selbstgefällig. Er stellte dem Major eine Menge intime Fragen, schaute ihm tief in die Augen und kam zu dem Schluß, daß er einen anständigen Mann vor sich hatte. Nur noch einer Sache mußte er sich vergewissern, dachte er, denn er hatte nicht vergessen, was die Pompadour ihm über Mademoiselle Murphy gesagt hatte.

»Laßt mich Euren *zizi* sehen«, sagte der Prinz.

Der Major zögerte. Seine Mundwinkel zuckten.

»Los, los«, bellte der Prinz. »Habt Euch nicht so.«

Der Major ließ seine *pantalons* ein zweites Mal herunter.

Der Prinz von Soubise hob die Brauen, grinste und schickte den Major weiter zur Maison de Cèdre, der Pariser Residenz der Madame de Pompadour. Der Brief, den er ihm mitgab, lautete: »Ich schätze, sie wird höchst zufrieden sein.«

Madame de Pompadour, in eine Orgie aus sonnenblumengelber Seide gehüllt, schenkte dem Major ihr charmantestes Lächeln, beäugte ihn durch ihre vergoldete Lorgnette, stellte ihm lauter Fragen und kam zu dem Schluß, daß er ihr gefiel, vor allem die Wölbung unter seinen weißen *pantalons.* Dann schickte sie ihn zum königlichen Leibarzt.

Die Anweisungen der Pompadour waren kurz und knapp: »Vergewissert Euch, ob er über die nötige Ausstattung verfügt.«

Der Leibarzt schaute dem Major in den Hals, fühlte hinter seinen Ohren nach und bat ihn, seine Uniform abzulegen.

Er betastete seine Achselhöhlen, schaute ihm in die Augen, drückte ihm auf dem Bauch und in der Leistengegend herum, packte ihn an den Genitalien und befahl ihm zu husten.

Der Major tat, wie ihm geheißen.

»Irgendwelche Leiden oder Schmerzen?« fragte der Arzt.

»Irgendwelche Probleme da unten?«

»Mit dem Wasserwerk alles in Ordnung, Monsieur?«

Der Major versicherte ihm, es fehle ihm nichts, und der Arzt bescheinigte ihm einen vorzüglichen Gesundheitszustand und erklärte ihn für vollkommen diensttauglich.

»Keine Sorge, Monsieur«, sagte der Leibarzt. »Sie ist bildhübsch!«

Weder der Marquis, noch der Prinz, noch die Pompadour verrieten Jacques de Beaufranchet irgend etwas über die Vergangenheit seiner künftigen Verlobten, außer daß sie eine Dame von Rang sei, die so bald wie möglich unter die Haube gebracht werden mußte.

Der Marquis de Lugeac beruhigte den Major. »Keine Sorge!« sagte er. »Ihr werdet sie vorher zu Gesicht bekommen – sie hat keinen Buckel.«

Jacques de Beaufranchet nickte. Bei einer Mitgift von 200.000 Livres, dachte er, würde er sie auch nehmen, wenn sie einäugig, einarmig und zahnlos wäre. Ohne weitere Fragen zu stellen, schlug er die Hacken zusammen und salutierte vor seinem Oberst.

In Versailles wurde ein Treffen arrangiert, bei dem der Major einen Blick auf seine zukünftige Verlobte werfen konnte, ohne selbst von ihr gesehen zu werden.

»Keine Angst«, sagte der Marquis de Lugeac grinsend, »es heißt, sie geht zur Sache wie eine Wildkatze.«

Der Major hob entzückt die Brauen und sagte auf der Stelle zu.

Im Frühjahr 1755 heiratete Victoire Murphy unter großem Pomp einen Monsieur de la Vabre, von dem niemand je etwas gehört hatte, der jedoch über ein stattliches Vermögen zu verfügen schien.

Auf dem Hochzeitsfest war die immer noch ledige Brigitte gezwungen, barfuß zu tanzen, weil ihre jüngere Schwester vor ihr heiratete und sie selbst noch keinen Mann gefunden hatte.

»Eigentlich müßtest du im Schweinestall tanzen«, sagte Madame Murphy, »aber wir sind jetzt feine Leute.«

Die irischen Verwandten sangen irische Lieder und klatschten und pfiffen und stampften mit den Füßen, als Brigitte auf den Tischen tanzte. Die de la Vabres lächelten höflich und hielten ihre Füße still.

Im Sommer heiratete Madeleine Murphy einen Monsieur Bourlier, einen Anwalt am Hohen Gericht, und gelangte so in den Besitz eines großen Vermögens. Die Murphy-Schwestern erschienen in ihrem feinsten Festtagsstaat, um dem Ereignis beizuwohnen, an dem die gesamte irische Bevölkerung des Palais Royal teilnahm.

Brigitte, in einem Kleid aus smaragdgrünem Seidentaft

und mit falschen Perlen um den Hals, das Haar offen und die Pockennarben unter einer dicken Schicht Gesichtsfarbe verborgen, tanzte wieder barfuß.

Die Iren stampften mit den Füßen und schlugen im Takt mit den Fäusten auf die Tische, während die Familie von Monsieur Bourlier das Treiben mit festgefrorenem Lächeln beobachtete.

Wenn die irischen Verwandten sich bei Madame Murphy erkundigten, wie sie es fertiggebracht hatte, ihren Töchtern eine so gute Partie zu verschaffen, lächelte sie nur und hüllte sich in Schweigen. Sie hatte sich von der einfachen Peggy Murphy, die mit alten Kleidern gehandelt hatte, in Madame Marguerite de Morfi de Boisfailly verwandelt. Sie hatte den Lumpenhandel, die Prostitution und die Hühneraufzucht aufgegeben und wohnte nun in der vornehmen Rue Saint-Maur, empfing respektable Gäste, schmückte sich mit Diamanten und sprach den ganzen Tag nur Französisch.

Brigitte lebte immer noch in ihrem Haushalt, doch sie hatte sich damit abgefunden, daß sie Brigitte niemals loswerden würde.

»Brigitte ist zu häßlich«, sagte sie, »sie wird nie einen Mann finden.«

Doch bevor das Jahr zu Ende ging, versetzte Brigitte alle in Erstaunen, als sie plötzlich nicht mehr ihre falschen, sondern echte Perlen trug. Sie hörte auf, Künstlern Modell zu sitzen, und verließ Paris im Triumph.

»Wer hätte das für möglich gehalten?« fragte Madame Murphy lachend.

Doch die größte gesellschaftliche Aufwertung erfuhr Madame de Morfi de Boisfailly durch die Hochzeit, die im Herbst arrangiert wurde.

In Anwesenheit des Prinzen von Soubise und des Marquis de Lugeac wurde am 25. November 1755 in der Nähe des

Châtelet im Büro eines Notars ein Ehevertrag unterzeichnet. Ein Anwalt präsentierte Madame Murphy als Zeugin der Braut, und der hochwohlgeborene Chevalier Seigneur Jacques Pelet de Beaufranchet, Comte d'Ayat, Comte de Beaumont, Comte de Grandmont, Major der französischen Armee, hatte einen Repräsentanten geschickt.

Unter den Bewohnern des königlichen Bordells im Parc-aux-Cerfs ahnte niemand etwas von diesem Ehevertrag.

Die Zeugen unterzeichneten das Papier, und damit war die Zeremonie beendet. Gewöhnlich versammelten sich die Familien der Verlobten zur Unterzeichnung eines Ehevertrags, doch in diesem Fall waren weder die Braut, noch der Bräutigam, noch irgendeiner ihrer Angehörigen anwesend.

Im Parc-aux-Cerfs verbrachte Marie-Louise Murphy den November, die Saison der Klistiere und Brechmittel, wie immer in schicksalsergebener Lethargie. Sie badete zweimal täglich, aß ihre Artischocken und Trüffeln und trank eine Tasse Schokolade nach der anderen, eher aus Gewohnheit, als um sich in Erregung zu versetzen.

Sie vertrieb sich die Zeit mit Sticken, zupfte lustlos die Saiten ihrer Harfe, ging im Zimmer auf und ab und wartete. Wartete darauf, daß Er auftauchte. Wartete darauf, daß irgend etwas geschah. Doch Er tauchte nicht auf, und nichts geschah. Sie wartete darauf, daß alles ein Ende nehmen würde, wartete auf einen neuen Anfang.

Sie lag im Bett und sah zu, wie das Licht, das durch die Ritzen in ihren Fensterläden fiel, heller wurde, lag da und beobachtete die Tauben vor dem Fenster ihres Gefängnisses.

Sie stickte grüne Blumen, rosafarbene Blätter, blaue Gesichter, gelbe Himmel, rote Katzen und schwarze Kinder, und Madame Bertrand runzelte die Stirn und begann sich Sorgen zu machen.

An manchen Tagen bekam sie ungeachtet der rigorosen Schulung, die sie durchlaufen hatte, schreckliche Tobsuchtsanfälle. Madame Bertrand tat so, als bemerkte sie nichts davon, berichtete jedoch Lebel von Morfis Geschrei und mahnte ihn zur Eile.

Nachts wurden Morfi die Beine zusammengebunden, um sie am Schlafwandeln zu hindern.

Am Ende ergab sie sich in ihr Schicksal. Am Abend des 26. November stellte sie fest, daß ihre mit Diamanten besetzte Uhr stehengeblieben war. Sie zog sie auf und erkundigte sich bei Madame Bertrand nach der korrekten Uhrzeit.

Als sie die Zeiger einstellen wollte, fielen einige Tropfen heißes Wachs von einer Kerze in die offene Uhr. Sie versuchte, das Wachs zu entfernen, zuerst mit den Fingern, dann mit einem Messer, dann mit einer Schreibfeder, doch sie machte alles nur noch schlimmer und beschädigte das Uhrwerk. Sie hielt die Uhr über die Kerzenflamme, um das Wachs zu schmelzen, mit dem Erfolg, daß das Innere der Uhr sich schwarz färbte.

Die Uhr war nicht mehr zu gebrauchen. Marie-Louise hatte das Gefühl, daß ihre Zeit abgelaufen war, daß sie keine Zeit mehr zu verlieren hatte. Verstimmt legte sie sich schlafen und verbrachte eine unruhige Nacht.

Den ganzen Tag hatte sie eine Tasse Schokolade nach der anderen getrunken, die Tauben beobachtet und sich mehr denn je gelangweilt.

In der Nacht lag sie wach im Bett, lauschte auf das Knirschen von Kutschrädern auf der Straße, auf das stete Geräusch von Schritten im Haus, hörte, wie im Zimmer unter ihr etwas Schweres über den Boden geschoben wurde. Sie konnte sich des Gefühls nicht erwehren, daß all die nächtlichen Geräusche diesmal etwas mit ihr zu tun hatten.

Um vier Uhr früh stürmten Madame Bertrand und Lebel in ihr Zimmer, stellten überall brennende Kerzen auf und zerrten sie unsanft aus dem Bett. Sie zogen sie schweigend an, atemlos, als hätten sie keine Zeit zu verlieren.

»Was geschieht mit mir?« fragte Morfi, als hätte sie es sich nicht denken können.

Sie bekam keine Antwort, sie hörte nur den schweren Atem der beiden, während sie sie in ihr Kleid schnürten.

»Was macht Ihr mit mir?« wollte Morfi wissen. »Wieso geschieht das alles mitten in der Nacht?«

»Wir fahren nach Paris«, fauchte Madame Bertrand, »und seid still, Mademoiselle, stellt keine Fragen, sonst weckt Ihr noch die anderen Mädchen.«

Sie ließ sie an sich herumfummeln, bis sie richtig wach war. Doch als sie versuchten, sie aus ihrem vergoldeten Zimmer zu zerren, stieß sie die vergoldeten Tischchen um, fegte die goldenen Fläschchen mit Gesichtspuder von ihrem Toilettentisch, warf die mit Lilien gefüllten Vasen aus Sèvres-Porzellan zu Boden, so daß sie in tausend Stücke zersprangen. Sie riß die gelben Seidenvorhänge von den Fenstern, zerbrach die in Gold gerahmten Bilder an den Wänden. Sie bombardierte Madame Bertrand und Lebel mit brennenden Kerzen, kauerte sich in eine Ecke und versuchte, sich ihrer Aufpasser mit einem vergoldeten Stuhl zu erwehren.

»Deswegen wollte er es ihr nicht vorher sagen«, dachte Madame Bertrand.

Marie-Louise zerschlug alles, was zerbrechlich war, bis auf die in Gold gerahmten Spiegel. Doch dann ertrug sie es plötzlich nicht mehr, ihr Spiegelbild zu sehen, sehnte sich danach, alt zu sein, zu sterben, so daß niemand sie mehr würde anschauen können und sie endlich ihre Ruhe hätte. Sie schlug mit der Faust in die Spiegel, bis sie alle mit Sprüngen durchzogen waren, die aussahen wie riesige Spinnennetze.

Sie biß und trat und kratzte, spuckte und zischte wie eine Wildkatze, schrie wie am Spieß.

Sie warf ihren Peinigern sämtliche Schimpfwörter und Obszönitäten an den Kopf, die sie aus ihrer Kindheit in Paris kannte.

Sie versuchten, sie zu fesseln, sie auf einer Trage festzuschnallen, um sie auf die Straße zu befördern.

Die anderen Mädchen steckten neugierig die Köpfe aus ihren Zimmern, lehnten sich über das Treppengeländer, amüsierten sich über Morfis Geschrei.

»Die Banshee!« riefen sie lachend. »Die Bansheeeeee-ooo-ooo-ooo.«

Morfi war nicht zu bändigen. Ihre Lippen und ihre Hände bluteten, sie riß Madame Bertrand an ihren elegant frisierten Haaren, zerkratzte Lebels Gesicht, führte sich auf wie ein wildes Tier aus der königlichen Menagerie.

Während sie Morfi die Treppe hinunterzerrte, rief Madame Bertrand den anderen Mädchen zu: »Sie ist krank, sie ist verrückt geworden. Wir müssen sie zu einem Arzt bringen. Sie ist eine Irin!« Als würde das ihr Benehmen erklären, als würde das alles erklären.

Als es ihnen schließlich gelang, sie in ihre Gewalt zu bringen, hebelten sie ihre Zähne auseinander, schoben ihr einen Trichter in den Mund und flößten ihr ein Schlafmittel ein. Verzweifelt versuchte Morfi, nicht zu schlucken, schrie vor Wut und Verzweiflung und spuckte Madame Bertrand und Lebel den bitteren Saft ins Gesicht.

Sie zwängten sie in die wartende Kutsche und fuhren mit ihr in die Nacht hinaus.

Ihr Kleid war völlig zerrissen, die Haare hingen ihr ins Gesicht, sie hatte sich die Lippen und die Zunge blutig gebissen, hatte vor Angst unter sich gelassen. Sie wußte, daß sie dabei war, Versailles für immer zu verlassen.

Marie-Louise Murphy, von der königlichen Sonne verbrannt, weil sie ihren mächtigen Strahlen zu lange ausgesetzt gewesen war, schlief endlich ein.

Als die Kutsche vier Stunden später Paris erreichte, war es immer noch dunkel, und Morfi, zusammengesunken hinter verdunkelten Fenstern, schlief noch immer. Draußen fiel Schnee.

Madame Bertrand weckte ihren Schützling mit Klapsen auf die Wangen. In ihrem Dämmerzustand war Morfi willig und gefügig. Wie eine Puppe trugen sie sie in ein Haus, an das sie sich schwach erinnerte: die Pariser Residenz der Pompadour. Sie steckten sie in eine goldene Badewanne, in Windeseile seiften sie sie ein, wuschen ihr das Haar, trockneten sie ab, puderten und parfümierten sie. Sie setzten sie in einen vergoldeten Sessel und behandelten ihre Wunden mit wunderkräftigen Salben.

Unter der Aufsicht einer selbstbewußten Madame Bertrand, die heute voll in ihrem Element war und nur noch an ihre königliche Belohnung dachte, versahen Scharen von Lakaien und Dienerinnen schweigend ihre Arbeit.

Morfi ließ keine Gelegenheit aus, in Hände zu beißen, die ihrem Gesicht zu nahe kamen, Gesichter zu zerkratzen, die sich zu dicht über ihre Fingernägel beugten. Sie war erfüllt von Haß auf jeden Menschen auf der Welt, am meisten auf sich selbst. Sie schnappte sich eine Schere und versuchte, sich die Pulsadern aufzuschneiden.

Madame Bertrand ohrfeigte sie und befahl den Lakaien, ihre Hände an die Stuhllehnen zu fesseln. Tränen liefen über Morfis Wangen.

Man zog ihr ein steifes, knisterndes Kleid aus Silberlamé über, das kostbarste und schönste Kleid, das sie je gesehen hatte.

Plötzlich mußte sie sich übergeben, erbrach Blut und Schleim auf das Kleid und begann laut zu jammern, als sie sah, was sie angerichtet hatte.

Madame Bertrand rief entsetzt nach dem Arzt.

Nein, sagte der Arzt, während er an Morfis Erbrochenem roch, das sei kein Blut, sondern Schokolade, unverdaute Schokolade.

Sie zogen ihr das ruinierte Kleid über den Kopf und brachten ein neues aus weißer, mit Silberfäden durchwirkter Seide, ein noch schöneres, noch kostbareres Kleid; die Garderobe der Pompadour war schier unerschöpflich.

Aus ihrem zerzausten Haar zauberten sie eine kunstvolle Hochfrisur, sie bürsteten und schmückten sie, bis sie aussah wie eine Braut, die einer Mitgift von 200.000 Livres würdig war.

Madame Bertrand begann, Morfis Gesicht zu schminken – etwas, das sie noch nie getan hatte –, überpuderte ihre Wangen mit Rouge, um die Kratzspuren zu verdecken.

»*Pourquoi?*« flüsterte Morfi, die von all dem Geschrei heiser war. Als hätte sie es sich nicht denken können.

»*Les noces!*« sagte Madame Bertrand lächelnd.

»*Moi?*« fragte Morfi.

Madame Bertrand nickte.

»*Qui? Qui?*« wollte Morfi wissen.

»*Une surprise!*« sagte Madame Bertrand.

Morfi war mißtrauisch; sie wollte es sofort wissen. Es konnte auf keinen Fall Ludwig sein, mit dem sie verheiratet werden sollte. Aber sie wollte keinen anderen Mann heiraten. Ihr war übel und schwindelig, und sie hatte Angst.

Schließlich saß Morfi wieder in einer Kutsche, ausstaffiert wie die Königin von Frankreich, mit kostbarem Parfüm an den Handgelenken und hinter den Ohren, umgeben von raschelnder Seide. Sie hatte ihre Selbstbeherrschung wiedergefunden und war neugierig zu erfahren, wer ihr zukünftiger Ehemann sein würde.

Madame Bertrand drückte ihr die Hand, kräftig und wohlwollend. Obschon Morfi heftig protestierte, legte sie ihr eine enganliegende Perlenkette um den Hals.

»Perlen bringen Unglück, Madame!« jammerte Morfi.

»Unsinn!« sagte Madame Bertrand. »Perlen sind ein Symbol der Liebe und Treue – ein Geschenk, das Seine Majestät Euch schickt.«

Morfi stieß einen hilflosen Seufzer aus.

»Das alles geschieht zu Eurem eigenen Besten«, sagte Madame Bertrand freundlich. »Wenn das alles vorbei ist, werdet Ihr glücklich sein. Ihr werdet froh sein, Versailles hinter Euch gelassen zu haben. In zwei Jahren werdet Ihr uns allen dankbar sein.«

Morfi küßte sie auf beide Wangen, bat sie um Verzeihung und begann wieder zu weinen. »Oh, Madame Bertrand«, jammerte sie, »was soll ich nur tun? Ich will nicht heiraten. Ich will diesen Mann nicht, den ich noch nie in meinem Leben gesehen habe. Ich will ihn nicht. Ich will mir nicht vorschreiben lassen, was ich zu tun habe!«

Madame Bertrand versuchte, sie zu trösten. »Aber er ist ein netter Mann«, sagte sie, »ein liebevoller Mann. Er ist Soldat! Er wird Euch gefallen!«

Morfi fuhr zu ihrer Hochzeit mit einem beginnenden blauen Auge, mit geschundenen, geschwollenen Fingern, mit schmerzenden Handgelenken, an denen die Spuren der Fesseln zu sehen waren. Ihr zerkratztes Gesicht brannte unter all dem Puder, mit dem man ihre Wunden bedeckt hatte.

Dicke Schneeflocken blieben in ihrem Haar haften.

Am 27. November 1755 herrschte in Paris um neun Uhr früh immer noch Dunkelheit. In den engen Straßen stapften

Arbeiter durch tiefen Schneematsch. In der Kirche von Les Saints-Innocents flackerten Hunderte von Kerzen, angezündet für eine Hochzeit, zu der keine Gäste geladen waren. Der *curé* stand vor dem Portal, um eine Braut zu begrüßen, die gekleidet war, als ginge sie zu einem Sommerfest.

Es war ein merkwürdiger Zeitpunkt für eine Hochzeit; eine seltsame Hochzeit, zu der weder die Verwandten der Braut noch die Angehörigen des Bräutigams kamen, vor allem deshalb eine seltsame Hochzeit, weil die Braut den Bräutigam noch nie zuvor gesehen hatte. Eine Hochzeit zwischen zwei Fremden.

Ort und Zeitpunkt der Hochzeit waren geheimgehalten worden, um die tanzenden, lärmenden Iren fernzuhalten: damit Marie-Louise Murphy de Boisfailly, die jüngste Tochter des verstorbenen Iren Daniel Murphy de Boisfailly, in Würde heiraten konnte.

Keiner von Morfis Versailler Freunden ließ sich sehen. Unzuverlässige Freunde, dachte sie, die sich ihrer nun schämten und sie so schnell wie möglich los werden wollten.

Nur der Marquis de Lugeac, Lebel und Madame Bertrand waren während der Zeremonie anwesend, um dafür zu sorgen, daß sie sich anständig aufführte; nur der königliche Kuppler und die Leiterin des königlichen Bordells.

»Der König hat Euch befohlen zu heiraten«, sagte Madame Bertrand, als sie die Kirche betraten. »Ihr könnt Euch nicht widersetzen.«

Während der ganzen Zeremonie hielt Morfi seinen zerknüllten Brief in der Hand, innerlich vor Wut schäumend, doch mit einem engelgleichen Lächeln auf den Lippen. Sie würde ihn nicht enttäuschen, sagte sie sich.

»Wir waren der Meinung, Ihr würdet eine Überraschung bevorzugen«, hatte Ludwig geschrieben.

Sie hielt den Brief fest in ihrer geballten Faust.

Nach der Trauung küßte der Marquis ihr die Hand und nannte sie Comtesse. Als Morfi merkte, daß sie damit gemeint war, mußte sie lachen. Sie lachte auch, als sie ihren Namen hörte: Madame la Comtesse de Beaufranchet d'Ayat, und auch, als sie erfuhr, daß sie außerdem Gräfin von Beaumont und Gräfin von Grandmont war. Und dann brannte ihr Gesicht unter dem Reishagel, den die drei Hochzeitsgäste auf sie niederregnen ließen.

Sie stieg in die Kutsche ihres Gatten und ließ sich durch den Schneesturm fahren, ohne auch nur im geringsten zu ahnen, wohin man sie brachte. Sie glättete den Brief des Königs und las ihn noch einmal.

Es war ihr verboten, jemals nach Versailles zurückzukehren. Es war ihr untersagt, jemals auch nur einen Fuß in irgendeine Stadt zu setzen.

Ihre Mitgift war an zahllose Verbote und Bedingungen geknüpft, bei deren Übertretung oder Mißachtung jegliche Zahlungen unverzüglich eingestellt würden.

Ich bin immer noch seine Gefangene, dachte sie.

Als Marie-Louise Murphy weg war, wünschte Ludwig, er hätte sie nie aus dem Parc-aux-Cerfs fortschaffen lassen. Ihr Porträt hing immer noch an der Wand. Er vermißte sie, und nachts träumte er von ihr.

Louis hatte eine Vorliebe für Schwestern. In der Vergangenheit hatte er schon mehrmals Schwestern seiner Mätressen zu Mätressen gemacht. Ganz Versailles amüsierte sich über diese Marotte des Königs. Schwestern hatten häufig ähnliche Eigenarten, sie hatten denselben Geruch. Schwestern waren wie Spiegelbilder, Schwestern faszinierten ihn. Oft hatten sie die gleiche Stimme, denselben Tonfall. Es kam nicht selten vor, daß die Schwester ihm besser gefiel als das Original, daß er das Spiegelbild vorzog.

Louis hatte Brigitte Murphy schon einmal gesehen, als sie ihre Schwester im Parc-aux-Cerfs besucht hatte. Er wußte über sie Bescheid. Ihm gefiel die Vorstellung, sich mit Brigitte zu vergnügen.

Auf dem Weg nach Versailles mußte Brigitte an das Märchen von Aschenputtel denken, an den Prinzen, der nicht bemerkt hatte, daß er die häßliche Schwester erwischt hatte. Sie dachte an die Schuhe aus Fell, an die abgeschnittenen Zehen und Fersen, an die Blutspur und an die Vögel, die dem Prinzen zuriefen, daß er die falsche Schwester mitgenommen hatte.

Brigitte lachte. Sie war achtundzwanzig, zehn Jahre älter als Marie-Louise. Ihr Gesicht war von Pockennarben entstellt, ihre Beine fett und schlaff. Sie rieb ihre schönen Hände, cremte sie ein, um sie noch weicher zu machen. Während sie noch ihre falschen Brauen aus Mäusefell zurechtrückte, raste die Kutsche mit ihr durch die goldenen Tore der Stadt des Sonnenkönigs.

Ludwig scherte sich nicht darum, was die Leute dachten. Er konnte tun und lassen, was er wollte.

»Ich habe von Euch gehört, Mademoiselle«, sagte er. »Ich wollte Euch mit eigenen Augen sehen …«

Brigitte schenkte ihm ihr schönstes Lächeln.

»Ich mag Eure Hände«, sagte Ludwig. »Ich mag Eure Stimme.«

Brigittes Aufenthalt in Versailles in der Rue Saint-Médéric Nummer 4 war von kurzer Dauer. Weihnachten war sie bereits wieder bei ihrer Mutter in Paris, aber ihre Hände hatten ihr eine üppige Rente eingebracht.

An Weihnachten beschloß Brigitte, daß sie von den Männern genug hatte, und gab sich damit zufrieden, für immer eine Mademoiselle zu bleiben.

»Falsche Perlen vor echte Säue«, sagte sie zu ihrer Mutter und lachte.

Als Madame Bertrand nach der Hochzeit erschöpft nach Versailles zurückkehrte, machte sie sich sogleich daran, die Kissen von Marie-Louises Bett zu verbrennen, ihre Laken zu entlausen und ihr verwüstetes Zimmer auszuräuchern.

Der Anblick der zerknitterten Kleider auf dem Fußboden rührte sie zu Tränen, und sie entschloß sich, Morfi ihre Habseligkeiten nachzuschicken.

Um nicht an Morfi erinnert zu werden, stellte Madame Bertrand die Möbel im Zimmer um. Als sie die Schubladen in den Kommoden öffnete, fand sie Pfefferminzsträußchen, die Morfi sich an die Handgelenke gebunden hatte, um Magenschmerzen vorzubeugen, und den Hasenfuß an der goldenen Kette, den Morfi als Glücksbringer um den Hals getragen hatte.

Sie sammelte die mit rosafarbenem Seidenband zu Bündeln zusammengebundenen Briefe des Königs ein, um sie ihm, wie er es befohlen hatte, zurückzugeben, damit er sie verbrennen konnte.

Als sie Morfis Kleiderschrank öffnete, um nachzusehen, was sich darin befand, wurde sie zuerst von einem lauten Rumpeln überrascht und dann von einer Lawine brauner Bälle, die ihr entgegenstürzten und sich überall auf dem Parkett verteilten.

Sie sprang zur Seite, bis das Getöse verstummte, und beugte sich dann hinunter, um zu sehen, was Morfi in ihrem Schrank aufbewahrt hatte.

Es war ein Berg Kartoffeln, ihr Vorrat für den Winter.

»Madame *Pomme de Terre*«, sagte Madame Bertrand zu sich selbst und brach in lautes Gelächter aus.

X

Das Hochzeitsbankett wurde in einem violett-weiß-gestreiften Zelt abgehalten, in dem tausend Kerzen brannten. Eine große Anzahl Gäste hatte sich versammelt, die alle gleich gekleidet waren: Die Herren trugen violette, samtene Röcke, die mit Silberlitze besetzt waren, dazu Westen aus elfenbeinfarbener Seide und violette Schuhe. Die Damen trugen weißen Pelz über ihren violetten Kleidern, um sich gegen die Kälte zu schützen. Alle dufteten nach demselben süßen Parfüm. Alle lächelten der neuen Comtesse de Beaufranchet d'Ayat zu.

Es war eine Überraschung: Ludwig selbst, die Pompadour, die königliche Familie, alle Edelleute, alle ihre Freunde aus Versailles hoben ihre Gläser mit Champagner, um ihr Glück zu wünschen.

Die Comtesse ließ ihren Blick über die langen, mit weißem Leinen bedeckten Tische wandern, die mit Pyramiden aus Obst, Pyramiden aus Pâtisserie, Pyramiden aus Trüffeln, Pyramiden aus Sellerie und mit Reihen um Reihen silberner Kannen mit heißer Schokolade gedeckt waren.

Der *garçon d'honneur* grinste unter seiner silberweißen Perücke und schlug mit einem silbernen Hammer auf den Tisch, um die Gäste um Ruhe zu bitten.

»Ich möchte der Comtesse im Namen aller Anwesenden für die Freude und die glücklichen Stunden danken«, sagte er, »die sie uns über die Jahre bereitet hat … möchte ihr danken für die vergnügliche Zerstreuung … für die Augenblicke des Glücks …«

Zustimmendes Gemurmel ertönte aus den Reihen der

Gäste, das langsam in Kichern überging, bis einige zu lachen begannen und sich schließlich eine ausgelassene Stimmung ausbreitete. Die anwesenden Herren hatten alle Morfis Gunst genossen, in dunklen Ecken des Schlosses hinter Damastvorhängen heimliche Küsse mit ihr ausgetauscht.

Madame Murphy de Boisfailly und ihre vier Töchter (sie waren schließlich doch eingeladen worden) lachten, bis ihnen Tränen über die Wangen liefen, und die Braut selbst lächelte zunächst, vergaß dann jedoch ihre vornehme Erziehung und brach in schallendes Gelächter aus.

Die Augen des *curé* von Les Saints-Innocents leuchteten belustigt, und die *abbés* und Bischöfe stimmten in das allgemeine Gelächter ein. Sie lachten alle, als würden sie nie wieder aufhören. Der Holzboden bebte unter dem Getrampel der vielen violetten Samtschuhe, und die Comtesse sah überall goldene Lilien auf den Schuhspitzen, die sich im Takt auf und ab bewegten. Goldberingte Fäuste schlugen auf die Tische. Das Poltern wurde immer lauter, das Stampfen der goldenen Absätze wurde schneller, lauter, eindringlicher, bis die Comtesse aus ihrem Traum aufwachte.

Es gab kein Hochzeitsbankett, nur das rhythmische Rumpeln der Wagenräder, das Klappern der Pferdehufe, das heftige Rütteln der Kutsche und das Quietschen der Federn, das wie höhnisches Gelächter klang.

Man hatte dafür gesorgt, daß sie die Reise sofort antrat, bevor sie den nächsten Wutanfall bekam, bevor sie wieder anfing zu schreien und zu fluchen, bevor sie sich selbst und ganz Versailles in aller Öffentlichkeit kompromittierte.

Als die Kutsche sich in Bewegung setzte, lächelte der schöne Graf zufrieden vor sich hin. Nun würde er alles Geld und alle Besitztümer haben, um bis ans Ende seiner Tage in Wohlstand leben zu können. Hunderte von Schuhen, die

Lebel an die Kutsche gebunden hatte, schleiften durch den Schlamm und den frischen Schnee.

An der Stadtgrenze hielten die Zöllner die Kutsche an, um sich in den üblichen Unhöflichkeiten zu ergehen.

»Avez-vous quelque chose à déclarer?« fragte einer der Zöllner.

»Nouveaux mariés«, erwiderte der Major le Comte d'Ayat grinsend.

Sie wurden gezwungen, jede einzelne Kiste zu öffnen. Der Zöllner befingerte die Juwelen, inspizierte zahllose *objets d'art*, ließ nichts unangetastet. Daß die Comtesse sich nicht an ihren Namen erinnern konnte, machte ihn skeptisch; ihre Kratzer und blauen Flecken machten ihn mißtrauisch. In der Überzeugung, sie versuche, sich mit einem Großteil der Kronjuwelen aus dem Staub zu machen, beschloß er, ihre gesamte Habe zu konfiszieren.

Der Graf wies ihn in seine Schranken, und die Kutsche rumpelte weiter, bis sie in eine riesige Viehherde geriet, Hunderte halb verhungerter Rinder auf dem Weg zum Markt in der Hauptstadt. Eingekesselt in der Herde, begann die Kutsche zu schaukeln und zu wackeln. Lange Hörner durchbohrten die dünnen Wände, die Pferde bäumten sich auf, und die Polster an den Innenseiten wurden aufgerissen.

Als die Herde vorbeigezogen war, war ringsum nichts zu sehen als Hufspuren und mit Schnee vermischter Kuhmist, und die Luft stank nach Exkrementen.

So also sieht das Landleben aus, dachte Marie-Louise.

Marie-Louise empfand nichts als unbändige Wut darüber, daß man über ihren Kopf hinweg einen Mann für sie ausgesucht hatte. Sie ignorierte den Comte d'Ayat so gut es ging und machte sich Gedanken über seine dunklen, buschigen Augenbrauen, fürchtete, er könnte den bösen Blick haben.

Als sie ihn fragte, wohin die Reise gehe, als sie sich erkundigte, wo er wohnte, sagte er: »In der Auvergne, Madame. Weihnachten werden wir dort sein.«

Die Comtesse lachte. »Da könnte ich ja genausogut auf dem Mond wohnen«, sagte sie. Schweigend fuhren sie weiter.

In einer Herberge auf dem Weg in Richtung Midi, mitten im Nirgendwo, aßen sie schweigend ein Dutzend Lerchen. Anschließend pflegte die Braut ihre Wunden, während der Bräutigam sich zu fragen begann, auf was er sich eingelassen hatte. Erschöpft vom Kämpfen und ermattet von der Reise fiel die Comtesse in tiefen Schlaf.

In einer zweiten Kutsche, die immer weiter hinter ihnen zurückfiel, wurde die prächtige Aussteuer transportiert. Dutzende mit rotem Leder bezogene Truhen schwankten auf dem Dach hin und her, alle mit goldenen Lilien und der französischen Krone oder mit den Wappen verstorbener Mitglieder der königlichen Familie verziert. Sie enthielten unter anderem einhundert Dutzend Hemden, einhundert Dutzend Paare weißer, langer Handschuhe, fünfzig Paar perlenbestickter Schuhe, Babysachen, die Prinzen gebührt hätten, seidene Taschentücher mit eingesticktem Monogramm und zweihundert Ballkleider in allen Regenbogenfarben. Alle Kleidungsstücke waren mit dem Lilienemblem geschmückt, als hätte Er sie mit allem überflüssigen Leinen, sämtlichen abgelegten, altmodischen Kleidern der weiblichen Mitglieder seiner Familie überschüttet, als hätte Er alle Dachböden des Schlosses entrümpelt und ihr bergeweise Dinge mitgegeben, die sie nie brauchen würde.

Zwei Wochen vergingen: eine Achse, die unterwegs gebrochen und repariert worden war, quietschte fürchterlich und verlangsamte die Fahrt so sehr, daß die Kutsche kaum drei Meilen in der Stunde zurücklegte. Schnee und sintflutartige

Regengüsse verwandelten seichte Bäche in reißende Ströme und behinderten ihr Fortkommen. Führer, die sie anheuerten, um sie durch unwegsames Gelände zu geleiten, verirrten sich. Marie-Louise begann sich zu fragen, ob sie ihr Ziel je erreichen würden, ob die Auvergne überhaupt existierte. Doch als sie sich Clermont näherten, wurde der Comte zusehends lebhafter und deutete auf die grauen Berge am Horizont.

»Vulkane, Madame«, sagte er. »Bei den Vulkanen sind wir zu Hause.«

Die Comtesse verzog das Gesicht.

Kurz vor Châteauneuf rumpelte die Kutsche durch tiefe Schluchten und an baumbewachsenen Hügeln vorbei, von denen weißschäumende Wasserfälle in die Tiefe stürzten. Überall lag Schnee. Felsen warfen tiefe Schatten über die Wege. In der Stille hörte man Spechte emsig klopfen. Marie-Louise sah einen Adler, der am Himmel seine Kreise zog.

Die Kutsche kroch einen schmalen, gewundenen Weg hinauf, der aus dem Sioule-Tal hinausführte. Auf der Anhöhe angekommen, blickte die Comtesse zu ihrer Überraschung auf weite, offene Felder. Am Horizont war das Panorama der Vulkane zu sehen, und Schnee glänzte unter einem strahlend blauen Himmel. Sie entdeckte einen spitzen Kirchturm, die verstreut liegenden Häuser von Ayat-sur-Sioule und in der Ferne, auf einem Hügel, das Schloß ihres Gatten.

Die Luft war erfüllt vom ohrenbetäubenden Krächzen der Saatkrähen und dem stechenden Gestank von Kuhmist.

Mit seinen vier runden, gedrungenen Türmen, deren Dächer aussahen wie spitze Hüte, wirkte das Château d'Ayat wie ein Märchenschloß. In ihren Briefen berichtete Marie-Louise ihrer Mutter später über die Höfe, die Fischteiche, die von Walnußbäumen gesäumten Wege, die Obstbäume, Scheunen, Ställe, Hundezwinger, über die Salons und die Schlafzimmer, die Kapelle und die Bibliothek. Sie erzählte Madame Murphy, das Schloß habe alles, was zu einem Schloß gehöre, nur in Miniaturausgabe. Sie wagte nicht, ihrer Mutter einzugestehen, daß ihr neues Zuhause baufällig war und über keinerlei modernen Komfort verfügte.

Stolz führte der Graf seine Frau durch den Familiensitz seiner Ahnen, doch je mehr kahle, leere, von Spinnweben überzogene Räume sie betrat, um so mehr verließ sie der Mut. Der Graf hatte große Pläne für die Renovierung. Das ganze Schloß sollte völlig umgewandelt werden, erklärte er. Vorerst jedoch waren die Dächer undicht, und überall hallte es in den leeren Räumen wider von den Wassertropfen, die in Blecheimern aufgefangen wurden. Durch die Fensterritzen pfiff der Wind, und die Wände waren feucht. Dachpfannen lösten sich ohne Vorwarnung und fielen herunter. Alles war verwittert, morsch, kaputt oder dabei, zu zerfallen.

Die Stühle waren durchgesessen, die Wandteppiche von Motten zerfressen. Hühner liefen überall herum und hockten im Speisesaal auf den Kerzenleuchtern, die einmal silbern gewesen, jetzt jedoch mit Wachs verkrustet, vom Rauch geschwärzt und mit Hühnerkot besudelt waren.

Marie-Louise vermißte die goldgerahmten Spiegel, die sie gewöhnt war und die sie vorzufinden gehofft hatte. Es gab keine. Die Beaufranchets waren Landmenschen, einfache Leute, die nur einen einzigen Raum zu bewohnen schienen.

Marie-Louise bat um Croissants zum Frühstück, doch in Ayat gab es keine Croissants und auch keine Schokolade. Es gab kein frisches Wasser. Sie vermißte die kupferne Badewanne mit den goldenen Wasserhähnen, das heiße Badewasser, das sie in Versailles genossen hatte. Sie vermißte die Pâtisserie aus Versailles, die so zart war, daß sie im Mund schmolz.

Es sah so aus, als hätte sie das einfache Leben gefunden, nach dem sie sich so oft zurückgesehnt hatte.

Hier lebten die betagten Eltern des Grafen: der hochwohlgeborene Chevalier Seigneur Monsieur le Comte Amable de Beaufranchet und seine Gattin; ein altes Ehepaar, das stets in Schwarz gekleidet war, weil es billiger war, permanent Trauer zu tragen für »entfernte Verwandte«.

Die Familie hatte ihr Vermögen verbraucht, um ihre Söhne für die Armee auszustatten, hatte ihr Kapital beim Glücksspiel verloren und für Wein vergeudet, bis ihre Schulden ihr Einkommen überstiegen. Es war kaum etwas übriggeblieben, bis auf das Schloß und den dazugehörigen Bauernhof und einige Stück Land, die die lächerliche Summe von 800 Livres pro Jahr einbrachten.

Eingeschränkt durch komplizierte Traditionen und Gesetze, die es dem Adel untersagten, durch Arbeit Geld zu verdienen, waren sie gleichwohl zu stolz, um ihr Land zu verkaufen. Sie waren zu vornehm, um etwas zu unternehmen, damit sie ihre Schulden bezahlen konnten, zu arm, um die simpelsten Reparaturen durchführen zu lassen, und zu sehr in ihren Gewohnheiten verhaftet, um irgend etwas in ihrem Leben zu ändern.

Da er kein Geld hatte, um Landarbeiter zu bezahlen, führte der Comte Amable seinen Ochsenpflug selbst und stapfte – weil es zu seinen Privilegien gehörte – über die Felder mit seinem rostigen Schwert an der Seite. Seine Stiefel waren schlammverkrustet, sein Gesicht war wettergegerbt und seine Wangen eingefallen. Wie ein echter Auvergner wechselte er einmal monatlich sein Hemd. Vielen der Bauern, die ihm den Zehnten zahlten, ging es besser als ihm.

Die Wetterfahne auf dem Stalldach, Symbol des Seigneur, war vom Wind zerfetzt. Im Stall stand ein einziges Pferd. Vor dem Kamin lag ein einziger Hund. Die Beaufranchets klammerten sich an ihre Adelsprivilegien und zuckten die Achseln. Sie hatten sich noch nie unters Volk gemischt. Niemand besuchte sie ohne guten Grund in ihrem Schloß. Beinahe sechs Monate im Jahr war Ayat durch den Schnee von der Welt abgeschnitten. Die Beaufranchets blieben unter sich.

Unter den gegebenen Umständen war eine Mitgift von 200.000 Livres genau das, was die Familie brauchte, und Marie-Louise war die Lösung für all ihre Probleme. Sie überwanden ihren Stolz, sahen über ihre niedere Geburt hinweg und empfingen sie mit offenen Armen.

»Ein Feld muß hin und wieder gedüngt werden«, sagte der Comte zu seiner Frau.

Wie die Tradition es verlangte, plazierten sie einen jungen Hahn und einen Nachttopf mit *oeufs en neige* unter dem Brautbett und lächelten Marie-Louise unentwegt an.

Der neuen Comtesse fiel es schwer, ihr Lächeln zu erwidern.

An Weihnachten kamen die Dörfler, ganz in Schwarz und Weiß gekleidet, mit Fackeln, Trommeln, Dudelsäcken und Leierkästen zum Schloß, um der neuen Comtesse ein Ständchen zu bringen. Mit Schnee in den Haaren stapften sie ins Schloß, tanzten die temperamentvollen Tänze der Auvergne und sangen melancholische Lieder.

Der Dudelsack ist ein Instrument des Teufels, dachte Marie-Louise.

Die Bauern lächelten ihr schüchtern zu und befühlten die Ärmel ihres vornehmen Kleids. Sie berührten ihr Gesicht, als wollten sie sich davon überzeugen, daß sie keine Erscheinung war. Sie sprachen sie in ihrem unverständlichen Dialekt an und benutzten Worte, die ihr Mann für sie übersetzen mußte.

»Sie ist keine Erscheinung, Messieurs«, sagte der Comte d'Ayat, »sie ist echt.«

Wochen nach ihrer Ankunft trafen Wagen und Kutschen mit den Resten ihrer Aussteuer ein: Kisten mit Sèvres-Porzellan, das auf der holprigen Strecke zerbrochen war, Truhen mit Kleidern, die ihr zu klein waren, goldgerahmte Spiegel, die in tausend Stücke zersprungen waren.

Exotische Vögel, die unterwegs in ihren Käfigen erfroren waren.

Chinesische Vasen, in Stroh verpackt, die ein paar Sekunden lang bebten und dann zu Staub zerfielen.

In einigen Kisten entdeckte Marie-Louise in Stroh verpackte Ziegelsteine, konnte sich jedoch nicht erklären, was ursprünglich an ihrer Stelle gewesen sein mochte.

Diejenigen Hochzeitsgeschenke, die wohlbehalten ankamen, ließen nur ihre Erinnerungen an Versailles wiederaufleben. Aber sie wollte weder an ihre Vergangenheit noch an Ihn erinnert werden.

Chiffonieren und Kommoden mit goldenen Verzierungen wurden zu Ställen für Kaninchen, Hühner und Frettchen umfunktioniert.

»Ich will mein Haus nicht voller vergoldeter Möbel haben«, erklärte Marie-Louise.

Doch gleichzeitig konnte sie nicht vergessen, sehnte sie sich zurück nach Versailles und dachte verbittert an das, was Ludwig ihr angetan hatte.

Die Comtesse verweigerte sich ihrem Mann, schlug um sich, warf alles nach ihm, was nicht niet- und nagelfest war, bis er wünschte, er hätte sie nie geheiratet, bis er wünschte, er wäre nie geboren worden.

»Ihr habt mich überlistet, um mich hierher zu locken«, sagte sie.

Er verkniff sich zu erwidern, daß er selbst hereingelegt worden war, als man ihn überredet hatte, sie zu heiraten.

Mit ruhiger Stimme erklärte er ihr, wie die ideale Ehefrau sich zu verhalten hatte.

»Ihr dürft keine Wünsche oder Bedürfnisse haben, die von denen Eures Gatten abweichen«, erklärte er ihr.

Sie schrie ihn an und bewarf ihn mit ihrem Essen. Jedesmal, wenn sie ein Messer oder eine Gabel in die Hand nahm, hätte sie sich am liebsten damit umgebracht.

»In allen wichtigen Dingen müßt Ihr Euch den Wünschen Eures Gatten fügen«, sagte er.

Sie warf mit Porzellan nach ihm.

Sie warf ihre Möbel, ihr Bettzeug und alle ihre Kleider aus dem Fenster. Zum Entsetzen ihrer Schwiegermutter lief sie nackt durch die eiskalten Räume des Schlosses.

»Ich will nicht mit Euch verheiratet sein«, schrie sie.

»Ihr seid mit mir verheiratet«, erwiderte der Comte ruhig. »Ihr seid meine Frau.«

»Ich hasse das Landleben«, schrie sie, »ich will in Paris bei meiner Familie leben.«

»Das hat der König verboten, Madame«, sagte der Comte achselzuckend.

Er begann zu begreifen, warum der König dieses Verbot ausgesprochen hatte.

Sie ließ ihn nicht in ihre Nähe. Sie schliefen in getrennten Räumen, denn er mußte immer damit rechnen, daß sie mitten in der Nacht über ihn herfiel. Er versuchte, mit ihr zu argumentieren. »Ich könnte Euch lieben, wenn Ihr mich ließet …«, sagte er.

»Ich lasse Euch aber nicht«, stöhnte sie.

»Ich würde Euch alles geben, wenn Ihr nur mit mir reden würdet«, sagte er.

»Ich will nichts von Euch«, jammerte sie, »Ihr habt nichts, das mir nicht bereits gehört. Ich werde nicht mit Euch reden.«

Der Comte holte juristischen und medizinischen Rat ein, zog in Erwägung, seine Frau in ein Irrenhaus sperren zu lassen. Er überlegte, ob er sie zurück nach Versailles schicken sollte.

In Gegenwart des Arztes riß sie sich die Kleider vom Leib und schrie: »Ich bin nicht Madame d'Ayat, ich bin die Hure des Königs ...«

Der Doktor verabschiedete sich kopfschüttelnd und erklärte, er könne nichts tun, nur die Zeit würde Rat bringen.

Der Comte blieb ruhig und gütig, er war, wie die Pompadour sich vergewissert hatte, der perfekte Ehrenmann. Die Comtesse versuchte immer wieder, ihm das Gesicht zu zerkratzen; einmal schlug sie ihm die Lippen blutig.

»Es ist schlimmer als Krieg«, gestand der Comte seinem Vater, doch er schlug nie zurück. Er verteilte keine Ohrfeigen, Schläge oder Tritte, wie andere Ehemänner es getan hätten, hielt nur ihre Hände fest, wenn sie nach ihm schlug, wehrte ihre Attacken ab, so gut es ging.

»Ich verstehe Euch, Madame«, sagte er sanft. »Ich möchte Euch helfen.«

Nachdem sie innerhalb von drei Tagen zum drittenmal versucht hatte, ihm das Gesicht zu zerkratzen, und seine Perücke zerfetzt hatte, beschloß er, sie sich selbst zu überlassen. Er mußte sich ohnehin wieder seinem Regiment anschließen.

Als die anderen Offiziere das zerkratzte Gesicht, das blaue Auge und das gebrochene Nasenbein des Comte d'Ayat sahen, lachten sie ihn aus.

»Ah«, brüllten sie, »*le nouveau marié!*« Sie konnten gar nicht mehr aufhören zu lachen.

Allein zurückgelassen, zu weit von der zivilisierten Welt entfernt, um fortzulaufen, konnte die Comtesse ihre Wut nur noch an ihren alten Schwiegereltern auslassen, die ihr nichts Böses getan hatten. Da es niemanden mehr gab, mit dem sie sich anlegen konnte, beruhigte sie sich. Sie akzeptierte, daß sie sich unter Freunden befand, daß Ayat ihr Zuhause war, daß sie nicht nach Versailles zurückkehren konnte.

Sie war wie ein gefallener Engel aus dem Paradies vertrieben worden.

Nachdem sie eine Woche bei Wasser und Brot schmollend in ihrem Zimmer verbracht hatte, gesellte sie sich zu ihrer Schwiegermutter in die Küche, die gerade dabei war, aus einem Kübel Schweineblut eine Suppe zu bereiten.

»Heute werde ich mir das Leben nehmen«, sagte sie zu der alten Comtesse.

»Ihr könnt tun, was Euch beliebt«, sagte ihre Schwiegermutter. »Ihr seid keine Gefangene.«

Sie überlegte, sich von den Felsen in die Schlucht der Sioule zu stürzen, bis ihr die Worte ihres Vaters einfielen: »Kann ich nicht gibt's nicht.«

Sie begann, regelmäßig zu den Mahlzeiten zu erscheinen.

»Ihr werdet Euch nicht die Zunge verbrennen, wenn Ihr Euch höflich ausdrückt«, sagte ihre Schwiegermutter.

Die neue Comtesse gewöhnte sich an das Leben in Ayat, scheuchte die Hühner aus dem Schloß, begann, sich mit ihren Schwiegereltern zu unterhalten, und erinnerte sich an ihre Klostererziehung.

Tag für Tag starrte sie auf die gefrorene Landschaft hinaus. Sie hörte die Wölfe heulen, das Krachen der Schneelawinen, die von den Dächern rutschten, hörte das Wasser in die Blecheimer tropfen, lauschte in die beinahe vollkommene Stille hinein.

Nachts sah sie die gelben Augen der Wölfe vor ihrem Fenster, in denen sich das Kerzenlicht spiegelte. Im Schlaf träumte sie von Seife und warmen Badetüchern, träumte von Versailles und allem, was sie verloren hatte.

In einem der Nebengebäude fand sie eine Reihe verstaubter Weinflaschen auf einer Fensterbank, in denen je eine leuchtendgrüne Schlange in einer Flüssigkeit konserviert wurde.

Sie entdeckte steifgefrorene Krähen, die man mit ausgebreiteten Flügeln und ausgestochenen Augen an Scheunentore genagelt hatte.

Gegen Ende des Winters wurde ein Kurier gefunden, der in einer Schneewehe erfroren war. Kaum mehr als das Skelett war unter der roten Uniform übriggeblieben, und sein Gesicht war von wilden Tieren angefressen worden. In seiner Rocktasche befand sich ein Brief aus Versailles, unleserliche Worte auf aufgeweichtem Papier mit dem Liliensiegel.

Sie sehnte sich fort aus der düsteren Welt der Auvergne, fort von den Bauern, deren Zungen zu groß für ihre Münder zu sein schienen, deren *patois* sie nicht verstand.

Als es zu tauen begann, ging sie durch den Schneematsch zur Kirche. Hinter der quietschenden Tür fand sie die Gräber der Beaufranchets. Sie blieb vor jeder der vierzehn vergoldeten, von Holzwürmern zerfressenen Stationen des Kreuzwegs stehen, betete für alle Murphys und vor allem für sich selbst. Sie störte die Hühner des *curé* auf und verscheuchte sie vom Kopf und den Armen eines lebensgroßen, von Spinnweben bedeckten Christus am Kreuz.

Weiße Kühe muhten im Windschatten der Kirche, Hunde mit Halsbändern, die mit Nägeln gespickt waren, um sie vor den Wölfen zu schützen, stimmten ein ängstliches Gebell an, als die Comtesse sich näherte. Hühner flatterten gackernd auf, alte Gesichter starrten sie durch zerbrochene Fensterscheiben an.

Sie sah niemanden außer den Dörflern, begegnete niemandem von Rang. Es gab keine gehobene Gesellschaft in Ayat. Keine Kutschen kamen durch das Dorf, denn Ayat lag an einer Straße, die nirgendwohin führte, und hatte kaum Kontakt zur Außenwelt. Enttäuscht kehrte sie ins Schloß zurück.

Manchmal, wenn sie sich besonders langweilte, fing sie im Schloßhof ein Huhn und drehte ihm den Hals um. Dann zog sie einen wackeligen Stuhl in die Wintersonne hinaus, setzte sich darauf und begann mit großer Konzentration, das Huhn zu rupfen, glücklich, etwas zu tun zu haben, das ihre Hände beschäftigte.

Als der Comte im Februar 1756 nach Ayat zurückkehrte, fand er seine Frau friedlich und umgänglich vor.

Nachts im Schlaf nannte sie ihn »Ludwig«. Dann schüttelte er sie wach und sagte: »Mein Name ist Jacques, Madame.«

Die Comtesse blätterte in einer *Histoire de France* und begann, mit ihrem Mann kultivierte Gespräche über Strategie und die verschiedenen Arten der Artillerie zu führen.

»Ich bin die Tochter eines Soldaten«, erklärte sie ihm.

Es war noch kein Monat vergangen, da bekam sie einen Geschmack im Mund, als hätte sie Löffel gekaut. Ihrem Mann hatte sie nichts davon erzählt, daß sie bereits eine Tochter hatte; sie hatte schon fast vergessen, daß Agathe-Louise überhaupt existierte.

Bei Frost kamen die Wölfe auf der Suche nach Futter nach Ayat, dann stellten die Männer Fallen auf und fingen die Wölfe und nähten sich Mäntel aus ihrem Fell.

Die Bauern beackerten das Land, hüteten die Schafe, fällten Kiefern und beäugten die Comtesse, wo immer sie konnten.

Freitags abends tranken die Dörfler Wein und prügelten sich, nicht wenige verloren an einem Freitag einen Finger oder ein Ohr.

Samstags trugen sie Faustkämpfe aus und brachen sich gegenseitig das Nasenbein.

Sonntags gingen sie in die Messe, um die Comtesse zu sehen, in die sie alle hoffnungslos verliebt waren, und um Père Cromarias zuzuhören, wenn er aus den Werken von Thomas von Aquin predigte und ihnen erklärte, wie viele Engel auf einer Nadelspitze tanzen konnten.

Wenn der *curé* von Notre Seigneur sprach, dachten die Dörfler nicht an Christus, sondern an den jungen Comte d'Ayat; wenn der *curé* zu Notre Dame betete, dachten sie nicht an die Heilige Jungfrau, sondern richteten ihre Gebete an die Comtesse. Manchmal machten sie im Vorbeigehen eine Kniebeuge vor ihr, als sei sie die heilige Maria und würde sie alle von ihren Sünden erlösen.

Sie starrten sie unentwegt an. Und die Comtesse starrte zurück: beäugte die Buckeligen und die Verwachsenen, die Krüppel und die Lahmen, die Analphabeten und die Verrückten. Mit der Zeit schloß sie sie in ihr Herz, und sie begann, Dinge zu verschenken, die sie nicht brauchte, bis fast alle Frauen und Kinder in Ayat Kleider trugen, die aus ihrer Aussteuer stammten, irgendein Kleidungsstück mit dem Lilienemblem oder der Krone.

Im Frühjahr gehörte es zu den Lehnspflichten der Bauern, die Zungen der frischgeschlachteten Ochsen in einer feierlichen Prozession zum Schloß zu bringen.

Die Comtesse lächelte, nahm die Gaben mit aller in Versailles gelernten Anmut an und beschenkte die Dörfler mit Château d'Ayat, einem von ihrem Mann produzierten Wein, der ihr den Atem nahm und ihrem von Versailles verwöhnten Gaumen ungenießbar erschien.

Die weichen, rosafarbenen Zungen verfütterte sie an den Hund.

Während ihr Bauch sich zusehends wölbte, starrte sie stundenlang auf die schlammige Straße hinaus, die in die zivilisierte Welt führte. Sie hoffte immer noch, daß man sie nach Versailles zurückbeordern würde. Doch es kam keine Nachricht aus der Stadt des Sonnenkönigs. Die Sonne war hinter einer Wolke verschwunden.

Das Geschrei der Saatkrähen weckte sie früh am Morgen. Fliegen summten vor ihrem Fenster. Sie hörte, wie der Schafhirte in sein Horn blies, lauschte dem Klingeln der Glöckchen am Hals der Schafe und Ziegen, die zu einer grüneren Weide getrieben wurden – und blieb im Bett.

Im Sommer verhängte der *curé* den Bann über sämtliche Wespen, die in der Pfarre auftauchten, und die Comtesse sah sich, wenn sie, zum Schutz gegen die Sonne in schwarze Gaze gehüllt, über die Felder wanderte, von Schwärmen summender Insekten verfolgt, die von ihrem Parfüm angelockt wurden.

In heißen Sommernächten lag sie wach in ihrem Bett, von samtigen Motten umflattert, ihre einzige Gesellschaft außer den winzigen Füßen, die gegen ihre Bauchwand traten.

Motten sind ein Todesomen, dachte sie.

Mitte September schenkten die Bauern ihr Stierhoden, als Köstlichkeit für die Tafel des Schlosses.

Kann ich nicht gibt's nicht, sagte sie sich.

Lächelnd ergriff sie die Kasserolle. Der Hund ging leer aus.

Am 30. Oktober 1756 wurde der Comte d'Ayat Vater. Er verbarg seine Enttäuschung darüber, daß es ein Mädchen war, tat, wie seine Frau ihn geheißen, und spuckte ihm auf den Kopf, um ihm Glück zu bringen.

An dem Tag, an dem Louise-Charlotte de Beaufranchet geboren wurde, hörte die Comtesse den Hahn krähen und bekreuzigte sich auf der Stelle.

Diesmal trennte sie sich nicht von ihrer Tochter. Sie weigerte sich, sie in irgendeinem Raum allein zu lassen, selbst dann nicht, wenn eine offene Bibel neben ihr lag. Sie nahm Louise-Charlotte überallhin mit und stillte sie, sehr zur Verwunderung ihrer Schwiegermutter, selbst.

Als die Bauern der Comtesse das erste Lamm des Jahres 1757 brachten, zog sie die Brauen zusammen und bekreuzigte sich, sagte jedoch nichts. Das Lamm war schwarz.

Inständig betete die Comtesse: Bitte, lieber Gott, nicht meine Tochter. Doch wo sie auch hinsah, entdeckte sie Todesomen. Als sich ein Zaunkönig ins Schloß verirrte, gelangte sie zu der Überzeugung, daß Louise-Charlotte jung sterben würde.

Als der Comte zu seinem Regiment zurückkehrte, flogen Schwalben in die Kamine des Schlosses, was seine Frau nur als Vorzeichen des Unglücks auslegen konnte.

Unablässig mußte sie sich einer Invasion von geflügelten Kreaturen erwehren: Schwalben, Dohlen und Fledermäuse, die in den Räumen des Schlosses umherflatterten und die offenen Fenster nicht fanden. Immer wieder flogen Mauersegler von außen gegen die Fensterscheiben.

»Vögel bringen Unglück, Madame«, erklärte sie ihrer Schwiegermutter. »Vögel bedeuten Tod.«

Im Frühjahr 1757, als Louise-Charlotte vier Monate alt war, bemerkte ihre Mutter erneut einen metallischen Geschmack auf ihrer Zunge. Am nächsten Tag sah sie eine Elster auf dem Stalldach sitzen.»Der Teufel«, flüsterte sie und bekreuzigte sich.

Sie traf jede erdenkliche Vorsichtsmaßnahme. Sie achtete darauf, niemals ihr Haar nach Sonnenuntergang zu kämmen, nie bei Kerzenlicht in einen Spiegel zu schauen. Doch in der Nacht fanden die Fledermäuse ins Schloß und schienen immer wieder mit ihrem Flügelschlag die Kerzen zu löschen.

Die Comtesse nahm den Kampf gegen die Natur auf, zwang sich, den unheimlichen Phänomenen keine Beachtung zu schenken, versuchte, an angenehmere Dinge zu denken, doch sie wußte, daß Flügel im Haus ein sicheres Vorzeichen für einen Tod in der Familie waren.

Manchmal wagte sie sich in ihrer neuen Kutsche bis nach Riom oder Clermont, hielt sich jedoch an die ihr auferlegten Verbote und blieb außerhalb der Stadtgrenze.

Anwälte und Ärzte bemühten sich aus der Stadt und trafen sich mit ihr am Straßenrand. Meistens jedoch blieb sie zu Hause und ruhte sich aus.

Der Sommer verging. Fliegen und Wespen summten um den Misthaufen, und die Pfauen der Comtesse schrien wie verdammte Seelen. Während die Hitze zunahm, wurde sie immer runder, verbrachte ihre Nachmittage im Bett, fächelte sich mit einem mit Lilien verzierten Fächer Luft zu und trank flaschenweise lauwarmes Wasser.

Der Major le Comte d'Ayat, der erneut die Schrecken des Krieges kennenlernte, verbrachte fast das gesamte Jahr bei seinem Regiment, wo er sich mit Problemen herumschlug wie der Beschaffung von Nachschub an Gewehren und Munition, dem Ausheben von Schützengräben und dem Aufstellen von Zelten.

In Friedenszeiten gingen die Soldaten des Regiments des Prinzen von Soubise nie in den Regen hinaus, aus Angst, sie könnten sich erkälten oder ihre Uniform beschmutzen. In der Regel war es den Offizieren gestattet, den ganzen heißen Sommer über Urlaub zu nehmen, doch solche Regeln galten in Kriegszeiten nicht.

Der Comte verbrachte seine Abende damit, Berichte an den Prinzen zu verfassen und über verschlüsselten Nachrichten zu brüten. Anschließend las er Handbücher über Kriegstaktik, bis er darüber einschlief.

Von dieser Anstrengung wurden seine Augen so schlecht, daß man ihn zum Augenarzt beorderte, der ihm eine grüne Brille mit dicken Gläsern verordnete. Er bewahrte die Brille in einem Etui in der Tasche seines Uniformrocks auf und benutzte sie nur, wenn seine Augen zu schmerzen begannen.

Der Comte war ein großer, dunkelhaariger, gutaussehender Mann. Wie Monsieur de Soubise und die Pompadour sich sorgfältig vergewissert hatten, besaß er nur wenige Fehler, aber einer dieser Fehler war seine Eitelkeit. Der Major war eitel. Er mochte es nicht, mit einer Brille auf der Nase gesehen zu werden.

Bei Roßbach in Thüringen hatte der Prinz von Soubise 50.000 Mann unter seinem Kommando, mit denen er nach Sachsen einmarschierte, in der Überzeugung, Friedrich den Großen von Preußen, der nur über 20.000 Mann verfügte, vernichtend zu schlagen.

Die Generäle der Allianz hatten es versäumt, die französische Armee, in deren Gefolge sich, wie immer, eine ebenso große Armee von Kurtisanen, Marketenderinnen und anderem Fußvolk befand, ausreichend mit Lebensmitteln zu versorgen. Die Männer hatten nichts zu essen.

Längst hatte der Prinz seinen Soldaten die Erlaubnis erteilt, uneingeschränkt zu rauben und zu plündern, doch es war November. Sie marschierten durch Feindesland, und sie fanden nichts zu essen in Merseburg oder Weißenfels, nichts zwischen den Hecken und auf den aufgeweichten Feldern.

Sie tranken das schmutzige Wasser aus den Bächen entlang der Straße, kauten Lederriemen vom Zaumzeug ihrer Pferde.

Sie aßen Rinde, die sie von Baumstämmen schälten, manche verschlangen giftige Pilze und mußten sich übergeben.

Als sie Roßbach erreichten, wo Friedrich der Große sie in Verteidigungsstellung erwartete, waren sie niedergeschlagen und hatten seit drei Tagen nichts mehr gegessen.

Mit dem Mut der Verzweiflung marschierten die französischen Soldaten mit aufgepflanzten Bajonetten und schußbereiten Kanonen auf den Feind zu – und wurden von der feindlichen Artillerie niedergemäht. Die ungeschützte Flanke der Franzosen wurde von General von Seidlitz' Kavallerie überwältigt.

Der Prinz von Soubise erwies sich als unfähig, seine Männer zu koordinieren. Überall um sich herum sah er sie fallen wie die Fliegen und begann zu weinen.

Am späteren Nachmittag beendete die einsetzende Dunkelheit die Schlacht. Die Preußen hatten 7.000 französische Gefangene gemacht. Die Zahl der Toten auf seiten der Franzosen belief sich auf 3.000.

Die Preußen hatten nur 165 Mann verloren.

Ganz Frankreich spottete über den glücklosen Günstling der Pompadour, doch die Mätresse des Königs trug ebenso großen Schaden davon wie ihr Prinz. Sie hatte sich in die Politik eingemischt, in Dinge, die Männerangelegenheit waren. Sie hatte Männer wie Soubise auf höchste Kommandoebene befördert, hatte Generäle nicht nach deren Fähigkeiten, sondern danach ausgesucht, ob sie ein hübsches Gesicht hatten oder charmant und amüsant waren. Sie hatte sich wie ein Kind benommen, das mit Spielzeugsoldaten spielte. Sie schien nicht zu begreifen, daß Krieg eine Realität war.

Am 5. November 1757 hatte Major le Comte d'Ayat einen Bärenhunger, obwohl Offiziere laut Befehl bei der Essensverteilung vorrangig zu behandeln waren.

Sein Magen war leer.

Es war ein verhangener Nachmittag. Als der Major seine Brille aufsetzte, beschlug sie sofort. Er war verstimmt, weil sein Magen knurrte; ein Auvergner liebt Speis und Trank. Er konnte den Feind nicht sehen, konnte sich nicht auf den Feind konzentrieren. Der allgegenwärtige Pulverrauch machte alles noch schlimmer.

Gewehrkugeln pfiffen ihm um die Ohren, überall um ihn herum wieherten Pferde. Der Boden schien sich unter seinen Stiefeln aufzutun. Sein Pferd buckelte, stieg auf, ließ sich nicht mehr kontrollieren. Der Major riß die Brille von der Nase und steckte sie in seine Rocktasche, denn er glaubte, ohne sie ebenso gut sehen zu können.

Später behaupteten manche, der Comte d'Ayat sei aus Kummer darüber, daß man ihn überlistet hatte, die Mätresse des Königs zu heiraten, und darüber, daß er deswegen von den anderen Offizieren verspottet wurde, absichtlich in den Kugelhagel geritten.

Es kam sogar das Gerücht auf, nicht der Comte sei der Vater seines ersten Kindes, sondern Ludwig XV. selbst.

Die Wahrheit war völlig unerheblich: es zählte nur, was die Leute glaubten, was die Leute sich erzählten. Es spielte keine Rolle, daß die neue Comtesse seit zwei Jahren die Auvergne nicht verlassen hatte und seit ihrer Heirat nie wieder auch nur in der Nähe von Versailles gewesen war.

Der Graf wäre mit oder ohne Brille niedergemäht worden, und die Frage der Vaterschaft an seinen Kindern hatte nichts damit zu tun.

Jacques de Beaufranchet lag reglos und blutüberströmt auf dem Schlachtfeld. Die Kavallerie ritt über ihn hinweg, bis von seinem Gesicht nichts mehr übrig war und sein Körper tief in die Erde von Roßbach sank, auf einem Feld, wo eigentlich Kohl hätte wachsen sollen.

In Ayat-sur-Sioule war seit der Abreise des Grafen keine Nachricht eingetroffen. Die Comtesse wußte nicht, daß er in Roßbach gewesen war, geschweige denn, daß eine Schlacht stattgefunden hatte.

Sie wurde von einer merkwürdigen Unruhe befallen, als ob irgend etwas nicht stimmte. All die bösen Omen machten ihr angst.

Hochschwanger, ordnete sie an, daß alle Hähne in Ayat geschlachtet werden sollten, um zu verhindern, daß sie am Tag ihrer Niederkunft einen Hahn krähen hörte.

Am Nachmittag des 5. November bemerkte sie, daß alle Uhren im Schloß stehengeblieben waren. »Der Frost hat die Uhren geholt!« sagte sie zu ihrer Schwiegermutter.

Ein Gerücht über das Schicksal des Regiments des Prinzen von Soubise ging durch Riom, doch die Comtesse hatte viel zu wenig Kontakt zur Außenwelt, um mehr mitzubekommen als eine völlig verstümmelte Version von etwas, das höchst unwahrscheinlich klang. Sie konnte sich nicht vorstellen, daß die französische Armee geschlagen worden war.

Die *Gazette de France* war einen Monat alt, als sie, um ein paar Fische gewickelt, in Ayat eintraf, und es bestand kaum Aussicht, daß irgend jemand sie lesen wollte oder konnte. Zeitungen waren ohnehin voller falscher und erlogener Informationen.

Ein weitschweifiger, in umständlichem Französisch verfaßter Brief des Marquis Lugeac setzte die Comtesse darüber in Kenntnis, daß der Feldzug ihres Gatten ein Mißerfolg gewesen war. Durch einen persönlichen Kurier des Prinzen von Soubise erfuhr sie, daß der Comte vermißt wurde.

Und erst als man ihr Fragmente eines verblaßten roten Uniformrocks, ein blutverschmiertes Schwert, eine blutverkrustete goldene Epaulette, ein paar rostige Sporen und einen goldenen Siegelring überbrachte – lauter Dinge, die von anderen Leichen stammten –, war sie überzeugt davon, daß Jacques de Beaufranchet nie wieder nach Ayat zurückkehren würde.

Sie hatte ihn nicht geliebt. Wie man es ihr im Kloster beigebracht hatte und wie es ihr von ihren Schwestern eingeschärft worden war, zeigte sie keine Emotionen. Sie hatte das Gefühl, als gehörte ihr Körper nicht mehr zu ihr, als habe sie keine Kontrolle mehr über ihre Gedanken.

Sie setzte sich in einen abgewetzten Sessel und starrte durch die trüben, grünlichen Scheiben ihres Fensters auf die schneebedeckten Felder hinaus, wo ein paar weiße Kühe standen und weiße Wolken aus ihren Nüstern stießen, als würden sie innerlich brennen.

Sie lauschte dem Pfeifen des Windes, dem Heulen der Wölfe und dem Zischen des Feuers im Kamin. Sie dachte an die Banshee. Ihr war kalt. Dann, plötzlich, überfielen sie heftige Schmerzen im Unterleib, und sie verbrachte die nächsten zwölf Stunden damit, ihr Kind allein auf die Welt zu bringen, nur unterstützt von ihrer Schwiegermutter, der sie zwischen den Wehen atemlos Anweisungen gab.

Als der Arzt und die Hebamme nach ihrem beschwerlichen Weg durch den Schnee endlich eintrafen, hielt sie einen Sohn in den Armen.

»Ihr müßt ihn Jacques nennen«, sagte die Schwiegermutter.

»Das werde ich nicht tun, Madame«, erwiderte die Comtesse. »Sein Name ist Louis. Ludwig.«

Sie klammerte sich an ihn, als sei er das einzige, was ihr auf der Welt geblieben war, und vermied es sorgsam, seine rechte Hand zu waschen, aus Furcht, damit sein Glück abzuwaschen.

Sie trug ihn die Treppe hinauf und stieg mit ihm auf einen Stuhl, damit er es in der Welt zu etwas bringen möge, und sie ließ ihn auf der Stelle taufen, um zu verhindern, daß der Teufel sich seiner bemächtigte.

Der Prinz von Soubise ließ sich dazu herbei, als Pate des Jungen zu fungieren, der offiziell auf den Namen Louis-Charles-Antoine de Beaumont, Comte de Grandmont, getauft wurde.

Die Frauen von Ayat, zum Schutz gegen den beißenden Wind in dicke Mäntel und Tücher gehüllt, schlurften in Gruppen die Straße zum Schloß hinauf, um beim Sarg ihres jungen Lehnsherren Totenwache zu halten.

Die zwanzigjährige Witwe Beaufranchet reichte ihnen Teller mit Erbsen, wie es in der Auvergne bei Begräbnissen Brauch war. Sie aßen in gezuckerten Wein getunktes Brot, das die Comtesse nach einem uralten Rezept ihrer Schwiegermutter zubereitet hatte. Sie hielten die ganze Nacht Totenwache, sangen Litaneien, sprachen endlose Gebete, sangen die traurigsten Lieder der Auvergne und erzählten bei flackerndem Kerzenlicht und dem leisen Klappern von Stricknadeln die Lebensgeschichte des Verstorbenen.

Die Comtesse stellte fest, daß sie ihren Mann kaum gekannt hatte, und dachte im nachhinein, daß er vielleicht wirklich ein Mann gewesen war, mit dem sie ein glückliches Leben hätte führen können.

Die Frauen scherzten, küßten die Kinder der Comtesse und versuchten, sie aufzuheitern. Als sie am Morgen hinter dem Sarg her zur Kirche stapften, mußten zwei kräftige Frauen die Comtesse stützen, die, von Trauer überwältigt, zusammengebrochen war. Dichter Schnee wehte ihnen ins Gesicht und wirbelte über die Straße.

Der Wind heulte im Kirchturm und übertönte die Worte von Père Cromarias, und die Wangen der Witwe blieben trocken.

Da es keinen Leichnam gab, hatte man Steine in den Sarg gegeben, dazu die roten Uniformfetzen, die rostigen Sporen, die goldene Epaulette und eine zerbrochene, mit Blut verkrustete Brille mit Goldrand. Obwohl nichts von alldem dem Major le Comte d'Ayat gehört hatte, hieß es, das sei alles, was von ihm geblieben war.

Er war sechsundzwanzig Jahre alt geworden.

Die Comtesse wußte nicht, wie ihr Mann gestorben war, doch sie stellte sich vor, wie seine Haut aufgeschlitzt, seine Gliedmaßen abgehackt, sein Gesicht von Kugeln zerfetzt wurde.

Jede Nacht erlebte sie seinen Tod im Traum, und dann erschien er ihr in seiner roten Uniform, stand am Fußende ihres Betts, und blutige Tränen liefen ihm über die Wangen, wie bei einer wundertätigen Heiligenfigur.

Wie der Brauch es vorschrieb, deckte sie einen Monat lang den Tisch für ihn, für den Fall, daß sein Geist zurückkehrte.

Manchmal saß er ihr bei Kerzenlicht reglos gegenüber, und dann schaute sie ihm in seine dunklen Augen und redete mit ihm über das Wetter und über die Konstruktion von Gewehren, während sie seinen Sohn auf ihren Knien wiegte.

XI

Nach dem Tod ihres Mannes mußte die Witwe d'Ayat sich vierzig Tage lang ganz in Schwarz kleiden und in einem mit schwarzen Tüchern verhangenen Raum aufhalten, in dem sämtliche Bilder und Spiegel ebenfalls mit schwarzem Stoff bedeckt waren. »So schwarz wie Luzifer«, sagte sie.

Das Düstere ihrer Umgebung färbte auf Marie-Louises Stimmung ab – doch das Schwarz stand ihr gut. Männer, die sie noch nie zuvor gesehen hatte, suchten sie in Ayat auf mit dem Hintergedanken, ihr zweiter Ehemann zu werden.

Ihre Schwiegermutter, wie immer ganz in Schwarz, gebärdete sich hysterisch.

»Jetzt ist es an der Zeit, daß Ihr Tränen vergießt«, erklärte sie der jungen Comtesse. »Jetzt müßt Ihr weinen, wo die Nachbarn Euch nicht sehen können.«

»Es gibt keine Nachbarn, Madame«, erwiderte die Witwe.

»Ihr müßt weinen!« schrie ihre Schwiegermutter. »Und mit den Zähnen knirschen!«

Doch die Comtesse konnte sich keine Tränen abringen. Ihre Augen blieben trocken, ihr schwarzes Spitzentaschentuch unbenutzt, und der schwarze Schleier vor ihrem Gesicht war überflüssig. Man hatte ihr beigebracht, sich nicht zu verlieben und dem Tod keine Bedeutung beizumessen.

Als sie ihr Zimmer nach vierzig Tagen verließ, trug sie ein schwarzes Stirnband, ähnlich dem Kopfschmuck einer Nonne, womit sie die zweite Trauerphase begann, die weitere zwölf Monate dauern sollte.

Wenn sie sich von Melancholie überwältigt fühlte, ging sie in den verwilderten Garten und riß die Blüten von den Stengeln. Sie ging mit ihren Kindern auf den Feldern spazieren, wo die Schafe und Böcke sich wie besessen paarten, und dann schrie sie, bis sie vollkommen heiser war.

Abend für Abend verbrannte sie ihre Hochzeitsgeschenke in einem riesigen Feuer im Schloßhof.

Um ihre Schlaflosigkeit zu bekämpfen, würgte sie die Füße eines Truthahns herunter – das einzige Schlafmittel, das seine Wirkung nicht verfehlte. Doch je mehr Truthahnfüße sie aß, um so mehr träumte sie von Versailles.

Während des heißen Sommers im Jahr 1758 vergaß sie manchmal, die Türen zu schließen, bevor sie zu Bett ging, dann wurde sie vom Krähen des Hahns geweckt, der am Fußende ihres Bettes saß, und vom Gackern der Hühner, die in allen Zimmern umherliefen, auf Stühlen, Türen und Schränken hockten.

Unentwegt dachte sie an Versailles und an ihre Kindheit in Paris und wünschte sich nichts so sehr, wie zu ihrem alten Leben zurückzukehren.

Am Ende waren es die Kinder, die sie aus ihrer Schwermut rissen. Die Kinder sind alles, was ich habe, sagte sie sich.

Louis-Charles de Beaufranchet wuchs schnell heran. Er hatte strohblondes Haar. Seine hellen Augen wurden nicht so leuchtend schwarz wie die der Auvergner oder die von Louis Bourbon, sondern blieben blau. Er war das Abbild seiner Mutter.

Da kein Vater zur Hand war, spuckte die Comtesse selbst auf Louis-Charles Kopf und hoffte, daß der Zauber trotzdem seine Wirkung nicht verfehlen würde.

»Das bringt Glück!« erklärte sie ihm und gab ihm einen Kuß.

In seiner Wiege aus Weidengeflecht, die in der Nähe des Fensters stand, hörte Louis-Charles das Krächzen der Vögel, die draußen vor dem Schloß ihre Nester bauten. Wenn andere Kinder zu sprechen begannen, waren ihre ersten Worte meist Pa-Pa oder Mé-Mé, doch die ersten Laute, die der neue Comte d'Ayat von sich gab, glichen dem kehligen Krächzen der Saatkrähen.

Niemand wußte, wie Monsieur François-Nicolas Lenormand de la Gravière von der verwitweten Comtesse d'Ayat erfahren hatte. Er war sechsunddreißig Jahre alt, Besitzer des Landguts und des Schlosses von La Gravière und hatte in Riom, dem Mittelpunkt der zivilisierten Welt der Auvergne, berühmt für seine exzellenten Juristen, den lukrativen Posten des Steuereintreibers inne.

Die Angelegenheiten des verstorbenen Grafen zu regeln war eine komplexe Aufgabe. Die Witwe sah sich mit rechtlichen Problemen konfrontiert: ihre Mitgift, die aus den Zinsen gewisser im Besitz der Krone befindlicher Vermögen gezahlt wurde (und weder Ludwig XV. noch Versailles irgendwelche Kosten verursachte), stand nicht ihr, sondern ihrem Mann zu.

Unter Mißachtung des Verbots, jemals eine Stadt zu betreten, beriet sie sich stundenlang mit Anwälten in der Rue de l'Horloge in Riom und versuchte, Licht in das Labyrinth ihrer rechtlichen Angelegenheiten zu bringen.

Im Büro ihres Anwalts begegnete sie Monsieur de la Gravière zum erstenmal. Seine schwarzen Augen und sein eleganter grauer Rock waren ihr gleich aufgefallen, und sie unterhielt sich angeregt mit ihm über das Wetter, die Steuern, über Landsitze und das Zehntrecht, über die Instandhaltung von Gebäuden und die Erziehung von Kindern. Eine Woche später erschien de la Gravière unerwartet in Ayat, um mit ihr über die Bezahlung von Rechnungen zu beraten. Er machte es sich gemütlich und redete über das Wetter, die Finanzen, über Kindererziehung und den kürzlichen Tod seiner Frau.

Die Witwe sprach ihm ihr Beileid aus.

In Riom erklärte de la Gravière seinen Freunden: »Ich beabsichtige, Geld zu heiraten.« In freudiger Erwartung unermeßlicher Reichtümer rieb er sich die Hände und grinste.

Im Herbst 1758 wurde die zweijährige Louise-Charlotte krank. Mehrere Ärzte fuhren regelmäßig von Riom nach Ayat, doch Louise-Charlotte wurde zusehends schwächer.

Monsieur de la Gravière, der erneut in Ayat auftauchte, empfahl den besten Arzt aus Clermont, der viel Erfahrung in der Behandlung von Kindern besaß.

Louise-Charlotte erholte sich in kürzester Zeit.

Von nun an stattete de la Gravière der Comtesse regelmäßige Besuche ab. Man erzählte sich, er sei ein Verwandter von Jeanne-Antoinette Le Normant d'Etioles, Madame de Pompadour: die Pompadour höchstpersönlich hätte ihn auf die Witwe angesetzt. Es hieß, seine Begegnung mit der Comtesse sei keineswegs zufällig erfolgt, sondern das Ergebnis eines sorgfältig durchdachten Plans; die Pompadour habe, wie überall, auch in dieser Angelegenheit die Hände im Spiel und versuche, eine zweite Ehe für Morfi zu arrangieren und gleichzeitig einem Verwandten zu Reichtum und Wohlstand zu verhelfen.

Als glaubte sie, Morfi sei nicht in der Lage, sich selbst einen Mann zu suchen.

Schließlich ergab es sich, daß die Heirat mit de la Gravière – ob arrangiert oder nicht – zu jenem Zeitpunkt die beste Lösung für die Witwe darstellte. Ihre Schwierigkeiten in Ayat waren so groß geworden, daß sie sie nicht allein bewältigen konnte. Sie brauchte Rat und Beistand. Die Schulden der Familie Beaufranchet drohten sie zu erdrücken. Die Ehe mit Lenormand de la Gravière würde ihr Glück bringen. So glaubte sie zumindest. Und das versicherte er ihr.

»Es ist eine Vereinbarung auf geschäftlicher Grundlage«, schrieb sie ihrer Mutter, die in Paris immer noch auf großem Fuß lebte. »Niemand heiratet heutzutage noch aus Liebe ... Liebe ist aus der Mode.«

Louise-Charlotte wurde erneut krank, und Mutter und Tochter kämpften sich den Winter über durch den Schnee, um den Arzt aufzusuchen. In Riom, in der Kirche Notre-Dame de Marthuret, wo sie vor dem Standbild der Jungfrau mit dem Vogel um ein Wunder beteten, trafen sie immer wieder auf Monsieur de la Gravière.

Monsieur de la Gravière lächelte unentwegt. Seine schwarzen Augen strahlten, sein grauer Rock war makellos, und er erkundigte sich jedesmal besorgt nach Louise-Charlottes Gesundheitszustand.

Sie begannen, über die Konditionen ihrer Ehe zu verhandeln, und Madame d'Ayat schickte einen Brief nach Versailles, in dem sie um die Erlaubnis nachsuchte, sich wieder zu verheiraten. Es war ihr immer noch nicht gestattet, irgendwelche wichtigen Schritte ohne Seine Einwilligung zu unternehmen, als wäre sie immer noch an ihn gekettet – so wie Lebel nachts an sein Handgelenk gekettet war –, als bestünde die Möglichkeit, daß er sie eines Tages wieder zu sich nach Versailles holen könnte, als wäre er noch nicht fertig mit ihr.

Sie hörte nicht auf zu hoffen und zu beten.

De la Gravière hörte nicht auf, sich die Hände zu reiben und von einer goldenen Zukunft zu träumen. Als Gegenleistung dafür, daß er die Comtesse d'Ayat aus ihren finanziellen und juristischen Schwierigkeiten erlöste, würde sie einen Geldregen auslösen, der bis ans Ende ihres Lebens auf sie beide niedergehen würde. Versailles hatte ihr gegenüber Verpflichtungen, man hatte versprochen, sich um sie zu kümmern.

»Sobald ich Zugriff auf meine Mitgift erhalte, wird alles gut«, erklärte sie de la Gravière.

Am 6. Februar 1759, als Ayat unter einer dichten Schneedecke lag, starb Louise-Charlotte im Alter von zwei Jahren und drei Monaten am Fieber.

Am folgenden Tag stapften die Dörfler schweigend und in dicke Pelze gehüllt mit dem Sarg durch einen Schneesturm zum Friedhof. Die Comtesse bewirtete sie nach alter Sitte mit Erbsen.

Um das Schloß für die überlebenden Bewohner wieder sicher zu machen, trieb die Comtesse eine Herde Schafe in die Räume und ließ sie drei Nächte lang dort schlafen.

Zusammen mit ihren Schwiegereltern, wie diese in Schwarz gekleidet, saß sie die ganze Nacht lang inmitten der blökenden Schafe in der schwarz verhangenen *salle à coucher* und beweinte den Verlust ihrer zweiten Tochter.

Am 18. Februar, elf Tage nach der Totenwache, war die Comtesse wieder in Riom – um einen Ehevertrag zu unterzeichnen.

Madame Murphy de Boisfailly schrieb aus Paris: »Ich bin nicht bereit, dreihundert Meilen weit zu reisen, nur um ein Stück Pergament zu unterschreiben.«

Am darauffolgenden Tag verlor die Comtesse ihren Adelstitel und wurde, ganz in Schwarz, in der Kirche Saint-Jean, im Schatten der großen Kathedrale von Riom, getraut.

Während der Hochzeitszeremonie hielt sie den vierzehn Monate alten Louis-Charles de Beaufranchet fest in den Armen. Auch er war ganz in Schwarz gekleidet und ließ während des gesamten Gottesdienstes sein Krähenkrächzen vernehmen.

Die Augen von François-Nicolas Lenormand funkelten wie Kohlen. Seine erste Frau hatte ihm zwei hübsche Kinder geboren: den robusten Jean-Jacques, inzwischen vier Jahre alt, und die zarte, nun zwei Jahre alte Marie-Antoinette. Bei der Geburt der Tochter war seine Frau gestorben.

Die neue Madame de la Gravière hatte jetzt drei Kinder, darunter eine Tochter, als Ersatz für die, die sie verloren hatte.

Sie nahm ihre neue Familie mit offenen Armen auf.

Aus Versailles war ein Brief eingetroffen mit der Genehmigung für die Heirat. Doch dann wurde die Erlaubnis aus unerfindlichen Gründen zurückgezogen und die Heirat ausdrücklich untersagt.

Einem Gerücht zufolge steckte die Pompadour dahinter; man munkelte, Ludwig wolle Morfi zurück in den Parc-aux-Cerfs holen und sei bereit, sie aus ihrem Exil zu erlösen; andere glaubten zu wissen, der König verfüge über eine lange Liste von Herzögen und Grafen, die wesentlich reicher waren als de la Gravière und sich darum rissen, Morfi zu ehelichen.

Morfi hatte etwas Besseres verdient als einen einfachen Steuereintreiber, einen Mann ohne Titel, einen Mann, von dem noch nie jemand etwas gehört hatte. Er war nicht gut genug für sie.

Doch der Brief, der die Heirat untersagte, erreichte Morfi erst zwei Wochen nach ihrer Hochzeit.

»Man kann sich schließlich nicht entheiraten lassen, oder?« rief sie aus und fragte sich, was mit Monsieur de la Gravière nicht in Ordnung sein sollte, daß man ihr verbot, ihn zum Mann zu nehmen. Aus Versailles kam keine Erklärung. Ein Schatten legte sich über ihren Neuanfang, und sie war gezwungen, die Wahrheit über ihre Vergangenheit preiszugeben.

Monsieur de la Gravière hörte sich ihre Geschichte stirnrunzelnd an, als würde er sie nicht längst kennen.

Er beglich ihre Schulden: die Rechnungen der Kaufleute, die Löhne der Dienerschaft, die Arzthonorare und die Kosten für den Transport ihrer Habe in ihr neues Heim.

Sie richtete sich in dem grauschwarzen Schloß von La Gravière ein, das in der Nähe von Varennes-sur-Morges nördlich von Riom lag, umgeben von schwarzen Vulkanen. In Riom selbst besaß de la Gravière noch ein grauschwarzes Stadthaus.

Sie war vollkommen zufrieden. Es amüsierte sie, daß sie die Ehefrau eines Steuereintreibers geworden war.

Madame de la Gravière genoß ihre neue Freiheit, durch die Straßen von Riom zu bummeln und einzukaufen. Freudig akzeptierte sie die Einladungen der Bekannten ihres Mannes, der Anwälte, Ärzte und höheren Geistlichen von Riom, die sie ihrerseits, ohne an Kosten zu sparen, in ihrem Haus bewirtete.

Monsieur de la Gravière, der nach dem Tod seiner Frau abgemagert war, entwickelte einen gesegneten Appetit.

Die neue Madame de la Gravière widmete sich mit Leidenschaft der Erziehung ihrer drei Kinder und unterrichtete sie im Glauben und in den Traditionen des alten Irland.

Um Jean-Jacques Keuchhusten zu kurieren, ließ sie ein geschecktes Pferd ins Haus bringen.

Marie-Antoinettes Warzen behandelte sie mit Lehm von den Stiefeln eines Totengräbers.

Als Vorbeugung gegen Sommersprossen salbte sie die Haut aller drei Kinder mit Stierblut.

Zu Louis-Charles sagte sie: »Wenn du dir dauernd an deinen *zizi* faßt, werden dir alle Hunde nachlaufen.«

Anfangs sträubten die Gravière-Kinder sich gegen ihre Maßnahmen und wollten nicht tun, was sie ihnen auftrug.

Sie taten Würmer in ihren *café au lait*, füllten ihre bestickten Schuhe mit Ameisen, spuckten in ihren Wein, wenn sie nicht hinsah. Sie kniffen Louis-Charles und steckten ihm Nadeln in die Kleider, so daß er ständig schrie.

Mit der Zeit jedoch vergaßen sie die tote Madame de la Gravière und gewöhnten sich an die neue.

François-Nicolas Lenormand de la Gravière lächelte unentwegt und machte einen großen Wirbel um seine neue Frau. Er schenkte ihr Blumen, Bänder und Schmuck und konnte es kaum abwarten zu sehen, wie sie reagierte.

Sie freute sich über seine Geschenke, doch sie waren mit den Geschenken, die Ludwig ihr gemacht hatte, nicht zu vergleichen. Der Schmuck, den er ihr überreichte, wirkte billig im Vergleich zu den Juwelen, die sie vom König bekommen hatte. Sie konnte sich kaum dazu überwinden, etwas anderes zu tragen als die Diamanten, die sie aus Versailles mitgebracht hatte.

Monsieur de la Gravière fühlte sich gekränkt. Er begann, Fett anzusetzen. Er achtete darauf, wen seine Frau auf der Straße anlächelte, nur um festzustellen, daß sie jeden anlächelte. Er fühlte sich beleidigt, als er sah, wie sie den Handwerkern in der Rue des Monnaies zuwinkte.

Als er einmal bemerkte, wie sie vor dem Hôtel de Ville einen freundlichen Blick mit dem Bürgermeister austauschte, kniff er mißbilligend die Augen zusammen.

Ein anderes Mal sah er, wie sie einem der Richter im Palais de Justice einen Zettel zusteckte, und stellte sofort Nachforschungen an.

Sie verbrachte viel Zeit mit ihren Anwälten, die ihre finanziellen Probleme zu lösen versuchten. Ihr Mann wurde zusehends eifersüchtig.

Monsieur de la Gravière entwickelte einen immer größeren Appetit. Er nahm drei schwere Mahlzeiten pro Tag zu sich und hörte auch zwischen den Mahlzeiten nicht auf zu essen. Er wurde immer dicker. Er weigerte sich, das goldgerahmte Porträt seiner verstorbenen Frau von der Wand zu nehmen.

Es machte ihm Spaß, Geld auszugeben und immer mehr Land zu kaufen. Gleichzeitig bekam er den Haß einiger

Händler und Kaufleute aus Riom zu spüren, denen er wegen ihrer Steuerschulden arg zugesetzt hatte.

Es kam vor, daß Madame de la Gravière aufwachte, weil jemand eine Krähe an ihre Haustür nagelte. Wenn sie die Tür öffnete, um nachzusehen, flog der Vogel ihr ins Gesicht und besudelte die Türschwelle und den Saum ihres Nachthemds mit Blut.

Geheimnisvolle Kuriere lieferten mit Kot gefüllte Päckchen für ihren Mann ab.

Manche Leute wechselten die Straßenseite, wenn ihr Mann ihnen entgegenkam, spuckten vor ihm aus, warfen ihm böse Blicke zu und stießen geflüsterte Drohungen aus.

De la Gravière wurde immer fetter, und seiner Frau wurde es peinlich, sich in seiner Gesellschaft zu zeigen.

Sie ertrugen sich gegenseitig, aber wenn Madame de la Gravière etwas tat, was ihrem Mann mißfiel, rutschte ihm immer häufiger die Hand aus. Er schlug ohne Vorwarnung zu und traktierte sie mit den Fäusten. Er lächelte kaum noch, trank immer mehr Wein und ließ sich alle Hosen weiten.

Schließlich setzte sich Madame de la Gravière auf die bewährte Art zur Wehr und zog sich allein in ihr Schlafzimmer zurück.

Wenn er an ihre Tür klopfte, sagte sie: »Ich liebe Euch nicht, Monsieur.«

Der Landsitz der Familie Lenormand lag, umgeben von hohen Pappeln, in einer abgelegenen Gegend mit ungesundem Klima.

Madame de la Gravière langweilte sich in ihrem neuen Zuhause. Sie fror im Winter und schwitzte im Sommer. Sie wünschte sich, die Vulkane würden ausbrechen und La Gravière unter sich begraben und ihrem tristen Leben ein Ende bereiten. Doch die Vulkane waren längst erloschen.

An trüben Tagen war weit und breit nichts zu sehen als die grauen Schatten der Vulkane und nichts zu hören als das Tröpfeln des Regens in den Pappeln. Dann starrte sie ins Leere und hatte nichts, was sie ablenken konnte, außer ihren Erinnerungen und erneuter Verzweiflung.

La Gravière war aus grauem Stein erbaut, die Innenwände waren grau gestrichen. Alle Menschen, denen Marie-Louise begegnete, schienen nur graue Kleider zu tragen. Der Himmel über ihr schien immerzu grau zu sein. Sie aß graues Fleisch von grauen Tellern. Selbst ihre Haut schien sich langsam grau zu färben.

Im April trugen die Bäume graue Blüten, und wenn sie in ihrer Kutsche nach Riom fuhr, ging die Fahrt durch grauen Nebel in eine Stadt, die aus dunkelgrauem Vulkangestein erbaut war. Die Straßen, durch die sie ging, waren mit grauen Steinen gepflastert. Sie kniete vor der schwarzgrauen Jungfrau mit dem Vogel und betete um Hilfe.

Aus den grauen Brunnen an den Straßenecken sprudelte silbergraues Wasser. Die ganze Stadt war voller grauer Pferde, grauer Hunde, dicker Priester in grauem Habit und dünner Nonnen in grauen Gewändern, die der Wind aufbauschte, so daß sie aussahen wie riesige Tauben, die zu schwerfällig waren, um sich in die Luft zu erheben.

»Ich bin es leid, auf dem Land zu leben«, erklärte sie ihrem Mann. »Ich möchte nach Paris zurück.«

Sie weigerte sich, mit de la Gravière zu reden, bis er sich bereit erklärte, etwas zu unternehmen, damit ihre Langeweile ein Ende nahm.

Er zuckte die Achseln, zupfte an seinem taubengrauen, seidenen Rock, schneuzte sich in ein silbergraues Taschentuch, dachte an sein Geld und setzte sich schließlich hin, um seiner angeblichen Verwandten, Madame de Pompadour, einen Brief zu schreiben.

Neun Jahre lang stand Madame de la Gravière regelmäßig im Schatten der schwarzgrauen Kathedrale, wenn die große Uhr zwölf schlug, als wartete sie auf einen Priester, der ihr die Beichte abnehmen sollte.

Jeden Tag um vier Uhr nachmittags wurde sie, ganz in rosafarbene Seide gekleidet, an derselben Straßenecke gesehen, als wartete sie darauf, zu einem Ball abgeholt zu werden.

Manchmal sah man sie um sechs Uhr abends in einem flammendroten Seidenkleid in der Rue de l'Horloge, wie sie in das Fenster des Uhrmachers starrte, als grübelte sie über die Zeit nach.

Jeden Morgen hielt eine weiße, von Schimmeln gezogene Kutsche an der Fontaine des Lions, um eine Frau einsteigen zu lassen und dann davonzufahren.

Jeden Nachmittag hielt eine braune, von braunen Pferden gezogene Kutsche an der Fontaine Ballainvilliers in der Rue Saint-Amable, um eine Frau einsteigen zu lassen und dann in schneller Fahrt in Richtung Mozac davonzueilen.

Jeden Abend hielt eine schwarze, von schwarzen Pferden gezogene Kutsche an der Fontaine du Refuge in der Nähe des Palais de Justice, nahm dieselbe Frau auf und fuhr weiter Richtung Osten aus der Stadt hinaus.

Jeder, der die Aktivitäten von Madame de la Gravière verfolgte, hätte beobachten können, daß sie ihr Haus dreimal täglich zu Fuß verließ; daß sie jedesmal in einer Kutsche zurückkam, die sie nicht vor ihrem Haus, sondern am Ende der Straße aussteigen ließ; daß keine der Kutschen ihr gehörte – sie selbst besaß eine graue Kutsche und graue Pferde – und daß ihre Kinder die meiste Zeit unter der Obhut des Kindermädchens verbrachten.

Hin und wieder sickerten Neuigkeiten aus Versailles, Neuigkeiten von Ludwig zu ihr durch: Berichte von Siegen,

Berichte von Niederlagen, von Attentatsversuchen, von Geburten und Todesfällen.

Die Nachricht vom Tod ihrer Mutter erschütterte sie nicht; sie nahm sie genauso ungerührt entgegen, wie man es ihr im Kloster beigebracht hatte.

Eine Mutter stirbt nie, dachte sie. Eine Mutter bleibt immer bei dir und schaut dir über die Schulter. Eine Mutter steckt in dir, unter deiner Haut.

Nachts lag sie wach im Bett und dachte an Madame Murphy, fragte sich, was ihr Leben wohl für einen Verlauf hätte nehmen können, wäre sie nicht nach Versailles gegangen. Und wenn sie morgens aufwachte, war ihr Kopfkissen von Tränen naß.

»Der Tod«, erklärte sie ihren Kindern, »existiert nicht. Über den Tod wird nicht gesprochen.«

Aber im April 1764 erfuhr sie, daß die Pompadour an einer Lungenentzündung gestorben war, daß man ihren Leichnam aus dem Schloß geschmuggelt hatte wie einen Sack voll Abfall und daß in Versailles seitdem die Langeweile regierte.

Madame de la Gravière konnte die Nachricht kaum glauben. Es kam ihr vor, als sei die Pompadour immer noch am Leben, als fungiere sie immer noch als ihre »Beschützerin« und als versuche sie weiterhin, sie von Ludwig fernzuhalten. Sie hatte das Gefühl, auch die Pompadour könne nie sterben. Sie mußte an das bezaubernde Lächeln ihrer Rivalin denken, an das harte, machthungrige Herz unter der Fassade, und dann war es mit einemmal, als würde ihr eine seltsame Last von den Schultern genommen.

Erneut begann sie von Versailles zu träumen, einem goldenen Versailles, in dem das Geld auf der Straße lag.

François-Nicolas Lenormand de la Gravière träumte jede Nacht von Geld. Es mangelte ihm nicht am Willen, in der

Welt aufzusteigen. Im Jahre 1745 war er in den Adelsstand erhoben worden; er hatte eine Comtesse geehelicht. Er besaß mehr Geld, als er ausgeben konnte; jetzt fehlte ihm nur noch ein Titel.

1765 kaufte er das Château de Flaghac, ein großes Schloß, das einige Meilen südlich von Riom gelegen war, mitten in einem Niemandsland in der Nähe des Dörfchens Saint-Georges-d'Aurac.

Unter seinen Freunden und Bekannten verteilte er mit verschnörkelten Lettern bedruckte Karten, mit denen er sie darüber in Kenntnis setzte, daß er fortan als Monsieur Lenormand de Flaghac angeredet zu werden wünschte.

Das neue Schloß war von der Straße nach Lyon aus zu sehen, ein eindrucksvoller mittelalterlicher Festungsbau mit fünf Türmchen, die aussahen wie Hexenhüte, und einem steilen, mit grauem Schiefer gedeckten Dach, das über die Bäume hinausragte und in der Sonne glitzerte. Es war vier Stockwerke hoch, wehrhaft, düster, abweisend, unzugänglich für jeden Eindringling und umgeben von einem tiefen Graben, in dem dicke Karpfen schwammen.

Zum Schloß gehörten das Lehnsgut von Flaghac und ein stehendes Heer von Dienern. Es gab Scheunen und Kornkammern, Kuh- und Pferdeställe, Unterkünfte für Stallburschen, Kutscher, Zimmermädchen, Kammerdiener, Gärtner, Feldarbeiter und deren Frauen und Kinder, die alle in den Diensten des Lehnsherrn standen.

Madame de Flaghac konnte das Schloß nicht ausstehen. Es war zu groß, zu alt, zu kalt, und es war noch weiter von der zivilisierten Welt entfernt, nach der sie sich so sehnte. Es war nicht Versailles.

»Das Landleben ist aus der Mode, Monsieur«, sagte sie. »Ich kann mir nicht vorstellen, warum Ihr hier leben wollt.«

Monsieur de Flaghac grinste und zeigte seine Zähne. In

Flaghac war seine Frau weit weg von Riom mit seinen Versuchungen, in Flaghac konnte er sie besser unter Kontrolle halten.

»Wartet nur ab, Madame«, sagte er. »Wenn ich erst wie ein Adeliger lebe, dann wird man mir früher oder später einen Titel verleihen.«

Unterdessen sonnte er sich in dem Ruhm, Besitzer eines weitläufigen Herrenguts zu sein. Er genoß die Unterwürfigkeit der Bauern, die vor den Toren seines Schlosses Kniefälle machten und sich verbeugten, wenn er in seiner Kutsche vorüberfuhr. Endlich war er das Stigma des Steuereintreibers los. Wenn er erst einmal einen Titel hatte, würde auch er aufhören, Steuern zu zahlen.

Seinen Freunden in Riom vertraute de Flaghac an, daß er eine lukrativere Einnahmequelle gefunden hatte als seinen Posten als Steuereintreiber: seine Frau. Er hatte eine wesentlich interessantere Karriereleiter entdeckt: den Hof des Königs.

»Madame die Flaghac besitzt die Eintrittskarte«, erzählte er jedem, der es hören wollte. »Wir werden nach Versailles gehen.«

In seinen Träumen fielen Goldmünzen vom Himmel wie dicke Schneeflocken.

Es hatte den Anschein, als hätte Ludwig Morfi vergeben, was immer sie sich hatte zuschulden kommen lassen, als sei er bereit, alles in seiner Macht Stehende zu tun, um ihr aus ihrem Unglück zu helfen. Seine Zuneigung zu ihr schien ungebrochen. Madame de Pompadour stand ihr nicht mehr im Weg, und Ludwig hatte Morfi wissen lassen, daß er sie wiederzusehen wünschte.

Merkwürdige Dinge begannen sich im Haushalt der de Flaghacs zu ereignen. Madame de Flaghac hatte ihrem neuen

Mann keine Kinder geschenkt. Es sah so aus, als seien ihre fruchtbaren Jahre vorüber. Doch dann verspürte sie plötzlich ein Kribbeln in den Brüsten, entwickelte einen Heißhunger auf Pfirsiche und Erdbeeren. Sie bekam einen metallischen Geschmack im Mund und mußte sich jeden Morgen übergeben.

Monsieur de Flaghac wußte sehr wohl, daß er das Bett seiner Frau seit neun Jahren nicht mehr aufgesucht hatte.

Im Oktober 1767 feierte Morfi ihren dreißigsten Geburtstag. Ihren dicken Bauch verbarg sie unter einem rosafarbenen Kleid, das sie, während sie in ihrem Stadthaus in Riom auf einer rosafarbenen Chaiselongue saß, geschickt um sich herumdrapiert hatte. Sie hatte sich geweigert, Riom zu verlassen und in einem zugigen Schloß zu wohnen, wo sie im Notfall keinen ärztlichen Beistand erwarten konnte.

»Ich werde hier bleiben«, erklärte sie, »bis das Kind geboren ist.«

Am 5. Januar 1768 wurde Madame de Flaghac in Riom von einer Tochter entbunden. Noch in der Stunde der Geburt eilte der *curé* von Saint-Jean durch den Schnee, um sie zu taufen, für den Fall, daß sie sterben würde, um zu verhindern, daß die Elfen ihre Seele stahlen oder der Teufel sich ihrer bemächtigte.

Offiziell war Marguerite-Victoire das Kind von François-Nicolas Lenormand de Flaghac, doch er und seine Frau wußten sehr wohl, daß der tatsächliche Vater Abbé Terray war, der Finanzminister Ludwigs XV.

In Versailles ging das Gerücht um, die ehemalige Marie-Louise Murphy sei auf der großen Treppe gesehen worden und hätte ihre frühere Position als königliche Mätresse wieder eingenommen.

XII

Nachdem Morfi und ihre Schwester in Ungnade gefallen waren, hatte Ludwig immer wieder andere Mätressen im Parc-aux-Cerfs einquartiert. Neue Gerüchte kamen auf. Man erzählte sich, er würde mit ihnen zum Gebet niederknien, bevor er mit ihnen ins Bett stieg. Der Duc de Croÿ machte eine unwahre Eintragung in sein Tagebuch, nach der Ludwig sich in dem Haus am Stadtrand von Versailles mit neunzig verschiedenen Schönheiten vergnügt hatte.

Nachdem er Madame du Barry als offizielle Nachfolgerin der Pompadour eingesetzt hatte, verkaufte Ludwig seine Besitztümer in der Stadt, und der Harem im Parc-aux-Cerfs hörte auf zu existieren. Er brauchte ihn nicht mehr. Einigen engen Freunden vertraute er an, die du Barry würde ihn auf eine Weise verwöhnen, wie noch keine Frau zuvor es getan hatte.

Das lag daran, so hieß es in Versailles, daß die du Barry auf direktem Weg aus den Pariser Bordellen ins Schloß gekommen war. Mit Madame du Barry an seiner Seite hatte Ludwig kein Interesse an Morfi. Sie war gewachsen und erwachsen geworden. Sie war nicht länger *La petite Morphise.* Die alten Bande zwischen ihr und Ludwig waren dahingeschmolzen. Morfi hatte sich verändert, Ludwig hatte sich verändert, ganz Versailles hatte sich verändert.

Ludwig alterte zusehends. Lebel war tot. Selbst Boucher lebte nicht mehr; man hatte ihn vor einem unvollendeten Gemälde der Venus gefunden, den Pinsel in der Hand.

Ludwig stellte Madame de Flaghac seinem Staatsminister vor und empfahl sie seiner Gunst. Es war die Pompadour gewesen, die fast als letzte Handlung vor ihrem Tod die Liaison angeregt hatte: die Pompadour, der der Abbé Terray, wie so viele andere, seinen Aufstieg zur Macht und seine Ernennung zum Intendant-Général des Bâtiments und zum Directeur des Beaux Arts verdankte.

»Ich habe keine Erben«, hatte Terray der Pompadour gegenüber geklagt.

»Niemand außer Morfi wird es fertigbringen, den Abbé zu lieben«, sinnierte die Pompadour.

Der ganze Hof amüsierte sich: »Wie passend, wie ergötzlich, daß die Pompadour ihre Rivalin mit dem widerwärtigsten Mann in Versailles verkuppelt!«

Es geschah nicht ohne Grund, daß die de Flaghacs die Auvergne verließen, daß sie 1771 das Landleben aufgaben und nach Paris zogen, um dort im Luxus zu leben und sich nach der neuesten Mode zu kleiden. Madame de Flaghac fand ihr altes Lächeln wieder. Sie türmte ihr Haar mit Hilfe von Gummiarabicum, Talg und Schweinefett zu einer kunstvollen Hochfrisur auf, die sie mit Federn und Diamanten schmückte. Wenn sie bei Kerzenlicht dinierte, glitzerte sie wie ein gefallener Stern, den man an seinen Platz zurückversetzt hat.

Einem Gerücht zufolge war Madame de Flaghac die Mätresse des Abbé Terray, und ausnahmsweise entsprach das Gerücht der Wahrheit.

Terray, der kalte, berechnende Finanzminister, galt allgemein als der häßlichste Mann Frankreichs. Sein Gesicht hatte eine grünlich-graue Farbe und war häufig unrasiert, was ihm das Aussehen eines Banditen verlieh. Er war groß, hager, schroff, finster, furchteinflößend, ein Geistlicher, dessen zölibatärer Status angezweifelt wurde.

Seine Kleider sahen aus wie vom Lumpenmarkt, wie Kleider von den Leichen, die regelmäßig aus der Seine gezogen wurden, wie die Kleider, die Madame Murphy de Boisfailly früher verkauft hatte. Der Abbé war mager, ein wandelndes Skelett, doch unter seiner Kleidung wie aus Eisen, ein geschmeidiges Tier mit gescheckter Haut und harten Muskeln. Er war zäh, ausdauernd und gierig.

Madame de Flaghac bemühte sich, sein Äußeres nicht zu beachten. Sie war dazu erzogen worden, sich hinzulegen und an Irland zu denken, hatte gelernt, solche Übungen nicht als Vergnügen, sondern als Arbeit zu betrachten, mit der sie sich ein Dach über dem Kopf, Essen auf dem Tisch, Kleider in ihrem Schrank und Wohlstand bis ins hohe Alter verdiente. Dabei spielte es keine Rolle, ob das Dach zu einem Schloß gehörte, auf dem Tisch Austern und Champagner standen, jedes ihrer Kleider 30.000 Livres kostete oder ob ihr der Lebensabend mit Diamanten und Alten Meistern versüßt werden würde.

Sie ignorierte den Geruch von Knoblauch und Zwiebeln, den der Abbé ständig ausdünstete, nahm kaum zur Kenntnis, daß er sich nur selten wusch. Sie lächelte ihn an wie jeden anderen auch, während sie sich ein Irland ausmalte, das sie nie gesehen hatte: ein grünes, kühles Land, auf das ein ständiger Nieselregen niederging.

Der Abbé hatte keine Zeit für Zärtlichkeiten, aber er schlug sie nicht, und er fesselte sie nicht. Er kratzte sie nicht blutig, bis sie um Hilfe schrie. Auf seine Art war er recht umgänglich: lässig, unnahbar, unbeirrbar in seinem Anspruch, daß alles genau nach seinen Wünschen zu geschehen hatte.

Häufig schlief er auf ihr ein, sank augenblicklich in tiefen Schlaf. Sein Mund stand offen, so daß seine schwarz verfärbten Zähne zu sehen waren, er schnarchte und blies ihr seinen stinkenden Atem ins Gesicht. Sie dachte an Diamanten und küßte ihn trotzdem.

Manchmal bekam sie keine Luft mehr und mußte ihn wachrütteln. Wenn er dann seine Augen öffnete, flackerte die Spur eines grimmigen Lächelns in ihnen auf, und dann begannen sie von vorne, der Abbé war unermüdlich, bearbeitete sie die ganze Nacht lang mit seinem *jeanchouart,* während er von Waren und Geschäften und Bilanzen murmelte.

Wenn sie miteinander redeten, sprachen sie von nichts anderem als Geld und Mathematik und Finanzpolitik, und er zeigte ihr, wie sie ihr Vermögen vermehren konnte.

»Er ist nicht gerade ein Bild von einem Mann«, sagte sie lachend zu Brigitte Murphy. »Es ist, als würde man vom Tod geküßt. Man muß einfach so tun, als ob er nicht existierte.«

Monsieur de Flaghac, der sehr wohl wußte, was vor sich ging, und sehr zufrieden war mit dem, was man ihm dafür bezahlte, stellte sich blind.

»Heutzutage gehört es zum guten Ton, mit seinem Nachbarn ins Bett zu gehen«, sagte er zu seiner Frau. Er grämte sich nicht, sondern ließ sich von seinen eigenen Mätressen bei Laune halten. Sein Umfang hatte groteske Ausmaße angenommen, und sein Gesundheitszustand war nicht gerade der beste. Manchmal schlich er seufzend durch das Haus, versank in tiefe Depressionen und sagte seinen baldigen Tod voraus.

Obwohl er ihn nicht wirklich nötig hatte, kaufte er sich einen Korbsessel mit drei Rädern, in dem er quietschend von Zimmer zu Zimmer rollte. Auf kleinen Zetteln rechnete er seine Gewinne und Verluste aus und überlegte, was er als nächstes kaufen, wie er seinen Reichtum vergrößern könnte.

Der Abbé Terray machte sich daran, die Fäden für seine Mätresse zu ziehen, die Monsieur de Flaghac nicht in der Hand hatte. Das Geld floß auf die Bankkonten der de Flaghacs, stapelte sich in ihrem Haus, fiel ihnen in den Schoß.

Bis zum Herbst 1771 war Madame de Flaghac um 150.000 Livres reicher geworden, eine ungeheure Summe, die ausreichte, um ein weiteres Schloß zu kaufen. Überwältigt vor Glück, lief sie überall herum und wedelte mit dem Guthabenbescheid ihrer Bank.

Im Frühjahr 1772 schenkte der König persönlich ihr 50.000 Livres.

Später im selben Jahr wurde speziell für François-Nicolas de Flaghac der Posten des Generalsteuereintreibers von Paris eingerichtet. Aus den Einnahmen, die er in diesem Amt bezog, stand seiner Frau ein jährlicher Anteil von 12.000 Livres zu. Dieser Betrag kostete weder Ludwig persönlich, noch die Königliche Schatzkammer, noch den Abbé Terray, noch den Staat einen einzigen Sou, und das Amt beinhaltete keinerlei Verpflichtung.

Bevor das Jahr zu Ende ging, erhielt Madame de Flaghac eine weitere Zahlung über 150.000 Livres von seiten des Abbé.

Das Geld floß ihr von überallher zu. Sechsstellige Summen aus Beteiligungen an Unternehmungen, die die Staatskasse nichts kosteten. Madame de Flaghac war hocherfreut darüber, daß man sie mit dem französischen Finanzminister bekannt gemacht hatte. Sie begann, in großem Stil Geld auszugeben. Sie warf das Geld aus dem Fenster, wechselte drei-, viermal am Tag ihren Diamantschmuck.

Kurz vor Madame de Flaghacs fünfunddreißigstem Geburtstag wurde ihre Stieftochter Marie-Antoinette unter großem Pomp mit einem Neffen des Abbé Terray verheiratet. Der Abbé Terray, der inzwischen zur Familie gehörte, bezahlte ihr eine Mitgift von 150.000 Livres.

Nicht lange danach zogen die de Flaghacs um – in die Rue Notre-Dame des Champs de Paris –, und zwar rein zufällig in ein Haus, dessen andere Hälfte der Abbé Terray bewohnte.

Hinter dem Haus befanden sich zwei voneinander getrennte Gärten. Der Abbé Terray betrat sein Haus durch seine eigene Haustür, die ihm von seiner *concierge* geöffnet wurde. Die de Flaghacs hatten ebenfalls eine eigene Haustür und eine eigene *concierge,* doch im Innern des Hauses hatte man mehrere Wände entfernt, so daß hinter der Fassade ein gemeinsamer Haushalt entstand.

Der Abbé verließ das Haus stets in seinem priesterlichen Ornat, um die Aura der Heiligkeit aufrechtzuerhalten, zu der sein Amt ihn verpflichtete. Doch kaum hatte er die Türschwelle überschritten, riß er sich die Perücke vom Kopf und die geistlichen Gewänder vom Leib und rannte, vier Stufen auf einmal nehmend, die vergoldete Treppe zu seiner Geliebten hinauf.

In einer der oberen Etagen saß Madame de Flaghac in einem vergoldeten Boudoir, in dem Dutzende goldener Uhren tickten, die meisten davon Geschenke Ludwigs XV. Es gab Uhren mit goldenen Engeln, die ihre goldenen Flügel ausbreiteten; auf einer Uhr schlug eine goldene Aurora den Mantel der Nacht zurück; es gab Uhren mit Schäferinnen, Uhren mit Darstellungen von Orpheus, der die Trompete blies; auf einer Uhr war eine Allegorie der Zeit dargestellt, die die Jugend in Gestalt einer nackten jungen Frau entführte; und es gab eine Uhr mit von Sonnenstrahlen umgebenen Satyrn im Spiel mit jungen Frauen, die wiederum die Zeit repräsentierten – es war, als hätte Morfi alle Zeit der Welt, als hätte sie selbst die Zeit entführt.

Der ganze Raum war erfüllt vom Ticken und Summen der Zeit, die Uhren so eingestellt, daß sie fünf Minuten vor der vollen Stunde zu schlagen begannen und fünf Minuten nach der vollen Stunde zu schlagen aufhörten, so daß zehn Minuten lang ein Höllenlärm herrschte, als würden Stunde um

Stunde alle Teufel der Hölle losgelassen, als würde die Zeit einmal pro Stunde in Raserei verfallen.

In diesen Raum kam der Abbé, um seine Muskeln spielen zu lassen, um seine Begierde zu stillen und um der Comtesse die Beichte abzunehmen, bevor sie ihre nächsten Sünden beging.

»Ego te absolvo, Madame«, sagte er grinsend, während er von seiner Seite des grüngelben Sofas aus das Kreuzzeichen über sie schlug, und dann fielen sie übereinander her und redeten über Wechselkurse und höhere Mathematik.

»Warum führst du dich so auf?« fragte Brigitte Murphy ihre Schwester. »Warum tust du das?«

Madame de Flaghac lachte und zuckte die Achseln. »Warum hab ich je irgendwas getan?« fragte sie.

Von ihrem Fenster aus sah sie das elegante Paris.

»Jeder tue, was er kann«, sagte sie lachend. »Wer tanzen kann, soll tanzen.«

Um sich vom Gesicht des Abbé abzulenken, konzentrierte sie sich auf das Ticken der Zeit. Sie zwang sich, sein makabres Äußeres nicht zu beachten, seinen dämonischen Blick nicht zu spüren, sich von dem Gesicht, das so finster und böse wirkte wie die Gesichter der Satyrn auf ihren Uhren, nicht abschrecken zu lassen.

Der Abbé Terray gähnte. Sie hielt ihm die Hand vor den Mund.

»Ihr müßt Euren Mund bedecken, Monsieur l'Abbé«, sagte sie, »sonst wird der Teufel in Euch fahren.«

Er lachte sein schreckliches, sarkastisches Lachen, das klang, als würden Kieselsteine in einer Tabaksdose geschüttelt. »Ah«, sagte er, »der Teufel ist schon längst in mir!«

Ab und zu gewährte der Abbé ihr kurze Einblicke in sein

eiskaltes Herz, das gegen jede Art der Zuneigung immun war. Er vertraute ihr an, was er sich als Lebensziel gesetzt hatte: die Erlangung des rosafarbenen Huts mit den rosafarbenen Troddeln. Er erzählte ihr, daß er dabei war, eine Bestechungssumme von einer halben Million Livres bereitzustellen, mit deren Hilfe das Wunder vollbracht werden sollte. Er war ein kühler Rechner, überzeugt davon, daß er alles erreichen konnte, was er wollte.

»Es ist nur eine Frage der Zeit«, erklärte er. »Früher oder später werde ich *Son Eminence le Cardinal* Terray sein …«

Voller Vorfreude küßte sie seinen Ring.

»Alles ist möglich, Madame«, sagte er. »*Le Bienheureux* Joseph Terray … Saint Joseph Terray … Ihr werdet sehen.«

Sie gab ihm Pfefferminzpastillen gegen seinen Mundgeruch. Sie dachte an das Geld, an immer mehr Geld, das fließen würde, dafür, daß sie dem Abbé ein Kind geschenkt hatte.

Von goldenen Uhren umgeben wiegte sie Marguerite-Victoire auf den Knien. Sie stieg mit Marguerite-Victoire auf dem Arm auf einen vergoldeten Sessel, um sicherzustellen, daß sie es im Leben zu etwas bringen würde. Sie vermied es, Marguerite-Victoires linke Hand zu waschen, um dafür zu sorgen, daß sie einmal unermeßlich reich werden würde.

Sie bat den Abbé, auf Marguerite-Victoires vollkommenes Gesicht zu spucken.

»Das bringt Glück!« sagte er und schenkte seiner Tochter ein diabolisches Lächeln.

Im Dunkeln verzerrten sich die reptilhaften Züge des Abbé zu einem fratzenhaften Grinsen. Beim Ticken und Rasseln der vielen Uhren küßte er Madame de Flaghac mit seinen kalten Lippen und ließ seine Echsenzunge in ihren Mund schnellen. Er beschnüffelte ihre Haut mit seiner großen Adlernase, und mit seinen eisenharten Muskeln bearbeitete er sie wie ein Automat. Er bestieg sie mit der Gefühllosigkeit eines Hundes, stolz auf seinen unermüdlichen Körper, der mit der Zuverlässigkeit einer Maschine funktionierte, wie eine gutgeölte Uhr Stunde um Stunde seine Arbeit verrichtete, begleitet von dem stündlich ertönenden vielstimmigen Gerassele der Uhren. Die ganze Nacht über stöhnte und keuchte er im Rhythmus mit dem Ticken der Uhrwerke, während ein Stockwerk tiefer Monsieur de Flaghac schwitzend im Bett lag und von den unablässigen Geräuschen um den Schlaf gebracht wurde.

»Man geht mit seiner Nachbarin ins Bett ...«, murmelte der Abbé und lachte. »Alles andere ist aus der Mode ...«

Nachdem sie in die zivilisierte Welt zurückgekehrt war, beantragte Madame de Flaghac zusammen mit Brigitte, durch offizielle Verleihungsurkunden in den Adelsstand erhoben zu werden.

Brigitte Murphy de Boisfailly war immer noch unverheiratet, sie war zu häßlich, als daß irgendein Mann sie näher in Augenschein genommen hätte, zu stolz, um sich mit irgendeinem Mann zufriedenzugeben, nachdem der König persönlich sie für würdig befunden hatte, ihm zu Diensten zu sein. Brigitte strebte nach Höherem.

»Wir werden beide Adlige sein«, lachte sie, »die Töchter eines Schusters!«

Madame de Flaghac hatte konkretere Ziele. Sie mußte Louis-Charles einen angemessenen Eintritt in eine Armeelaufbahn ermöglichen.

»Es steht völlig außer Frage, Monsieur«, erklärte sie de Flaghac, »er wird Soldat wie sein Papa.«

Wer eine Karriere als Offizier in der französischen Armee anstrebte, mußte als königlicher Page in Versailles anfangen; und um an der École des Pages aufgenommen zu werden, mußte der Kandidat nachweisen, daß seine Familie seit 400 Jahren zum Adel gehörte. Für die Beaufranchets war das kein Problem, doch die weibliche Linie, die Familie Murphy, war eine unbekannte Sippe, deren Geschichte sich in den Sümpfen und Nebeln von Ballymollymore verlor.

Die Murphys hatten ihre Vergangenheit auf ihren Wanderungen durch Europa hinter sich gelassen. Sie besaßen keinerlei Dokumente, nichts, womit sie nachweisen konnten, wer sie waren.

Es war nichts Ungewöhnliches, daß den auf dem Kontinent lebenden Iren die Ahnen abhanden gekommen waren, und es gab wohlbekannte Verfahren, mit denen ihnen aus der Klemme geholfen werden konnte. Eine allgemein anerkannte Prozedur sah vor, daß sechs adelige Iren eine eidesstattliche Erklärung abgaben, in der sie zu der Frage Stellung nahmen, ob diese oder jene Familie zum Adel gehörte oder nicht.

Madame de Flaghac setzte all ihren Charme und ihre Energie ein, um Oberst Conway und Hauptmann Madligor vom Régiment de Clare, Hauptmann O'Sullivan vom Régiment de Dauphin, Hauptmann Fagan vom Régiment de Soubise, Hauptmann MacMahon vom Régiment de Fitz-James und einen Oberstleutnant Conway – von diesen waren fünf Chevalier de Saint-Louis und zwei Chevalier de Malte – zur Abgabe einer feierlichen Erklärung zu überreden:

»... Daß ihnen das Haus O'Murphy oder O'Murroughoue de Ballymollymore als eine der ältesten Adelsfamilien Irlands bekannt ist ... und daß Denis Ogue O'Murphy und dessen Sohn Daniel zahlreichen Iren als ehrenwerte Mitglieder der Brigade bekannt sind.«

Madame de Flaghac legte Beweise vor, die belegten, daß die Murphys Löwen in ihrem Wappen führten, und reichte ein

Dokument ein, das die Abstammung ihres Vaters von Denis Ogue O'Murphy, Sohn des Denis O'Murphy, Sohn des Morgan, Sohn des Edmond, Sohn des Thaddaeus, Sohn des Morgan, Sohn des Amrot, Sohn des Thaddaeus, zurückverfolgte bis zu Charles O'Murroughoue de Ballimollimore, geboren im Jahre 1388, zu einem Zeitpunkt, der jedermanns Erinnerungsvermögen überstieg und praktischerweise den geforderten Zeitraum von 400 Jahren überspannte.

»Wer würde es schon wagen zu behaupten, wir hätten uns das alles ausgedacht?« fragte sie Brigitte mit wütend blitzenden Augen. »Natürlich ist es die Wahrheit.«

Und so setzte Louis-Charles, Comte d'Ayat, seinen Fuß auf die erste Sprosse seiner Karriereleiter, und so wurde seine Mutter eine Adelige und fuhr mit einer Kutsche durch Paris, auf deren Türen das Wappen mit ihren Löwen und den Sternen ihres Gatten prangte. Die Kutsche war rosafarben angestrichen, und in ihr saß Madame de Flaghac in passender rosafarbener Seide und strahlte über das ganze Gesicht.

Ihre Kinder überließ sie weitgehend sich selbst. Sie wuchsen heran, lernten ihre Lektionen, sie spielten in Flaghac oder in Riom und kamen selten nach Paris.

Wenn Madame de Flaghac Zeit für sie hatte, lernten sie ein paar Brocken Englisch. Wenn sie keine Zeit hatte, lugten sie durch ein Loch in ihrer Schlafzimmertür, um zu sehen, was sie mit dem Abbé Terray und den vornehmen Herren trieb, die aus Paris anreisten, um sie zu besuchen, und die die Kinder mit *»mon oncle«* anzureden hatten – obwohl sie sehr wohl wußten, daß die reichen Besucher keineswegs mit ihnen verwandt waren.

Madame de Flaghacs Kleider waren alle mit Goldfäden durchwirkt. Ein Großteil der Gegenstände, die sie besaß, waren aus purem Gold oder mit Gold verziert. Ihre Diamanten trug sie von morgens bis abends, ja sie legte sie nicht einmal zum Schlafen ab, so daß sie nachts im Mondlicht glitzerten.

Louis-Charles und sein Stiefbruder stiegen in die Türme des Schlosses hinauf und erkundeten die Dachböden. Sie durchwühlten die Truhen, fochten mit rostigen Schwertern, blätterten in wurmstichigen Büchern mit militärischen Karten, wickelten Fahnen aus, die in längst vergessenen Schlachten erbeutet worden waren.

Als Jean-Jacques an die École Militaire in Effiat ging und Louis-Charles ohne Spielkameraden zurückblieb, perfektionierte dieser seine Kunst, Feuer zu legen, und zielte mit seiner Pistole auf alles, was Flügel hatte.

Wenn Jean-Jacques in den Ferien nach Hause zurückkehrte, berichtete er jedesmal von seinen Heldentaten und dachte sich neue Foltermethoden aus. Er zog Louis-Charles an den zarten Ohren und riß ihm die Haare aus, bis ihm die Tränen in die Augen schossen. Jean-Jacques war im Ringkampf geschult und verdrehte Louis-Charles die Arme, bis er winselnd um Gnade flehte.

Er stopfte seinem Stiefbruder Schlamm und Gänsedreck in den Mund und schüttelte sich dabei vor Lachen. Er füllte Weinflaschen mit Kuhpisse, goß etwas davon in ein Weinglas und lachte sich halbtot, wenn Louis-Charles nach Art seines Stiefvaters daran schnupperte, einen Schluck im Mund hin und her bewegte, schluckte und erklärte, es handle sich um einen hervorragenden Jahrgang.

Jean-Jacques mischte zerkleinerte Würmer unter Louis-Charles' Essen und amüsierte sich köstlich, wenn Louis-Charles verkündete, er habe gut gespeist.

Die Sonne stand hoch über Flaghac, versengte die Felder und verwandelte sie in Staubwüsten. Die beiden Jungen fingen Eidechsen und rissen ihnen die Beine aus, ritten auf dem

Rücken von mageren Kühen und schossen die Äpfel von den Bäumen. Sie stellten Hühner auf der Schloßmauer nebeneinander auf und schossen sie der Reihe nach ab, bis überall Federn herumflogen und Mauer und Hof mit Blut bespritzt waren.

Meistens vertrieb Louis-Charles sich die Zeit mit dem Töten von Tieren. Bevor er zu lieben lernte, lernte er zu hassen. Seine Mutter kam zu dem Schluß, daß es an der Zeit war, ihn fortzuschicken, damit er lernte, statt ihres Geflügels die Feinde Frankreichs zu töten und sich in der Welt nützlich zu machen.

Sie schrieb nach Versailles. Sie legte ihrem Brief, der an den Prinzen von Soubise gerichtet war, den Nachweis über ihre adelige Abstammung bei und bat den Prinzen, sich wie versprochen für seinen Patensohn einzusetzen.

Unterdessen vervollkommnete Louis-Charles weiterhin seine Treffsicherheit. Er stellte zehn der wertvollsten Kaminuhren seiner Mutter nebeneinander auf, zielte auf die Zifferblätter mit der Inschrift LEROY DE PARIS und schoß sie in tausend Stücke.

Als seine Mutter die Verwüstung entdeckte, schrie sie ihn an.

»*Je tue le temps …*«, sagte Louis-Charles lachend.

Später fragte Monsieur de Flaghac seine Frau: »Warum nehmt Ihr ihm die Pistolen nicht weg?«

»Er wird bald in die Armee eintreten«, erwiderte sie. »Ich kann ihm doch nicht seine Waffen wegnehmen. Wäre es Euch lieber, er spielte mit Puppen und probierte die Kleider seiner Mutter an?«

Monsieur knallte sein Tintenfaß auf seinen Schreibtisch, sah sie wütend an und dachte an all die Geldverschwendung.

»Er ist ein Mann!« sagte sie ärgerlich. »Er wird Soldat werden, wie sein Papa!«

Monsieur de Flaghac schlug seinen Schreibtisch zu.

»So benimmt sich nun einmal ein richtiger Junge!« schrie sie. »Ihr müßt lernen, großzügig zu sein!«

Nichtsdestoweniger zitierte Monsieur de Flaghac seinen Stiefsohn in die Bibliothek und verprügelte ihn, bis er schreiend am Boden lag.

Die eigentliche Leidenschaft des jungen Comte d'Ayat galt jedoch nicht dem Schießen, sondern dem Reiten. Von klein auf hatte das Schnauben der Pferde ihn fasziniert. Sobald er laufen konnte, hatte er reiten gelernt, je ein Kissen vor den Bauch und auf den Rücken und eins auf den Kopf gebunden, für den Fall, daß er vom Pferd stürzen sollte. Doch jedesmal, wenn er vom Pferd fiel, setzte seine Mutter ihn sofort wieder auf den Rücken seines Ponys und ließ ihn weiter im Kreis herumreiten.

Im Alter von vier Jahren erklärte er seiner Mutter: »Ich will zur Kavallerie gehen.«

Mit sechs ritt er allein und ohne Kissen.

Mit acht ritt er mit auf die Jagd und wurde im Wald in der Nähe von Flaghac mit dem Blut seiner ersten Beute eingerieben.

Mit zehn konnte er jedes Pferd zum Tanzen bringen, ohne Sattel, rückwärts und im Stehen reiten und wurde ein ausgezeichneter Pferdetrainer. Er konnte den Charakter eines jeden Pferdes einschätzen.

»Du hast richtigen Pferdeverstand«, sagte sein Großvater d'Ayat stolz lächelnd.

Als der dreizehnjährige Louis-Charles d'Ayat schließlich nach Versailles aufbrach, hatte er O-Beine, weil er so viele Jahre den ganzen Tag im Sattel verbracht hatte. Als Bettlektüre lag das *Manuel du Cheval* auf seinem Nachttisch. Er träumte nur von Pferden. So schien es nur natürlich, daß er im Dachboden über den königlichen Stallungen einquartiert wurde und seine Freizeit damit verbrachte, die Stallknechte und Stallmeister des Königs in ernsthafte Diskussionen über Sturzgeburten bei Fohlen, den Eisprung bei Stuten und die durchschnittliche Fruchtbarkeit von Pferdespermien zu diskutieren.

Am Nachmittag des 21. Juni 1771 hatte Madame de Flaghac ihren einzigen Sohn in Versailles abgeliefert. Am Tor der Petite Écurie du Roi hatte sie sich von ihm verabschiedet, ihn auf beide Wangen geküßt, geweint und ihn an ihr Herz gedrückt. »*Au revoir, mon petit*«, hatte sie gesagt, »mach den Murphys keine Schande.«

Louis-Charles schwitzte in seinem roten Samtrock, den samtenen *pantalons,* der Weste aus Goldbrokat, einem mit weißen Straußenfedern geschmückten Hut. Zu seiner Ausstattung gehörte ein Schwert mit silbernem Griff. Er hatte den Mund und die Rocktaschen voll mit Lakritzpastillen. Er war stolz und kam sich zugleich albern vor.

Er zitterte in seinen Schnallenschuhen, denn er hatte Angst, etwas falsch zu machen, fürchtete sich vor dem, was auf ihn zukam. Er schaute zu den anderen Pagen hinauf, die sich aus den Fenstern lehnten, um den Neuankömmling zu sehen.

Der Kommandant der Pagen begrüßte ihn freundlich, stellte ihn seinen Kameraden vor und ermahnte alle, kameradschaftlich miteinander umzugehen. Sie waren insgesamt 250, alle in Rot und Gold gekleidet, alle für eine Karriere als Offizier in der Armee der Bourbonen ausersehen.

Der Comte d'Ayat wurde im Hôtel des Pages in der Nähe der Hundezwinger untergebracht, wo ihm Tag und Nacht das Gebell von tausend Jagdhunden in den Ohren dröhnte.

Doch der Geruch von Hunden und Pferden erinnerte ihn an zu Hause.

Unablässig lutschte er seine Lakritzpastillen.

In den stickigen Dachböden über den Ställen regierte die Anarchie. Nachdem der Kommandant sich in sein Schlafquartier zurückgezogen hatte, zündeten die Pagen Kerzen an, versammelten sich in ihren Nachthemden in einem der gelb angestrichenen Schlafsäle und warteten atemlos vor Aufregung darauf, zu beobachten, wie d'Ayat die Initiationsriten durchstand.

Es lag keine Feindseligkeit in den Gesichtern der Pagen mit ihren perfekt geformten Augen, ihren vollkommen geraden Nasen, Ergebnis von 400 und mehr Jahren adeliger Zucht. Sie kratzten sich ihre kurzgeschorenen Köpfe.

Es war eine der heißesten Sommernächte, und Schweiß rann über d'Ayats Gesicht. Seine Knie zitterten. Seine Zunge war schon ganz schwarz von den vielen Lakritzpastillen, die er gelutscht hatte, und er hatte das Gefühl, als stünden ihm die Haare zu Berge. Er trug seine volle Uniform, wie man es von ihm verlangt hatte. Schließlich holte er tief Luft und setzte sich an einen Tisch.

Der dienstälteste Page brachte ein großes Weinglas und stellte es mit formvollendeter Eleganz vor ihn hin, wie ein Kellner im besten Restaurant der Stadt.

»*C'est la tradition*, Monsieur«, sagte er. Das Glas war mit einer gelben Flüssigkeit gefüllt, die man für Apfelsaft oder Weißwein hätte halten können. D'Ayat wußte jedoch sehr wohl, daß es sich weder um das eine noch um das andere handelte.

Die Pagen stimmten einen rhythmischen Singsang an, erst leise, dann immer lauter: »*Bois! Bois! Bois! Bois! Bois …*«

Der Comte grinste und schnupperte interessiert an dem

Weinglas. Er nahm einen Schluck in den Mund, als sei er es gewohnt, so etwas zu trinken, bewegte die Flüssigkeit im Mund hin und her, als handle es sich um Wein oder Champagner, und schluckte. Plötzlich trat tödliche Stille ein, und er überlegte einen Moment lang. Dann stand er auf, trank den Urin mit einem Zug aus und knallte das leere Glas auf den Tisch.

Die Pagen zollten ihm begeistert Beifall. D'Ayat leckte sich grinsend die Lippen, schüttelte einmal kurz den Kopf und hielt dann sein Glas hin, um sich nachschenken zu lassen. Gelächter ertönte, dann trat wieder Stille ein, und nur ein unterdrücktes Kichern war noch zu hören.

Die Pagen begannen, rhythmisch mit den Füßen zu stampfen, und der dienstälteste Page legte ein silbernes Messer, eine silberne Gabel und eine weiße Serviette vor d'Ayat auf den Tisch, als würde er ihm gleich ein feines Essen servieren.

D'Ayat steckte die Serviette in den Kragen seiner Uniform, nahm Messer und Gabel in die Fäuste und wartete. Seine Fäuste zitterten. Seine schwarze Zunge fuhr wie die einer Eidechse immer wieder über seine Lippen.

Der dienstälteste Page brachte einen im Kerzenlicht schimmernden silbernen Teller mit etwas darauf, das d'Ayat lieber nicht ansehen und über das er lieber nicht nachdenken wollte. Es dampfte.

»*C'est la tradition*, Monsieur«, murmelte der Page entschuldigend, als er den Teller vor d'Ayat auf den Tisch stellte.

D'Ayat schloß die Augen und konzentrierte sich auf seinen Atem. Er wußte, daß der Erfolg seiner Karriere davon abhing, ob er diese Prüfung bestand oder nicht. Er atmete mehrmals tief ein, bemüht, die Ruhe zu bewahren.

Ein Beaufranchet ist zu allem fähig, sagte er sich. Kann ich nicht gibt's nicht …

Seine Hände fühlten sich kalt an, als gehörten sie jemand anderem, als wollten sie ihm Schande bereiten.

Er wußte, daß andere Pagen an diesem Punkt in Tränen ausgebrochen waren, Zeter und Mordio geschrieen hatten, geflüchtet waren, sich an höchster Stelle beschwert, ihre Eltern angefleht hatten, sie zurück nach Hause zu holen. D'Ayat war wild entschlossen, es ihnen nicht gleichzutun.

Die Pagen stimmten erneut ihren Singsang an: *»Mange! Mange! Mange! Mange! Mange!«* Ihre Gesichter glühten im Schein der Kerzen.

Ungerührt machte D'Ayat sich mit Messer und Gabel über das her, was auf seinem Teller lag, während sich auf seinem Gesicht fast so etwas wie Schadenfreude bemerkbar machte. Nachdem er den Teller geleert hatte, rülpste er, wischte sich den Mund mit dem Zipfel seiner Serviette ab und verlangte nach mehr.

Die Pagen jubelten und klatschten vor Begeisterung, während d'Ayat wie benebelt dasaß und das Krächzen der Saatkrähen in Ayat zu hören glaubte. Der dienstälteste Page schüttelte ihm die Hand, klopfte ihm auf die Schulter, und die 250 anderen Pagen klatschten und stampften mit den Füßen und hoben ihn auf ihre Schultern. Mehrmals warfen sie ihn in die Luft und ließen d'Ayat spüren, was es bedeutete zu fliegen.

Erleichtert darüber, daß d'Ayat offensichtlich die Prüfung bestanden hatte, drehte der Kommandant sich in seinem Bett um.

Der Comte schaffte es, sich nicht zu übergeben, bis er den Raum verlassen hatte. Es gelang ihm, seine Tränen zurückzuhalten, bis er in seinem Bett lag und sich das Laken über den Kopf gezogen hatte.

Jean-Jacques hatte ihn abgehärtet, hatte ihn gut vorbereitet, und so ging Beaufranchet d'Ayat in die Geschichte der

École des Pages ein als einer der Besten, die je in die Schule aufgenommen worden waren.

Seiner Mutter schrieb er, es gehe ihm gut.

Nach Beendigung seiner Ausbildung stand der neue Page jeden Morgen früh auf, zog seine samtene rote Pagenuniform mit den goldenen Litzen an und half dem König beim Ankleiden, wartete auf den Augenblick, in dem er den rechten Pantoffel Ludwigs XV. zu entfernen hatte, damit der Leibdiener dem königlichen Fuß den königlichen Schuh anziehen konnte.

Später konnte d'Ayat Dampf ablassen auf dem Rücken eines verrückten Pferdes, das kein Sonnenlicht gewöhnt und kaum zu bändigen war. Er zähmte das Pferd, ließ es unter den neidischen Blicken seiner Kameraden im Hof der Reitschule tanzen und mit den Hufen ein Lilienmuster in den Sand zeichnen.

Abends spielte d'Ayat Billard, um sich die Zeit bis zum *coucher* zu vertreiben. Wenn er schließlich den rechten königlichen Fuß in den rechten königlichen Pantoffel geschoben hatte, war sein Dienst für den Tag beendet.

Wenn d'Ayat seine Angeberei übertrieb, wurde er von einigen Pagen gepackt, die ihm die Uniform vom Leib rissen und ihn, wie die Tradition es vorschrieb, unter die acht Wasserhähne hielten, die das Becken im Speisesaal der Pagen mit eiskaltem Wasser füllten. Sie hielten den nackten, vor Wut schreienden d'Ayat fest, bis er sich wie ein Fisch aus ihrem Griff befreite und auf die Suche nach einem Handtuch machte.

Seiner Mutter schrieb er, es gehe ihm gut.

Als der Comte in den Ferien nach Flaghac zurückkehrte, köpfte er ein gekochtes Ei mit einem einzigen schnellen Schlag seiner Gabel. Seine Mutter staunte.

»Es ist nur ein Trick«, sagte er. »Jeder kann das.«

An seinem ersten Morgen zu Hause vertrieb er sich die Zeit damit, Schmetterlingen die Flügel auszureißen.

Am Nachmittag veranstaltete er ein blutiges Massaker unter den Hühnern im Hof, denen er samt und sonders die Köpfe abhackte.

Am frühen Abend fing er in dem Bach hinter dem Schloß Fische. Doch anstatt sie auf den Steinen totzuschlagen, sah er zu, wie sie im Staub herumzappelten, bis sie starben.

Als es dunkel wurde, nahm er ein Päckchen Schießpulver und sprengte den größten Baum im Park seines Stiefvaters in die Luft. Die Explosion war so enorm, daß sie den Himmel erleuchtete und die Hälfte der Fenster im Schloß zum Zerspringen brachte.

»Dieser Junge«, sagte Monsieur de Flaghac zu seiner Frau, als er das Schauspiel beobachtete, »dieser Junge wird eines Tages General.«

Dennoch packte er seinen Stiefsohn, drehte ihm den Arm auf den Rücken, zerrte ihn in die Bibliothek und schrie ihn an. Dann befahl er ihm, seine *pantalons* herunterzulassen, und schlug mit einem Stock auf ihn ein, bis sein Hintern rotweiß-blau gestreift und der Comte außer sich war.

»Das wird Euch lehren, Monsieur«, schrie de Flaghac, naßgeschwitzt, »meine Bäume ohne meine Erlaubnis in die Luft zu sprengen.«

»Das hat überhaupt nicht weh getan«, sagte der Comte und streckte seinem Stiefvater die Zunge heraus. Dann drehte er sich auf dem Absatz um, verließ den Raum und schlug die Tür hinter sich zu.

Gegen Ende der Woche traf Jean-Jacques in Flaghac ein und verlangte grinsend zu erfahren, wie es seinem Stiefbruder an der École des Pages ergangen war.

»Nun«, fragte er, »was haben sie dir serviert?«

»Wurst«, erwiderte der Comte beiläufig, während sein Magen sich bei der Erinnerung umdrehte. »Eine heiße Wurst.«

»Merde!« flüsterte sein Stiefbruder. Er schlug sich auf die Schenkel und brach in schallendes Gelächter aus.

D'Ayat versetzte ihm einen Faustschlag, und sie verbrachten den Rest des Nachmittags damit, sich zu prügeln.

Der Comte d'Ayat kehrte voller Lerneifer nach Versailles zurück. Er schwor sich, bei seinem nächsten Besuch in Flaghac das gesamte Schloß einschließlich seines Stiefvaters in die Luft zu sprengen.

Einen Großteil seiner Freizeit verbrachte er in der Nähe des Versailler Schlachthofs und lauschte dem Quieken der Schweine, denen die Kehle durchgeschnitten wurde, was in seinen Ohren wie Musik klang. Er betrachtete das dampfende Blut, das über das Hofpflaster in die Abflußrinne lief, von wo es in den Grand Canal gelangte. Beim Anblick des Schlachtermessers, das in der Sonne blitzte, lief ihm ein wohliger Schauer über den Rücken. Wenn er die Todesschreie vernahm, begann sein Herz, schneller zu schlagen.

Schon bald werde ich die wahre Herrlichkeit des Krieges erleben, dachte er, und dann werde auch ich nicht mehr nur Hühner töten.

Der Tod lag ihm im Blut.

»Ich sehne mich nach der Armee«, schrieb er seiner Mutter. »Der Tod ist das einzige, für das es sich zu leben lohnt.«

XIII

Die Halbschwester des jungen Grafen, Agathe-Louise de Saint-Antoine de Saint-André, inzwischen neunzehn Jahre alt, wurde immer noch im Kloster von Chaillot gefangengehalten. Sie stand früh auf und ging früh zu Bett, betete von morgens bis abends und besaß die unersättliche Gier der Bourbonen.

Jedes Jahr an ihrem Geburtstag erhielt sie im Auftrag ihres Vaters ein Geschenk von Monsieur Yon. Doch Agathe-Louise wußte immer noch nicht, wer ihr Vater war.

»Ich habe meinen Vater noch nie gesehen«, beklagte sie sich bei den Nonnen. »Ich kenne seinen Namen nicht, ich weiß nicht, wer er ist. Ich bin ihm noch nie begegnet.«

Agathe-Louise dachte oft an die Mutter, an die Familie, die sie vielleicht gehabt hätte, das Haus, in dem sie vielleicht gelebt, die Geschwister, mit denen sie vielleicht gespielt hätte. Sie zerbrach sich den Kopf darüber, warum man sie nach Chaillot gegeben hatte. Sie fragte die Nonnen, ob der langweilige Monsieur Yon womöglich ihr Vater sei. Sie stellte unzählige Fragen, erhielt jedoch keine Antworten.

Sie zählte die langen Jahre ihrer Gefangenschaft: fünf, zehn, fünfzehn Jahre. Sie kam sich vergessen vor, mißachtet, ungeliebt und begann sich zu fragen, ob sie vielleicht dazu verdammt war, ihr ganzes Leben bei den Schwestern von Sainte-Périne zu verbringen, die sich bereits auf den Tag zu freuen schienen, an dem Agathe-Louise den Schleier nehmen und selbst Nonne werden würde. Doch Agathe-Louise erklärte den Nonnen: »Ich werde den Schleier niemals nehmen. Ich will keine Nonne werden. Ich möchte heiraten.«

Nur selten war es ihr gestattet, das Kloster zu verlassen, und wenn, dann nur, um zusammen mit den anderen Mädchen – alle in Schwarz gekleidet – im Gänsemarsch an die Seine zu spazieren. Wenn sie das Flußufer erreichten, rümpften sie die Nase, machten kehrt und gingen zurück ins Kloster. Dann fiel das schwere Klostertor hinter ihnen ins Schloß, und es dauerte eine Woche, bis sie wieder in der Öffentlichkeit gesehen wurden. In Sainte-Périne gab es einen Hausmeister, der das Tor für Besucher öffnete. Er war über achtzig Jahre alt. Monsieur Yon und der Hausmeister waren die einzigen Männer, mit denen Agathe-Louise je gesprochen hatte.

Während die Mädchen das Kloster nur selten verließen, so fanden dennoch häufig Besucher aus der profanen Welt den Weg ins Innere der Klostermauern. Die Messe am Sonntagmorgen war offen für die Angehörigen der Mädchen, deren Besuch gern gesehen wurde: sie gaben großzügige Spenden für die von der Mère Supérieure verfolgten wohltätigen Zwecke.

Es fiel auf, daß Agathe-Louise nie Besuch bekam. Die anderen Mädchen erhielten von ihren Eltern den vierfachen Wangenkuß, wurden geherzt und hofiert und erhielten interessante Geschenke. Nur Agathe-Louise stand allein abseits und schaute verloren drein.

Agathe-Louise war noch nie geküßt worden. Im Kloster von Sainte-Périne war das Küssen verpönt als Vorstufe der Unkeuschheit, dem sicheren Weg in die Hölle.

Da sie scheinbar keine Verwandten hatte, zog Agathe-Louise die Aufmerksamkeit von Vater und Sohn du Barry auf sich, die beide besonders gern junge Mädchen küßten. Die Grafen du Barry hatten die Messe in Chaillot zu dem einzigen Zweck besucht, die Mädchen dort in Augenschein zu nehmen und für den jungen Jean-Baptiste eine reiche Frau zu finden, die der Familie aus ihrer heiklen finanziellen Lage helfen könnte.

Du Barry, ein Lebemann und Abenteurer, Schwager von Madame du Barry, der derzeitigen Mätresse des Königs, litt an permanentem Geldmangel. Er hatte sich vorgenommen, für seinen Sohn eine Ehe mit einer Frau mit reicher Mitgift zu arrangieren, um anschließend selbst auf noch größerem Fuß leben zu können.

Die beiden hatten Agathe-Louises verlorenen Blick bemerkt und sich nach ihr erkundigt.

»Sie sieht durchaus so aus«, sinnierte der Comte du Barry, während er sie durch seine vergoldete Lorgnette beäugte, »als würde sie nur darauf warten, endlich von einem netten jungen Mann geküßt zu werden …«

Der Vicomte du Barry grinste. »Sie sieht so aus«, erwiderte er, »als könnte sie sich in einen jungen Vicomte verlieben …«

Da Agathe-Louise offiziell keine Eltern hatte, die ihnen ihre Pläne durchkreuzen konnten, glaubten sie, bei ihr leichteres Spiel zu haben als bei den Töchtern aus Familien der feinen Gesellschaft. Außerdem war sie wohlhabender als die meisten anderen Mädchen, und sie war die Tochter einer königlichen Mätresse – niemand würde gegen eine solche Verbindung etwas einzuwenden haben.

Jean-Baptiste du Barry *père* überließ es Jean-Baptiste du Barry *fils,* sich um die Brautwerbung zu kümmern.

Von nun an besuchte der Vicomte regelmäßig am Sonntagmorgen die Messe in Chaillot. Bekleidet mit einem mit Zobelpelz gefütterten, mit Goldfäden durchwirkten Mantel klopfte er an das Tor und gab sich als Vetter von Mademoiselle Tour de Poitrine aus (ein Mädchen, das gar nicht existierte). Der alte Hausmeister entblößte sein lückenhaftes Gebiß und ließ ihn eintreten.

Während der ganzen Messe starrte der Vicomte Agathe-Louise mit seinen eisblauen Augen an. Ihr hatten die Nonnen beigebracht, den Blick demütig gesenkt zu halten, doch sie war viel zu sehr die Tochter ihrer Eltern. Sie war es leid, dauernd den Parkettboden anzustarren, hatte es satt, sich in ihr abgegriffenes Meßbuch zu vertiefen. Viel lieber schaute sie sich um. Dabei fiel ihr Blick immer wieder auf das grinsende Gesicht des Vicomte du Barry, der nie gelernt hatte, sich in Demut zu üben.

Agathe-Louise begann, nach dem jungen Mann mit dem charmanten Lächeln und dem mit Goldfäden durchwirkten Mantel Ausschau zu halten, der immer in ihre Richtung zu blicken schien.

Sie begann, sein Lächeln mit leuchtenden Augen zu erwidern.

Agathe-Louise fragte die anderen Mädchen: »Wer mag dieser junge Mann sein?« Doch die Mädchen wußten nicht, wer er war.

»Wenn ihn niemand kennt«, überlegte Agathe-Louise, »wie hat er es dann geschafft, am Hausmeister vorbeizukommen? Wenn er hier niemanden kennt, was will er dann hier?«

»Oh la la!« sagten die Mädchen. »Er kommt natürlich, um dich zu sehen.«

Jeder wußte, daß Agathe-Louise die Erbin eines beträchtlichen Vermögens war, auch wenn ihre Identität ein Geheimnis und ihr Name falsch waren. Es war allerdings kein Geheimnis, wer ihr Vater war, nur Agathe-Louise hatte keine Ahnung. Die gesamte Pariser Gesellschaft wußte, daß der König ihr Vater war, aber Agathe-Louise hatte Ludwig XV. noch nie gesehen und auch noch nie die Münzen in den

Händen gehabt, die sein Porträt schmückte. Sie wußte nicht, wie der König aussah.

Schließlich paßte der Vicomte du Barry eine Gelegenheit ab, um Agathe-Louise anzusprechen.

»Jean-Baptiste du Barry!« sagte er und verbeugte sich. »Meine Angehörigen nennen mich Adolphe, für meine Freunde bin ich Lolo.«

Agathe-Louise schenkte ihm ihr vollkommenstes Klosterlächeln. Sie war entzückt. Sie nannte ihm ihren Namen und verliebte sich auf der Stelle in ihn.

Sie konnte den ganzen Tag an nichts anderes mehr denken als an Lolo du Barry. Nachts träumte sie von ihm. Sie hatte keine Ahnung, wer Madame du Barry war. Sie wußte nicht, daß der häßliche alte Mann mit den sabbernden Lippen und dem Rouge auf den Wangen und den mit goldenen Rosen bestickten Kleidern der skrupellose Lebemann du Barry war.

Sie ahnte nicht, daß du Barry etwas mit ihrem Lolo zu tun hatte.

Die du Barrys setzten alles in ihrer Macht Stehende in Bewegung, um sich den Bastard des Königs zu angeln, bevor ihnen jemand anders zuvorkam.

Der Comte wandte sich mit der dringenden Bitte an Madame du Barry, ihren Einfluß auf den König für ihn geltend zu machen.

Zunächst belustigte die Vorstellung Ludwig so sehr, daß er laut auflachte. Doch dann zeigte er sich interessiert, war nicht abgeneigt, seine Zustimmung zu einer Verbindung zwischen Lolo und Agathe-Louise zu geben.

Doch Monsieur Yon war erzürnt über das Ansinnen und schrieb Dutzende empörter Briefe. Schließlich hatte er, Monsieur Yon, all die Jahre über Agathe-Louise gewacht und sich um sie gekümmert, und er hatte ein Wörtchen mitzureden, wenn es darum ging, wen sie heiratete.

Der Vicomte du Barry besaß weder Geld noch einen guten Leumund, nur den schlechten Ruf, den er von seinem Vater geerbt hatte.

Mademoiselle de Saint-André, die Tochter des französischen Königs, hatte nach Ansicht von Monsieur Yon nicht nur das Recht, sondern auch die Pflicht, nach etwas Besserem Ausschau zu halten, als eine verrufene Sippe von Lebemännern und Prostituierten mit einem zweifelhaften Titel ihr bieten konnte.

Unterdessen hatte der Vicomte Agathe-Louises Fenster entdeckt, wo er sich nun Nacht für Nacht einfand, um Steinchen an die Scheiben zu werfen, bis ihr bleiches Gesicht erschien.

Da stand also der hübsche Lolo du Barry, das Schwert an der Seite, klimperte mit seinen Sporen, zeigte seine weißen Zähne, ließ seine Muskeln für sie spielen, riß sich das weiße Hemd vom Leib, damit sie ihn im Mondlicht bewundern konnte, warf ihr mit theatralischer Geste Küsse zu und redete mit seiner leicht heiseren Stimme auf sie ein.

Er schickte ihr täglich Briefe, in denen er ihr seine Liebe erklärte und daß er ohne sie nicht mehr leben könne. Schließlich machte er ihr einen Heiratsantrag.

Agathe-Louise schrieb an Monsieur Yon, erklärte ihm, sie würde sich geehrt fühlen, die Vicomtesse du Barry zu werden, und bat ihn, so schnell wie möglich die nötigen Schritte in die Wege zu leiten.

Unter dem Einfluß von Monsieur Yon nahm der König seine vorläufige Zustimmung zu der Heirat mit dem Vicomte zurück und brach alle Verhandlungen mit der Familie du Barry ab.

Vom einen Tag auf den anderen stellte der Vicomte seine Besuche in Chaillot ein, und es kamen auch keine Briefe mehr.

Agathe-Louise erhielt keine Erklärung. Sie konnte nicht verstehen, warum Lolo ihr nicht mehr schrieb und sie nicht mehr besuchte.

In ihrer Verzweiflung schrieb sie an Monsieur Yon, bat ihn, sich zu erkundigen, ob der Vicomte krank geworden sei, flehte ihn an, ihr zu sagen, was mit Lolo du Barry geschehen war.

Monsieur Yon schickte ihr eine knappe, ausweichende Antwort.

Agathe-Louise lächelte nicht mehr. Sie verstummte und weigerte sich zu essen. Sie hörte auf, ihr Haar zu bürsten, begann abzumagern, wurde krank vor Trauer um ihre verlorene Liebe. Sie blieb den ganzen Tag im Bett und wurde immer dünner. Das Leuchten verschwand aus ihren schwarzen Augen. Sie wünschte sich nichts sehnlicher, als zu heiraten und ihrem klösterlichen Gefängnis zu entfliehen, doch sie begann zu befürchten, daß sie ihr ganzes Leben hinter verschlossenen Türen würde verbringen müssen.

Die Ehe ist der einzige Weg in die Freiheit, sagte sie sich. Entweder finde ich einen Mann, oder ich werde Sainte-Périne in einem Sarg verlassen.

Die Nonnen schoben ihr einen metallenen Trichter zwischen die Zähne, um ihr mit Gewalt Nahrung einzuflößen. Sie weinte und schrie, spuckte den Brei über ihr ganzes Bett und attackierte die Schwestern mit den Fingernägeln.

»Ihr müßt Euch zusammennehmen, Mademoiselle«, sagte Schwester Fidelitas, »sonst wird Euch niemand lieben.«

Agathe-Louise lag im Bett und betete, Lolo du Barry möge durch die Tür kommen, doch ihre Gebete wurden nicht erhört.

»Kein Mann hat je ein Mädchen geliebt, das sich das Haar nicht gebürstet hat«, warnte sie Schwester Caritas.

Agathe-Louise schrieb noch einen Brief an Monsieur Yon.

Diesmal erhielt sie keine Antwort von ihm.

Agathe-Louise hörte nicht mehr auf zu weinen. Sie litt an Schlaflosigkeit, und die Schwestern von Chaillot machten sich ernste Sorgen um ihre Gesundheit.

Einen Monat später erfuhr Agathe-Louise durch Zufall, daß der Vicomte du Barry eine Mademoiselle de Tournon geheiratet hatte, ein Mädchen von ausnehmender Schönheit, doch ohne Geld. Es hieß, der König habe sie mit einer stattlichen Mitgift ausgestattet.

Agathe-Louise raufte sich die Haare, schrie und weinte die ganze Nacht und verfiel in einen noch schlimmeren Zustand. Die Schwestern von Chaillot fürchteten um das Leben ihres Schützlings und beschlossen, die Mutter zu benachrichtigen.

Als schließlich aufgrund der Notlage ein neuer Heiratskandidat gefunden wurde, schien Agathe-Louise ihre gescheiterte Liebe schnell zu vergessen und erholte sich in erstaunlich kurzer Zeit.

»Er ist ein netter junger Mann«, sagte Schwester Fidelitas. »Er ist Soldat, er wird Euch gefallen.«

Man stellte Agathe-Louise den jungen Mann vor, und er gefiel ihr. Alles wurde korrekt arrangiert. Monsieur Yon willigte großzügig ein, Ludwig XV. gab seine Zustimmung – und dann tauchte aus heiterem Himmel Agathe-Louises Mutter auf.

Ihre Mutter, die sie noch nie gesehen hatte. Ihre Mutter, die sie für tot gehalten hatte, von der man ihr wiederholt gesagt hatte, sie liege seit zwanzig Jahren im Grab. Ihre Mutter, die ihr in ihrem ganzen Leben noch nicht einen einzigen

Brief geschrieben hatte. Und nun stand sie lächelnd in der Tür, die Arme voller teurer Geschenke, und wollte mit ihr reden, wollte zu ihrer Hochzeit kommen.

Agathe-Louise war neugierig auf sie, wollte sie sehen und doch nicht sehen. Sie gab sich Madame de Flaghac gegenüber betont kühl, wunderte sich darüber, daß sie ein Kleid in der Farbe reifer Tomaten trug. Aber all die Geschenke, mit denen ihre Mutter sie nun überhäufte, waren kein Trost für zwanzig Jahre Gefängnis, zwanzig Jahre hinter verschlossenen Türen, zwanzig Jahre der Mißachtung.

Agathe-Louise stellte eine Menge Fragen, die ihre Mutter ihr nicht unbedingt beantworten wollte.

»Wer ist mein Vater?« wollte sie wissen.

»Wieso habe ich ihn noch nie gesehen?«

»Wer ist Monsieur de Flaghac?«

»Wieviele Geschwister habe ich?«

»Was habt Ihr all die Jahre gemacht?«

Madame de Flaghac hob hilflos die Arme und beschränkte sich darauf, ihr mit äußerst vagen Andeutungen zu antworten. Aber Agathe-Louise hörte nicht auf, sie mit Fragen nach ihrem Vater zu bedrängen.

»Wie heißt er?« fragte sie. »Ist es Monsieur de Flaghac? Ist es Monsieur de Saint-André? Wann werde ich ihn sehen?«

»Was ist ein Croissant?«

»Wie schmeckt eine Ananas?«

»Wie sieht das Meer aus?«

Madame de Flaghac erklärte es ihr so gut sie konnte. Auf die letzte Frage konnte sie ihr keine Antwort geben. Sie wußte es selbst nicht.

»Ich habe das Meer auch noch nie gesehen!« sagte sie mit Tränen in den Augen. Sie nahm Agathe-Louise in den Arm, und sie klammerten sich aneinander, bis ihr Weinen allmählich in Lachen überging.

Am 29. Dezember 1773 wurde Mademoiselle de Saint-Antoine de Saint-André in der Kirche St. Madeleine zu Paris mit Hauptmann René-Jean Mans de La Tour du Pin, Marquis de La Charce verheiratet.

Die Mutter der Braut saß neben ihrer Schwester Brigitte, beide in silberne Seide und silberne Spitze gekleidet, ein strahlendes Lächeln auf dem Gesicht, die einzigen Verwandten der Braut, die der Trauung beiwohnten.

Agathe-Louise trug ein prachtvolles, mit Silberfäden besticktes Kleid aus silberner Seide, darüber einen Umhang aus silberner Spitze. Ihre Mutter war entgeistert, als sie die sechsfache Perlenkette um Agathe-Louises Hals entdeckte, ein Geschenk ihres Vaters.

Während der Trauung fiel Agathe-Louise auf, daß der Marquis de la Charce Pickel im Gesicht hatte, und sie mußte unwillkürlich daran denken, daß Lolo du Barry eine makellos reine Haut gehabt hatte.

Sie trat vor den Altar, ohne die geringste Ahnung davon zu haben, was sich in den *pantalons* eines Mannes abspielte und was sie in ihrem Brautbett erwartete.

»Davon hat mir niemand etwas erzählt!« erklärte sie dem Marquis mitten in der Hochzeitsnacht.

»Oh la la«, rief sie im Dunkeln aus, »ich habe nicht geahnt, daß mir so etwas widerfahren würde.«

Obwohl ihre Mutter ihr versprochen hatte, sie zu besuchen und ihr zu schreiben, hatte sie keine Gelegenheit gehabt, ihrer Tochter ein paar Ratschläge ins Ohr zu flüstern. Agathe-Louise war letztlich eine Fremde für sie.

Am Neujahrstag wurde die in glitzernde gelbe Seide gekleidete Marquise de La Charce bei Hof eingeführt. Ihre Diamanten funkelten im Licht der Kandelaber. Sie hatte zugenommen, und das Leuchten in ihren Augen war zurückgekehrt.

Von Gefühlen überwältigt, brach Ludwig XV. in Tränen aus, als er seinem Ebenbild gegenüberstand, und konnte nicht anders, als sich ihr als ihr Vater zu offenbaren.

Die Marquise delektierte sich an all den verbotenen Früchten, die man ihr während ihrer Gefangenschaft im Kloster vorenthalten hatte: Erdbeeren, Avocados, Ananas, Pflaumen, Trüffel, Schokolade, Pâtisserie. Sie wurde immer rundlicher. Schließlich entdeckte sie die Freuden des Alkohols, was dazu führte, daß sie bereits nachmittags ihre vergoldeten Sessel und Tische umwarf, ihre Hochzeitsgeschenke ruinierte und wertvolle Vasen aus Sèvres-Porzellan zerbrach.

Nach einigen Wochen des Ehelebens stellte Agathe-Louise fest, daß sie für René-Jean Mans de La Tour du Pin nichts empfand.

»Ich liebe ihn nicht«, schrieb sie ihrer Mutter. »Und ich werde ihn niemals lieben.«

Die Pickel des Marquis hatten sich zu Furunkeln ausgewachsen. Er wusch sich nur äußerst selten, und seine Bartstoppeln zerkratzten Agathe-Louises Gesicht. Ihr mißfiel, was er nachts im Bett mit ihr tat.

»Ich mag seine Fummeleien nicht«, schrieb sie ihrer Mutter. »Ich mag die Spucke des Marquis nicht in meinem Mund haben.«

Sie begann, sich nach dem geregelten Tagesablauf und der Ruhe und Stille des Klosterlebens zurückzusehnen.

Sie saß in ihrem Boudoir, trank Champagner und träumte von Lolo du Barry. Nachts erstickte sie fast unter dem Gewicht des Marquis de La Charce, der auf ihr lag und versuchte, ihr seine Zunge in den Mund zu schieben. Und sie dachte an Lolo, stellte sich vor, daß es ganz anders wäre, wenn sie mit dem Vicomte du Barry im Bett läge. Im Traum hörte sie, wie Lolo unter ihrem Fenster mit seinen Sporen klimperte und nur darauf wartete, mit ihr durchzubrennen.

Die schwere Kost verursachte Agathe-Louise Völlegefühl, machte sie krank und brachte ihre Verdauung durcheinander.

»Meine Frau lächelt nie«, sagte der Marquis zu seinen Freunden.

Nach einer Weile war Agathe-Louise so aufgedunsen, daß ihre Mutter sich erkundigte, ob sie schwanger sei.

Agathe-Louise schüttelte den Kopf.

»Ich will dem Marquis kein Kind schenken«, sagte sie. »Niemals.«

Sie hörte auf zu essen, wollte wieder schlank werden, wurde hohläugig. Ihr Mann ignorierte sie. Er hatte die reiche Mitgift kassiert und amüsierte sich mit den Damen des Palais Royal. Vier weitere Monate lang verzehrte Agathe-Louise sich nach Lolo du Barry, und obwohl ihre Mutter sie täglich besuchte, gelang es ihr nicht, sie aufzumuntern.

Am 7. September 1774 zog Madame de Flaghac Agathe-Louise ihr silbernes Hochzeitskleid über. In einer kohlrabenschwarzen, von schwarzen Pferden gezogenen Kutsche brachte sie den Sarg mit ihrer Tochter zur Kirche von Saint Sulpice, und alle Mädchen aus dem Kloster von Chaillot, die einzige Familie, die Agathe-Louise je gekannt hatte, gaben ihr das letzte Geleit. Madame de Flaghac und ihre Schwester, von Trauer überwältigt, weinten hinter schwarzen Schleiern.

Agathe-Louise hatte sich mit Champagner betrunken und anstatt Zucker Arsen über ihre Erdbeeren gestreut. Sie war einen schrecklichen Tod gestorben, schreiend, gekrümmt vor Schmerz und allein.

Gerüchten zufolge hatte sie es mit Absicht getan.

Agathe-Louise hatte nicht lange davon profitiert, daß sie ihren Vater entdeckt hatte: die letzten drei Monate ihres Lebens hatte sie Trauer getragen.

Im Februar 1774 hatte Ludwig XV. seinen vierundsechzigsten Geburtstag gefeiert. Er war fettleibig und wurde von Verdauungsstörungen gepeinigt. In letzter Zeit hatte er die Völlerei aufgegeben, hatte auf Pâtisserie verzichtet und nur noch Vichy-Wasser getrunken, doch sein Gesundheitszustand war ebenso ruiniert wie sein Ruf. Er war nicht länger Ludwig der Vielgeliebte.

Während der Fastenzeit hielt Abbé Beauvais in der Kapelle von Versailles leidenschaftliche Predigten gegen die lasterhaften Ausschweifungen am Hof. Mit donnernder Stimme ließ er sich über den Tod aus, ein Thema, das stets tabu gewesen war.

»Der Tod ist überall«, schrie er, »der Tod kommt unaufhaltsam näher!«

Der Abbé kleidete seine Ansichten über das Verhalten des Königs in einen Kommentar zum Leben König Salomons. Der ganze Hof sah den König erbleichen. Und als der Abbé rief: »Nur noch vierzig Tage, und Ninive wird bis auf die Grundmauern zerstört sein!«, begann Ludwig zu zittern.

Ende April wurde der König krank. Er klagte über heftige Kopfschmerzen, Übelkeit und Schmerzen im ganzen Körper. Seine Augen sahen aus wie Trockenpflaumen.

Die Ärzte diagnostizierten eine einfache Grippe, ließen ihn zur Ader, packten ihn in ein mit rotem Damast bezogenes Feldbett und erklärten ihm, es sei nichts Ernsthaftes. Aber was auch immer den König befallen hatte, die Symptome deuteten immer mehr darauf hin, daß es sich um eine besonders gefährliche Art der Blattern handelte: die »schwarzen Blattern«.

Niemand konnte sich so recht erklären, wie und wo der König sich angesteckt haben mochte, nur, daß er tatsächlich die Blattern hatte. Er brauchte zwei Wochen, um zu sterben.

Vierzehn Heilkundige bemühten sich um den König – sechs Ärzte, fünf Chirurgen, drei Apotheker –, dazu ein Schwarm von Lakaien, Pagen und Höflingen. Es herrschte vollkommenes Chaos.

Vierzehnmal mußte der niedergeschlagene König seine Zunge herausstrecken. Vierzehnmal wurde ihm morgens und abends der Puls gefühlt. Man brauchte kein Arzt zu sein, um zu sehen, was mit ihm los wer: jeder außer dem König selbst wußte, welche Krankheit ihn ereilt hatte.

Als die ersten Pusteln sichtbar wurden, verbreitete sich die Neuigkeit wie ein Lauffeuer auf den Korridoren des Schlosses.

Die königliche Familie Frankreichs war die einzige unter den Königshäusern Europas, die sich nicht gegen die Pocken hatte impfen lassen, und niemand in der Familie hatte die Krankheit je gehabt.

Am 3. Mai ließ Ludwig sich einen Spiegel reichen und entdeckte, daß die Ärzte ihm nicht die Wahrheit gesagt hatten.

»In meinem Alter«, sagte er, »überlebt man die Blattern nicht. Ich muß meine letzten Angelegenheiten in Ordnung bringen.«

Er schickte Madame du Barry fort und bereitete sich auf seine Beichte vor. Sein Gesicht begann, sich schwarz zu verfärben.

Am 6. Mai machte Ludwig seinen Frieden mit seinem Schöpfer. Die Prinzen, die mit der Taschenuhr in der Hand neben seinem Bett gestanden hatten, sagten später, die Beichte hätte genau siebzehn Minuten lang gedauert. Trommelwirbel ertönte, als das *saint sacrement* aus der Kapelle geholt wurde. Priester, Bischöfe, die königliche Familie und alle Minister folgten der Monstranz mit brennenden Fackeln in einer feierlichen Prozession, bis der gesamte Hofstaat im Schlafgemach des Königs versammelt war.

Später hieß es, Ludwig habe gesagt: »Wenn Gott einer erbärmlichen Kreatur wie mir einen Besuch abstattet, dann will ich ihn mit Respekt empfangen.«

Er schlug seine Laken zurück, versuchte niederzuknien, nahm seine Schlafmütze vom Kopf und faltete so fromm die Hände, daß alle Anwesenden zu Tränen gerührt waren.

Sein Gesicht wurde immer schwärzer, und sein Körper begann bestialisch zu stinken. Durch die Fenster seines Schlafzimmers, die Tag und Nacht weit offenstanden, kamen scharenweise Fliegen herein, deren Summen meistens neben dem schweren Atem des Königs und dem Ticken der Kaminuhr das einzige Geräusch war, das im Raum zu hören war.

Die Lakaien und Diener, die dem König sein Essen zu bringen, den Nachttopf zu leeren und Wasser herbeizuschaffen hatten, waren stets zur Stelle. Sie bemühten sich, möglichst nicht zu atmen, hielten sich stets in der Nähe eines Fensters auf und nahmen alle möglichen Arzneien und Wundermittel in der Hoffnung, sich nicht mit den Blattern anzustecken. Dennoch erkrankten fünfzig Menschen im Schloß, von denen zehn starben.

Der inzwischen sechzehnjährige Comte d'Ayat, dem seine rote Uniform überall zu eng und zu kurz geworden war – und der fünf Jahre zuvor auf Anordnung seiner Mutter geimpft worden war –, verbrachte die ersten zehn Tage im Mai damit, im Schlafzimmer des Königs Fliegen totzuschlagen. In einem Brief berichtete er seiner Mutter von der Krankheit des Königs.

Behende bewegte d'Ayat sich zwischen den flüsternden Dienern und schwang die zur Fliegenklatsche zusammengerollte *Gazette de France.* Er erschlug die Fliegen in einem Raum voller Höflinge, die alle davon überzeugt waren, er erlebe gerade den Tod seines eigenen Vaters.

Ludwig XV. lag auf einem von brennenden Kerzen umgebenen Bett, sein Gesicht wirkte wie eine bronzene Maske, seine Augen waren zugeschwollen, sein Mund stand offen, und er rang ständig nach Luft.

Der Raum war erfüllt vom Summen der Fliegen und vom Ticken der Uhr. Während der Bischof von Senlis Gebete in lateinischer Sprache murmelte, hörte d'Ayat in der Ferne ausgelassenes Gelächter. Im ganzen Schloß nahm man das langsame Sterben des Königs mit großer Gleichgültigkeit, ja fast mit einer gewissen Vergnügtheit hin. Die untergehende Sonne war vergessen: man interessierte sich nur noch für die Sonne, die als nächste aufgehen würde.

Das Warten wurde als recht ermüdend empfunden.

Abends, wenn die Luft im Raum zum Ersticken war, fing d'Ayat die Fledermäuse, die sich in das Sterbezimmer des Königs verirrt hatten, und erschlug die Motten, die um die Kerzenflammen torkelten.

Seiner Mutter in Flaghac schickte er regelmäßige Berichte.

Er schrieb: »Der Gestank ist widerwärtig.«

Mit sich selbst schloß er Wetten ab, wann der König sterben würde, während er dem Ticken der Uhr und dem Klappern von Absätzen auf dem Parkett lauschte. Der König starb, wie er gelebt hatte und wie er geboren worden war – in der Öffentlichkeit. Er starb mitten in einem überfüllten Raum, ohne Freunde, ohne jemanden, der ihm die Hand hielt.

D'Ayat schrieb seiner Mutter, der König leide an Wahnvorstellungen, wähne sich von den Flammen der Hölle umgeben. Er schrieb ihr, daß der König sich immer wieder die Laken vom Leib riß und verlangte, daß man ihn mit Weihwasser besprenkelte.

»Er ist schon fast tot«, schrieb er. »Er verrottet bei lebendigem Leib.«

Am Ende knieten etwa fünfzig Höflinge um das Bett des Königs. Alle hielten sich Taschentücher vor das Gesicht, mit denen sie echte und unechte Tränen abwischten und sich gegen den grauenvollen Gestank schützten.

Das Gesicht des Königs war noch schwärzer geworden und mit verkrusteten Pusteln übersät. Es wurde unablässig gebetet.

D'Ayat schaute durch die offenen Fenster in die Nacht hinaus, in den schwarzblauen Sternenhimmel. Die Motten schwirrten um das Licht, gerieten in die Kerzenflammen und verbrannten knisternd; selbstmörderische Motten, die sich unwiderstehlich vom Feuer anlocken ließen und darin verschmorten, unfähig, sich ihrem Schicksal zu widersetzen. Der Bischof verscheuchte sie mit huldvoller Geste, doch sie ließen sich immer wieder auf seinem Gebetbuch nieder. Motten landeten auf Ludwigs schwarz verfärbter Nase und auf seinen knorrigen Händen.

Die Motte ist die Seele, die den Körper verläßt, dachte d'Ayat.

Mit dem Klatschen der *Gazette* und dem Krähen des Hahns kam der Morgen. Stunde um Stunde tickte die Uhr. Dann hielten plötzlich alle den Atem an, als sei ein Wunder geschehen, der Bischof, der seine Gebete murmelte, hielt mitten im Satz inne, und jemand hielt die Uhr an.

Am Dienstag, dem 10. Mai, nachmittags um viertel nach drei, verschied der hochwohlgeborene, mächtige und vorzügliche König Ludwig XV.

Um sich Gewißheit zu verschaffen, fühlten die vierzehn Heilkundigen ein letztes Mal seinen Puls.

Der Comte d'Ayat warf seine inzwischen zerfetzte Zeitung hin und flüchtete zusammen mit allen anderen aus dem Raum. Er rannte die Treppe hinunter in den Marmorhof und erbrach sich.

Der neue König, Ludwig XVI., und Königin Marie-Antoinette hörten in den Räumen, wo sie wegen der Blattern immer noch in Quarantäne waren, den Riesentumult: ein Stimmengewirr wie Donnerhall und das Trampeln tausender Füße auf dem berühmten Parkett von Versailles – der ganze Hofstaat auf der Flucht vor dem Gestank des alten Königs und auf dem Weg zu seinem neunzehnjährigen Enkel, dem neuen König, dem jeder als erster huldigen wollte.

Schwere Schuhe mit roten Absätzen polterten über die Korridore. Manche der Eilenden stolperten, stürzten oder wurden zu Boden geworfen, zarte Knöchel erlitten Verstauchungen und Brüche, weiße Hände gerieten unter harte Schuhsohlen. Das ganze Schloß hallte wider von den Hochrufen auf den neuen König, so daß der Comte d'Ayat sich an das ohrenbetäubende Krächzen der Krähen von Ayat erinnert fühlte.

An seine Mutter schrieb er nur drei Worte: »Er ist tot!«

Seinen strikten Anweisungen entsprechend erhielt der alte König ein einfaches Begräbnis. Man legte den Leichnam, der zu verrottet und zu widerlich war, um ihn einzubalsamieren, zusammen mit einer Mischung aus Chlorkalk, Essig und Weingeist in den Sarg. Trotzdem blieb der bestialische Gestank.

Zwei Tage später wurde Ludwig – seinem Wunsch gemäß – mit dem einfachsten Transportmittel, das zur Verfügung stand, nämlich den drei Kutschen, die er früher benutzt hatte, um zur Jagd zu fahren, nach Saint-Denis überführt.

Der Sarg lag in der ersten Kutsche, bedeckt mit einem Leichentuch aus schwarzem, mit goldenen Lilien bestickten Samt. Als der Leichenzug das Schloß verließ, stimmten die Leute – wie immer, wenn sie die königliche Kutsche erblickten –, laute Hochrufe an und jubelten dem König auf seiner letzten Reise zu.

D'Ayat ritt zusammen mit den anderen Pagen im Gefolge und hielt sich ein Taschentuch vor die Nase.

Im darauffolgenden Jahr wurde der neue König gegen die Pocken geimpft, und der Comte d'Ayat entdeckte die Mädchen.

Am Dienstag, dem 10. Mai, um viertel nach drei nachmittags begannen sämtliche Uhren in Madame de Flaghacs Zimmer gleichzeitig zu schlagen, und danach blieben sie alle stehen.

Ihr mit Diamanten besetztes Chronometer blieb stehen. Auf seiner Rückseite lag, aufgerollt wie eine Uhrfeder, unter Glas ein kostbares Souvenir: ein Schamhaar Ludwigs XV.

In einem goldenen, mit Smaragden eingefaßten Ring bewahrte sie einen Krümel orangefarbenes Wachs aus den königlichen Ohren auf.

In einem goldenen, mit glitzernden Saphiren besetzten Medaillon hatte sie die abgeschnittenen Zehennägel des Königs aufgehoben, brüchige, gelbe Sichelmonde, die ihr Firmament erhellten.

Für eine Irin war das gleichzeitige Stehenbleiben von Uhren ein eindeutiges Zeichen dafür, daß sich etwas Bedeutendes ereignet hatte. In ihrem Herzen wußte Morfi, was geschehen war, noch bevor sie d'Ayats Brief erhielt. Ein kalter Schauer lief ihr über den Rücken. In den folgenden Nächten wickelte sie sich noch fester als gewöhnlich in ihre seidenen Laken, als könnte sie sich damit gegen all die Dinge schützen, die ihr den Schlaf raubten.

Gegen Ende der Woche konnte sie an nichts anderes mehr denken als an Ludwig. An Ihn. Wo immer sie auch hinsah, erblickte sie Sein Gesicht, selbst wenn sie die Augen schloß. Sein Bild schien sie überallhin zu verfolgen, und sie wußte nicht, wie sie sich davon befreien sollte.

Sie sah den König auf den Feldern, die ihr Schloß umgaben, begegnete Ihm, wenn sie die große Treppe hinunterstieg. Sie sah Ihn neben ihrer Kutsche hergehen, erblickte Seine Züge im Gesicht jedes Mannes, den sie traf, so als sei Er zurückgekommen, um sie zu foppen, um sie zu unterhalten, um für immer bei ihr zu bleiben, so wie sie es sich immer gewünscht hatte.

Er grinste sie von allen Münzen an, die sie in ihrer Börse aus Wieselfell aufbewahrte, bis sie sie schließlich alle fortwarf.

Sie fühlte sich von Seinem Schatten verfolgt. Wenn sie in den Spiegel schaute, um sich zu frisieren, sah sie Ihn hinter sich stehen und über ihre Schulter hinweg grinsen, sah, wie Er Seine *pantalons* herunterließ, sich erst den samtenen Rock und dann alle Kleider vom Leib riß und überall auf dem Boden verstreute.

Aber es war niemand da: nur das Geräusch einer Tür, die leise ins Schloß fiel, das Klappern der Fensterläden, das Flattern der Tauben.

Ab und zu weinte sie ein bißchen. Sie entdeckte die ersten Falten in ihrem Gesicht, bemerkte, daß sie beim Treppensteigen außer Atem geriet.

Mit ihren Gedanken alleingelassen, versuchte sie, die Linien in ihrem Gesicht unter wundertätigen Cremes zu verbergen. Sie begann, noch mehr Geld für Kosmetika auszugeben.

Sie verließ Flaghac und flüchtete nach Paris und legte die zwölf in rotes Leder gebundenen Bände der Bibel griffbereit auf ihren Nachttisch, um sie notfalls werfen zu können, falls Ludwig XV., König von Frankreich und Navarra, sie noch einmal heimsuchen sollte.

XIV

Einen Monat nach dem Tod des alten Königs zog der Comte d'Ayat Ludwig XVI. zum letztenmal seinen rechten Pantoffel aus. Wie die Tradition es vorschrieb, ging er zum König, um seinen Abschied zu nehmen.

Der neue König nahm kaum von ihm Notiz, bedachte ihn nur mit einem kaum angedeuteten Kopfnicken, das ebensogut eine unwillkürliche Bewegung hätte sein können, ein Tick, etwas, das ihn am Kragen juckte.

D'Ayat machte eine steife Verbeugung, entfernte sich rückwärts aus der Chambre du Roi und dachte: Er läßt sich noch nicht einmal dazu herab, *au revoir* zu sagen. Anschließend verabschiedete er sich vom Kommandanten der Pagen und von seinen Kameraden und wischte sich den gelbgrauen Versailler Staub von den Reitstiefeln. Er verließ die Stadt des Sonnenkönigs als junger Mann mit geschliffenen Umgangsformen, als geübter Fechter, vorzüglicher Reiter und Pferdekenner, aber ohne Gewissen, ohne Skrupeln und mit etwas Unbestimmtem, das in seinem Innern schwelte.

Er trat, wie vorgesehen, als Unterleutnant in die Armee ein, in das Regiment seines Paten, des Maréchal de Soubise.

Madame de Flaghac hatte bereits ein Dutzend Briefe an den Prinzen geschrieben, in denen sie ihn bat, ihren Sohn wie jeden anderen Unterleutnant zu behandeln.

Der Prinz lachte über die Briefe. »Ich bin nur an der Mutter interessiert«, sagte er zu seinem Adjutanten.

Es gab keine Gefälligkeiten und keine Vorzugsbehandlung. Der Comte d'Ayat wurde von Soubise völlig ignoriert.

D'Ayat durchlief die üblichen Initiationsriten, die er spielend überstand, und machte sich daran, die hohe Kunst des Tötens zu lernen.

Er perfektionierte seine Fertigkeit im Umgang mit dem Bajonett und entwickelte sich zu einem hervorragenden Schützen. Bis spät in die Nacht vertiefte er sich in Bücher über Kriegsstrategie und den Bau von Befestigungsanlagen. Er schrieb seiner Mutter regelmäßig, stets darauf bedacht, den pflichtgetreuen Sohn zu spielen und sie seiner Liebe zu versichern, nicht ohne Hintergedanken an ihren Reichtum und sein voraussichtliches Erbe.

Im Alter von neunzehn Jahren wurde er zum Leutnant befördert und widmete sich fortan in den Stunden der Dunkelheit den Mädchen, die sich in den Gärten des Palais-Royal feilboten.

Mit einundzwanzig wurde er Hauptmann. Befehle befolgte er mit äußerster Gewissenhaftigkeit, seine Uniform war stets in makellosem Zustand. Es störte ihn nicht, in einem Zelt oder unter freiem Himmel zu schlafen, und es machte ihm nichts aus, im Regen zu stehen: unverdrossen setzte er sich beim Bau von Feldlagern ein, überwachte das Ausheben von Gräben und beschäftigte sich mit militärtechnischen Problemen.

Den anderen Offizieren mißfiel d'Ayats Tatendrang. Er war allzu selbstgefällig, er war prahlerisch und übereifrig. Es langweilte sie, daß er von nichts anderem redete als von Pferden. Zu Fuß fühlte er sich wie ein Fisch an Land. Er wäre besser in der Kavallerie aufgehoben gewesen.

D'Ayat blieb zwölf Jahre lang Hauptmann und konnte nicht begreifen, warum er einfach nicht befördert wurde.

Nach dem Tod Ludwigs XV. wurde das Amt des Generalsteuereintreibers, das speziell für Monsieur de Flaghac eingerichtet worden war, abgeschafft, und die 300.000 Livres, die er dafür bezahlt hatte, wurden ihm zurückerstattet. Die lukrative Geldquelle der Flaghacs war damit über Nacht versiegt.

Die Miete für ihr Haus wurde von dem Abbé Terray als Gegenleistung für die ihm erwiesenen Dienste bezahlt. Madame de Flaghac verkehrte in den besten Kreisen und wurde mit Einladungen überhäuft. Im Polizeibericht von 1776 wurde sie als die schönste Frau bei Hof beschrieben, als »die Vestalin sämtlicher Minister«. Sie wurde regelmäßig in Versailles gesehen, wo sie in der Rue de Surintendence abwechselnd das Büro des französischen Finanzministers und das Büro eines anderen Regierungsbeamten aufsuchte.

Der Abbé Terray ließ weiterhin seine Beziehungen spielen. Es dauerte nicht lange, und François-Nicolas de Flaghac wurde der Titel eines Comte verliehen, und seine Frau wurde wieder zur Comtesse.

Zu ihrem vierzigsten Geburtstag leistete die Comtesse sich teure Wunderlotionen, die ihre Haut vor sämtlichen degenerativen Folgeerscheinungen des Alterns zu bewahren versprachen. Zu ihrer Genugtuung wurde sie endlich bei Hof eingeführt, in einem schwarzen Kleid mit Rüschen aus schwarzer Gaze. Sie trug Diamanten im Haar, Diamanten an den Ohren, Diamanten an den Fingern und um die Taille einen mit Diamanten besetzten Gürtel. Es gelang ihr immer noch, Versailles den Atem anhalten zu lassen – ein Vierteljahrhundert nachdem sie zum erstenmal in Erscheinung getreten war.

Sie ließ sich von grinsenden Herzögen und augenzwinkernden Vicomtes die Hand küssen. Sie kam und ging nicht länger über Hintertreppen, sondern durch den Haupteingang. Ihre Vormittage verbrachte sie in den Juwelierläden in der Rue du Faubourg Saint-Honoré und gab noch mehr Geld aus als bisher.

All dies verdankte sie dem Abbé Terray. Doch im Jahre 1778 starb der Abbé, ohne daß es ihm gelungen war, zum Kardinal aufzusteigen. Im Tod ebenso verhaßt wie zu Lebzeiten, wurde er mitten in der Nacht in aller Eile begraben, um einen Aufruhr bei seinen Trauerfeierlichkeiten zu verhindern.

In seinem Testament hatte der Abbé unter anderem eine Mitgift von 120.000 Livres für seine Tochter Marguerite-Victoire de Flaghac festgelegt.

Marguerite-Victoire, inzwischen zehn Jahre alt, verbrachte einen Großteil ihrer Zeit an ihrem Cembalo. Ihre Mutter lehrte sie zu lächeln. Sie brachte ihr bei, was Männern gefiel, und ließ sie mit dem *Guide des Pêcheurs* auf dem Kopf umherlaufen, um ihre Haltung zu verbessern.

Die Comtesse blieb noch einige Wochen lang in der Rue Notre-Dame des Champs wohnen, doch sie spürte ständig die Gegenwart des Abbé Terray. Der Geruch nach Knoblauch und Zwiebeln hing noch immer in allen Räumen. Sie warf mit Bibeln nach seinem Schatten, bestellte einen Exorzisten und ließ eine Messe für seine Seelenruhe lesen, aber es gelang ihr nicht, ihn zu vertreiben. Als sie es schließlich nicht mehr ertragen konnte, kaufte sie sich ein Haus in der Rue Poissonière, wohin der Geist des Finanzministers sie nicht verfolgen konnte.

Marguerite-Victoire machte es Spaß, die schwarzen Schnecken einzusammeln, die im Garten des neuen Hauses herumkrochen. Vor dem Zubettgehen setzte sie eine Schnecke auf einen mit Mehl bestreuten silbernen Teller, den sie, mit einem Deckel versehen, über Nacht stehen ließ. Am nächsten Morgen untersuchte sie die Kriechspur der Schnecke, aus der sie die Initialen des Mannes ablas, den sie einmal heiraten würde. Ihre Schnecken produzierten jedesmal ein verschnörkeltes L, und jedesmal flüsterte sie: »Louis.«

»Louis Desaix«, murmelte sie vor sich hin, »Vetter Louis.«

Der Familientradition entsprechend, warf sie die Schnekken anschließend in kochendes Wasser und aß sie zum *petit déjeuner.*

Ihre Mutter warnte sie: »Die schwarzen Schnecken sind die Geister der Toten.« Doch Marguerite-Victoire gab nichts auf die Worte ihrer Mutter.

Der gesellschaftliche Aufstieg des Comte de Flaghac war kaum aufzuhalten. Der Comte d'Artois, der Bruder Ludwigs XVI., ein Lebemann und leidenschaftlicher Spieler, ernannte ihn zu seinem Maître d'Hôtel. Für 700.000 Livres, eine Summe, die sein Vermögen nicht wesentlich schmälerte, kaufte de Flaghac sich das Amt des Schatzmeisters des Heilig-Geist-Ordens sowie das Amt des Verwalters des Marc d'Or. Seine neuen Ämter bescherten ihm nicht nur einen nahezu grenzenlosen Reichtum, sondern auch das Prestige, welches die Mitgliedschaft im ersten Ritterorden der Monarchie verlieh.

Dreimal im Jahr ging er, bekleidet mit einem mit Lilien und Flammen bestickten Gewand, mit beim feierlichen Umzug der Ritter des Ordens vom Heiligen Geist.

Mit stolzgeschwellter Brust schritt er in einem maulwurfsfarbenen, mit Silberfäden bestickten Rock einher und prahlte mit seinen Erfolgen.

Mit seiner Gesundheit war es jedoch nicht zum Besten bestellt, und schon bald war er gezwungen, sich nach Bagnères zur Kur zu begeben.

Bis Anfang 1780 hatte er sich nur mäßig erholt und ernährte sich immer noch von einer Diät, die hauptsächlich aus Weißfisch bestand. Doch das Geld floß wieder reichlich in die Kasse der de Flaghacs, die regelmäßig beträchtliche Summen einnahmen: 340.000 Livres an jährlichen Mieteinnahmen, eine Zahlung von 500.000 Livres und einen weiteren warmen Regen von 150.000 Livres. Manchmal wußten sie gar nicht, was sie mit all dem Geld tun sollten. Sie kauften mehrere Schlösser. 1781 ließen sie die Decken in sämtlichen Räumen ihres Hauses vergolden und kauften sich goldene Messer und Gabeln.

Der Comte de Flaghac mußte noch ein weiteres Jahr lang Diät halten und sich von Flußbarsch ernähren. Die Ärzte gaben ihm noch ein halbes Jahr zu leben und rieten ihm, sein Testament zu machen.

Anstatt auf den Rat der Ärzte zu hören, fuhr de Flaghac immer wieder nach Bagnères und konzentrierte sich darauf, sein Imperium zu vergrößern. Er kaufte Ländereien, investierte in windige Geschäfte und dachte an nichts anderes als daran, seinen Reichtum zu vermehren.

Die Comtesse, die inzwischen im Schloß aus und ein ging, wurde immer häufiger in Versailles gesehen, wo sie eine zweite Wohnung gemietet hatte, in der der Comte in seinem Rollstuhl von Zimmer zu Zimmer rollte, ein halbes Dutzend schwarzer Lakaien beschäftigte und von goldenen Tellern speiste.

De Flaghacs Stiefsohn, der Comte d'Ayat, war immer noch Hauptmann. 1782 wurde der »charmante junge Mann von fünfundzwanzig Jahren« in Fontainebleau, wo er in der königlichen Garde diente, einem gewissen Signor Casanova, einem italienischen Edelmann von etwa fünfzig Jahren, vorgestellt.

Der Comte d'Ayat sah nicht aus wie ein Auvergner; er war das Ebenbild seiner Mutter, mit strohigem, blonden Haar unter der Perücke und blauen Augen. Er trug ein blaues Band um den Hals. Casanova erkundigte sich, was das zu bedeuten habe.

»Es bringt Glück«, erklärte d'Ayat. »Das ist ein alter irischer Brauch.«

Casanova wollte wissen, ob er die Lebensgeschichte seiner Mutter kenne. D'Ayat schüttelte den Kopf, neugierig zu erfahren, worauf der Italiener hinaus wollte.

»Ich glaube nicht, daß es mir ansteht, Euch ins Bild zu setzen …« sagte Casanova lächelnd und erzählte ihm die Geschichte trotzdem, voller Fehler, voller erfundener Einzelheiten, einschließlich seiner eigenen Vermutungen hinsichtlich der Frage, wer der Vater des Comte sei.

Nachdem er geendet hatte, ließ d'Ayat ihn stehen und ging allein im Park spazieren. Seine Gedanken rasten. Er hob Steine auf, warf sie wütend in die Brunnen und wanderte durch die Dunkelheit, den Kopf voller Fragen.

Am 24. April 1783 wurde François-Nicolas Lenormand de Flaghac in der Kapelle seines Lehnsguts begraben. Seine Witwe saß mit trockenen Augen in Paris und tat so, als ob der Tod nicht existierte. Ein Jahr lang trug sie Schwarz, weigerte sich jedoch, ihre Diamanten abzulegen.

In der Rue Poissonière ging sie von Zimmer zu Zimmer und stellte fest, daß sie endlich frei war. Der Geist ihres Mannes kam nicht, um sie heimzusuchen.

Marguerite-Victoires Finger tanzten unermüdlich über die schwarzen und weißen Tasten ihres Cembalos, während sie an nichts anderes dachte als an ihren fünfzehnjährigen Vetter Louis Desaix, der eine Karriere in der Armee vor sich hatte.

Ihrer Mutter war aufgefallen, daß sie angefangen hatte zu lächeln wie der Abbé Terray. Sie befahl ihr, auf der Stelle damit aufzuhören.

Befreit vom Schatten des Abbé Terray, befreit von ihrem Mann, dem Comte de Flaghac, vertrieb die verwitwete Comtesse sich ihre Abende mit dem Maître de Requêtes, Monsieur Jean-Marie-Antoine-Claude de Valdec de Lessart. Für ihre Kinder war er nicht ihr Geliebter, sondern der Herr, der sie in Geldangelegenheiten beriet. Die Affäre sollte ein Geheimnis bleiben.

In dem Jahr, als der Abbé Terray gestorben war, war Valdec de Lessart siebenunddreißig Jahre alt geworden. Er badete regelmäßig, hielt sich makellos sauber. Er sah gut aus, war warmherzig, liebenswürdig und gutmütig, kurz, er war alles, was der Abbé nicht gewesen war. Sein Gesicht war weich und glatt, ohne Pockennarben und ohne Sorgenfalten.

Er hatte viele Sorgen. Er sorgte sich um seine Arbeit, er sorgte sich um seine Finanzen, seine Konten, seine Devisen. Er arbeitete ununterbrochen, dachte unentwegt an seine Karriere, rechnete stundenlang auf kleinen Zetteln Gewinne und Verluste aus, während er mit der Comtesse im Bett lag.

Seine Nägel waren so weit herunter gekaut, daß es nichts mehr zu kauen gab, doch er hörte nicht auf, sich die Nägel zu beißen. Die Comtesse lachte ihn aus.

»Wenn Ihr Eure Nägel kaut«, sagte sie, »werden Euch die Hände abfallen!«

Sie schloß ihn in ihr Herz. Es war ein komisches Gefühl. Das war sie nicht gewohnt. Sie verfluchte sich selbst dafür, daß sie es hatte geschehen lassen, ohne sich zu überlegen, wohin das führen würde. Sie gewöhnte sich an ihn, schaute ständig auf ihre Uhren, zählte die Stunden, bis Valdec de Lessart zu ihr kam, ohne daß ihr dabei das Herz so schwer wurde wie früher im Parc-aux-Cerfs. Sie dachte nur noch an ihn. Sie spürte eine innere Wärme, die sie kaum jemals und nur in flüchtigen Augenblicken empfunden hatte. Das mußte es sein, was die Leute meinten, wenn sie von Verliebtsein sprachen, dachte sie.

Sie servierte Valdec de Lessart gebratene Artischocken. Ab und zu trank sie heiße Schokolade, gewürzt mit Vanille und Ambra.

»*Lézard*«, flüsterte sie, wenn sie ihn küßte, und dachte, er schmeckt gut. Er erinnerte sie an früher.

Zur gleichen Zeit war die Comtesse mit Jean-Jacques de Flaghac in einen bitteren Streit über die Hinterlassenschaft ihres verstorbenen Mannes verstrickt.

»Nur durch mich ist er überhaupt reich geworden!« erklärte sie ihren Anwälten. »Ohne mich wäre er sein Leben lang ein einfacher Steuereintreiber in der Auvergne geblieben.«

Sie wurde wütend. »Es ist mein Geld, Messieurs!« schrie sie. »Es steht mir zu!«

Trotz allem mangelte es ihr nicht an Bargeld. Boehmer und Rouen, die Hofjuweliere, besuchten sie jede Woche und brachten mit Samt ausgeschlagene Schatullen voller Schätze mit: Smaragdketten, Ohrringe mit Rubinen, mit Diamanten besetzte Diademe, Halsketten und Broschen und Perlenketten.

Die Perlen rührte sie nicht an, doch alles andere war unwiderstehlich. Sie kaufte, als hätte sie alles Geld der Welt, als gäbe es kein Morgen, und rieb sich mit Wundercremes ein, um ihren Körper ewig jung zu erhalten.

Der Comte d'Ayat, mittlerweile sechsundzwanzig, vegetierte immer noch als Hauptmann dahin. 1783 heiratete er Mademoiselle Marie-Anne Guyot de Mongrau, die eine Mitgift von 160.000 Livres in die Ehe einbrachte. Sie hatte dichtes schwarzes Haar, einen Teint wie eine Porzellanpuppe, besaß die gleiche Wildheit, die d'Ayat so sehr an Pferden bewunderte, und eine Wildheit im Bett, die d'Ayats Leidenschaft entfachte. Er freute sich darauf, seine Frau auf die gleiche Art das Tanzen zu lehren wie seine Pferde: sie war zähmbar und kontrollierbar, genau die Richtige für ihn.

Ihre Familie jedoch ließ sich nicht von ihm zähmen. Die Guyots machten ihm unmißverständlich klar, daß sie die Absicht hatten, die Mitgift in Raten zu zahlen, beginnend im Jahre 1794, dem elften Jahr ihrer Ehe.

Vor Wut schäumend schrie der Comte d'Ayat einen Vormittag lang seine Anwälte an und verhandelte einen Nachmittag lang verbissen mit den Anwälten der Guyots, doch es gelang ihm nicht, die Familie von ihrem Entschluß abzubringen.

Schließlich gab er auf und sagte achselzuckend: »Es ist nicht so wichtig, meine Mutter ist eine wohlhabende Frau.«

»Die Guyots haben einen ausgeprägten Geschäftssinn, das muß man ihnen lassen«, bemerkte die Comtesse.

Beim Hochzeitsbankett herrschte eine frostige Atmosphäre. Die Guyots gaben sich blasiert und machten abfällige Bemerkungen über d'Ayats irische Verwandtschaft. Innerhalb von achtzehn Minuten war das Mahl beendet, und die Mitglieder der Familie Murphy konnten nur mit Mühe daran gehindert werden, die Familie der Braut mit den Resten des Kuchens zu bewerfen.

Als die irischen Verwandten ihre Fiedeln auspackten und d'Ayats Tante Brigitte auf den Tischen zu tanzen begann, ergriffen die Verwandten der Braut die Flucht.

1784 erhielt der Comte d'Ayat das Privileg, in der königlichen Kutsche zu fahren, und seine Frau begann, aus Stoff, der mit der Lilie der Bourbonen bestickt war, winzige Kleider zu nähen.

Von ihrer Schwiegermutter erhielt die junge Comtesse den Rat, abends keine Kartoffeln zu essen, wenn sie wünschte, daß ihr Kind mit einem kleinen Kopf zur Welt käme. Aber die Schwiegertochter hätte sich zu keiner Tageszeit überwinden können, Kartoffeln zu essen.

Im darauffolgenden Jahr führte Monsieur Parmentier, der Landwirtschaftsexperte, die Kartoffel am französischen Hof ein, wofür ihm die Ehre zuteil wurde, die Hand von Marie-Antoinette küssen zu dürfen.

Ein paar Tage lang trug Ludwig XVI. eine Kartoffelblüte im Knopfloch, um für den Genuß eines Gemüses zu werben, das allzu lange in dem Ruf gestanden hatte, gerade gut genug als Nahrungsmittel für Bauern und deren Vieh zu sein.

Ludwig lachte. Bereits dreißig Jahre zuvor hatte die Kartoffel als Schützling von Marie-Louise Murphy ihr Debüt bei Hofe gehabt. Jetzt sollte er so tun, als sei sie etwas vollkommen Neues. Herablassend kaute er seine *pommes de terre à la Parmentier* und begriff nicht, was das ganze Theater sollte.

Zur gleichen Zeit waren Streifen groß in Mode: alles trug gestreifte *pantalons,* gestreifte Kleider, Westen und Strümpfe zu Ehren des Zebras, das gerade in der königlichen Ménagerie in Versailles eingetroffen war. Mode war stets, was neu war.

Also trug Madame de Flaghac Kleider mit roten und Kleider mit rosafarbenen Streifen. Der Comte d'Ayat kleidete sich schwarzweiß gestreift wie das Zebra selbst.

Als das Kind der Beaufranchets auf die Welt kam, wurde es, wie der Vater, in schwarzweiß gestreifte Kleider gesteckt und, noch bevor es Gelegenheit hatte zu lächeln, in ihnen begraben.

Die Zeit der alten Comtesse verging wie im Flug. Sie gab Geld aus, sie stellte Diener ein; sie bewirtete ihre Gäste auf verschwenderische Weise und verkehrte nur in den besten Kreisen. Sie überwachte die Erziehung von Marguerite-Victoire; und als Marguerite-Victoire achtzehn Jahre alt wurde, hielt der Comte de Chousy um ihre Hand an, ein Kavallerie-Offizier, dessen Familie in Versailles hohes Ansehen genoß.

Hätte sie die Wahl gehabt, hätte Marguerite-Victoire lieber ihren Vetter Louis Desaix geheiratet, trotz seines häßlichen Äußeren.

»Sein Gesicht ist mir nicht wichtig«, erklärte sie ihrer Mutter. »Es ist mir egal, wie Louis aussieht. Ich liebe ihn. Ich werde nie einen anderen lieben.«

Aber Louis Desaix hatte nicht um Marguerite-Victoires Hand angehalten. Er befand sich meistens mit seinem Regiment im Ausland. Er war ein mittelloser Leutnant ohne Titel und ohne gesellschaftlichen Rang.

Marguerite-Victoire hatte keine Wahl.

»Wenn Ihr Euch verliebt«, warnte ihre Mutter sie, »wird es Euch das Herz brechen.«

Marguerite-Victoire schmollte, weinte und schlug einen Monat lang Türen zu.

»Man bekommt nur eine Chance im Leben«, sagte ihre Mutter. »Dies ist Eure Chance, und Ihr müßt sie ergreifen.«

Marguerite-Victoire mußte tun, wie ihr geheißen wurde.

»Es ist das Geld, das zählt, Mademoiselle«, erklärte die Comtesse ihrer Tochter, »Geld. Und Louis Desaix hat kein Geld.«

Marguerite-Victoire zuckte die Achseln, beruhigte sich, und kurz darauf setzten Ludwig XVI., Marie-Antoinette und die ganze königliche Familie ihre Unterschrift unter den Ehevertrag.

Am Abend desselben Tages gab die Comtesse de Flaghac ein rauschendes Fest in der Rue Poissonière. Sie trug ein Kleid aus purpurrotem Seidentaft und alle Diamanten, die sie besaß. Einige ihrer Gäste tuschelten miteinander, wunderten sich über den merkwürdigen Einfall der de Chousys, eine Verbindung mit einer Familie wie den de Flaghacs zu suchen, die erst kürzlich in den Adelsstand erhoben worden war und von einer so zweifelhaften Linie wie den Murphys de Boisfailly abstammten. Aber die de Flaghacs besaßen mehrere Schlösser, gute Verbindungen zum Hof und unermeßlichen Reichtum.

Niemand sagte den de Chousys, daß ihre zukünftige Schwiegertochter ein illegitimes Kind des verhaßten Abbé Terray war, allerdings wußten sie sehr wohl, wer Madame de Flaghac war und was sie gewesen war. Sie erhoben keine Einwände.

»Marguerite-Victoire hat Geld«, sagte Chousy *père,* »und alles andere zählt nicht.«

Marguerite-Victoire kam nach ihrer Mutter, sie hatte – sehr zur Erleichterung der Comtesse – keine Ähnlichkeit mit dem Abbé Terray. Es hieß, sie sei das attraktivste Mädchen von ganz Paris, und das Vermögen der de Chousys gehörte zu den größten Frankreichs.

Die Diamanten der Comtesse de Chousy funkelten, und ihre Augen strahlten. Sie wußte, daß sie den Comte de Chousy nicht liebte und ihn nie lieben würde, doch am Tag der Hochzeit tat sie so, als liebte sie ihn.

Madame de Flaghacs Diamanten glitzerten im Licht ihrer kristallenen Kronleuchter. Ihr Haus war brechend voll mit Gästen, die zur Crème des französischen Adels gehörten. Das Essen, das zu Pyramiden angeordnet auf ihren Tischen stand, war von den besten Köchen in Paris zubereitet worden. Der König und alle Prinzen und alle Mitglieder der königlichen Familie hatten ihr die Hand geküßt. Sie hatte eine Mischung aus rotem Mennige und Karmin auf ihre Wangen aufgetragen, um ihrem Gesicht Frische zu verleihen, hatte ihre

Augen mit Lampenruß geschminkt und ihren Teint mit Bleiweiß aufgehellt. Der neuesten Mode entsprechend, trug sie einen Kopfschmuck aus Straußenfedern. Auf ihren Händen waren noch keine Altersflecken zu sehen. Man hätte sie für dreißig halten können.

Während sie in ihrem vergoldeten Salon mit Angehörigen der feinsten Gesellschaft plauderte und mit Vertretern des Hochadels schäkerte, sagte sie sich im stillen, daß sie es ganz schön weit gebracht hatte, seit sie Rouen im Alter von sechs Jahren verlassen hatte.

Mit leuchtenden Augen schaute sie sich um, betrachtete die Gesichter der Frauen und Männer und fragte sich, wohin das Schicksal sie als nächstes treiben würde. Doch ihr Blick kehrte stets zu dem großen, eleganten Valdec de Lessart zurück, der mit seiner silbrigen Perücke und in seinem leuchtendroten, mit schokoladenfarbener Seide gefütterten Samtrock unwiderstehlicher denn je wirkte.

Immer noch kursierten die verschiedensten Gerüchte über die verwitwete Comtesse. Es hieß, sie habe Valdec de Lessart heimlich geheiratet. Der Comte d'Ayat hielt es jedoch für wahrscheinlicher, daß sie sich geweigert hatte, ihn zu ehelichen. Sie wollte mit niemandem mehr verheiratet sein, wollte ihre Freiheit nicht mehr aufgeben. Sie würde sich nie wieder Fesseln anlegen lassen. Zum erstenmal in ihrem Leben besaß sie die Freiheit, zu tun und zu lassen, was ihr gefiel.

Es stimmte allerdings, daß sie sich in Valdec de Lessart verliebt hatte.

Weil sie es leid war, die Zeit vor ihren Augen verrinnen zu sehen, verkaufte sie alle ihre goldenen Uhren und erwarb von dem Erlös ein Haus, das ihr niemand mehr wegnehmen konnte, ein Haus, in dem niemand ihr Vorschriften machen konnte.

Das Château de Soisy lag auf dem Land, jedoch nah genug bei Paris, um für Gäste bequem erreichbar zu sein. Es war nicht zu groß und weder kalt noch feucht.

Es war aus honigfarbenem Stein erbaut, hatte eine Zugbrücke, einen Schloßgraben, in dem sich Goldfische tummelten, einen *pigeonnier* voller weißer Tauben, von Pappeln gesäumte Wege und war umgeben von schattigen Kiefernwäldern. Das Schloßtor war flankiert von zwei Pförtnerhäusern. Die Räume des Schlosses waren mit blankpoliertem Parkettboden ausgestattet, und an den Wänden hingen Spiegel mit vergoldeten Rahmen; es gab in Weiß und Gold gehaltene Salons mit vergoldeten Möbeln darin und prächtige Betten mit Baldachinen aus silbernem Damast und neumodische Wasserklosetts. Das Schloß war wie ein Miniatur-Versailles. Der Traum der Comtesse war Wirklichkeit geworden.

Die Buchsbaumhecken wucherten so üppig, daß die Comtesse das halbe Dorf einstellen mußte, um sie zu beschneiden. Die andere Hälfte des Dorfes nahm sie für Küche und Keller in ihre Dienste: fürs Kochen, Putzen, für Botengänge, Besorgungen, für alle Arbeiten in Haus und Garten.

Sie zahlte 208.000 Livres in bar.

Zu Weihnachten verteilte sie Kohle, Holzscheite, Brot und Fleisch an die Armen und spendete Geld für die Instandhaltung der Kirche. Abends kamen Sänger mit Trommeln und Dudelsäcken und brachten ihr Ständchen. Frauen, die im Kindbett lagen, schickte sie heiße Suppe und saubere Laken. Niemand wurde an ihrer Tür abgewiesen. Ihre abgelegten Kleider ließ sie ins Dorf bringen, wo sie so geändert wurden, daß sie den Kindern paßten.

Die Einwohner von Soisy hielten sie für einen Engel und kamen, um sie zu berühren und sich zu vergewissern, daß sie wirklich war. Häufig kam es vor, daß sie vor dem Tor knieten und darauf warteten, daß die Comtesse aus dem Schloß kam.

Zwei livrierte Lakaien trugen sie durch Soisy in einer golden und rosafarben bemalten Sänfte mit rosafarbenen Seidenvorhängen, geschmückt mit einem vergoldeten Amor mit Pfeil und Bogen. Wo immer sie hinging, lächelte und winkte sie den Leuten zu, und alle waren von ihr hingerissen.

Kurz nachdem Madame de Flaghac das Schloß in Soisy gekauft hatte, präsentierte die Frau des Comte d'Ayat ihr ein neues Enkelkind als Ersatz für das verstorbene. Sie nannten es Anne-Pauline-Victoire. Auf Geheiß seiner Mutter spuckte der Comte ihr auf den Kopf.

»Das bringt Glück!« sagte er.

Doch die Comtesse d'Ayat war von diesem barbarischen Brauch angewidert.

Im Juli gab es ein schreckliches Gewitter mit Donner und Hagel, das schlimmste seit Menschengedenken. In panischer Angst rannte die Comtesse de Flaghac durch ihr Schloß, machte die Fensterläden zu und drehte die vergoldeten Spiegel zur Wand.

Im August war es so heiß, daß der Schloßgraben austrocknete, und die Goldfische zappelten am Boden des Grabens in dem dicken, stinkenden Schlamm zwischen Generationen alter Schuhe herum, bis sie erstickten.

Im September war es so kalt, daß die Comtesse einen schweren Seidenumhang anlegte und den ganzen Tag vor dem Kaminfeuer sitzen blieb. Wenn Valdec de Lessart nicht da war, lud sie Brigitte Murphy de Boisfailly zu sich ein, damit sie ihr Gesellschaft leiste. Dann schliefen sie in einem Bett und wärmten sich gegenseitig, wie sie es als Kinder getan hatten. Sie klammerten sich aneinander, aus Angst vor der Dunkelheit und vor Einbrechern, aus Angst, allein zu sein, aus Angst vor Blitz und Donner, vor Gespenstern, vor der Banshee, aus Angst vor dem Tod.

Und am Morgen lachten sie über ihre Ängste und vergaßen sie wieder.

Die Schwestern gewöhnten sich an das Leben im Schloß und machten es sich gemütlich. Der Comtesse wurde ein zweites Enkelkind beschert, Alexandre-Édouard-Marguerite de Beaufranchet d'Ayat. Dann kam wieder ein strenger Winter, dann eine Überschwemmung und dann ein schreckliches Gewitter, fast auf den Tag genau ein Jahr nach dem letzten. Und dann wurde die Comtesse fünfzig, und von dem Tag an gestattete sie sich, unwahre Angaben über ihr Alter zu machen.

An Sommernachmittagen legte sie ihre Smaragde an und ging auf den schattigen Wegen spazieren, vorbei an Statuen von Juno und Ceres. Sie legte ihre Rubine an und setzte sich, bekleidet mit einem flammendroten Kleid aus Seidentaft, in ihrem Garten unter einen roten Sonnenschirm, zusammen mit Valdec de Lessart oder Brigitte oder ihren Enkelkindern, die sich an ihre Röcke klammerten.

Weiße Tauben gurrten und flatterten auf. Pfauen schrien, und Schmetterlinge ließen sich auf ihren mit goldenen Ringen geschmückten Händen nieder. Auf den saftigen grünen Wiesen grasten weiße Kühe. Scharen von Gärtnern waren ständig dabei, die Buchsbaumhecken zu phantastischen Formen zurechtzustutzen: grüne Hühner, Truthähne, Kartoffeln, Lilien und Serien fetter grüner Tauben bevölkerten die Gärten um das Schloß herum.

Die Comtesse hatte das Gefühl, daß nichts ihren Frieden, ihr Glück oder ihre finanzielle Sicherheit zerstören konnte. Sie füllte ihr Schloß mit rosafarbenen Rosen aus ihren Gärten und malte sich einen ruhigen, komfortablen Lebensabend aus mit Jean-Antoine-Claude de Valdec de Lessart an ihrer Seite – ob mit ihr verheiratet oder nicht.

XV

Die Welt um Madame de Flaghac herum geriet allmählich ins Wanken. Zunächst schenkte sie den Aufständen wenig Beachtung. Dann fiel die Bastille. Dann folgte die große Angst, und ihre Welt ging mit ihr unter. Sie wußte nicht, was das alles zu bedeuten hatte oder wohin es führen würde, sie wußte nur, daß alles, was sie für sicher gehalten hatte, plötzlich bedroht war, daß irgendeine große Gefahr im Anzug war.

Abend für Abend kochte sie Truthahnfüße, kaute darauf herum, bis sie zu Bett ging, und fand trotzdem keinen Schlaf, lag Nacht für Nacht wach im Bett, den Kopf voller Schreckensvisionen.

Das Château de Soisy war vollgestopft mit wertvollen Möbeln, vergoldeten und versilberten *objets d'art* und kostbaren Antiquitäten. Und nun war es fast über Nacht zu einer Bürde geworden, deren die Comtesse sich so schnell wie möglich entledigen mußte, zu einer Bürde, die sie in Lebensgefahr brachte.

Hatte sie bis vor kurzem noch geglaubt, ihre Zukunft in der Hand zu haben, so spürte sie nun, daß sie ihr unaufhaltsam entglitt. Im Traum ging sie über eine spiegelglatte Eisfläche, rutschte aus und fiel in dunkles, eiskaltes Wasser, das so tief war, daß es ihre Vorstellungskraft überstieg.

»Es ist gefährlich, reich zu sein«, sagte sie zu Brigitte. Nachts klammerten sie sich noch enger aneinander und verriegelten alle Türen, sobald es dunkel wurde.

Sie verbrachte mehr und mehr Zeit im Bett, in der Hoffnung, die Gefahr würde an ihr vorbeigehen, sich in Wohlgefallen auflösen, wenn sie nicht hinsah, nicht darüber nachdachte, sich nicht in der Öffentlichkeit zeigte.

»Es ist gefährlich, aus dem Haus zu gehen«, sagte sie zu Brigitte. Sie hielten alle Fensterläden geschlossen, um es so aussehen zu lassen, als sei das Schloß unbewohnt.

Doch dann kam die Revolution bis vor die Tore des Schlosses, drohte die Mauern einzureißen und über ihre vergoldete Treppe in ihren in Weiß und Gold gehaltenen Salon vorzudringen, sie aus ihrem Bett zu zerren und zu vernichten.

Sie konnte nicht länger im Bett bleiben. Sie versteckte ihre vielen, in allen Farben des Regenbogens schillernden Seidenkleider und trug nur noch einfache Kleidung in Schlammbraun, Morastgrün und Staubgrau. Sie bekleckerte sich absichtlich beim Essen, riß ihre Kleider an den Rock- und Ärmelsäumen ein, damit sie alt und getragen aussahen, und tat alles, um auszusehen wie eine einfache Frau aus dem Volk.

Sie beschmierte sich die Hände mit Schlamm und rieb sich Kohlenstaub ins Gesicht. Wenn sie gezwungen war, das Haus zu verlassen, setzte sie sich einen zerschlissenen, alten Strohhut auf und zog braune, abgewetzte Schuhe an, in der Hoffnung, für eine ihrer eigenen Dienerinnen gehalten zu werden.

Die Diener und Dienerinnen selbst machten sich davon und schlossen sich den Aufständischen an, suchten ihr Glück als Kämpfer für die Revolution, als Plünderer in der Stadt und als Zuschauer bei Hinrichtungen mit der Guillotine.

Die Leute, mit denen die Comtesse verkehrt hatte, verließen das Land oder versuchten, sich so lange sie konnten, an ihre Besitztümer zu klammern, bis sie von der Revolution überrollt wurden. Sie dachte an Ludwig. Sie wagte nicht mehr, seinen Namen auszusprechen, wagte nicht, ihren eigenen Namen zu benutzen. Das Adelsprädikat, das ihr einst so viel bedeutet hatte, das de in de Flaghac, strich sie schleunigst aus ihrem Namen. Schließlich warf sie sowohl Flaghac über Bord als auch den fingierten Zusatz de Boisfailly, der sich auf einen Ort bezog, der niemals existiert hatte. Sie untersagte jedem, sie mit ihrem Titel anzureden.

»Nennt mich Murphy«, befahl sie ihren Freunden und Bekannten, »einfach Murphy.«

Sie kratzte ihr Wappen von ihrer rosafarbenen Kutsche und strich sie schwarz an. Sie kehrte zu dem Leben zurück, das sie geführt hatte, bevor der Traum begonnen hatte, bevor der Alptraum von Versailles sie mit sich gerissen hatte.

»Ich bin gar keine Französin«, erklärte sie ihren Nachbarn, »in meinen Adern fließt kein einziger Tropfen französisches Blut. Ich bin Irin, *irlandaise!*«

Niemand glaubte ihr.

»Du bist Französin«, lachten die Leute, »du lügst, *citoyenne.*« Ihre mißtrauischen Blicke machten ihr angst.

Die Gärtner verließen Soisy und machten sich auf die Suche nach weniger dubiosen Arbeitgebern. Die Hecken wurden nicht mehr geschnitten, und die grünen Pfauen und Tauben verwandelten sich allmählich in undefinierbare Monster; in den Gemüsegärten wucherte das Unkraut, und die Rasenflächen entwickelten sich zu kniehohen Wiesen. Der Freiheit überlassen, revoltierte die Natur ebenso wie die von ihren Fesseln befreite Nation.

Viele Offiziere quittierten den Dienst, betrachteten es als Ehrensache zu emigrieren und schworen, sich ausländischen Armeen anzuschließen und so lange zu kämpfen, bis die französische Monarchie wiederhergestellt war. Der Comte d'Ayat weigerte sich, aus der Armee auszuscheiden; er blieb bei seinem Regiment und beeilte sich, sich auf die Seite der Revolution zu schlagen. Kurz darauf erhielt er Päckchen mit weißen Federn mit der Post.

Im Exil lebende Offiziere schickten ihm Schmähbriefe, in denen sie ihn wegen seines revolutionären Verhaltens beschimpften, ihn einen Feigling nannten und ihn wegen seines Mangels an Loyalität gegenüber der königlichen Familie verdammten.

Doch d'Ayat empfand keine Loyalität gegenüber der königlichen Familie, gegenüber den »Tyrannen«, wie er sie nannte, und sein revolutionärer Eifer wurde durch die Schmähungen nur angestachelt. Er stellte fest, daß ein Mann mit fünfzehn Jahren Erfahrung als Offizier für die revolutionäre Armee von großem Nutzen war und gute Aussichten hatte, befördert zu werden.

Die Revolution war genau das, worauf d'Ayat gewartet hatte, denn im Grunde seines Herzens war er ein geborener Revolutionär.

Er legte seinen Titel ab und wurde 1790 vom Kriegsministerium in das Komitee zur Reformierung der Kavallerie berufen, denn es war der Armeeführung aufgefallen, daß er etwas von Pferden verstand.

1791 wurde er zu einem Kavallerie-Regiment abkommandiert und zum Oberstleutnant befördert. Seine Vorgesetzten waren beeindruckt von seinen spektakulären Erfolgen in der Behandlung von Verdauungsstörungen bei Pferden, und als einmal unter den Tieren der Milzbrand ausbrach, holten sie seinen Rat ein.

Noch bevor das Jahr vorüber war, wurde er zum Oberst befördert und erhielt Gelegenheit, sich bei der Eroberung von Menin und Courtin sowohl mit Ruhm als auch mit dem Blut seiner Gegner zu bekleckern.

Er strich den Zusatz »de Beaufranchet« aus seinem Namen und begann, lautstark die Aristokratie zu verdammen.

Schließlich strich er auch noch den Apostroph und nannte sich fortan Dayat.

Den anderen Offizieren gebenüber brüstete er sich, seine Mutter sei die Tochter eines Schusters. Seine Kameraden jedoch schauten ihn ungläubig an und lachten ihn aus.

»Deine Mutter ist eine Comtesse!« sagten sie. »Du bist ein Lügner!«

Oberst Dayat fühlte sich beunruhigt.

Er beschloß, seinen Vornamen aufzugeben.

»Ich kann mir nicht mehr leisten, mich Louis nennen zu lassen«, erklärte er seiner Mutter.

»Dann werde ich Euch Charles nennen«, sagte sie.

»Nein«, erwiderte er, »Ihr müßt mich *citoyen* nennen, *citoyen* Dayat.«

Er verbrannte alle seine Perücken und ließ sein Haar zu einer wilden Mähne wachsen, die aussah wie ein Heuhaufen.

Er goß alles in den Abguß, das als Duft hätte eingestuft werden können. Er hörte auf, sich regelmäßig zu waschen, bis er nach ehrlichem Schweiß roch wie ein echter *sans-culotte.*

Er zertrat seine vergoldete Lorgnette mit dem Absatz seines Reitstiefels, zerbrach seinen Spazierstock mit dem silbernen Knauf und warf ihn ins Feuer.

Er gewöhnte sich ab, Damen die Hand zu küssen und sich zu verbeugen, wenn er ihnen auf der Straße begegnete. Er gab alle dekadenten Angewohnheiten auf, die eines Revolutionärs nicht würdig waren.

Er machte sich Sorgen wegen seines Landbesitzes und beschloß, so zu tun, als würde Ayat nicht existieren oder als sei es im Besitz eines entfernt verwandten Zweigs der Familie.

»Eigentum zu haben ist in Ordnung«, erklärte er seiner Mutter, »solange man nicht zuviel besitzt.«

Seine Mutter war die eigentliche Besitzerin des Schlosses; sollte es zu einer Verhaftung kommen, dachte er, würde es seine Mutter treffen.

Es beunruhigte ihn, daß er in zu großem Wohlstand lebte, doch auch dem konnte abgeholfen werden. Er zog aus seiner vornehmen Pariser Wohnung in ein ärmliches Quartier und begann, das Leben eines mittellosen Mannes zu führen. Er riet seiner Mutter, die Scheiben in den Fenstern der Pförtnerhäuser in Soisy zu zerschlagen und alles Wertvolle zu verbrennen, was sie besaß. Wenn alles gutging, würde es ihm gelingen, seinen Hals zu retten, vielleicht würden sie beide überleben.

Dayat gab das Glücksspiel auf, das Wetten und das Billardspielen. Er warf seine Spielkarten ins Feuer und sah zu, wie die Könige, Königinnen, Herzen und Karos von den Flammen verzehrt wurden.

Er begann, mehr Alkohol zu trinken, eins der wenigen Vergnügen, die einem *sans-culotte* gestattet waren. Aber er war immer noch um seine Sicherheit besorgt und achtete darauf, keinen Champagner, sondern nur den billigsten Wein und den schlechtesten Whiskey zu trinken.

Der *citoyen* Dayat wurde von der Revolution nach oben getragen. Seine ehemaligen Kameraden und die meisten seiner Verwandten flüchteten aus Frankreich oder versuchten es zumindest, doch Oberst Dayat wurde immer wieder befördert. Er erlebte einen scheinbar unaufhaltsamen Aufstieg, wie zum Beweis dafür, daß seine Mutter recht getan hatte, als sie ihn nach seiner Geburt die Treppe hinauftrug.

Auch Valdec de Lessart stieg immer höher auf. 1790 übertrug man ihm das Amt des Finanzministers, das früher einmal der Abbé Terray innegehabt hatte. Er legte sowohl seine Perücken als auch seine feinen Manieren ab. Bis spät in die Nacht brütete er über dem Finanzhaushalt der Nation, führte endlose Berechnungen auf riesigen Bögen Papier aus, kratzte sich den Kopf und raufte sich das Haar.

1791 wurde er zum Innenminister ernannt. Bis in die frühen Morgenstunden schrieb er zahllose Briefe, kaute auf seinem Federkiel und versuchte vergeblich, das Chaos zu entwirren, in das sein Land geraten war.

Im selben Jahr wurde er zum Außenminister ernannt. Bis zum Morgengrauen diktierte er Briefe an ausländische Botschaften, wühlte sich durch diplomatische Schriftstücke und versuchte, verschlüsselte Nachrichten zu entziffern. Oft stand er in seinem Büro in der Rue de Surintendence, nur einen Steinwurf vom Versailler Schloß entfernt, in Gedanken vertieft vor den riesigen Gemälden mit allegorischen Darstellungen von Afrika, Asien und Amerika.

In seinen wenigen freien Minuten schrieb er hin und wieder kurze Briefe an »Marie Murphy« in Soisy. Er versicherte sie seiner Liebe und seiner Zuversicht, wagte jedoch nicht, über persönliche Dinge zu berichten, da er fürchtete, die Briefe könnten abgefangen und gelesen werden. Sein ganzes Leben war von Angst beherrscht, und es erschien ihm gefährlich, überhaupt irgend etwas schriftlich festzuhalten.

Marie Murphy legte ihre aristokratischen Gewohnheiten ab. Sie sprühte sich nicht länger Eau de la Reine auf die Handgelenke und hinter die Ohren. Sie ließ sich ihr Haar nicht mehr zu kunstvollen Frisuren aufstecken, sondern befahl Brestat, ihrer *femme de chambre*, es ihr mit einer Heckenschere nackenkurz zu schneiden. Mit Tränen in den Augen tat Brestat, wie ihr geheißen, und kurz darauf knisterte das goldene Haar der Comtesse in den Flammen des Kaminfeuers.

Sie trug die ältesten, schmutzigsten Kleider, die sie finden konnte. Sie versteckte ihre goldenen Messer und Gabeln und aß mit den Fingern. Vormittags arbeitete sie zusammen mit Brigitte im Gemüsegarten, um ihren Händen die Patina zu verleihen, die sie als gute *citoyenne* ausweisen würde.

Brigitte trug Baumwollhandschuhe bei der Gartenarbeit und erklärte, sie wolle lieber unter der Guillotine sterben, als sich ihre Hände schmutzig zu machen.

Marie Murphy cremte nicht länger ihre Haut mit verjüngenden Lotionen und Salben ein. Statt dessen ging sie, so oft sie konnte, in die Sonne, bis ihr Gesicht so braungebrannt war wie das wettergegerbte Gesicht einer Arbeiterin.

»Ich bin alles andere als eine Adelige«, sagte sie zu Brigitte. Doch Brigitte bedeckte weiterhin trotzig ihr Gesicht, für den Fall, daß die Revolution ein plötzliches Ende finden sollte.

Brestat, die letzte noch verbliebene Zofe, wurde entlassen, und die beiden Schwestern bewohnten von nun an nur noch ein einziges Zimmer, das sie mit den schäbigsten Möbeln ausstatteten, die sie auftreiben konnten.

Mit zerzausten Haaren und in Tränen aufgelöst, ihr Kleid zerrissen und verdreckt, kehrte Brestat eine Woche später nach Soisy zurück. »Ich kann Euch nicht verlassen, Madame«, jammerte sie.

»Ich bin nicht Madame«, erwiderte ihre Herrin. »Ich bin Murphy, die Gärtnerin.«

Aber nichts von alldem änderte etwas an der Tatsache, daß Murphy die Besitzerin des Schlosses war, daß sie noch weitere Schlösser besaß, daß sie eine Comtesse war oder daß sie Verbindungen zur königlichen Familie hatte.

All ihre Verkleidungskünste änderten nichts daran, daß jeder in Soisy genau wußte, wer sie war. Es war völlig zwecklos, vorgeben zu wollen, sie sei jemand anders als sie selbst.

Sich Comtesse de Flaghac zu nennen erschien ihr jedoch wie eine Aufforderung an die Machthabenden, sie zu verhaften. Allmählich wünschte sie, sie hätte nie geheiratet, wäre nie eine Comtesse geworden, wäre nie geboren worden.

»Nennt mich Murphy«, verlangte sie. »*citoyenne* Murphy.« Die Revolution kam immer näher, überall standen Schlösser in Flammen. Murphy ging in ihren Küchengarten und verbrannte alle ihre kostbaren Kleider: die mit Gold- und Silberlitze bestickten Kleider, die sie in Versailles und bei Hof getragen hatte. Sie verbrannte alles, was von ihrer Aussteuer übriggeblieben war: die seidenen Laken mit den eingestickten Kronen, die mit rotem Leder bezogenen Truhen mit den in Gold aufgedruckten Insignien der Bourbonen, die zahllosen Paare Damastschuhe mit den mit Silberdraht bestickten Spitzen und den goldenen Absätzen. Eigenhändig übergab sie alles den Flammen, bevor jemand anders es verbrennen konnte, bevor es ihr Schicksal besiegelte.

Sie hatte genug von Prunk und Putz. Sie war fertig mit der feinen Gesellschaft.

»Seid Ihr selbst, Monsieur«, sagte sie zu Oberst Dayat, »versucht nicht, etwas darzustellen, was Ihr nicht seid.«

»Ich bin nicht Monsieur«, erwiderte er aufbrausend, »ich bin *citoyen* Dayat.«

Im Schloß von Soisy aßen Murphy, Brigitte und *citoyen* Dayat nichts als in der Schale gebackene Kartoffeln.

»Pommes de terre dans leur robe de chambre«, erklärte Murphy ihrem Sohn. »Die Kost der Bauern und Revolutionäre.«

Murphy grub ihre Vergangenheit wieder aus, schlüpfte wieder in ihr altes Leben zurück. Sie erzählte ihren Nachbarn, sie sei die Tochter eines Schusters.

»Nein, Madame«, sagten sie, »Ihr gehört zu den *seigneurs.*«

Sie besaß immer noch ein Haus in Paris, aber Paris war zu gefährlich, dort konnte sie sich nicht verstecken. Dort war sie zu bekannt. Sie fürchtete um ihr Leben, fürchtete, Soisy ganz aufgeben zu müssen.

Horden marodierender Bauern rückten immer näher. Murphy versteckte mit Münzen gefüllte Lederbeutel unter dem Parkett. Sie sprach regelmäßig ihre Gebete, betete einen

Rosenkranz nach dem anderen. Die vergoldeten Möbel, die zu verbrennen sie nicht übers Herz brachte, deckte sie mit weißen Laken ab. Sie verschloß die Fensterläden und verriegelte sämtliche Türen und Tore des Schlosses.

Auf dem Weg ins Dorf wandte sie sich noch einmal um, um einen letzten Blick auf das Schloß zu werfen: es sah aus, als sei es aus Ingwerbrot und Honig gemacht und als schmelze es vor ihren Augen. Sie malte sich aus, wie der Pöbel im Dunkeln mit brennenden Fackeln anrückte und es in Brand setzte. Sie wollte nicht dabeisein und sehen, wie ihr Schloß in Flammen aufging. Mit Tränen in den Augen drehte sie sich um und ging fort.

Sie ließ Brigitte Murphy als *concierge* in einem der Pförtnerhäuser zurück: sie sollte ein Auge auf das Anwesen haben, Eindringlinge abwimmeln und falsche Auskunft über den Aufenthaltsort ihrer Schwester geben. Die beiden Schwestern umarmten sich, versprachen, sich zu schreiben, versicherten einander, daß alles bald vorbei sein würde.

»Du wirst es schon schaffen«, sagte Brigitte. »Du bist unter einem Glücksstern geboren.«

»Heutzutage haben die Hecken Augen und die Wände Ohren«, warnte ihre Schwester sie.

Brigitte rasselte mit ihrem schweren Schlüsselbund, ließ ihre Schwester durch das große schmiedeeiserne Tor hinaus und verriegelte es hinter ihr.

Murphy ging zu Fuß bis zu der eineinhalb Meilen weit entfernten Stelle am Straßenrand, wo die öffentliche Kutsche sie auflesen und mitnehmen würde.

Es war Hochsommer. Wie eine einfache Bäuerin hatte sie die wenige Habe, die sie mitgenommen hatte, in ein rotes Tuch gewickelt. Ihr Gesicht war gerötet und tränenverschmiert. Sie trug ein zerschlissenes Kleid, auf dem Kopf die rote Jakobinermütze und um den Hals ein rotes Tuch. Ihre

Holzschuhe klapperten auf dem Pflaster, sie verursachten ihr Blasen an den Füßen, wie sie mit Genugtuung feststellte. Ihr Geld hatte sie in ihren Rockbund und in ihre Korsage eingenäht, so daß sie fülliger wirkte, als sie in Wirklichkeit war, und sich plumper als gewöhnlich bewegte.

Sie mußte innerlich grinsen, beinahe machte die ganze Scharade ihr Spaß. Die Murphys waren schon immer gute Schauspieler, dachte sie.

Die Kutsche hielt an, ließ sie einsteigen, rumpelte weiter, hielt immer wieder an, damit der Kutscher Wasser über die glühend heißen Metallbänder auf den Rädern gießen konnte, und fuhr dann wieder so eilig weiter, daß Funken von den Rädern stoben.

Die *citoyenne* Murphy hatte sich aus dem Staub gemacht.

Der *citoyen* Dayat tat sich weiterhin als Revolutionär hervor. Einen Großteil seiner Zeit verbrachte er im Jakobinerclub, trank irischen Whiskey und stieß auf die Revolution an. Immer wieder hob er sein Glas, um auf *Liberté, Fraternité* und *Égalité* zu trinken. Lauthals verkündete er seine Zustimmung zu allem, was antiroyalistisch oder gegen die Aristokratie und Versailles gerichtet war.

Sein Haar frisierte er mit Pomade à la Sanson, einem Haarwasser, das nach dem Henker benannt war, als Auszeichnung für die Erfüllung seiner patriotischen Pflichten.

Seine Frau nannte er nur noch *citoyenne,* sogar im Bett.

»Es ist eine Frage des Überlebens«, erklärte er ihr und redete sie fortan nicht mehr mit *vous,* sondern nur noch mit *tu* an.

Er gewöhnte sich rauhe Manieren an, langte beim Essen mit den Fingern in die Schüsseln, schlug mit der Faust auf den Tisch, sprach mit vollem Mund und redete lauthals während jeder Mahlzeit.

Die *citoyenne* Dayat war von dem Verhalten ihres Mannes angewidert, befolgte jedoch pflichtgetreu alle seine Anweisungen. Um den Oberst glücklich zu machen, trug sie ein rotes Tuch um den Hals, ließ sich ihre schwarze Mähne stutzen und ruinierte ihren weißen Teint.

In Tränen aufgelöst, verriegelte sie ihre Pariser Wohnung und flüchtete aufs Land, um dort abzuwarten, bis alles vorüber war.

Unterdessen fuhr Murphy mit einem Lastkahn auf der Seine Richtung Norden. Auf dem Fluß, dessen Wasser abwechselnd blau, ockerfarben, golden, bronze- und elfenbeinfarben schimmerte, glitt sie vorbei an Wäschereikähnen und an Felsen, die wie faule Zähne aus den Fluten ragten. Es war eine angenehme Reise durch den Nebel bis Rouen, dessen Anblick sie überraschte, denn sie hatte beinahe vergessen, daß ihr Geburtsort tatsächlich existierte.

Schließlich kam sie in Le Havre an, von wo aus sie jederzeit ein Packboot nach Rosslare, nach Dublin, nach Irland nehmen konnte, um ein neues Leben zu beginnen, an ein altes Leben anzuknüpfen. Sie mietete sich ein Zimmer und stellte sich ihren irischen Verwandten vor, die in der Stadt wohnten.

Wenn sie aus dem Haus ging, hielt sie stets ihren Blick gesenkt, und schon bald war sie bekannt als die Frau, die allein mit einem großen schwarzen Hund am Kiesstrand spazierenging: eine geheimnisvolle Frau, die mit niemandem ein Wort wechselte und ihren Hund manchmal »Paddy« nannte.

Sie starrte auf das Meer hinaus, dachte an Agathe-Louise, konnte sich von dem faszinierenden Anblick der weiten See kaum losreißen. Sie dachte an Irland, das jenseits des Horizonts lag. Sie wünschte, ihr Großvater wäre nie über das Wasser nach Frankreich gekommen, sondern zu Hause geblieben.

Regelmäßig nahm sie an den Bürgerversammlungen teil, tat alles, was man von einer guten Tochter der Revolution erwarten konnte. Doch sie hielt sich abseits von den anderen *citoyennes,* saß schweigsam da und kerzengerade. Die Nonnen hatten ganze Arbeit geleistet, als sie ihr eine tadellose Haltung beigebracht hatten.

Wenn Murphy den Raum betrat, schnupperten die *citoyennes* mißtrauisch, denn der unverwechselbare Duft nach Parfum hing immer noch in ihren Kleidern. Murphy roch nicht nach Schweiß, wie es sich für eine einfache Frau gehörte.

Die *citoyennes* beäugten Murphys Schuhe. Sie sahen zu elegant aus, wirkten, obschon sie abgetragen waren, in den Augen der *citoyennes* zu teuer. Ihre Haut war immer noch zu blaß, ihr Teint zu makellos, um nicht den Schluß nahezulegen, daß sie eine Adelige war.

Sie versuchte, nicht zu lächeln, denn sie wußte sehr wohl, daß es ihr nicht anstand, sich zu amüsieren, doch sie kam nicht dagegen an: ihr Versailles-Lächeln war festgewachsen.

Sie zerzauste sich das Haar, zerkratzte ihre Schuhe, tat alles Erdenkliche, um ihre Glaubwürdigkeit als Bürgerin von Le Havre zu untermauern. Doch die Frauen beäugten sie mißtrauisch und beobachteten sie heimlich, wenn sie nicht hinsah. Sie spionierten ihr nach, wenn sie durch die Straßen von Le Havre ging, und sie sammelten Auskünfte über sie, die sie möglicherweise später gegen sie verwenden konnten.

Murphy kam nicht zur Ruhe. Sie reiste zwischen Le Havre – oder Havre-Marat, wie die Stadt jetzt hieß – und Paris hin und her, schlug sich immer noch mit den Problemen um die Vollstreckung von de Flaghacs Testament herum, versuchte immer noch, ihre finanziellen Angelegenheiten zu regeln, vergewisserte sich regelmäßig, daß die Bank von Paris mitsamt all ihrem Schmuck noch nicht abgebrannt war.

Es dauerte nicht lange, und die Comtesse Marie-Anne

d'Ayat, inzwischen einfach *citoyenne* Dayat, zog mit ihren Kindern – die kleine Holzschuhe und Jakobinermützen trugen – zu Murphy nach Le Havre.

Manchmal war es für Murphy von Vorteil, so zu tun, als verstünde sie kein Französisch, und sich als Ausländerin auszugeben.

Tagsüber widmete sie sich der Erziehung ihrer Enkelkinder Anne-Pauline-Victoire und Alexandre-Édouard-Marguerite, die jetzt nur noch Pauline und Alexandre Dayat hießen.

Auch Marguerite-Victoire kam mit ihren Kindern nach Le Havre, mit François und Alfred, beide noch Kleinkinder, die ihr Adelsprädikat verloren hatten und einfach nur »Chousy« hießen.

Murphy brachte ihren Enkeln das Lesen und Schreiben in Englisch bei. »Man kann nie wissen«, erklärte sie ihnen, »vielleicht müssen wir bald über das Wasser …«

Sie erzählte ihnen vom heiligen Patrick und den Schlangen, vom Giant's Causeway, von den Banshees, den Elfen, den Kobolden und vom Glücksklee. Ihre Geschichten stammten aus zweiter, dritter, vierter Hand, waren ihr von ihren Großeltern vererbt worden, waren auf dem Weg über die Irische See und die Schlachtfelder Europas ausgeschmückt und weitergesponnen worden. Murphy führte die Geschichten noch weiter aus, übertrieb, dichtete hinzu, bis ihre Enkel sich überhaupt nicht mehr auskannten.

Sie trugen blaue Bänder um den Hals, zertraten schwarze Käfer, wo sie sie fanden. Sie setzten Schnecken auf mit Mehl bestreute Teller, um die Initialen ihrer zukünftigen Geliebten zu erfahren.

An regnerischen Tagen, oder wenn die Sonne zu heiß brannte, blieb Murphy mit den Kindern im Haus und ließ sie die *Déclaration des Droits de l'Homme* auswendig lernen. Mit ihren heiseren Stimmen plapperten die Kinder ihr nach:

Les droits naturels, inaliénables et sacrés de l'homme …

Les hommes naîssent et demeurent libres …

La liberté, la propriété, la sûreté et la résistance à l'oppression …

Abends saßen sie vor Kälte zitternd um das kleine Kaminfeuer und sangen die Marseillaise.

Wenn die Kinder zu Bett gegangen waren, saßen die drei Comtessen Murphy, d'Ayat und de Chousy beim Licht einer einzigen Kerze zusammen und sagten die *Déclaration* immer wieder auf, sprachen sie so feierlich wie das Ave Maria, als könnte sie das vor dem Tag bewahren, an dem ihre Vergangenheit sie einholte.

Selbst zum Schlafengehen nahmen sie ihre Jakobinermützen nicht ab. Der Familienschmuck und das Familienvermögen lagen bei der Bank in sicherer Verwahrung. Unter der Bettdecke ließ Murphy den verbotenen Rosenkranz durch ihre zitternden Finger gleiten und flüsterte ihre Gebete, bevor sie erschöpft einschlief.

Eines Tages traf in Le Havre die Nachricht ein, Valdec de Lessart sei verhaftet worden und in das zu einem Gefängnis umfunktionierte Kloster der Minderbrüder in Orléans gesperrt worden. Murphy erfuhr nichts weiter, als daß insgesamt zweiundfünfzig Gefangene in dem ehemaligen Kloster saßen, unter ihnen ein Herzog, ein Bischof, ein Richter und einige Offiziere, die alle auf ihren Prozeß warteten.

Sie fürchtete das Schlimmste und machte sich darauf gefaßt, daß Valdec de Lessarts Kopf von seinem Hals abgetrennt werden würde. Jeden Morgen sagte sie sich: Bald wird er tot sein. Es kann sich nur noch um Tage handeln.

Sie schrieb an ihre Freunde an hoher Stelle, an diejenigen, die Frankreich noch nicht verlassen hatten, und beschwor sie, alles in ihrer Macht Stehende zu tun, ihn zu retten. Doch sie erreichte nur, daß man auf sie aufmerksam wurde.

Sie bereitete sich darauf vor, daß Valdec de Lessart sterben würde, aber nichts konnte sie auf das vorbereiten, was tatsächlich geschehen sollte.

Während seine Frau und seine Kinder in Le Havre ausharrten, genoß Oberst Dayat den Schlachtenruhm. Immer wieder tauchten in seinen Träumen Bilder vom Sturm der Kavallerie auf Famars auf: er hörte das Schlachtengetümmel, sah wiehernde Pferde, gebleckte Zähne und vor Grauen weit aufgerissene Augen.

Die anderen Offiziere warfen sich mit wortlosem Geschrei in die Schlacht, Schrecken verbreitend, ungezügelt, nur ein Ziel vor Augen: das Töten. Hufe donnerten über die Erde. Überall um sich herum hörte Dayat Pferde dumpf zu Boden stürzen, Waffen klirren, Knochen bersten. Unter seinen Füßen explodierte die Erde, und seine Eingeweide brachen durch sein Bauchfell.

Der Leistenbruch des Oberst bereitete ihm beim Aufsitzen solche Schwierigkeiten, daß er nicht mehr auf sein Pferd konnte, ohne vor Schmerzen zu schreien. Er verbrachte seine Zeit nicht im Sattel, nicht im Kampf für die Revolution, sondern auf dem Weg zum Feldscher, der ihm sein Bruchband immer wieder erneuerte. Er verfluchte den Verlust seiner Beweglichkeit, den Verlust seiner Freiheit, den Verlust seiner Vitalität.

Der Oberst war erst fünfunddreißig und mußte überallhin gefahren werden. Er kam sich vor wie ein alter Mann.

»Ihr werdet lernen müssen, damit zu leben«, erklärte ihm der Arzt.

Dayat kehrte zu seinem Regiment zurück, ertrug die unsäglichen Schmerzen und trank noch mehr, um seinen

Kummer zu ersäufen. Sein revolutionärer Eifer wurde noch größer. Seine Eingeweide würden für immer durch sein Bauchfell quellen müssen. Der süßsaure Geruch des Todes hing ihm immer noch in der Nase.

Am 9. September 1792 rumpelten mehrere Bauernkarren von Orléans nach Paris, beladen mit zweiundfünfzig Gefangenen der Verfassunggebenden Versammlung, unter ihnen der ehemalige Minister Valdec de Lessart.

Der Wagenzug, begleitet von 200 Infanteristen, etwa 1800 Revolutionären und schwerer Artillerie, bewegte sich durch eine sterbende Landschaft, in der das Laub an den Bäumen golden, orangefarben und rostfarben leuchtete und die toten Blätter auf die Marschierenden niederregneten.

Die zweitausend Mann waren nicht nach Orléans gezogen, um die Gefangenen zu beschützen, sondern um sie nach Paris zu bringen und dem Volkszorn auszuliefern; es bestand kaum eine Chance, daß sie einen fairen Prozeß vor einem ordentlichen Gericht erhalten würden.

Hilflos saß Valdec de Lessart mit gefesselten Händen auf dem Wagen. Er starrte in den Himmel und beobachtete das fallende Laub.

Die Versammlung verfügte, daß der Zug mit den Gefangenen nicht nach Paris, sondern nach Versailles ziehen sollte, ein Versailles voller Aufwiegler, die an den Straßenecken lauerten und in den Parks übernachteten: Männer, die riesige Lagerfeuer anzündeten und in den Brunnen planschten, Männer in verdreckten Kleidern, die zuviel Zeit und nichts zu tun hatten.

Der Zug kam nur langsam voran. Valdec starrte auf die Knöpfe an seiner Uniform und dachte an Marie Murphy.

Der Bürgermeister von Versailles, ängstlich darum bemüht, einen Aufruhr in der Stadt zu vermeiden, wollte den

Zug umleiten, bevor er das Zentrum erreichte, und die Gefangenen in den erst kürzlich geleerten Käfigen der königlichen Menagerie unterbringen.

Der Zufall wollte es, daß Marie Murphy an dem Nachmittag, an dem der Zug mit Valdec de Lessart durch die Stadt kam, in Versailles weilte. Sie ging in die Rue de Surintendence in der Hoffnung, einen Blick auf ihn zu erhaschen. Ängstlich wartete sie auf das Eintreffen der Gefangenen, fürchtete, daß Valdec de Lessart sie in ihren zerschlissenen, schlammfarbenen Kleidern nicht erkennen würde, falls er sie sah.

Der Gefangenenzug näherte sich dem Schloß, die Revolutionäre waren wild entschlossen, mitten durch Versailles zu marschieren, durch die Stadt, die für so vieles ein Symbol war. Laut schreiend zogen sie als wilder Haufen durch die Straßen, und immer mehr Versailler schlossen sich ihnen an.

In der Rue de Surintendence kam der Zug zum Stehen, die Straße war von einer wütenden Menschenmenge völlig verstopft, der Pöbel tobte, forderte die Köpfe der Gefangenen: *»A bas les têtes! A bas les têtes!«*

Der Bürgermeister beschwor die Rasenden, Gerechtigkeit walten zu lassen. »Es könnte sich ein Unschuldiger unter ihnen befinden!« schrie er.

Doch die Menge geriet nur noch mehr in Rage. »Sie haben den Tod verdient!« brüllten sie.

Valdec de Lessart schaute zu den Fenstern des Hôtel des Affaires Étrangères und des Hôtel du Contrôle Général des Finances hinauf, deren Läden nun geschlossen waren, Fenster, hinter denen er seine Ämter ausgeübt und Madame de Flaghac heimlich hinter den Vorhängen geküßt hatte.

Die Bürgerin Murphy verfolgte das Geschehen am Rand der Menge, eine rote Jakobinermütze auf dem Kopf, den Blick starr auf die Gestalt in dem blauen Rock geheftet.

Die Menge schrie: »Diese Männer haben uns nur Leid zugefügt! Sie verdienen den Tod!« Und dann begannen sie zu skandieren: *»La mort! La mort! La mort!«*

Marie Murphy sah, wie sich dunkle Schweißflecken unter den Achseln von Valdec de Lessarts blauem Rock bildeten. Und dann brach die Hölle los. Sie drückte sich in einen Hauseingang, schlug sich die Hände vors Gesicht, um ihre Schreie zu unterdrücken, und beobachtete hilflos, was mit Jean-Marie-Antoine-Claude de Valdec de Lessart geschah.

Tausende von Stimmen schrien nach Tod und Blut, und das Blut begann zu fließen. Der Tod kam, und abgehackte Gliedmaßen fielen auf die Straßen von Versailles.

Es war, als würde es Blut regnen. Blut spritzte aus allen Richtungen. Schwerter blitzten in der Herbstsonne auf. Männer hieben mit Äxten und Säbeln um sich. Tausende von Händen holten immer wieder zum Schlag aus, schlitzten Leiber mit Bajonetten auf, hackten mit Schwertern Köpfe von armlosen Rümpfen, schnitten Genitalien ab und stopften sie in offene Münder. Blut und Tod überall.

Als das Gemetzel vorüber war, breitete sich eine grauenhafte Stille über Versailles aus. Mit einemmal war die Straße menschenleer. Die zweitausend Mann, die die Gefangenen begleitet hatten, waren verschwunden. Es war kein Geräusch zu hören außer dem steten Tropfen von Blut von einem der Karren in eine Blutlache auf der Straße und dem kaum wahrnehmbaren hysterischen Schreien einer Frau hinter einer verbarrikadierten Tür.

Ein Priester stieg vorsichtig über die zerfetzten Leiber und schloß die Augen der abgehackten Köpfe.

Das Massaker hatte über eine Stunde gedauert. Die Angreifer hatten den Toten ihre Kleider vom Leib gerissen und sie nackt und blutig, wie rohes Fleisch, auf der Straße liegen lassen. Die Fliegen von Versailles ließen sich in Schwärmen auf klebrigen Blutlachen nieder. Die Hunde von Versailles schnüffelten an den Leichen, leckten geräuschvoll das Blut vom Pflaster, knabberten schwanzwedelnd hier an einem Arm, dort an einem Bein.

Am anderen Ende von Versailles, an der Place Dauphine, wo der königliche Henker früher Verbrecher am Galgen aufgeknüpft hatte, sang und tanzte der Pöbel in den Kleidern der Gefangenen um ein Freudenfeuer.

Der Bürgermeister ließ die Leichen einsammeln und abtransportieren, um sie begraben zu lassen. Ein Karren, vollbeladen mit Leichenteilen, als käme er vom Schlachthof, rumpelte durch die leeren Straßen von Versailles.

Blutbefleckt und mit zerzausten Haaren und zerrissenen Kleidern lieferte der Bürgermeister vor dem Conseil général im Rathaus seinen Bericht über den Vorfall ab. Noch bevor er geendet hatte, wurde die Tür aufgerissen, und die Mörder, immer noch im Blutrausch, stürmten in den Saal und hielten herausgerissene Herzen und abgehackte Hände hoch, die Trophäen ihres Schlachtfestes.

Der Schreiber, der den Bericht des Bürgermeisters protokollierte, nahm die Körperteile mit ernster Miene in Empfang, legte sie feierlich auf sein Pult und wischte sich die blutigen Hände an den Rändern seines Schreibpapiers ab.

Als man später die Leichenteile sortierte, um die Toten zu zählen, waren zwei Teile in dem Puzzle des Massakers von Versailles überzählig: zwei Hände, die zu keinem Körper gehörten.

Es waren marmorglatte, weiße Männerhände: Hände, die keine harte Arbeit gekannt, höchstens eine Schreibfeder gehalten hatten, Hände eines Mannes, der seine Arbeit an einem Schreibtisch verrichtet hatte. Es waren die Hände eines Edelmannes mit abgekauten Fingernägeln und je einem goldenen Ring an den kleinen Fingern: blutige, von einer Axt sauber abgetrennte Hände – die Hände von Valdec de Lessart.

Glücklicherweise hatte das Massaker vor der Tür von Valdec de Lessarts ehemaligem Sekretär stattgefunden, der den Verwundeten mit der Hilfe von Marie Murphy ins Haus geschleppt hatte. Anschließend hatte er die Tür verbarrikadiert, während sie, starr vor Entsetzen, hysterisch zu schreien begonnen hatte.

Valdec de Lessarts elegante Kleider waren blutgetränkt, an seinem Rock klebte Stroh vom Boden des Karrens, auf dem er gesessen hatte. Sein Blut tropfte auf die Türschwelle und auf das Parkett im Vestibül. Dann war überall Blut, an den Wänden, auf den Treppenstufen, auf den Teppichen, auf den Laken. Valdec de Lessarts Leben wich aus seinem Körper zusammen mit dem Blut, das nicht aufhören wollte zu fließen und zu spritzen und Murphy an das alte Ritual mit der Gans erinnerte.

Nachdem sie es geschafft hatten, seine Arme zu verbinden und die Blutungen zu stillen, lag Valdec de Lessart reglos da, in einem Zustand zwischen Leben und Tod. Er dachte an seinen Hut, der zertrampelt auf dem Pflaster liegengeblieben war. Er dachte an seine Hände, die im Staub gelegen hatten wie ein Paar weiße Handschuhe, die jemand verloren hatte. Er sah noch einmal die Axt niedersausen, die vom Blutrausch glänzenden Augen seines Angreifers, der ihn wie ein Stück Schlachtvieh zerhackt hatte.

Als Valdec de Lessart die Augen öffnete, streckte Murphy ihre Hände nach ihm aus, das letzte, das sie hätte tun sollen. Stumm hielt er ihr seine blutigen Stümpfe hin. Sein Gesicht war völlig ausdruckslos, bis zur Unkenntlichkeit mit Blut verschmiert.

»Wenn man seine Nägel kaut«, sagte er langsam, »fallen einem die Hände ab.«

Nach anfänglicher Genesung erlitt Valdec de Lessart einen Rückfall und wurde schwächer. Murphy blieb bei ihm, pflegte ihn, verband seine Stümpfe, tat, was sie konnte. Sie pendelte zwischen Versailles und Le Havre und Paris und versuchte verzweifelt zusammenzuhalten, was im Begriff war, auseinanderzufallen.

Valdec de Lessart lag stumm und reglos da. Er spürte seine Finger zucken, die Finger, die Murphy berühren wollten, die ihr vollkommenes Gesicht streicheln wollten. Immer wieder hob er einen Arm, um etwas aus seinem Auge zu entfernen, um eine Träne von seiner Wange zu wischen, bis er sich erinnerte, daß er keine Hand mehr hatte, keine Finger mehr, um zu tun, was er tun wollte.

Er bekam Wundbrand. Es war kaum möglich, einen Arzt zu finden. Valdec de Lessart wurde immer schwächer. Acht Monate nach dem Massaker war er tot.

Murphy kehrte nach Le Havre zurück. Zu den Mahlzeiten stellte sie ein zusätzliches Gedeck auf den Tisch, für den Fall, daß sein Geist den Weg in ihre Wohnung finden sollte. Dann fiel ihr ein, daß Valdec de Lessart sowieso kein Besteck hätte benutzen können. Sie fühlte sich leer, und ihr Herz war so schwer wie ein Stein. Sie erinnerte sich daran, wie ihre Schwestern sie vor langer Zeit gewarnt hatten: »Wenn du dich verliebst, wird dir das Herz brechen.«

Abend für Abend kaute sie zähe Truthahnfüße und fand dennoch keinen Schlaf.

XVI

Kurz vor dem Massaker in Versailles war Oberst Dayat, inzwischen fünfunddreißig, zum Feldmarschall befördert und zum Stabschef der Inlandsarmee ernannt worden.

Er war im Einsatz bei Valmy, auf morastigen Feldern, auf denen Geschosse nicht abprallten und Kanonenkugeln ihm um die Ohren pfiffen. Er hatte seinen Leistenbruch mittlerweile unter Kontrolle und warf sich leidenschaftlich in die Schlacht, badete im Blut seiner Feinde, wurde für seine Tapferkeit ausgezeichnet und sonnte sich in seinem Ruhm.

Unterdessen lebte seine Mutter inkognito in Le Havre, versuchte, sich warm zu halten und alles zu tun, was die Revolution von ihr verlangte.

Anne Dayat, erschöpft von den Widrigkeiten des Lebens, ausgezehrt von drei Geburten in kurzen Abständen, schockiert durch die plötzliche Abkehr ihres Mannes von sämtlichen aristokratischen Prinzipien, wurde krank, starb und wurde in Le Havre ohne Sakramente begraben.

Der Feldmarschall zuckte die Achseln, runzelte die Stirn und kaute Truthahnfüße vor dem Zubettgehen.

»Muß mir halt eine neue Frau suchen«, sagte er mißmutig zu seiner Mutter. Doch es gab wichtigere Dinge, um die er sich kümmern mußte: er mußte zusehen, daß er seinen Hals rettete, daß er am Leben blieb.

Murphy kümmerte sich um ihre vier Enkelkinder, ließ sie den nächsten Teil der *Déclaration* auswendig lernen und las ihnen aus *La Vie et les Aventures de Robinson Crusoe* vor.

Sie lebten in bescheidenen Verhältnissen, kleideten sich unauffällig, gaben so wenig Geld aus wie möglich und beteten für eine bessere Zukunft. Da es keine Seife gab, wuschen sie sich kaum und bekamen rote Flecken auf der Haut.

Mit der Zeit perfektionierten die Kinder die Kunst, ihre Frühstückseier mit einem gezielten Schlag ihrer Gabel zu köpfen, so wie ihr Vater es ihnen vorgemacht hatte.

Murphy schrie jedesmal entsetzt auf: »Laßt das, das ist gefährlich!«

Der Feldmarschall legte sich weiterhin für die Revolution ins Zeug. Als Stabschef hielt er sich vorwiegend in Paris auf und wurde regelmäßig im Jakobinerclub gesehen. Er führte ein angenehmes Leben, frequentierte die Cafés im Palais Royal, stolzierte in seiner neuen Uniform einher, pflegte freundschaftliche Beziehungen mit Ministern und kam sich wichtig vor.

Seine Halbschwester, die Comtesse Marguerite-Victoire de Chousy, gab sich alle Mühe, eine gute Tochter der Revolution zu sein. Sie schnitt sich die Haare ab, trug eine rote Jakobinermütze und band sich ein rotes Halstuch um, verriet sich jedoch durch ihre elegante Haltung. Sie verriet sich durch ihre glatten, weißen Hände, durch ihren weißen Teint, der nie der Sonne ausgesetzt gewesen war.

Hin und wieder kam sie nach Le Havre, und mit ihr kam ihr neuer Geliebter, der Baron de Tournehem, Erbe des Schlosses und Vermögens seines Großonkels, Lenormand de Tournehem – des Gönners und Vaters von Madame de Pompadour.

»Wir sind verwandt«, erklärte sie ihrer Mutter.

»Seelisch verwandt«, sagte der Baron de Tournehem und küßte sie.

»Ein Lenormand de Tournehem«, sagte Marguerite-Victoire, »paßt gut zu einer Lenormand de Flaghac.«

Sie mochte den Baron de Tournehem. Sie hatte den Comte de Chousy in Paris verlassen und ließ sich mit de Tournehem in Le Havre nieder, wo sie sich alle Mühe gab, schwanger zu werden, denn schwangeren Frauen wurde die schreckliche Guillotine erspart. Mit dem Hintergedanken, immer wieder schwanger zu werden und ihren Hals zu retten, hielt sie auch den Kontakt zu ihrem Vetter Louis Desaix aufrecht.

Die Familie tanzte auf beiden Hochzeiten. Untereinander mieden sie es, über die damit verbundenen Schwierigkeiten zu sprechen. Sie lasen die *Gazette,* sparten nicht an Lippenbekenntnissen zur Freiheit, trugen ihre roten Kokarden und hielten ihre Finger gekreuzt.

Murphy selbst war das ruhige Leben allmählich leid. Le Havre war langweilig. Ihr ganzes Leben war ereignislos geworden. Sie wurde unruhig, sehnte sich nach Paris. Sie machte sich Sorgen um ihren Grundbesitz und ihr Vermögen. In der Hoffnung, daß man sie inzwischen vergessen hatte, mietete sie Anfang des Jahres 1793 in Paris, wo sie hingehörte,eine kleine Wohnung in der Rue Saint-Jacques, um dort auf bessere Zeiten zu warten.

Am 21. Januar hatte ihr Sohn das Kommando auf der Place de la Révolution, wo sich eine riesige Menschenmenge im Schnee um die Guillotine versammelt hatte, um der Hinrichtung des Königs beizuwohnen. 130.000 bewaffnete Männer sicherten die Straßen ab. Dayat sah, wie der Tyrann unter Trommelwirbel auf das Schafott geführt wurde. Er hörte das rhythmische Knirschen von Stiefelabsätzen, das Rumpeln von Wagenrädern, das Raunen der Menge. Er betrachtete den einfach aussehenden Mann in einem gewöhnlichen rotbraunen Rock, ohne Perücke, der nicht im geringsten wie ein König wirkte.

Dayat erinnerte sich daran, wie er Stunde um Stunde gewartet hatte, nur um dem Mann seinen Pantoffel auszuziehen. Er empfand kein Mitgefühl. Wie benommen tat er seine Pflicht. Ein Teil in ihm revoltierte bei dem Gedanken an das, was sich vor seinen Augen ereignen würde, während ein anderer Teil in ihm es kaum erwarten konnte, den Kopf des Königs rollen zu sehen.

Er mußte an die Hühner in Flaghac denken, wie sie über den Hof gerannt waren, nachdem er ihnen die Köpfe abgehackt hatte. Er erinnerte sich daran, wie er die Uhren seiner Mutter zerschossen hatte und die Zeit einen Moment lang stehengeblieben war.

Der Tyrann wurde durch ein Spalier aus aufgepflanzten Bajonetten, blauen Uniformröcken, schwarzen Hüten und weißen Westen geführt. Die Menge schien den Atem anzuhalten, als wartete sie darauf, daß gleich ein Wunder geschehe.

Ludwig XVI. bestieg das Schafott, das Gesicht vor Aufregung so rot wie die Uniform eines Pagen. Jetzt lebte und atmete er noch: in drei Minuten würde seine Zeit abgelaufen sein.

Er ließ seinen Blick über die Menge schweifen, fragte sich, ob der Trommelwirbel nie aufhören würde. Dann schwiegen die Trommeln, und Ludwig tat ein paar Schritte. Die Balken quietschten unter seinen Füßen, als würden sie gleich unter ihm nachgeben.

Mit lauter Stimme sagte er einige Sätze, Sätze, die später niemand genau wiedergeben konnte, die jedoch angeblich folgenden Wortlaut hatten:

»Volk! Ich sterbe unschuldig! Ich vergebe denen, die meinen Tod herbeigeführt haben. Ich bitte Gott, daß mein Blut nicht über Frankreich komme.«

Dayat saß reglos auf seinem Pferd und fragte sich, ob der Mann auf dem Schafott sein Neffe sein konnte, ob er selbst womöglich der Halbonkel des Königs von Frankreich war. Er dachte an die Worte Casanovas, an den alten König, der angeblich sein Vater gewesen war, an den neuen König, der demnach sein Neffe sein mußte, an seine eigene, geheimnisumwitterte Vergangenheit, an all die Fragen, die seine Mutter sich zu beantworten weigerte.

Ludwig XVI. hätte noch weitergesprochen, doch man kam zu dem Schluß, daß er bereits genug gesagt hatte, daß er schon zu lange gelebt hatte, daß sein Leben zu Ende war.

Mit einem markerschütternden »*Tambours!*« gab ein Berittener in Uniform den Befehl zu erneutem Trommelwirbel.

Die Trommeln begannen wieder zu schlagen. Die Zeit Ludwigs XVI. tickte über das Maß hinaus, das man ihm zugestanden hatte, er lebte immer noch, eine geborgte Zeit, sein Gesicht völlig ausdruckslos, als hätte sein Gehirn bereits aufgehört zu arbeiten.

Später behauptete Dayat, er sei es gewesen, der den Befehl zum Trommeln gegeben hatte, um die Stimme des Königs zu übertönen. Später brüstete er sich damit, begierig, der Nachwelt einzuschärfen, daß der Befehl aus seinem Mund gekommen war.

Noch später brach ein heftiger Streit darüber aus, als hätte es eine Rolle gespielt, ob es Dayat oder Santerre oder irgend jemand anders gewesen war, der den Befehl gebrüllt hatte.

Der Comte d'Ayat malte sich aus, wie er selbst dort oben auf dem Schafott stand, den Kopf immer noch fest zwischen den Schultern. Er stellte sich die quietschenden Balken vor, die blitzende Klinge, die gleichgültige Menge. Er sah seinen Kopf in den Korb fallen, sein Blut aus dem Hals sprudeln. Er sah seine eigenen blauen Augen brechen. Und wieder mußte er daran denken, wie die Hühner in Ayat herumgerannt waren, nachdem er ihnen die Köpfe abgehackt hatte.

Erneut fragte er sich, ob der Mann auf dem Schafott nur der Enkel des Liebhabers seiner Mutter war. Er fragte sich, ob er vielleicht gerade Zeuge der Hinrichtung eines Verwandten wurde.

Ein Mann muß zusehen, daß er am Leben bleibt, dachte er. Ein Mann muß dafür sorgen, daß er seinen Hals rettet.

Dayat öffnete den Mund und stieß den Schrei der Saatkrähen von Ayat aus, den kehligen, rauhen Schrei der Nestbauer und Kükenfütterer.

Die blitzende Klinge der Guillotine fiel.

Der Kopf Ludwig XVI. fiel, und sein Blut spritzte in den Schnee.

Es war zwanzig nach zehn Uhr früh.

Dayats Kopf war leer. Er verspürte Brechreiz und fühlte sich gleichzeitig erleichtert. Ein Teil in ihm frohlockte, während ein anderer Teil vor Angst erstarrte. Seine Hände waren taub vor Kälte, taub vor Entsetzen, als gehörten sie einem anderen, als wüßte eine Hälfte in ihm nicht, was die andere tat.

Der jüngste der Soldaten, die als Wachen um das Schafott standen, ein junger Mann von vielleicht achtzehn Jahren, ergriff den abgeschnittenen, bluttriefenden Kopf und hielt ihn der Menge hin.

In der plötzlich eintretenden Stille hörte Dayat wieder das Quietschen der Balken, das Schnauben und Stampfen der Pferde. Dann begann die Menge zu skandieren »*Vive la république!*«, und die Männer warfen ihre Hüte in die Luft: lauter schwarze Hüte flogen hoch wie ein Schwarm Krähen, die durch einen Gewehrschuß aufgescheucht wurden. Die Krähen krächzten, und Dayat krächzte mit ihnen.

Dann löste sich die Menge auf, die Bürger gingen verlegen schweigend nach Hause. Sie waren Zeugen eines Wunders geworden, hatten erlebt, wie der Kopf eines Königs vom

Rumpf eines Königs abgetrennt wurde, ähnlich wie der Kopf eines hartgekochten Eis, der mit einem Schlag einer goldenen Gabel abgetrennt wurde. Es bestand kaum ein Unterschied, nur zwischen der Farbe des goldenen Eidotters und dem dunkelroten Blut, das am Kinn des Toten zu gerinnen begann.

Mitten in der Menge auf der Place de la Révolution stand eine kleine, aufrechte Frau von fünfundfünfzig Jahren, die starr vor Entsetzen die Hinrichtung eines Mannes erlebt hatte, der einst ihre Hand geküßt hatte. Nun, da alles vorbei war, entfernte sie sich mit kurzen schnellen Schritten, so daß es aussah, als gleite sie über den blutigen Schnee. Ihr Herz schlug so laut wie eine der Trommeln, und Tränen rannen ihr über die geröteten Wangen.

Im März wurde Dayat in die Vendée abkommandiert, um den Widerstand der Royalisten zu brechen. Vor seiner Abreise wurde er zum Brigadegeneral befördert und erschien am nächsten Tag in einer neuen, hellen, engen Uniform. Seinem Leistenbruch, der von einem nach neuesten revolutionären Erkenntnissen gefertigten Bruchband gehalten wurde, schenkte er kaum noch Beachtung.

Seine Zeit als General sollte genau 130 Tage dauern.

Etwa zur gleichen Zeit wurde sein vierundzwanzigjähriger Vetter Louis Desaix ebenfalls zum General befördert. Er schrieb Marguerite-Victoire de Chousy Liebesbriefe, in denen er sie der Ernsthaftigkeit seiner Gefühle für sie versicherte. Er stieg auf wie ein Stern, wie ein Feuerwerk, das ihn zu Ruhm und Ehre erhob.

Er blieb acht Jahre lang General.

In Fontenay-le-Comte, jetzt in Fontenay-le-Peuple umbenannt, erlebte General Dayat seinen ruhmreichsten Tag. Per

Dekret Nummer 981 der Nationalversammlung wurde er für seine Tapferkeit belobigt, die er bei der Sicherung des Rückzugs seiner Truppen gezeigt hatte.

Unter seiner Uniform war der General immer noch unversehrt. Sein Kopf saß immer noch fest auf seinem Hals, seine Gliedmaßen waren immer noch an seinem Rumpf. Er hatte seinen letzten Ausflug in die Hölle ohne eine Schramme überstanden.

Nach der Schlacht begab der General sich nach Niort, um seine Männer neu zu organisieren, sich auf die nächste Offensive vorzubereiten und die Blutflecken von seiner Uniform zu entfernen.

In betrunkenem Zustand prahlte er gegenüber den anderen Offizieren damit, wie er in der Nacht vor der Hinrichtung des Tyrannen im Jakobinerclub dem Whiskey zugesprochen hatte. Voller Verachtung sprach er von Ludwig, dessen Großvater er als Page gedient hatte, von dem Ludwig, dessen Familie seine Mutter dreißig Jahre lang mit Geld versorgt hatte, dem Ludwig, dem er seine vorzügliche Ausbildung verdankte, dem Ludwig, der ihn nie eines Blickes gewürdigt hatte.

Jedesmal, wenn er den Namen Ludwig aussprach, spuckte er verächtlich aus.

Die Generäle zogen Erkundigungen über Dayats Vergangenheit ein. Er kam ihnen allzu dünkelhaft vor, zu selbstbewußt, zu eitel. Ihnen mißfiel die Selbstgefälligkeit und der Übereifer des Generals.

Im Juli sandte der Kriegsminister General Dayat ein Schreiben, in dem er ihn darüber informierte, daß er von seinem Posten als Brigadegeneral suspendiert worden war.

Dayat erhielt den Befehl, sich sofort mindestens sechzig Meilen von der Abteilung der Armee zu entfernen, deren

Kommando er bisher geführt hatte, sechzig Meilen weit von jeder anderen Abteilung der Armee und sechzig Meilen weit von den Grenzen Frankreichs.

Dayat tobte, begriff nicht, womit er eine solche Behandlung verdient hatte. Er erinnerte seine Kameraden daran, wie man ausgerechnet ihn zu einem Polizeiregiment abgeordnet hatte, um die Adeligen herauszufischen, die das Regiment infiltriert hatten. Er beteuerte, mit ganzem Herzen auf der Seite des Terrors zu stehen.

Er äußerte tiefes Bedauern darüber, daß er wegen seines Leistenbruchs nicht noch energischer für die Revolution kämpfen konnte.

Er pries den revolutionären Eifer, mit dem seine Mutter seine Kinder zu wahren Revolutionären erzog.

Er kämpfte um seine Karriere und um sein Leben, doch die Generäle hatten kein Mitleid mit ihm.

»Du bist ein Feind der Revolution, Bürger«, sagte einer von ihnen. »Du bist ein Aristokrat. Wenn heute nachmittag alles vorbei wäre, würdest du dich morgen wieder auf die Seite deinesgleichen schlagen. Du hast dich lange genug verstellt.«

»Du kannst nicht auf zwei Hochzeiten tanzen, *citoyen*«, sagte ein anderer. »Man ist entweder Aristokrat oder Revolutionär. Man kann nicht beides sein.«

»Du versuchst, halb Revolutionär und halb Aristokrat zu sein«, meinte ein Dritter. »Einem solchen Mann können wir nicht trauen.«

»Ich bin nur ein halber Franzose, Bürger«, sagte Dayat.

»Du bist nur ein halber Mensch«, erwiderten die Generäle und hörten nicht mehr auf zu lachen.

Niemand ließ sich von Dayats Argumenten täuschen. Er wurde aus der Armee entlassen, er verlor seinen Rang und seine Uniform und war nur noch der einfache Louis-Charles-

Antoine Pelet de Beaufranchet d'Ayat, Comte d'Ayat, Comte de Beaumont und Comte de Grandmont.

Unfähig, sich den Befehlen des Kriegsministers zu fügen und zu seiner Familie in Le Havre zu ziehen, machte d'Ayat sich nach Soisy auf und verschwand aus dem öffentlichen Leben. Er hatte den Fehler gemacht, die Aufmerksamkeit der Behörden auf seine Mutter zu lenken.

Es dauerte nicht lange, und man stattete dem ehemaligen General in Soisy einen Besuch ab, um seinen Besitz zu konfiszieren. Er protestierte und erklärte, die Möbel gehörten ihm nicht, sie seien Eigentum seiner Mutter.

»Das macht keinen Unterschied, Bürger«, zischte einer der Revolutionäre. »Wenn sie morgen sterben würde, würde alles dir gehören. Und sie wird morgen sterben. Sie ist eine Adelige. Wir nehmen deine vergoldeten Sessel mit.«

D'Ayat quartierte sich in dem Pförtnerhaus gegenüber seiner Tante Brigitte ein, in einem Raum, in dem sich nichts als eine verschimmelte Strohmatratze befand. Auf dem Flohmarkt in Corbeil kaufte er sich ein paar wurmstichige Stühle.

D'Ayat bemerkte, daß die *sans-culottes* mißtrauisch zu schnuppern begannen, sobald er bei der örtlichen Bürgerversammlung erschien.

Fortan wagte er nicht einmal mehr, Pomade à la Sanson zu benutzen.

Er ließ sich das Haar wachsen und hörte auf, sich zu kämmen.

Die *sans-culottes* starrten auf seine Stiefel und machten laute Bemerkungen darüber, wie teuer solche Stiefel sein mußten.

Zum nächsten Treffen erschien d'Ayat in Holzschuhen, und er begann, die *citoyennes* auf der Empore näher in Augenschein zu nehmen in der Hoffnung, eine gute Revolutionärin zu finden, die er zur Frau nehmen konnte.

Die Gemeinde von Soisy, die zu dem Schluß gekommen war, daß der ehemalige General seine Zeit und sein Talent vergeudete, übertrug ihm das Amt des Verwalters in einer Salpeterfabrik und befahl ihm, sich unverzüglich an die Arbeit zu machen, ob es ihm gefiel oder nicht.

Seines Pferdes beraubt, meldete d'Ayat sich freiwillig als Sappeur zur Infanterie. Zusammen mit den Gärtnern, die einst die Hecken seiner Mutter beschnitten hatten, exerzierte er auf den Feldern außerhalb von Soisy. Er übte sich im Gebrauch des Bajonetts und im Umgang mit Feuerwaffen, als wäre er noch nie Soldat gewesen und als hätte er noch nie im Leben eine Schlacht miterlebt.

Er ertrug die Demütigung ohne aufzubegehren, dankbar, daß man ihn nicht verhaftet hatte und daß sein Kopf noch immer fest auf seinem angestammten Platz saß.

Brigitte Murphy leugnete weiterhin beharrlich, mit der Schloßherrin von Soisy auf irgendeine Weise verwandt zu sein. Brigitte hatte Angst. Sie fragte sich, was sie je dazu gebracht hatte, in den Adelsstand gehoben werden zu wollen. Schon vor langer Zeit hatte sie alle Dokumente, die ihr bescheinigten, daß sie eine de Boisfailly war, zerrissen und ins Feuer geworfen.

»Ich bin nicht mit den Flaghacs verwandt«, erklärte sie ihren Nachbarn. »Ich bin gar keine Adelige.«

Doch sie war mit den Nerven am Ende. Ihr Herz war dem Alpdruck der Revolution nicht gewachsen.

Am 24. August 1793, während ihr Neffe *citoyen* Dayat ihr die schönen Hände hielt und ihr zuflüsterte, sie solle an Irland denken, starb Brigitte Murphy im Alter von sechsundsechzig Jahren.

Gemäß Brigittes strikten Anweisungen öffnete d'Ayat sämtliche Türschlösser im Pförtnerhaus, damit ihre unsterbliche Seele das Haus ungehindert verlassen konnte. Er bedeckte den trüben Spiegel mit einem schmutzigen weißen Tuch. Das einzige Bild – ein ungerahmtes, fleckiges Stilleben mit Gemüse – drehte er zur Wand. Es gab keine Irinnen in Soisy, die die Totenklage für Brigitte hätten anstimmen können.

D'Ayat benachrichtigte seine Mutter, die wieder nach Le Havre zurückgekehrt war. Sie zeigte keine Gefühlsregung. »Es ist zu gefährlich zu reisen«, schrieb sie zurück.

Sie konnte sich sowieso nicht vorstellen, daß Brigitte ihr genommen worden war. Brigitte war immer noch bei ihr. Sie begegnete ihr jeden Tag, sprach mit ihr, stellte ihr Fragen, legte ein Gedeck für sie auf und sah sie neben sich am Tisch sitzen mit Augen so blau wie Kornblumen.

Brigitte wird niemals sterben, sagte sie sich. Ihre Hände sind unsterblich. Der Tod existiert nicht, es gibt ihn nicht.

In einer Zeit, in der niemand sicher sein konnte, daß er die nächsten vierundzwanzig Stunden überlebte, klammerte sie sich mit aller Macht an das Leben.

Pfeifende Totengräber karrten Brigittes sterbliche Überreste auf einem quietschenden Handwagen zum Friedhof und kippten sie ohne Zeremonie in ein Massengrab. Louis d'Ayat sagte sich, es sei besser gewesen, daß seine Mutter nicht gekommen war, um der Beerdigung ihrer Schwester beizuwohnen.

Im Herbst wurde der Comte de Chousy verhaftet, einzig wegen des Verbrechens, der Comte de Chousy zu sein. Marguerite-Victoire beantragte sofort die Scheidung, um sich von der Aristokratie loszusagen. Um die notwendigen Schritte in die Wege zu leiten, begab sie sich auf direktem Weg nach

Paris und wurde prompt verhaftet, einzig wegen des Verbrechens, die Comtesse de Chousy zu sein.

Hysterisch vor Angst erklärte sie den Gefängniswärtern, sie sei die Enkelin eines Flickschusters.

»Du bist viel zu vornehm, um die Enkelin eines Schusters zu sein«, erwiderte einer der Wärter. »Du bist eine Adelige! Die ganze Familie des Tyrannen war auf deiner Hochzeit zu Gast!«

Marguerite-Victoire stritt alle Vorwürfe ab.

»Du hast deine Strafe verdient, *citoyenne«*, sagte der Wärter lachend, als er ihre Zelle verriegelte. »Dein Kopf wird nicht mehr lange auf deinen Schultern sitzen.«

Im Dezember kam die vor Entsetzen kreischende Madame du Barry, eine Frau von der Straße, eine Frau aus dem Volk, unter die Guillotine. Sie war die Mätresse des Tyrannen gewesen, und doch hatten sie ihr den Kopf abgehackt – trotz ihrer einfachen Herkunft.

Murphys Angst wurde größer denn je. Die Guillotine rückte immer näher. Sie hörte Geschichten, nach denen der Henker Probleme mit dem dicken Hals der du Barry gehabt und das Fallbeil mehrmals habe betätigen müssen.

Mein Hals ist dünn, dachte Murphy. Es wird so einfach sein wie ein Huhn zu köpfen.

Schließlich hörte sie auf, sich zu ängstigen und sagte sich, daß es nichts gab, was eine Murphy nicht schaffen konnte, und sei es, auf ein Schafott zu steigen. Wenn sie sterben mußte, dann würde sie wie eine Murphy sterben; sie würde die Murphys nicht entehren.

Die Tatsache, daß der Comte d'Ayat in Schande nach Soisy zurückgekehrt war, hatte neue Aufmerksamkeit auf seine Familie gelenkt. Murphys Gutsverwalter denunzierte sie aus

Rache dafür, daß sie sich geweigert hatte, ihm einen Teil ihres Grundbesitzes zu verkaufen.

Im Januar 1794 reiste Murphy nach Soisy, um den Gutsverwalter zur Rede zu stellen und Brigittes Grab zu besuchen.

Erneut zog sie die Aufmerksamkeit auf sich, so daß das Komitee von Corbeil sich genötigt sah, ihren Fall näher zu untersuchen.

Die Frau war eine Comtesse, eine Adelige. Da sie seit 1792 niemand mehr gesehen hatte, kam man zu dem Schluß, daß sie ins Ausland geflüchtet sein mußte, daß sie also eine zurückgekehrte *emigrée* war.

Während man auf eindeutigere Beweise und neue Informationen wartete, ließ man Madame la Comtesse de Flaghac überwachen.

In Le Havre wurde sie denunziert wegen Mangels an revolutionärem Geist. Man hatte sie sagen hören: »Selbst das Atmen ist lebensgefährlich.«

Einige erklärten zu ihrer Verteidigung, sie habe Frankreich nie verlassen, sondern sich die ganze Zeit in Le Havre aufgehalten.

Andere sagten zu ihren Gunsten aus, sie habe mit großzügigen Spenden an das Volk patriotische Gesinnung bewiesen.

Das Komitee ließ sich von der Mutter ebensowenig täuschen wie von ihrem Sohn. Man kam zu der Überzeugung, daß sie im Ausland gewesen sein mußte. Niemand würde sich so lange in Le Havre aufhalten, ohne nach England oder Irland zu reisen.

Das Komitee stellte sie in ihrem Schloß unter Hausarrest und verfügte, daß sie nur unter strenger Bewachung nach Paris fahren durfte.

Vergeblich protestierte die Bürgerin Murphy gegen die ungerechtfertigten Anschuldigungen. Sie ging in den leeren

Räumen des Schlosses auf und ab, kaute ihre Fingernägel und wußte nicht, was sie mit sich anfangen sollte.

Im Februar, überzeugt davon, daß man sie mittlerweile vergessen hatte, beging sie den Fehler, ohne Bewacher nach Paris zu fahren.

Sofort erließ das Komitee für öffentliche Sicherheit einen Haftbefehl gegen sie und beauftragte ein Mitglied des Komitees, den *citoyen* Briquet, damit, die Sache in die Hand zu nehmen.

Briquet fand heraus, daß die *citoyenne* Murphy in der Rue Grange-Batelière, wo sie eine neue Wohnung gemietet hatte, wohlbekannt war. Er mietete sich in dem Haus auf der gegenüberliegenden Straßenseite ein, folgte ihr auf Schritt und Tritt und notierte sich jede ihrer Bewegungen.

Am Abend des 8. März 1794 war das Glück der Murphys zu Ende.

XVII

Im Morgengrauen wurde sie durch nicht mehr enden wollendes lautes Pochen an der Tür des kleinen Hauses geweckt.

Zitternd zog sie sich die Bettdecke über den Kopf und hoffte, daß man nicht gekommen war, um sie zu holen. Doch dann wurde die Tür mit einer Axt eingeschlagen, und Männer mit Laternen und brennenden Fackeln stürmten ins Haus: zwei Männer, vier Männer, ein Dutzend grimmig dreinblickende Männer drängten sich in ihre kleine Wohnung.

Stinkende Fackeln sengten ihre Tapete an, schlammverklebte Holzschuhe verschmutzten ihre wertvollen Teppiche. Sie erinnerte sich an das *eau de l'homme,* an den Männerschweiß aus Versailles.

»*Citoyenne,* wir sind gekommen, um dich zu verhaften und deine Wohnung zu versiegeln«, erklärte Briquet mit ausgesuchter Höflichkeit, während er ihr grinsend den Haftbefehl des Revolutionskomitees unter die Nase hielt.

Sie leistete keinen Widerstand, sagte kein Wort, wartete nur ab, was geschehen würde.

Unter ihrer Nackenrolle hatte sie auf Drängen d'Ayats eine kleine Pistole versteckt. »Dann fühlst du dich sicherer«, hatte er gesagt.

»Ich kann für mich selbst sorgen«, hatte sie ihm erklärt. »Ich habe gelernt, mich selbst zu verteidigen.« Doch er hatte die Pistole trotzdem dagelassen.

Absurde Gedanken rasten ihr jetzt durch den Kopf: sie könnte sich ihren Weg freischießen und der Verhaftung entgehen. Doch die Pistole blieb an ihrem Platz, bis die Männer, die ihre Wohnung durchsuchten, damit aus dem Schlafzimmer kamen, triumphierend in die Decke schossen und sie hämisch angrinsten, als hätten sie endlich den Beweis dafür gefunden, daß sie ein Volksfeind war.

In ihrer ganzen Wohnung stank es nach Knoblauch und Wein und Zwiebeln. Die Männer rissen ihre Bilder von den Wänden, suchten überall nach geheimen Verstecken. Sie drehten ihre Teppiche um, als dächten sie, sie würde die gesamte königliche Familie darunter versteckt halten. Sie kippten Schubladen aus, in der Hoffnung, Schmuck zu finden. Sie torkelten betrunken herum, stießen Tisch und Stühle um. Murphy hörte das helle Klirren von zerbrechenden Gläsern, dann ein lautes Krachen, als ihr schwerer Kronleuchter auf das Parkett stürzte.

Sie sah einen der Männer gegen die Wand ihrer *salle à manger* urinieren, hörte, wie ihr Sèvres-Porzellan zu Boden geworfen wurde und in tausend Stücke brach. Sie sah zu, wie die Männer ihre vergoldeten Spiegel auf die Straße warfen. Sie schoben ihre vergoldeten Möbel aus den Fenstern, warfen ihre Papiere in den Wind und den Regen hinaus, ihre ganze private Existenz wurde umgekrempelt.

Schweigend ließ sie sich abführen, unter dem Arm einige in ein rotes Tuch gewickelte Habseligkeiten. Sie trug ihre blauen Perlen und einen Hasenfuß an einem Band um den Hals. In Erinnerung daran, wie sie vor fast vierzig Jahren schon einmal im Morgengrauen abgeholt worden war, hatte sie ihre wärmsten Sachen angezogen.

Im Couvent des Bénédictins Anglais sperrte man sie in eine dunkle Zelle, die nichts enthielt außer einer Nackenrolle und einer Matratze voller flohverseuchten Strohs. Durch das vergitterte Fenster sah sie über einem Feld mit Baumstümpfen und Grabsteinen die Dämmerung heraufziehen.

Man hatte ihr gesagt, hier im Frauengefängnis gehe es weniger grausam zu als im Männergefängnis. Doch was sie erlebte, war schrecklich genug. Den ganzen Tag lang hörte sie die Schreie der Frauen. Sie hörte, wie sie sich gegen die Zellentüren warfen, an den Gitterstäben rüttelten, ihre Möbel gegen die Wände schleuderten.

Die Wärter lungerten auf den Korridoren herum, starrten durch die Gitterstäbe in die Zellen, redeten nur vom Tod, machten sich einen Spaß daraus, Murphy zu ängstigen und ihr jegliche Art von Annehmlichkeiten zu verweigern.

Es war kein leeres Gerede, wenn die Wärter vom Tod sprachen. Jeden Tag verschwanden ein paar Frauen, und keine von ihnen kehrte zurück. Der Weg aus dem Gefängnis führte zur Guillotine. Das Gefängnis zu verlassen, bedeutete zu sterben.

Als Murphy mitten in der Nacht abgeholt wurde, sprach sie ihre Gebete, glaubte, ihr Ende sei gekommen und machte sich auf die blitzende Klinge des Fallbeils und das Jüngste Gericht gefaßt. Doch sie wurde weder vor Gericht noch zu ihrer Hinrichtung geführt. Statt dessen fand sie sich im Gefängnis von Sainte-Pélagie wieder, in der Nähe des Jardin des Plantes, wo noch grausamere Bedingungen herrschten.

Sie trug ihren Namen in ein schmuddeliges, zerfleddertes Buch ein. Der unrasierte Gefängniswärter wühlte in ihrem Bündel herum, musterte sie mit lüsternem Blick. Ein anderer, betrunkener Wärter unterzog sie mit rauhen, kalten Händen einer Leibesvisitation, auf der Suche nach etwas, von dem er wußte, daß er es nicht finden würde. Sie bemerkte ein vertrautes Funkeln in seinen Augen. Das war die Revolution, alles war verboten, und alles war erlaubt. Er konnte mit ihr tun, was er wollte. Das war *la liberté.*

»Das nächstemal, *citoyenne*«, sagte er grinsend, »wirst du

nicht nur meine Finger unter deinen Röcken spüren, und es wird dir gefallen.«

Ihre neue Zelle war winzig und hatte feuchte Wände. Von ihrem vergitterten Fenster aus schaute Murphy in einen Schlachthof, wo die Hunde von Paris heulten und sich paarten und zwischen alten Knochen und Blutlachen ihren Darm entleerten. Beim Geheul der Hunde dachte sie an den Tod – den Tod, der nicht existierte – und an die Banshee und an das sichere Leben in der Auvergne.

Sainte-Pélagie, das unter dem Ancien Régime eine Zufluchtsstätte für Prostituierte gewesen war, lag einsam und abgelegen. Im vorangegangenen Jahr waren hier Hunderte von Priestern abgeschlachtet worden, und die Wärter machten sich einen Spaß daraus, die Gefangenen auf die Blutflecken hinzuweisen, die als stumme Zeugen des Massakers immer noch auf den Pflastersteinen zu sehen waren: Überbleibsel und zugleich warnende Hinweise auf das, was Murphy noch zu erwarten hatte. Die Guillotine. Tod durch Gewalt. Sie dachte an Valdec de Lessart.

Zum Frühstück bekam sie nichts als Brot und Wasser. Jeden Mittag brachte der Wärter ihr eine Portion Bohnen und ein halbes Pfund Schwarzbrot. Ihr Magen revoltierte gegen das ekelhafte Essen, sie litt an Durchfall, wurde schwächer.

Später erbot sich die Frau des Kommandanten, für sie zu kochen, und Murphy erholte sich. Eines Abends wurde ihr ein Kotelett mit etwas wässrigem Kohl in die Zelle gebracht. Sie zögerte, das merkwürdig riechende Fleisch zu essen.

»Menschenfleisch, *citoyenne*«, lachte der Wärter, »frisch von der Guillotine!«

Unter den Gefangenen kursierten Geschichten von Knöpfen und blonden Haaren, die man in der dünnen Soße gefunden hatte.

»Gekochter Marquis, gebratener Herzog«, rief der Wärter. »Die Adeligen sind doch noch zu etwas zu gebrauchen!«

Murphy bemühte sich, nicht darüber nachzudenken, wo das Fleisch herkommen sein könnte. Sie stellte sich vor, es sei Pferde- oder Eselsfleisch. Schließlich war sie so hungrig, daß sie es aß, ob es nun Menschenfleisch war oder nicht.

Pro Tag erhielt sie eine Weinflasche voll Wasser zum Trinken und Waschen. Im Sommer reichte die Menge kaum aus.

Wer Geld hatte, fand immer wieder Möglichkeiten, sich das Leben zu erleichtern. Die Wärter ließen sich bestechen, gewährten den Gefangenen Vergünstigungen, wenn sie ihnen nachts gefällig waren. Die Devise war:

Kein Wasser, wenn du deine Kleider nicht ausziehst.

Kein Brot, wenn du dich nicht mit mir ins Stroh legst.

Kein Wein, wenn du dich nicht küssen läßt.

Doch Murphy war darauf bedacht, keine Aufmerksamkeit auf sich zu ziehen, wollte sich nicht anmerken lassen, daß sie wohlhabend war. Sie hatte das Gefühl, zu alt zu sein für die anderen Dinge, mit denen sie sich Vergünstigungen hätte erkaufen können, und fürchtete sich vor den eventuellen Folgen.

Tag für Tag hörte sie das Kreischen der eisernen Riegel an den Zellentüren, roch den fauligen Gestank, der die Gefängnisluft prägte. Wenn sie nachts in den dunklen Korridor hinaus spähte, raubte ihr der dicke, beißende Qualm der Öllampe den Atem. Allmählich verlor sie den Bezug zur Zeit, wußte nicht mehr, wieviele Tage sie bereits im Gefängnis verbracht hatte.

Sie sagte sich, daß es nichts gab, was eine Murphy nicht erdulden könne. Sie bewahrte ihre Zuversicht. Ihr Kampfgeist war ungebrochen.

Sie erinnerte sich an Victoire, die ihr einst gesagt hatte: »Man kann sich an alles gewöhnen.«

Niemand kam, um sie zu verhören. Sie wurde vor kein Tribunal geführt. Sie wurde keines Verbrechens angeklagt. Es kam ihr so vor, als hätte man sie vergessen. Unter ihrem Fenster hörte sie die Wachen fluchen und die Hunde bellen und miteinander kämpfen. Niemand besuchte sie, bis ihre Zellentür eines Morgens zu einer anderen Zeit als gewöhnlich geöffnet wurde. Bevor sie sich versah, war ihre Zelle voller Männer mit verkniffenen Gesichtern, ungewaschenen Haaren und zerlumpten Kleidern: Männer mit Dreck unter den Fingernägeln, die sie mit Fragen bombardierten:

»Bonjour, citoyenne …«

»Bist du mit den Räumlichkeiten zufrieden?«

»Hast du irgendwelche Beschwerden über deine Behandlung vorzubringen?«

»Hast du irgendwelche Wünsche?«

»Wie steht es um deine Gesundheit?«

»Langweilst du dich, *citoyenne?«*

Sie ließen ihr keine Zeit zu antworten, so als wollten sie gar nicht wissen, was sie zu sagen hatte; als wären sie gekommen, um sie in Augenschein zu nehmen und zu sehen, ob es sich lohnte, sich mit ihr ins Stroh zu legen. Doch sie musterten sie verächtlich, als dächten sie, sie hätte schon bessere Zeiten erlebt.

Sie fragte sich, ob sie wußten, wer sie war oder wer sie gewesen war. Sie fragte sich, ob irgendeiner von ihnen sich überhaupt so weit zurück erinnern konnte.

Nein, man hat mich lange vergessen, dachte sie.

Die Leute interessierten sich sicherlich längst nicht mehr für sie. Sie war einfach irgendeine Frau, die ein Schloß besaß, irgendeine Adelige, die im Gefängnis saß, weil sie alle Adeligen eingesperrt hatten.

Sie hatte seit drei Wochen mit niemandem gesprochen. Sie schüttelte den Kopf, wußte nicht, was sie ihren Besuchern sagen sollte. Die schwere Tür wurde wieder geschlossen, und der Wärter drehte den Schlüssel um.

»*Adieu, citoyenne*«, hörte sie jemanden sagen. Sie lauschte dem lauten Klappern der schweren Holzschuhe, hörte das Stöhnen der Frauen, die lauten Stimmen der Wärter, das Bellen der Hunde. Aus der Ferne drang ein stetes, auf- und abschwellendes Dröhnen an ihre Ohren, das Geschrei des Pöbels. Fliegen und Wespen summten in ihrer Zelle herum. Murphys Schweiß tropfte auf den schmutzigen Steinboden. Sie fühlte sich benommen von der Sommerhitze und verwirrt von all den Geräuschen der Revolution, die in ihre Zelle drangen.

Allmählich verlor sie den Bezug zur Außenwelt. Sie konnte sich nicht mehr an das Gesicht ihres Vaters erinnern. Wenn sie nachts nicht schlafen konnte, versuchte sie, sich seine krumme Nase vorzustellen, seine gewölbte Stirn, die Bartstoppeln an seinem Kinn. Die einzelnen Teile sah sie deutlich vor sich, doch es gelang ihr nicht, sie zu einem Ganzen zusammenzusetzen. Es war, als versuche sie, sich ein Gesicht vorzustellen, das sie noch nie gesehen hatte.

Daniel Murphy hatte Boucher nie Modell gesessen, noch nicht einmal für eine Miniatur. Alles, was ihr geblieben war, waren ein paar Erinnerungsfetzen, die sie nicht mehr zusammenfügen konnte.

Das hatte der Tod getan, dachte sie, er hatte ihn ihr weggenommen und ihr nur die Erinnerung gelassen. Sie fragte sich, wie lange es dauern würde, bis sie sogar dieses vage Bild ihres Vaters vergessen würde, bis selbst die Bruchstücke aus ihrem Gedächtnis verblaßten, bis er nur noch ein Augenzwinkern war und dann gänzlich verschwand.

Bitte, lieber Gott, ich will nicht vergessen, dachte sie.

Die Weste ihres Vaters sah sie noch deutlich vor sich: eine

schokoladenfarbene Weste, die er sich hatte anfertigen lassen, als die Glückssträhne der Familie begonnen hatte. Eine schokoladenfarbene Weste mit goldenen Ranken um die Knöpfe, die wie Kletterpflanzen aus den Taschen zu wachsen schienen, mit Blüten und Knollen und einem weit verzweigten Blätterwerk: wie ein Familienstammbaum, an dem lauter Kartoffeln hingen – wie die Dynastie der Murphys, die bereits zum Aussterben verdammt war, die zu früh entwurzelt worden war.

Nun gab es die Weste nicht mehr, die Daumen in den Westentaschen waren tot, und ihr Vater war für immer von ihr gegangen.

Alles verblaßte in ihrer Erinnerung. Sie fragte sich, wie lange es dauern würde, bis auch sie vergessen sein würde. Aber von ihr gab es ein Bild, das die Leute an sie erinnern würde. Auch wenn das Bild ihr nicht sehr ähnlich sah, war es besser als gar kein Bild.

Sie verbrachte ihre Tage in Gedanken an alte Zeiten.

Etwas unterschied Murphy von den anderen Gefangenen. Sie hatte kein schweres Leben gehabt. Sie war anders. Sie hatte Luxus gekannt.

»Du gehörst zu den *seigneurs*«, sagte die Frau in der Nachbarzelle.

»Das stimmt nicht«, erwiderte Murphy. »Meine Mutter war eine Lumpenhändlerin.«

Niemand glaubte ihr. Sie konnte nur eine Adelige sein. Die Frau schlug ihr ins Gesicht und zerrte an ihr herum.

»Sag die Wahrheit«, verlangte ihre Nachbarin. »Lüg nicht!«

Murphy schlug zurück und wehrte sich, bis man sie in Ruhe ließ.

Der Wärter hörte den ganzen Sommer lang nicht auf, sie zu beschimpfen, während sie nicht müde wurde zu beteuern, daß sie aus einfachen Verhältnissen stammte.

»Mein Vater war ein Handwerker, *citoyen,* glaub mir«, sagte sie zu ihm. »In meinen Adern fließt kein Tropfen französisches Blut …«

»Non, citoyenne«, erwiderte er und spuckte vor ihr aus. »Du bist eine Comtesse. Du hast den Tyrannen Kinder geschenkt. Wir wissen alles über dich. Du bist ein Feind Frankreichs. Ein Feind der Freiheit. Ein Feind der Revolution.«

Sie flehte den Wärter an, ihr zu helfen, dafür zu sorgen, daß man sie nicht länger wie eine gemeine Verbrecherin behandelte.

»Ich bin fast mein ganzes Leben lang eine Gefangene gewesen«, erklärte sie ihm. »Ich sehne mich nach der Freiheit. Ich möchte frei sein.«

Der Wärter kratzte sich an seiner schmutzigen Jakobinermütze und grinste hämisch.

»Wir möchten alle frei sein, *citoyenne«,* sagte er. Dann drehte er den Schlüssel im Schloß ihrer Zellentür um und ging, die Marseillaise pfeifend, davon.

Eine Woche später bot sie ihm Geld an, in der Hoffnung, sich am Ende doch noch aus Sainte-Pélagie freikaufen zu können.

»Non, citoyenne, du gehörst zur Bourgeoisie«, zischte der Wärter. »Du bist eine Adelige. Du verrätst dich allein schon durch die Art, wie du gehst.«

Er spuckte verächtlich aus.

»Du hast gelernt, dich zu bewegen. Du hast eine geschulte Stimme. Du sprichst eine gebildete Sprache.«

Er spuckte aus.

»Du hast gelebt wie eine Adelige, und du wirst sterben wie eine Adelige. Woher du kommst, hat nichts damit zu tun.«

Er bückte sich, hob den zerschlissenen Saum ihres Rocks auf und betrachtete ihn eingehend.

Sie sah, wie eine Fliege über seine Stirn krabbelte. Sie roch seinen Schweiß.

Der Wärter blickte auf und sagte langsam: »Rue du Faubourg Saint-Honoré! 10.000 Livres!« Er spuckte ihr ins Gesicht und zerriß ihren Rock.

Während der Speichel von ihrer Wange tropfte, hörte sie die Tür ins Schloß fallen.

Sie sah seine schwarzen Zähne durch das Gitterfenster in der Tür.

»Pech, *citoyenne*«, sagte er grinsend. »*A la lanterne.*«

Sie flüchtete sich in ihre Vergangenheit, versetzte sich in Gedanken in ihre Kindheit zurück. Sie träumte sich aus ihrer dunklen Zelle hinaus ins Sonnenlicht. Sie lief barfuß durch die Straßen von Paris, über regennasse Pflastersteine. Sie dachte an grünes Gras. In ihrer Phantasie durchstreifte sie ganz Paris, ein Paris, in dem es keine Guillotine gab. Sie ging entlang der Seine spazieren, blieb stehen, um mit den Wäscherinnen zu scherzen; sie streichelte streunende Katzen, pflückte Blumen, die aus Mauerritzen wuchsen, sah einem Hund zu, der in den Fluß sprang, um ein Stöckchen zu holen, das ein Junge geworfen hatte.

So vertrieb sie sich die Zeit, machte sich die Gefangenschaft erträglich. In der Sommerhitze fand sie keinen Schlaf, lag nachts stundenlang wach, naßgeschwitzt, hatte das Gefühl zu ersticken und zu verdursten, die leere Wasserflasche neben sich. Sie trank ihre Tränen, leckte den Schweiß von ihren Handflächen.

Nach Murphys Verhaftung hatten die Behörden eine lange Liste von Zeugen aufgestellt, die in ihrem Fall aussagen sollten: Verwandte, Nachbarn, Geschäftsleute. Doch die allgemeine Situation verwandelte sich allmählich in ein Tollhaus, und es wagte kaum noch jemand auszusagen, aus Furcht, am Ende selbst zu den Verdächtigen zu gehören, Opfer von Denunziation zu werden, in Prozesse verwickelt zu werden, die nur noch Parodien waren, und sich dem Gespött derjenigen auszusetzen, die wahllos jeden unter die Guillotine schickten.

Citoyen Dayat tat, was er konnte. Er schrieb Briefe an seine Freunde, an seine ehemaligen Saufkumpane, an Minister, mit denen er in Versailles zu tun gehabt hatte. Doch seine Freunde ignorierten seine Hilfegesuche.

Er wagte nicht, seine Mutter in Sainte-Pélagie zu besuchen, aus Furcht, selbst eingesperrt zu werden. Er blieb in Soisy und vertiefte sich in die Buchhaltung der Salpeterfabrik des Bezirks Corbeil.

Und seine Mutter blieb im Gefängnis.

Im Juli erblickte Murphy ein vertrautes Gesicht, das durch die Gitterstäbe an ihrer Zellentür spähte. Er selbst ist gekommen, dachte sie.

Er war in seine Königsgewänder gekleidet und trug den Orden des Heiligen Geistes auf der Brust. Seine schwarzen Augen leuchteten im Zwielicht. Er sah jünger aus, dachte sie.

»Ludwig«, sagte sie.

»C'est moi«, erwiderte er, *»c'est Nous.«*

Und dann war er verschwunden. Sie sagte sich, daß Ludwig tot war, daß sie Halluzinationen hatte.

Am nächsten Tag sah sie ihn wieder. Seine kohlschwarzen, lachenden Augen schauten sie an. Er sagte nichts, schaute sie nur an und grinste. Er schien sie zu kennen, sah sie an, als wüßte er alles über sie. Irgendein Gerichtsdiener, dachte sie, irgendein übereifriger Revolutionär, der gekommen war, um sich nach ihrem Gesundheitszustand zu erkundigen. Und dann knirschte der Schlüssel im Schloß, und, bevor sie sich versah, war sie aus ihrer Zelle heraus und saß in einem offenen Wagen, der über die Rue du Faubourg Saint-Honoré in Richtung Palais Royal fuhr. Die Sonne schien, und ihr Leid schien ein Ende zu haben.

Sie hatte sich das Gesicht mit Kalk von den Wänden, die Wangen mit Rouge aus Tomatenbrei geschminkt.

Sie hatte sich die Brauen mit Ruß nachgezogen.

Es begann zu regnen.

Von ihren Augenbrauen liefen schwarze Striemen über ihre Wangen, ihr Rouge löste sich auf und tropfte wie blutige Tränen auf ihren Busen.

Ihr mit Stroh ausgestopfter Busen saugte sich voll Wasser und sackte auf ihren Bauch hinab.

Ihr Mut wich der Verzweiflung. Der Boden des Wagens war mit Regenwasser überflutet. Der Wind riß ihr die Perücke vom Kopf und entblößte ihr graues, struppiges Haar, gab sie in dem offenen Wagen den Blicken der Leute preis, eine alte Frau mit schütterem Haar und faltigem Gesicht, die langsam in dem Schaum versank, der sich um sie herum gebildet hatte.

Sie wachte auf. Ein Sommergewitter tobte vor ihrem Fenster, und der Wind peitschte den Regen durch die Gitterstäbe.

Im Schmutz der Zelle, mit feuchtem Stroh als Schlafgelegenheit, kam es Murphy so vor, als sei ihr ganzes Märchenglück zu Asche zerfallen. Sie träumte davon, daß ihr Prinz kommen und sie retten würde. Doch sie wußte, daß er tot war. Sie spürte, daß ihr Märchen dem Ende zuging.

Der Wärter bescherte ihr täglich neue Berichte vom Schafott, das im Blut versank, vom tanzenden Pöbel, der johlend applaudierte, wenn das Fallbeil der Guillotine in der Sonne blitzte und erneut auf den fetten Hals eines dekadenten

Aristokraten niedersauste; er erzählte ihr Geschichten von abgeschlagenen Köpfen, die bluttriefend auf Stöcken durch die Stadt getragen wurden.

Sie hörte, daß der Comte du Barry in Toulouse hingerichtet worden war und daß Lolo du Barry in einem Duell den Tod gefunden hatte.

Sie hörte, daß der Comte de Chousy guillotiniert worden war.

Sie rechnete damit, daß auch Marguerite-Victoire enthauptet worden war, als könne das Schicksal es nicht zulassen, daß den Murphys eine Tochter blieb. Sie bangte um Louis d'Ayat. Sie machte sich auf ihren eigenen Tod gefaßt oder, falls sie am Leben blieb, auf ein Leben in Einsamkeit, all ihrer Angehörigen beraubt. Sie fragte sich, wie lange es noch dauern würde, bis man auch ihr den Kopf abschnitt.

Im Monat Thermidor schmachtete Murphy immer noch in ihrer Gefängniszelle. Ihr einziges Kleid begann, unter den Achseln zu faulen. Ihr Gesicht war stets schweißnaß. Sie lebte in permanenter Schwüle, litt ständig Atemnot und einen unbändigen Durst, den sie nie wirklich stillen konnte. Tag und Nacht summten Fliegen um sie herum. Immer wieder wurde sie in der drückenden Hitze ohnmächtig.

Ende Juli saß Citoyen d'Ayat in seinem Pförtnerhaus mit einer Liste der Einwohner von Soisy-Marat vor sich auf dem Tisch.

Gegen Mitternacht machte er sich, in einen dunklen Umhang gehüllt, unter dem er einen Lederbeutel voll Münzen verbarg, auf den Weg zu seinen Nachbarn. Jedesmal, wenn er ein Haus verließ, war sein Lederbeutel leichter und die Liste der Unterschriften länger.

Anfang August ging beim Komitee für öffentliche Sicherheit eine Petition für die Freilassung der Bürgerin Murphy ein, unterschrieben von sämtlichen Einwohnern von Soisy-Marat: mehrere hundert Unterschriften, einschließlich der des Dorfidioten.

Die Petition berief sich darauf, daß weder die Citoyenne Murphy noch ihr verstorbener Ehemann jemals zur Klasse der Privilegierten gehört hätten.

Am 8. August 1794 sandte das Komitee für öffentliche Sicherheit ein Schreiben an den Gefängniskommandanten von Sainte-Pélagie.

Zwei Tage später öffnete der Wärter die Tür von Murphys Zelle und führte sie ans Ende des Korridors.

Sie befürchtete das Schlimmste: daß er sie zwingen würde, ihn zu küssen; daß dies der Aufbruch zu ihrer letzten Reise sein würde.

Der Wärter übergab sie dem Kommandanten, der sie über den Hof hinweg zum Tor begleitete.

»Au revoir, citoyenne«, sagte er, *»à la prochaine.«*

Das Tor fiel hinter ihr ins Schloß, und sie stand auf der Straße, in die Außenwelt entlassen, in eine Welt, wo die Sonne schien.

Sie ging an der Seine entlang in Richtung Zentrum von Paris. Unterwegs kniff sie sich immer wieder, um sich zu vergewissern, daß sie nicht träumte. Die Trikolore flatterte an jedem Gebäude. Der Himmel war blau. Sie gab sich alle Mühe, sich nicht wie eine Adelige zu bewegen.

Nach 155 Tagen war sie wieder auf freiem Fuß.

In Soisy angekommen, stellte sie fest, daß die Schlösser sämtlicher Türen im Schloß aufgebrochen worden waren. Man hatte ihre Spiegel zerschlagen, die Fensterläden aus ihren Scharnieren gerissen. Jemand hatte Obszönitäten und Revolutionsparolen an die Wände geschmiert: *Vive la Nation – Á bas les têtes – Á la lanterne.*

Ihr Salon, ihre *salle à manger*, ihr Schlafzimmer, all ihre in Weiß und Gold gehaltenen Räume waren voller Kühe – weiße Kühe, schwarze Kühe, gescheckte Kühe –, die überall auf ihrem Parkett ihre Fladen hinterließen und die Reste ihrer Gobelins fraßen. Kühe trampelten über ihre vergoldete Treppe, standen wiederkäuend in ihrem weißgoldenen Schlafzimmer. Alles war voller Kuhmist.

Ihre in strengen Formen angelegten Gärten waren verwahrlost und verkohlt. Das Feuer hatte von den Buchsbaumpfauen und -lilien nur schwarze Skelette übrig gelassen. Was einmal ihre Parkanlagen gewesen waren, war nur noch verkohlte Wüste mit kahlen, schwarzen Bäumen und Sträuchern. Der Wind wirbelte feine, weiße Asche auf. Das Krächzen vereinzelter, heimatlos gewordener Krähen durchschnitt die Luft.

Citoyen Dayat, zerzaust und zerlumpt, trat auf seine Mutter zu, umarmte sie und küßte sie auf beide Wangen. Sie hielten sich in den Armen und weinten, bis ihr Weinen in Lachen umschlug.

»Ich habe das Schloß gerettet«, sagte er. »Ich habe sie daran gehindert, es in Brand zu stecken. Niemand hat das Schloß betreten …«

Sie sah ihn entgeistert an. »Du hast das getan?« fragte sie.

D'Ayat grinste. Er dachte an die goldenen Kaminuhren, erinnerte sich daran, wie er den Baum in die Luft gejagt und sich geschworen hatte, Flaghac zu zerstören. »*Je tue le temps* …«, sagte er.

Murphy biß sich auf die Lippen und betrachtete das Bild der Verwüstung. Sie versuchte, die Kühe fortzuscheuchen, doch sie kauten weiter seelenruhig an den Vorhängen.

D'Ayats Grinsen verschwand. »Sei einfach du selbst«, sagte er. »Versuche nicht mehr, etwas darzustellen, du bist keine Adelige mehr. Du bist die Tochter eines Schusters …«

Murphy holte die mit Münzen gefüllten Lederbeutel aus ihren Verstecken und kehrte nach Paris in die Rue Grange-Batelière zurück, wo sie ein Sofa hatte, auf dem sie schlafen konnte, und wo es keine Kühe gab. Ihr Traum war ausgeträumt. Sie würde nie wieder in einem Schloß wohnen. Ihre Zeit als Aristokratin war vorüber.

Ein paar Tage später sah sie das Gesicht eines jungen Mannes, der durch den Briefschlitz in ihrer frisch reparierten Tür lugte.

Zuerst sah sie die Lippen, volle, sinnliche Lippen. Dann bewegte er sich, und sie sah die dunklen, leuchtenden Augen. Als er sich abermals bewegte, sah sie sein schwarzes, glänzendes Haar. Zuerst sah sie nur die Einzelteile, dann bewegte er sich wieder, und alles fügte sich zu einem Bild zusammen, zu einem Gesicht, das lächelte.

»Ich habe Euch schon einmal gesehen«, sagte sie mit klopfendem Herzen. Sie öffnete die Tür und ließ ihn ein.

XVIII

Murphy war aus der Dunkelheit des Gefängnisses geschlüpft wie aus einer Schmetterlingspuppe. Ihre Haut, die so lange dem Sonnenlicht nicht ausgesetzt gewesen war, war wieder weiß. Sie wirkte jünger, war schlanker geworden, und ihr Lächeln war strahlender denn je. Ihre blauen Augen funkelten. Sie strotzte vor Gesundheit.

Es war, als hätte sie sich für ein letztes Abenteuer frisch gehalten, als hätte die Zeit ihr eine Gnadenfrist gewährt. Hinzu kamen ihre ganz besondere Ausstrahlung, ihre Kunstfertigkeit und das Glück der Murphys, das wieder dorthin zurückgekehrt war, wo es hingehörte.

Sie war auf wunderbare Weise jung geblieben.

Irgendwie war es ihr gelungen – indem sie ihre Haut ihr Leben lang mit Cremes geschmeidig gehalten und sich vornehmlich bei sanftem Kerzenlicht aufgehalten hatte –, das Herz eines Mannes zu gewinnen, der dreißig Jahre jünger war als sie.

Sie fand, er war der schönste Mann, den sie je gesehen hatte. Er hatte dunkle, glänzende Locken und mahagonifarbene Haut. Seine Augen waren leuchtend blau. Mit seiner Schönheit brachte er Kutschen zum Stehen, Köpfe fuhren herum, und die Leute starrten ihm nach, als fragten sie sich, ob er ein Engel sei, der vom Himmel gefallen war, oder ob sie gerade einen Gott hätten vorbeigehen sehen. Murphys Knie wurden weich, wenn sie ihn sah, und nicht nur beim erstenmal, sondern jedesmal.

Er trug weiße *pantalons,* blankpolierte Stiefel und ein weißes Hemd. Mit seinem jungenhaften Charme und seinem schelmischen Lächeln erinnerte er an den jungen Ludwig XV, den Murphy jedoch nie gekannt hatte. Er besaß etwas, das Lenormand und Terray und Valdec de Lessart, jeder für sich bereits von Sorgen gezeichnet, nie besessen hatten. Er war wie die jungen Männer, die sie besucht hatten, als sie selbst noch jung gewesen war: die Männer, die nach Einbruch der Dunkelheit gekommen und vor dem Morgengrauen wieder gegangen waren, an die sie sich so schwach erinnerte, daß sie sich fragte, ob es sie wirklich gegeben hatte.

Dieser junge Mann aber war wirklich. Sie fand ihn unwiderstehlich.

Er redete mit ihr wie mit einem Menschen, nicht wie mit irgendeiner Dirne, die er für einen Nachmittag gekauft hatte, um sich mit ihr zu amüsieren, bis ihm etwas Besseres einfiel.

»Wie heißt Ihr, Monsieur?« fragte sie.

»Louis«, sagte er.

Sie lächelte. Sie dachte an die weißen Schnecken, die vor fünfzig Jahren durch das Mehl gekrochen waren. Sie konnte gar nicht mehr aufhören zu lächeln. Sie dachte: Louis und Louise. Sie dachte: Diesen jungen Mann hat mir die Vorsehung geschickt.

»Louis-Philippe Dumont«, sagte er. »*Citoyen* Dumont.«

Hätten sie nicht in revolutionären Zeiten gelebt, dachte sie, hätte er sich verbeugt und ihr die Hand geküßt. Seine Stimme war rauh, wie die Stimme eines anderen Louis, eines anderen Ludwig, und ihr Klang verursachte Murphy ein Prickeln im Nacken.

»Wie alt seid Ihr?« fragte sie beiläufig.

»Dreißig«, erwiderte er grinsend, als hielte er sich bereits für ziemlich alt.

Wird er sich von meinem Alter abgestoßen fühlen? fragte sie sich. Soll ich ihm mein Alter verschweigen? Nein, dachte sie, Alter spielt keine Rolle. Altes Fleisch macht gute Suppe, dachte sie. Sie entschloß sich, ihm die Wahrheit zu sagen. Falls er fragen sollte.

Louis-Philippe Dumont fragte sich, wie alt sie sein mochte, und zog es vor, sie nicht danach zu fragen. Alter, dachte er, spielt keine Rolle.

Die ausgekochte Murphy ließ all ihren Charme spielen. Sie lächelte, als hätte sie seit hundert Jahren nicht mehr gelächelt. Sie wünschte sich nichts so sehr, als daß er sie liebte, und sei es nur für einen Tag oder eine Nacht. Sie sprach alle Gebete, die sie je gelernt hatte, betete zu allen Göttern, von denen sie je gehört hatte, und hielt ihre Finger gekreuzt.

Sie hob riesige Summen von ihrem Konto ab. Sie badete in Himbeeren und Erdbeeren. Sie benutzte Moschus und Zibet und Ambra in verschwenderischen Mengen. Von der treuen Brestat – die wieder zu ihr zurückgekehrt war – ließ sie sich mit Schwämmen massieren, die mit Milch und Parfum getränkt waren.

Sie konzentrierte sich mit ihrer ganzen Willenskraft darauf, jung zu sein. Sie war nicht länger sechsundfünfzig. Bei Tageslicht, das Gesicht perfekt geschminkt, wirkte sie alterslos. Wenn das Licht günstig fiel, wirkte sie wie dreißig. Im Morgengrauen hätte man sie für fünfundzwanzig halten können. Nachts, bei geschlossenen Fensterläden, war sie wieder jung. Bei Kerzenlicht war sie in der Blüte ihrer Jahre. Ihre Stimme klang so weich, daß sie ihn glauben machte, sie sei eine junge Frau in seinem Alter. Im Dunkeln konnte sie wie fünfzehn erscheinen. Im Dunkeln konnte sie so jung oder alt sein, wie sie wollte. Im Dunkeln spielt das Alter überhaupt keine Rolle, dachte sie.

Sie sagte sich, bei Kerzenlicht sind alle Frauen schön.

Sie schaute in den Spiegel und erinnerte sich daran, wie ihre Mutter gesagt hatte: »Nachts sind alle Katzen grau ...«

In ihrer Wohnung in der Rue Grange-Batelière, die leer war bis auf ein gelbgrünes Sofa, das zu groß war, um es aus dem Fenster zu werfen, empfing sie den jungen Deputierten der Nationalversammlung, der zum Repräsentanten der Provinz Calvados gewählt worden war.

Sie servierte ihm Selleriesuppe, die sie mit Ambra und Vanille verfeinert hatte.

Louis-Philippe Dumont war begeistert. Er fand, daß Murphy hinreißend aussah, und sagte es ihr.

Sie servierte ihm Trüffel aus dem Périgord. Sie stopfte ihn mit Schokolade voll.

Er hörte sich ihre Geschichte an, und sie brachte ihn mit Engelszungen dazu, seine kniehohen Stiefel auszuziehen und seine Füße auf das grüngelbe Sofa zu legen, das er schon einmal irgendwo gesehen zu haben glaubte.

Sie redete und redete, als hätte sie den Stein von Blarney doch geküßt.

Sie reichte ihm noch mehr Trüffel und brachte ihn mit Engelszungen dazu, seinen dunkelblauen Rock auszuziehen, einen Rock ohne Gold- und Silberlitze: einen einfachen Rock mit einfachen Knöpfen.

Sie schenkte ihm heiße Schokolade ein, überredete ihn mit samtener Zunge dazu, seine engen weißen *pantalons* abzustreifen und in ihre Arme zu sinken.

Sie redete, bis ihre zarte rosafarbene Zunge in seinem Mund war, und dann sagte sie nichts mehr. Sie schlossen die Augen und umschlangen einander unter weißen und rosafarbenen Laken. Ihre Zunge erkundete seine elfenbeinfarbenen Zähne – Zähne so weiß und ebenmäßig wie die Tasten auf dem Klavier von Murphys Tochter –, und die sechsundfünfzigjährige Witwe bewies, daß sie immer noch das Zeug dazu hatte, wie die sprichwörtliche Wildkatze zur Sache zu gehen. Sie dachte an die Eidechse, an Ihn, an de Lessart, an Terray, an de Flaghac, an Daniel Murphy, an Jacques de Beaufranchet und seine schwarzen Augenbrauen. Sie dachte an ihre Vergangenheit.

Sie dachte: Gebrochene Herzen heilen wieder.

Am nächsten Morgen eilten sie atemlos zur Stadtverwaltung, unterschrieben mit Federkielen, die über das Pergament kratzten, die erforderlichen Dokumente, und die Comtesse de Flaghac wurde Madame Dumont, *citoyenne* Dumont. Sie erzählte niemandem aus ihrer Familie, was sie getan hatte.

Sie gab sich Tagträumen hin. Sie sah die Kutsche in der Rue Grange-Batelière halten, sah, wie Dumont sie über die Schwelle trug und in ihrer Wohnung absetzte. Sie träumte während des langen Augenblicks, solange ihre Ehe dauerte, solange er sie küßte. Bis ihre Perücke verrutschte und sie sich in die Frau zurückverwandelte, die alt genug war, um seine Mutter zu sein. Sie sah, wie er die Tür aufriß, sah ihn um sein Leben rennen, die Treppe hinunter, mit wehenden Rockschößen, so weit fort von ihr, wie seine Füße ihn trugen.

Sie stellte sich vor, wie er sich seiner Kleider entledigte und zu ihr ins Bett stieg, wo sie ihn in einer Duftwolke aus Parfum, das goldene Haar auf dem Kissen ausgebreitet, empfing. Sie sah ihr glattes, perfektes Gesicht vor seinen Augen wie eine alte Kartoffel verschrumpeln. Sie sah ihre stramme Haut unter seinen Händen dahinwelken. Ihr blondes Haar ergraute und wurde brüchig zwischen seinen Fingern. Sie sah den entsetzten Dumont, der sich in panischer Hast anzog und für immer vor ihr flüchtete.

Sie stellte sich die Zukunft vor: Murphy mit einer dicken Schicht Farbe im Gesicht, mit falschen Haaren, falschen Brüsten, einem falschen Hintern, einem falschen Gesicht, falscher Jungfräulichkeit, wie sie sich in ihrer Hochzeitsnacht als eine Braut ohne Brüste entpuppte, ohne Hintern, ohne

Haare und mit welker Haut, die so schrumpelig war wie die Schale der Kartoffeln vom letzten Jahr.

Sie hörte das Gebrüll des Pöbels in den Straßen: die Spottlieder, die unter dem Fenster gesungen wurden, wenn ein junger Mann eine alte Frau heiratete. Sie schrien und kreischten vor Lachen, schlugen mit Kochlöffeln auf Töpfe und Pfannen und gingen überhaupt nicht mehr fort. Sie sah Dumont, seit einem halben Tag, einer halben Nacht, einer halben Stunde verheiratet, sah ihn barfuß über das Pflaster in der Rue Grange-Batelière laufen, als liefe er um sein Leben.

Sie träumte von ihrem ersten Kuß, und im Traum war sie, die alte Frau, wieder ein junges Mädchen von fünfzehn Jahren, das Mädchen, das auf dem Bauch auf dem Sofa lag, die Füße in der Luft, und über das Leben, das noch vor ihr lag, nachdachte, sich fragte, was aus ihr werden, wohin das Schicksal sie führen würde. Der Froschkönig und die Froschkönigin.

Und sie wußte, daß Träume nie wahr werden und daß alles schiefgehen mußte, so wie alles andere schiefgegangen war.

Später, als die Ehe nicht mehr bestand, fragte Louis-Charles d'Ayat seine Mutter, wie sie das alles fertiggebracht hatte.

Murphy brach in Gelächter aus, konnte gar nicht mehr aufhören zu lachen.

»Miracle!« sagte sie. *»Un miracle!«*

Später erzählte man sich, Louis-Philippe Dumont würde für Geld alles tun, und als er feststellen mußte, daß seine Frau nicht die Absicht hatte, ihm welches zu geben, hätte er sie verlassen.

Es hieß, Dumont hätte sich wegen einer geplanten Junggesellensteuer Sorgen gemacht und außerdem echte revolutionäre Gesinnung beweisen wollen.

Man erzählte sich, Dumont hätte sich gesagt, er könne es ertragen, ein oder zwei Jahre mit einer alten Frau verheiratet zu sein, wenn er dafür später ihr Vermögen erben würde.

Manche behaupteten, Dumont habe einfach eine Vorliebe für ältere Frauen. So etwas kam vor.

Andere schworen, man habe Murphy ihr Alter einfach nicht angesehen. Ihr Haar glänzte immer noch so goldblond wie in ihrer Jugend. Sie hatte kaum eine Falte im Gesicht. Es war das reinste Wunder, und sie hatte nie die Absicht gehabt, Dumont zu sagen, wie alt sie wirklich war.

Mit einem Dekret aus dem Jahre 1792 war das Recht auf Ehescheidung eingeführt worden. Eine Scheidung konnte im gegenseitigen Einvernehmen beantragt werden, aufgrund von Unvereinbarkeit der Temperamente der Ehepartner, wenn ein Ehepartner geisteskrank oder gewalttätig war oder die eheliche Wohnung verlassen hatte.

Die Scheidung von Louis-Philippe Dumont und Marie-Louise Murphy wurde am 16. Dezember 1798 ausgesprochen.

Madame Dumont ging wieder dazu über, sich Madame de Flaghac oder Madame d'Ayat zu nennen. Manchmal unterschrieb sie mit Comtesse Murphy, Madame Murphy, Mademoiselle Murphy, Citoyenne Murphy, oder einfach nur mit Murphy. Sie änderte ihr Erscheinungsbild und war frei.

Marguerite-Victoire vergoß ein paar Tränen über den Tod des Comte de Chousy und heiratete unverzüglich den Baron de Tournehem.

Nichtsdestotrotz schrieb sie ihrem Vetter, dem General Desaix, Briefe, in denen sie ihn ihrer unsterblichen Liebe versicherte.

»Louis Desaix gehört zur Familie, Monsieur«, beruhigte sie ihren neuen Ehemann. »Es besteht kein Grund zur Eifersucht. Außer mir wird ihn nie jemand lieben.« Und der Baron de Tournehem mußte sich damit abfinden. Er machte eine Bemerkung darüber, daß es nicht gerade der Mode entsprach, mit seinem eigenen Mann zu schlafen. Er fragte Marguerite-Victoire: »Und was hat Eure Mutter dazu gesagt, als sie gehört hat, daß Ihr einen Vetter von Madame de Pompadour geehelicht habt?«

»Sie hat nur gelacht«, sagte Marguerite-Victoire. »Sie hat gelacht. Sie ist selbst eine, die für Geld alles tun würde.«

Zu Beginn des Jahres 1795 gab das Komitee für öffentliche Sicherheit sich die Ehre, die Suspendierung des ehemaligen Generals Dayat aufzuheben und gestattete ihm, offiziell in den Ruhestand zu treten.

Er war siebenunddreißig Jahre alt und Invalide, doch nicht zu invalid, um noch einmal zu heiraten. Da seine Probleme nun ein Ende hatten, nahm er sich keine Revolutionärin zur Frau, sondern heiratete Charlotte-Josephine Kempfer de Plobsheim, die Comtesse de Sayn-Wittgenstein, deren Mann im September-Massaker niedergemetzelt worden war.

Die ehemalige Comtesse de Sayn-Wittgenstein fuhr regelmäßig morgens um fünf schreiend aus dem Schlaf, weil sie von den abgehackten Gliedmaßen und dem abgeschlagenen Kopf ihres Mannes geträumt hatte. Manchmal vergaß sie, daß sie ihn verloren hatte, murmelte im Schlaf »Georges-Ernest« anstatt »Louis-Charles« ins Ohr ihres neuen Gatten, bis Louis-Charles sie weckte und sie daran erinnerte, wer er war.

D'Ayats Gesicht war gerötet, und er war vorzeitig ergraut. Manchmal trug er einen Schnurrbart, manchmal war er glattrasiert, je nachdem, was die postrevolutionäre Mode diktierte. Stillschweigend ging er allmählich wieder dazu über, den Apostroph in seinen Namen einzufügen, wenn er Briefe unterschrieb. Er nannte sich versuchsweise »General« und stellte fest, daß seine Freunde längst vergessen hatten, daß er gar kein General war. Er begann vorsichtig, seinen Titel wieder zu benutzen, probierte aus, wie seine Bekannten darauf reagierten. Er trug wieder feine Kleider, quetschte sich in enge, modische *pantalons,* die ihm die Luft nahmen. Die Revolution hatte ihn fett werden lassen.

Die Kinder des Generals packten ihre Holzschuhe und Jakobinermützen für die nächste Revolution weg und tollten in ihrem neuen Haus in Paris herum wie kleine Generäle, ausstaffiert mit Dreispitzhüten, Spielschwertern und mit Goldlitze besetzten Samtröcken. Sie nahmen ihre dreifachen christlichen Vornamen wieder an, und Alexandre-Edouard-Marguerite d'Ayat trat in die Kaiserliche Armee ein.

Der General richtete sein neues Domizil ganz in Weiß und Gold ein, mit vergoldeten Fauteuils, vergoldeten Tischen mit Löwenfüßen und goldenen Kaminuhren von Leroy in Paris.

Eine marmorne Büste des Kaisers Napoleon wachte über der *salle à manger.* Wie der Kaiser ließ sich der General jeden Morgen Kopf und Schultern mit dem besten Eau de Cologne parfümieren. Wie die Kaiserin Josephine speiste er Kartoffeln zum Abendessen.

Es war der Revolution nicht gelungen, dem General sein Vermögen zu entreißen. Unter den aus dem Ausland zurückgekehrten Adeligen verkehrte er stolz als einer, der den Sturm überlebt und aus beiden Situationen das Beste gemacht hatte. Stundenlang saß er in seiner vergoldeten Bibliothek voller Bücher mit vergoldeten Rücken, blätterte in *Die Anatomie des Pferdes*, betrachtete die Bildtafeln in *Les Grandes Opérations Militaires* oder trommelte mit seinen dicken Fingern auf der Schreibtischplatte. Alles, was dem General fehlte, war eine Beschäftigung.

General Desaix hegte nach wie vor eine tiefe Zuneigung zu Marguerite-Victoire. Er war neunundzwanzig, verliebt und häßlich – er hatte dicke Lippen, die großen, dunklen Augen eines Auvergners, und sein Gesicht war von melancholischer Blässe. Marguerite-Victoire ließ sich von seinem Äußeren nicht abschrecken.

»Es gibt Wichtigeres als das Aussehen«, erklärte sie ihm. Sie mochte den kleinen Mann mit der lockigen Mähne, ihren treuen Verehrer, den großen General, der nicht wie alle anderen Männer versuchte, sie herumzukommandieren.

»Louis ist der einzige Mann, den ich je lieben werde«, erklärte sie ihrer Mutter. Aber Desaix war nur selten bei ihr. Er war im Gefolge Bonapartes nach Ägypten gezogen, wo die sengende Sonne ihn in einen Schwarzen verwandelt hatte. Die Werbung um seine Kusine betrieb er per Post, schrieb ihr, daß er sie liebe und nicht ohne sie leben könne. Er versprach ihr, sich nach seiner Rückkehr nach Paris mit ihr im Jardin des Plantes zu treffen oder mit ihr in Soisy im Park auf den von Maulbeerbüschen gesäumten Wegen spazierenzugehen. Er wußte nicht, daß die Maulbeerbüsche verbrannt waren und nicht mehr existierten.

Es war General Desaix gewesen, der dafür gesorgt hatte, daß General d'Ayat seine Militärpension erhielt, und es war Desaix, der sich dafür einsetzte, daß d'Ayat Mitglied im Verwaltungsrat der Militärkrankenhäuser wurde.

Während General Desaix in Ägypten schwitzte und mit Ruhm und Orden überhäuft wurde, überwachte d'Ayat das ordnungsgemäße Aufrollen von Bandagen und sorgte für ausreichend Nachschub an Krücken und Holzbeinen.

Später wurde d'Ayat zum Direktor des Militärkrankenhauses von Mézières ernannt, wo er seine Tage damit verbrachte, den Transport von verstümmelten Soldaten zu organisieren und über die Beschaffenheit von Krankenhausbetten zu diskutieren. Er hatte das Gefühl, daß man ihn aufs Abstellgleis abschieben wollte.

Am 14. Juni 1800 bemerkte Marguerite-Victoire, daß alle ihre goldenen Uhren stehengeblieben waren. Die Irin in ihr wußte, was das zu bedeuten hatte. Die Französin in ihr sträubte sich dagegen, sich von irrationalen Ängsten leiten zu lassen.

Als die Nachricht in Paris eintraf, daß General Desaix in der Schlacht von Marengo gefallen war, weinten die Leute auf der Straße um ihn.

Marguerite-Victoire nahm den Schicksalsschlag mit der Fassung hin, die ihre Erziehung von ihr verlangte. Sie verschloß den Deckel ihres Pianofortes, trug ein Jahr lang Schwarz und widmete sich der Pflege der verletzten Soldaten im Hôtel des Invalides, von denen einige sie bei gewissem Lichteinfall auf tröstliche Weise an ihren geliebten General erinnerten.

Als man dem General Desaix auf der Place des Victoires ein kolossales, im ägyptischen Stil gehaltenes Denkmal errichtete, ging Marguerite-Victoire jeden Nachmittag, auch bei Wind und Wetter, dorthin und träumte von seinem Grab im fernen Mailand, das sie nie sehen würde.

D'Ayat verfolgte das Kriegsgeschehen fernab von den Schlachtfeldern in der *Gazette de France*. Er verschlang endlose Berichte über das Schicksal Frankreichs bei Hohenlinden, Trafalgar, Austerlitz und Jena. 1808 entdeckte er den Namen von Alexandre-Édouard-Marguerite d'Ayat auf der Liste der in Spanien Gefallenen.

Der General tobte und weinte um seinen Sohn und Erben.

Nachdem er bewiesen hatte, daß er sich trotz seines Leistenbruchs nützlich machen konnte, wurde der General 1809 zum Oberstallmeister der Gestüte ernannt, die Napoleon eingerichtet hatte, um dafür zu sorgen, daß die Armeen Frankreichs stets ausreichend Pferde zur Verfügung hatten.

Der General stürzte sich mit großem Eifer auf seine neue Aufgabe, erfreut darüber, wieder General d'Ayat zu sein, und bemühte sich, nicht über den Tod nachzudenken. Er konnte immer noch selbst das widerspenstigste Pferd tanzen lassen. In seinen besten Zeiten hatte er jedes Pferd dazu bringen können, mit den Hufen *vive le roi* in den Sand der Reitschule zu schreiben und Pirouetten zu drehen. Er begann, seine alten Tricks wieder zu üben.

Der General entdeckte seine *joie de vivre* wieder. Er freute sich, sein fundiertes Wissen über Pferdekrankheiten an den Mann bringen zu können.

Bei Pferden, die an Laryngitis erkrankt waren, experimentierte er mit Dampfbädern, denen er Eukalyptusöl zugesetzt hatte. Er reiste von Gestüt zu Gestüt, von Pompadour nach Deux-Ponts, von La Mandria nach Pau-le-Pin, und bemerkte kopfschüttelnd: »Frauen und Pferde – sie haben alle ihre Fehler.«

Seine Frau und seine Mutter, die den Oberstallmeister nur ungern aus den Augen ließen, begleiteten ihn auf seinen Reisen, wann immer sie konnten. Die beiden Comtessen führten endlose Gespräche über Kriege und Schlachten und die Heldentaten ihrer verstorbenen Gatten, diskutierten über Strategie und Ballistik, während sie Kakao tranken und sich mit dem *Journal de l'Empire* Luft zufächelten.

Wenn die Pferde in ihren Boxen nervös und unruhig wurden, sagte der General: »Das liegt daran, daß die Elfen auf ihnen reiten«, und spuckte dreimal auf jedes Pferd.

»Spucke ist das älteste Heilmittel, Messieurs«, erklärte er den Stallknechten.

Er machte sich nützlich als Geburtshelfer, assistierte, wenn Stuten zum Decken geführt wurden, hantierte eigenhändig mit der riesigen Messingspritze und half feuchten, dampfenden Fohlen auf die Welt.

Dann wieder führte er auf dem Rücken des besten Pferdes seine Reitkünste vor. Manchmal, wenn ihm die Reise zum nächsten Gestüt zu lange dauerte und die beiden Frauen ihm auf die Nerven gingen, galoppierte er davon, ritt der Kutsche mit seinen Begleitern voraus, immer auf der Suche nach dem perfekten Pferd, dem schnellsten Pferd, den besten Kavalleriepferden der Welt. Bis sein Leistenbruch wieder aufbrach und er fluchend und sich vor Schmerzen windend am Boden lag. Bis die Ärzte ihm schließlich das Reiten untersagten und er sich mit der Rolle des Zuschauers abfinden mußte.

Sein Gesicht wurde noch röter, er wurde korpulenter und streitsüchtiger.

Der Gesundheitszustand des Generals wurde zusehends schlechter, und er begann, nicht nur Gestüte, sondern, in der Hoffnung auf eine Wunderheilung, auch Kurorte regelmäßig aufzusuchen. Unabhängig von den herrschenden Temperaturen war er stets schweißgebadet. Er suchte Trost im Alkohol, verbrachte ganze Tage apathisch in einem vergoldeten Sessel und wurde das Gefühl nicht los, daß der Tod im Raum stand.

Im Juni 1812 war der General *en route* nach Vichy, während die beiden Comtessen in Paris zurückblieben. Der General war krank. Er war erschöpft, seine Beine fühlten sich an, als seien sie aus Blei. Das konnte nicht nur an dem Leistenbruch liegen, irgend etwas anderes stimmte nicht mit ihm, er wußte nur nicht, was.

In Vichy ging er von Café zu Café und trank so viel er konnte von dem sprudelnden Wasser aus der Source des Célestins, das bei Magen- und Darmkrankheiten als Heilmittel empfohlen wurde. Sein Zustand besserte sich nicht.

Jeden Morgen humpelte er auf die Brücke über dem Allier, blieb in der Mitte stehen, um auf das Wasser hinunterzustarren, überlegte, ob er sich in die Fluten stürzen sollte, und humpelte, schwer auf seinen Stock gestützt, zurück ans Ufer.

Ein fauliger Geruch lag in der Luft.

Eines Morgens bemerkte er einen schwarzen Hund, der hinter ihm her auf die Brücke trottete. Der General seufzte. Er war es satt, daß seine Verdauungsorgane nicht funktionieren wollten. Er war es satt, sich jeden Morgen zu rasieren. Er war es leid, so dick zu sein. Er war es leid, ständig müde zu sein. Er wollte sterben.

Verwesungsgeruch stieg ihm in die Nase.

Aus der Ferne drangen die Geräusche von Soldaten an sein Ohr, die auf einem Feld exerzierten. Er war vierundfünfzig Jahre alt, ein Oberstallmeister, der nicht mehr in der Lage war, ein Pferd zu besteigen. Die Beine taten ihm beim Gehen weh. Die Hand, mit der er seinen Stock umklammerte, schmerzte. Schmerz brannte in seiner Brust, aber er wußte ihn nicht zu deuten.

Im Juli begann ein Rudel Hunde den General auf Schritt und Tritt zu verfolgen, als witterten sie eine fette Mahlzeit.

Der General kam zu dem Schluß, daß der Leichengeruch von ihm selbst stammte.

Drei Wochen nach der Ankunft des Generals in Vichy wurde das Wetter unerträglich heiß, und die Fliegen von Vichy versammelten sich in Scharen auf dem Fleisch des Metzgers. Mücken brachten die Einwohner von Vichy mit ihrem unablässigen Summen um den Schlaf, und der unerträgliche Geruch der Thermalbäder veranlaßte die Behörden dazu, als vorbeugende Maßnahme gegen das Ausbrechen von Krankheiten Chlorkalk streuen zu lassen.

In Les Bains stocherten die Diener in den Entwässerungsgräben herum, auf der Suche nach einem verschwundenen General.

Schließlich wurde die blutverschmierte Leiche eines

korpulenten Mannes aus dem Fluß gezogen und auf einem Marmortisch in der Leichenhalle aufgebahrt.

Niemand konnte sich genau erinnern, wie der General aussah. Ohne seine Kleider erkannte niemand General le Comte d'Ayat wieder, und niemand wollte ihn kennen. Irgend jemand verkaufte die aufgeweichte Uniform des Generals an eine Lumpenhändlerin, die sie trocknen ließ und an das Theater von Vichy weiterverkaufte. Über kurz oder lang würde der General auf der Bühne wieder auferstehen.

Die Einwohner von Vichy zuckten die Achseln und lebten weiter so, wie sie auch schon vor der Ankunft des Generals gelebt hatten. In Orten wie diesen war der Tod kein Gesprächsthema; er war schlecht fürs Geschäft.

Die Mutter des Generals, wieder einmal ganz in Schwarz gekleidet, saß in Paris in ihrem mit rosafarbenen Rosen gefüllten Salon und lauschte dem Ticken ihrer goldenen Kaminuhren. Sie dachte an ihren Louis, König Ludwig, an Louis-Charles, Louis-Philippe, all die Louis, die sie gekannt hatte, an die Schnecken, an die Zeit, die unaufhörlich verging.

Sie war vierundsiebzig Jahre alt. Ohne die Miniatur von Louis-Charles, die sie in einer Schublade ihres vergoldeten *écritoire* aufbewahrte, fiel es ihr schwer, sich zu erinnern, wie ihr Sohn ausgesehen hatte.

Sie saß allein in ihrem Salon und sagte sich, daß sie noch alle ihre Zeitgenossen überleben würde. Alle ihre Schwestern waren tot. Sie hatte nur noch Marguerite-Victoire und ihre Enkelkinder.

In Vichy ging das Gerücht, die Hunde hätten die Genitalien und das Fleisch aus dem Gesicht des Generals gefressen.

XIX

Marie-Louise Murphy lebte immer mehr in der Vergangenheit. An manches erinnerte sie sich, an manches nicht, an anderes nur halb. Sie gab sich ihren Gedanken hin und wußte nicht mehr zu unterscheiden, was wirklich gewesen war und was nicht.

Sie konnte sich zu jeder Tages- und Nachtzeit ungehindert in Paris bewegen, war niemandem Rechenschaft schuldig. Sie war frei.

Sie las die langen Spalten der *Gazette,* las Berichte von Schlachten, von Abdankungen, von Rückzug und Verbannung, und nichts von all dem schien wirklich zu sein, bis der Comte de Provence im Triumphzug zurückkehrte und als Ludwig XVIII. den Thron bestieg und alles, was hinweggespült worden war, zurückgespült zu werden schien.

Sie schlief besser, hatte nicht länger das Gefühl, daß selbst das Atmen gefährlich war, und begann, ihr Leben wieder zu genießen.

Eines Abends stand sie einer alten Frau gegenüber, die sie anstarrte. Plötzlich wurde ihr klar, daß sie in einen Spiegel schaute und sich selbst betrachtete. Sie sah eine uralte Frau mit tadellos sitzender Frisur und einem Netzwerk feiner Linien im Gesicht.

Sie lachte laut auf, doch ihr Lachen klang wie ein Gackern. Sie hatte sich in eine Banshee verwandelt.

Ihre Stimmung schwankte. Es gab Tage, an denen sie von nichts anderem redete als von ihrer Affäre mit dem König.

»Mit dem alten König«, betonte sie dann, um keine Zweifel aufkommen zu lassen. Der Baron de Tournehem und seine Gäste waren peinlich berührt.

»Es ist mir egal, wer alles davon weiß!« rief Murphy lachend. »Warum sollte ich mich schämen?«

Der Baron verzog das Gesicht und versuchte, das Gesprächsthema zu wechseln.

»Und die meisten Dinge, die sich in diesem Raum befinden, wurden von seinem Geld bezahlt ...«, fuhr sie fort und pochte mit dem Zeigefinger auf die Tischplatte.

Der Baron zog es vor, die alten Geschichten zu vergessen. Er kniff die Brauen zusammen und sprach vom Pferderennen.

Doch Murphy konnte nicht vergessen. Es gab Tage, an denen sie nichts vom König erzählte und schwieg.

Dann erkundigte Marguerite-Victoire sich, woran sie denke, um sie aus ihrer Melancholie zu reißen.

»Ich habe gerade an Agathe-Louise gedacht«, sagte Murphy. »Ich habe an mein vergeudetes Leben gedacht.«

In ihren Träumen kehrte sie nach Versailles zurück. Sie fand sich im Spiegelsaal wieder, hinter Türen, von denen sie wußte, daß sie verschlossen waren. Dann waren die Türen verschwunden, denn es waren nur Spiegel. Im Park tobte ein Gewitter, und sie zerschlug die Spiegel, weil sie sie nicht zur Wand drehen konnte.

Sie sah sich selbst verzerrt und verunstaltet in einem zerbrochenen Spiegel, sah sich mit einem Fischgesicht in einem konkaven Spiegel, vom Pech verfolgt, wenn sie bei Kerzenlicht in einen Spiegel schaute.

Oder sie sah den Teufel im Spiegel über ihre Schulter lugen und lachen, und der Teufel sah aus wie Ludwig XV. oder wie der Abbé Terray.

Sie sah sich in Spiegeln, die einander gegenüber hingen, so daß ihr Spiegelbild sich scheinbar endlos wiederholte.

Sie sah sich im Alter von dreizehn Jahren die Avenue de Paris entlang spazieren, fort von Versailles, das goldene Schloß hinter sich und das ganze Leben vor sich und frei. Und dann wachte sie auf.

Um sich von Versailles zu befreien, stattete sie der Stadt ihrer Träume und Alpträume einen letzten Besuch ab.

Das Schloß war leer und verlassen. Die Farbe blätterte von den Decken. Die scharlachroten Gobelins waren verschossen und zerrissen. Spinnweben legten sich über ihr Gesicht. Sie ging durch stille Räume, in denen das Sonnenlicht in Streifen auf verstaubte Möbel fiel und vor den Fenstern Fliegen summten und sich in Spinnennetzen verfingen. Ihre Füße hinterließen Spuren im Staub auf dem Parkett.

Hier und da standen Vasen mit vergessenen, mittlerweile bis zur Unkenntlichkeit verrotteten Lilien.

Sie fand Badewannen halbvoll mit schmutziggrauem Wasser vor, in dem tote Insekten schwammen, die zu nah an das Wasser gekommen und ertrunken waren.

In manchen Räumen hing noch der unverkennbare Duft von Parfum, der nicht zu vergehen schien.

Sie öffnete Schränke voller verschimmelter Kleider, aus denen ganze Wolken von Motten flatterten. »Geister«, murmelte sie vor sich hin.

In einer Kommode entdeckte sie lauter verschrumpelte Kartoffeln und mußte lachen.

Zurück in Paris sagte sie zu Marguerite-Victoire: »Vergiß die Vergangenheit. Sie bringt dir keinen Nutzen.«

Doch Marguerite-Victoire mußte stets an General Desaix denken. Die Vergangenheit war alles, was Marguerite-Victoire geblieben war.

Wenn Marguerite-Victoire ihre Mutter in der Rue Grange-Batelière besuchte, erkundigte sie sich, fünfzig Jahre, nachdem alles vorbei war: »Was war er für ein Mensch?«

Manchmal konnte Murphy sich kaum erinnern. Sie dachte an die vielen Porträts, von denen keins dem Ludwig ähnelte, den sie gekannt hatte. Die Bilder schmeichelten ihm. Die Künstler hatten nie eine Chance gehabt, ihn wahrheitsgetreu darzustellen, da er stets mitten in einer Sitzung aufbrechen mußte. Die Porträts waren voller Lügen.

»Wie war er wirklich?« beharrte Marguerite-Victoire.

In Murphys Erinnerung wurde sein Bild immer undeutlicher, und es war nichts von ihm übrig, außer dem blassen Porträt auf einer Münze. Manchmal bestand er nur noch aus zwei schwarzen Augen, aus denen das Funkeln verschwunden war.

An anderen Tagen sah sie ihn überall, wo sie auch hinschaute: unter den kahlgeschorenen Gefangenen, die nach Nantes auf die Galeeren gebracht wurden, unter den Kriminellen, die zu Straßenarbeiten eingesetzt wurden, in seinen Augen die Andeutung einer Träne, ein Mann, der seiner Freiheit beraubt war. Er war das Heulen eines angeketteten Hundes, das unruhige Auf- und Ablaufen eines eingesperrten Wolfes. Sie sagte nichts. Ihre Gedanken schweiften ab.

»Hast du ihn gemocht?« wollte Marguerite-Victoire wissen.

»Ja«, sagte sie schließlich. »Er war ein netter Mann, gewiß.«

Manchmal war er ein netter Mann.

»Aber hast du ihn wirklich gemocht?« fragte die Baronin, die genug Geschichten über ihn gehört hatte.

»Ja«, sagte Murphy abwesend. »Irgendwie hab ich ihn gemocht.«

Manchmal mochte sie ihn.

»Was war er denn für ein Mensch?« fragte die Baronin.

»Naja, er hat nie viel gesagt«, erwiderte Murphy. »Eigentlich habe ich ihn nie richtig kennengelernt.«

Manchmal sagte sie auch einfach: »Er hat mir mein Kind weggenommen. So etwas vergißt eine Mutter nicht.«

Hin und wieder hörten die de Tournehems mit Bestürzung, daß Murphy einen Bankbescheid zerrissen hatte, daß es sie nicht mehr interessierte, was mit ihrem Geld geschah. Es kam vor, daß sie in der Nähe des Palais Royal bündelweise Geldscheine in die Luft warf. Sie wollte sich von ihrem Geld befreien, zum erstenmal in ihrem Leben tun und lassen, was sie wollte.

Die de Tournehems brachten ihr Mißfallen zum Ausdruck.

Murphy lachte. »Es ist nicht mein Geld«, sagte sie. »Es gehört Frankreich.«

An schönen Tagen saß sie im Jardin du Luxembourg unter einer Platane und fütterte die Tauben, die sie zu Hunderten umringten, auf ihren Händen und auf ihrem Kopf saßen: eine alte Frau, die von niemandem beachtet wurde, die lachte und sich fühlte, als hätte ihr Leben gerade erst begonnen, die sich sagte, daß es nie zu spät war.

Ihr Gesicht war stets mit einer Schicht Bleiweiß und ihre Wangen dick mit Rouge bemalt. Sie sah aus wie eine alte Pantomimin mit struppigem Haar, einer Perlenkette und großen Perlenohrringen.

»Ich will meine Perlen tragen«, sagte sie zu sich selbst, während sie an Brigitte dachte. »Zum Teufel mit dem Pech, das sie bringen sollen. Ich habe bereits alles Pech der Welt gehabt.«

Ihr Kleid hing lose um ihren Körper. Ihre Brüste waren schlaff und verschrumpelt. Sie schlurfte herum in alten Schuhen, die sie an den Zehen aufgeschnitten hatte, damit ihre Hühneraugen nicht so schmerzten. An ihrem Kinn sprossen weiße Bartstoppeln. Sie war eine alte Frau mit Bart und einem krummen Rücken, aber ihre Augen hatten ihr Funkeln noch nicht verloren, sie waren immer noch voller Leben: eine alte Frau, die immerzu lächelte.

Nachdem sie einmal schlimm gestürzt war, nahmen die de Tournehems sie zu sich ins Haus. Sie konnten nicht weiter mitansehen, wie sie ihr Geld zum Fenster hinauswarf. Murphy schlurfte still von Zimmer zu Zimmer, fuhr mit ihren knochigen Händen über vergoldete, mit gelbem Seidendamast bezogene Sessel, über gelbe, mit goldenen Lilien bestickte Seidenvorhänge. Sie pochte mit den Fingern an die goldenen Kaminuhren, die überall im Haus auf Tischen und Simsen standen und driftete in Gedanken in die Vergangenheit ab.

Sie schenkte Marguerite-Victoire alle ihre Diamanten und erklärte ihr, sie habe keine Verwendung mehr für Diamantschmuck. Sie teilte ihr gesamtes Vermögen unter ihren noch lebenden Verwandten auf.

»Ich brauche kein Geld«, sagte sie. Sie wartete nur noch auf das Ende. Sie war erst siebenundsiebzig Jahre alt.

In der zweiten Dezemberwoche des Jahres 1814 hörte Murphy ein Geräusch wie von jaulenden Katzen und wußte sofort, was es zu bedeuten hatte.

Sie brachte ihre Angelegenheiten in Ordnung, schickte nach einem Priester und machte es sich auf ihren Kissen unter einer mit Goldfäden durchwirkten Decke bequem.

Der Priester setzte sich in einen vergoldeten Sessel neben dem Bett, hörte ihr den ganzen Abend lang zu und ging erst, als sie zu schnarchen begann. Am nächsten Morgen kehrte er zurück und hörte ihr den ganzen Tag lang zu. Als der Abend anbrach, lag sie ruhig und friedlich da, den Rosenkranz in der Hand, und der Priester zog sich zurück. Ihm brannten die Ohren.

Wie üblich verbreitete sich das Gerücht, Murphy sei tot.

Am 16. Januar 1815 hörte sie Katzen jaulen. Sie sagte, sie sei müde, und ging frühzeitig zu Bett. Das Jaulen hörte nicht mehr auf, wurde lauter und wieder leiser, ein seltsames, melancholisches Klagelied: ein wortloses Lamento voller Kummer und Schmerz.

Gegen elf Uhr rief sie Marguerite-Victoire zu sich.

»Ich höre die Banshee«, sagte sie.

Marguerite-Victoire lächelte. »Sei nicht albern«, sagte sie. »Glaubst du vielleicht, die Banshee würde bei diesem schrecklichen Wetter über das Meer kommen, nur um dich heimzusuchen?«

»Ja«, sagte ihre Mutter. »Das glaube ich.«

Die Baronin hielt Murphys Hände, sprach mit ihr, hörte ihr zu, beruhigte sie, gab ihr einen Gutenachtkuß und ging an ihr Pianoforte zurück.

Murphy hörte, wie die Gäste der de Tournehems applaudierten, hörte die goldenen Uhren um Mitternacht schlagen. Musik von Rameau drang durch das Treppenhaus zu ihr hinauf, es war, als wäre sie wieder wie vor sechzig Jahren in ihrem Dachzimmer in Versailles und hörte an einem heißen Sommerabend von ihrem Fenster aus die königliche Kapelle im Spiegelsaal spielen.

Sie schlief ein, verlor sich in ihren Träumen, schlief so tief, wie sie noch nie in ihrem Leben geschlafen hatte.

XX

Der Baron de Tournehem hielt nichts von den abergläubischen Bräuchen seiner Schwiegermutter.

»In meinem Haus dulde ich keine irischen Klageweiber«, sagte er.

Marguerite-Victoire betupfte ihre Augen mit einem schwarzen Spitzentaschentuch.

»Wir leben in einer modernen Zeit, Madame«, sagte er. »Wir leben im neunzehnten Jahrhundert.«

Er setzte seinen Zylinder auf.

»Und wir werden keine Erbsen essen«, erklärte er.

Die Baronin schniefte in den Ärmel ihres schwarzen Taftkleides.

»Ich habe angeordnet, daß der Sarg zugenagelt wird«, sagte er. »Wir haben das Gesicht der Alten lange genug gesehen.«

Die Baronin runzelte die Stirn und zog ihre schwarzen Seidenhandschuhe an.

»Wir sind zivilisierte Leute«, sagte der Baron, »und es wird in unserem Haus keinen irischen Unsinn geben.«

Nichtsdestotrotz hielt die Baronin ihre goldenen Uhren an. Ohne das übliche Ticken und das regelmäßige Schlagen der Uhren legte sich eine tiefe Stille über das Haus.

Marguerite-Victoire verhängte die vergoldeten Spiegel mit feinen, weißen Leintüchern.

Sie drehte die in Gold gerahmten Bilder zur Wand.

Sie öffnete sämtliche Schlösser im Haus, damit die Seele ihrer Mutter ungehindert zu ihrer ewigen Ruhestätte wandern konnte.

Am Abend öffnete sie die Tür, um ein Dutzend uralte Nonnen vom Couvent de la Présentation einzulassen, Zeitgenossinen Murphys, die den Schnee von ihren schwarzen Stiefeln klopften und wie ein Schwarm Krähen die Stufen der vergoldeten Treppe erklommen.

Im Licht von vier riesigen Bienenwachskerzen, die jeweils an einer Ecke des aus edlem Mahagoniholz gezimmerten Sargs brannten, hielten sie die ganze Nacht Totenwache und erzählten die Lebensgeschichte der Verstorbenen.

Sie erzählten Murphys Geschichte, so gut sie es als Nonnen, die ein Dreivierteljahrhundert hinter Klostermauern gelebt hatten, vermochten. Sie waren voller guter Absichten, doch sie gaben die Geschichte wieder, so wie sie sie von anderen gehört hatten, aus zweiter, dritter, vierter Hand, voller Gerüchte. Manches war völlig falsch, fehlerhaft oder übertrieben, und gerade darum war es eine besonders schöne Geschichte.

Die Nonnen zogen dem Wahren das Wunderbare vor.

Weiße Lilien füllten den Raum, und ihr Duft wetteiferte mit dem Geruch von Kampher. Marie Murphy lag mit auf der Brust verschränkten Händen da, ihr Gesicht von der Baronin de Tournehem perlweiß geschminkt mit einer Creme, die die Furchen in ihrer Haut ausglich und sie kaum älter als fünfzig wirken ließ.

Die Nonnen stimmten ein leises Wehklagen an, bemüht, den Baron de Tournehem, der ein Stockwerk tiefer in seinem Arbeitszimmer saß, nicht über Gebühr zu belästigen.

Auf vergoldeten Stühlen saßen sie um den Sarg herum, ganz in Schwarz gekleidet, mit riesigen weißen Hauben, deren Schatten an den Wänden wie große, zitternde Schmetterlinge aussahen. Sie begründeten die Legende, hielten die Legende am Leben.

Gegen Mitternacht servierte die Baronin *thé à l'anglaise* in Tassen aus Sèvres-Porzellan und, wie es in der Auvergne Brauch war, Teller mit Erbsen. Goldene Gabeln und Löffel klimperten in dem stillen Haus.

Zwischen den einzelnen Episoden der Geschichte klimperten die Nonnen mit ihre Rosenkränzen und beteten 150 Ave Marias, beteten für die ewige Ruhe der Toten und betrachteten ihr weißes Gesicht.

Gegen zwei Uhr früh begann Schwester Concordia zu gähnen, hielt sich die Hand vor den Mund, um den Teufel draußen zu halten, stieß die Baronin an und sagte: »Kennt Ihr das wunderschöne Bild von Eurer Mutter, auf dem sie als junges Mädchen zu sehen ist?«

»Nein«, erwiderte die Baronin verblüfft, »ich habe es noch nie gesehen.«

Schwester Concordia stieß Schwester Felicitas an, die daraufhin unter ihren Röcken kramte und ein zerknittertes Blatt Papier hervorzog: es war ein Druck von Bouchers Gemälde.

Schwester Felicitas glättete den Schatz, der sich eigentlich nicht in ihrem Besitz hätte befinden dürfen und den sie über ein halbes Jahrhundert lang gehütet hatte.

»Da ist sie«, sagte sie seufzend und ließ das Bild im Kreis der Frauen umgehen. »Die unsterbliche Murphy.«

Marguerite-Victoire begann zu begreifen.

Murphy lag verkehrtherum auf dem Sofa, denn der Druck war spiegelverkehrt, wie sie bemerkte.

»Da«, sagte Schwester Perpetua Flaherty, »die kleine Marie Murphy vor den Augen der Welt, wie eine Kartoffel nur mit ihrer Haut bekleidet.«

»Gott möge ihrer Seele gnädig sein«, seufzte Schwester Concordia O'Brien. »Sie war so ein hübsches Mädchen.«

»Die berühmteste Murphy von uns allen«, seufzte Immaculata Murphy. »Sie ist einen schönen Tod gestorben. Gelobet sei der Herr …«

Schwester Felicitas O'Reilly faltete das Bild, versteckte es wieder unter ihren Röcken und räusperte sich vernehmlich.

Die Schwestern begannen wieder zu murmeln:

Ave Maria, gratia plena,
Dominus tecum:
Benedicta tu in mulieribus,
Alleluia …

Das Klappern der Holzperlen und der leise Singsang waren noch bis spät in die Nacht zu hören. Die Nonnen warteten auf ein Wunder, doch ihre makellos weißen Hauben hoben und senkten sich wie riesige weiße Lilien in einer leichten Brise: es gelang ihnen nicht, wach zu bleiben. Eine nach der anderen ließ ihren Kopf auf ihre Brust sinken, das Murmeln und das Klappern wurde leiser, bis sie alle eingeschlafen waren.